Der ARISTOKRAT

PENELOPE WARD

Der ARISTOKRAT

KAPITEL 1

Felicity

"Was siehst du da an?"

Ich zuckte beim Klang von Mrs. Angelinis Stimme zusammen und stellte mein Fernglas kurz ab. "Wusstest du, dass wir auf der anderen Seite der Bucht neue Nachbarn haben?", fragte ich.

"Na ja, ich habe neulich abends ein paar blinkende Lichter aus dem Haus kommen sehen. Ich dachte, es sei endlich jemand eingezogen."

"Ja. Sie haben eine Party gefeiert, glaube ich."

Wir wohnten an der Bucht in Narragansett, Rhode Island. Außer dem Haus nebenan gab es in der Umgebung nur noch ein weitläufiges Anwesen auf der anderen Seite des kleinen Gewässers, das unser Land von dem ihren trennte. Um dorthin zu gelangen, musste man entweder ein Boot nehmen—oder ein wirklich guter Schwimmer sein. Das Haus stand seit einigen Monaten leer, aber jetzt hatte es entweder jemand gekauft oder gemietet.

"Weißt du etwas über sie?", fragte sie.

"Warum sollte ich?"

"Weil du sie offensichtlich ausspioniert hast."

Ich räusperte mich. "Ich habe...Vögel beobachtet und habe sie zufällig bemerkt. Es sind zwei Jungs. Ich glaube, sie könnten schwul sein."

"Und woher willst du das wissen?"

"Nun, sie sehen beide extrem gut aus. Viele, die so gut aussehen, neigen dazu, schwul zu sein. Das ist nicht fair."

Der Wind wehte über Mrs. Angelinis langen Pullover, als sie mir das Fernglas aus der Hand nahm und es an ihre Augen hob.

Nach einem Moment lachte sie. "Wow. Jetzt verstehe ich, warum du plötzlich Gefallen an der ... Vogelbeobachtung gefunden hast."

Mrs. Angelini gab mir das Fernglas zurück und zwinkerte mir zu, bevor sie wieder ins Haus ging und mich allein zurückließ, um die neuen Bewohner weiter zu beobachten. Doch als ich diesmal hinschaute, sah ich etwas, was ich ganz sicher nicht hätte sehen sollen. Einer der Männer muss ins Haus gegangen sein, denn der andere war jetzt allein. Er hatte sich von seinem vorherigen Platz entfernt und stand nun splitterfasernackt unter einer Außendusche. Mir lief das Wasser im Mund zusammen. Ich hätte wegschauen sollen, aber mein Blick blieb auf seinem bronzenen Körper haften. Das Wasser lief über ihn hinweg wie ein Wasserfall über einen Berg aus gemeißeltem Stein.

Ich fühlte mich schrecklich, weil ich ihn angestarrt hatte, aber mal ehrlich... wer duscht schon vor den Nachbarn? Zu seiner Verteidigung muss ich sagen, dass er wahrscheinlich dachte, er sei unbeobachtet. Das einzige Haus, das auf der

Rückseite seines Hauses stand, war meines. Wahrscheinlich hätte er nie gedacht, dass jemand, der so weit weg ist wie ich, ihn beobachten würde.

Meine Schuldgefühle holten mich schließlich ein. Ich stellte das Fernglas ab und nahm einen großen Schluck von meinem Zitronenwasser. Vielleicht sollte ich es mir stattdessen über den Kopf schütten. Ich versuchte, mich auf etwas anderes zu konzentrieren als auf die Vorführung auf der anderen Seite der Bucht, nahm mein Handy zur Hand und begann, nach Sommerjobs zu suchen. Ich wollte keinen großen Stress, nur etwas, um ein bisschen Geld für meinen Umzug nach Pennsylvania im Herbst zu verdienen. In Anbetracht der Tatsache, dass das Aufregendste, was ich in letzter Zeit erlebt hatte, darin bestand, ein paar gut aussehende Männer auszuspionieren, brauchte ich etwas, mit dem ich meine Zeit verbringen konnte.

Ich hatte vor ein paar Jahren meinen College-Abschluss gemacht, war aber aus beruflichen Gründen in Boston geblieben. Ich war gerade vierundzwanzig geworden und für den Sommer zurück nach Rhode Island gezogen, bevor ich mein Jurastudium beginnen wollte. Mein *Zuhause* war ein Anwesen im Besitz von Eloise Angelini, einer Witwe, deren Mann eine Reihe von Fischrestaurants geführt hatte. Ich hatte seit meinem zweiten Jahr an der High School bei Mrs. Angelini gelebt. Nach dem Tod ihres Mannes hatte sie beschlossen, mich als Pflegekind aufzunehmen, nachdem meine vorherige Pflegemutter weggezogen war. Dank ihr konnte ich die High School mit meinen Freunden abschließen und musste Narragansett nicht verlassen. Dafür werde ich ihr immer dankbar sein. Und als wäre es nicht genug, dass sie mich bei sich aufnahm, beschloss sie auch noch, mir bei meinem College-Abschluss zu helfen—obwohl sie das gar nicht musste, da ich ein Vollstipendium für Harvard erhielt.

Trotzdem sorgte Mrs. Angelini dafür, dass ich einen Ort hatte, den ich mein Zuhause nennen konnte. Sie gab mir immer das Gefühl, dass sie mich mehr brauchte als ich sie, obwohl ich wusste, dass das nicht der Fall sein konnte. Sie hatte mich in einer der einsamsten Zeiten ihres Lebens gefunden, aber *ich hatte* mich bereits an ein einsames Leben gewöhnt. Ich hatte nie etwas anderes gekannt, als auf mich allein gestellt zu sein, und ich hatte gelernt, mich auf nichts einzulassen, mich an niemanden zu binden. Als ich mit fünfzehn Jahren bei Mrs. Angelini landete, war ich schon in vielen Pflegefamilien untergekommen. Ich schätzte es, dass sie nicht versuchte, mich zu bemuttern. Sie war eine echte Freundin und Vertraute. Und wir brachten uns gegenseitig zum Lachen—sogar sehr viel. Mrs. Angelini gab mir ein Gefühl der Sicherheit, und ich lenkte sie von dem Verlust ihres Mannes ab. Wir waren genau das, was der andere brauchte. Doch mein Leben hatte mich darauf konditioniert, mich mit niemandem zu sehr anzufreunden—auch nicht mit Mrs. Angelini, die mich immer mit offenen Armen empfangen hatte.

Ich fragte mich, ob es sicher war, jetzt über die Bucht zurückzuschauen. Als ich mein Fernglas an meine Augen hielt, zuckte ich zusammen, als ich den sexy Mann entdeckte, der sich gerade seinen immer noch nackten Körper mit einem Handtuch abwischte. Sein riesiger Schwanz wippte auf und ab, und nachdem ich für eine Weile den Faden verloren hatte, ließ ich meine Blicke von ihm ab und schaute nach links.

Ich sprang auf. *Der andere Kerl* starrte *mich* an—mit seinem eigenen Fernglas. Er hatte mich dabei beobachtet, wie ich seinen Freund beobachtete.

Oh nein!

Dann, zu meinem Entsetzen, winkte er mir mit einem abfälligen Lächeln zu.

Was soll ich nun tun?

Diese Typen wussten, wo ich wohnte, und ich würde ihnen wahrscheinlich in der Stadt begegnen. Ich konnte mich nicht ewig verstecken. Cool bleiben war meine einzige Option. Anstatt ins Haus zu rennen—mein erster Instinkt—versuchte ich, ruhig zu bleiben. Ich lächelte und winkte zurück.

Ich wollte gerade mein Fernglas absetzen, als ich sah, wie er den Mann aus der Dusche zu sich rief. Der zuvor nackte Mann hatte jetzt das Handtuch um die Taille gewickelt. Der Typ mit dem Fernglas sagte etwas zu ihm, und sie lachten. Dann schnappte sich der Mann aus der Dusche das Fernglas und winkte mir ebenfalls zu. Hat ihm das Spaß gemacht? Offenbar haben sich beide über meine Blödheit amüsiert.

Ich winkte verlegen zurück und merkte dann, dass ich die Nase voll hatte. Ich drehte mich um und ging ins Haus.

Mrs. Angelini stand an der Spüle und spülte Geschirr. "Was ist denn los, Felicity? Du bist ja völlig errötet."

"Nichts", sagte ich, als ich an ihr vorbeiging, um nach oben in mein Zimmer zu gehen.

Obwohl ich über das, was draußen passiert war, nachdachte, zwang ich mich, mich für die nächsten paar Stunden wieder auf die Suche nach einem Sommerjob zu konzentrieren—nicht gerade das aufregendste Memorial-Day-Wochenende, das war sicher.

Später am Abend klingelte es an der Tür, und ich hörte Mrs. Angelinis Schritte, als sie zur Tür ging. Die Tür schloss sich, bevor sie mir vom Fuß der Treppe aus zurief.

"Felicity, du solltest vielleicht runterkommen. Eine Lieferung ist für dich gekommen."

Für mich kam etwas? Ich sprang von meinem Bett auf und lief die Treppe hinunter. Mrs. Angelini hielt einen Strauß mit leuchtend gelben Blumen in der Hand. Narzissen?

"Von wem sind die?", fragte ich.

"Ich weiß es nicht. Aber da ist eine Karte."

Ich nahm ihr die Blumen ab und trug sie zum Küchentisch. Mein Herz schlug mir fast bis zum Hals, als ich die Karte öffnete und den Zettel las.

Lieber Rotschopf von der anderen Seite der Bucht,

Wir dachten, das wäre die perfekte Art, um uns für deine Nachbarschaft zu bedanken. Dies ist eine Blume, die als Spanner-Narzissen bekannt ist. Müssen wir noch mehr sagen? Genieße sie.

Liebe Grüße von deinen Nachbarn, Sig und Leo

Die Hölle.

Die Hölle war der Moment, als ich ein paar Tage später in den Lebensmittelladen ging und ihn fast umgerannt hätte.

"Du bist es." Er hielt ein langes, phallusartig aussehendes Baguette hoch und schüttelte es. "Erinnert dich das an etwas?"

Mein Gesicht fühlte sich heiß an. "Sehr witzig."

"Ich habe in den letzten Tagen nicht viel von dir draußen gesehen. Haben wir dich erschreckt?"

Das war nicht der Typ von der Dusche, sondern derjenige, der mich beim Gaffen erwischt hatte. Er hatte einen starken britischen Akzent, war sehr groß und hatte dunkles Haar.

"Ich habe mir nur eine Pause vom Garten gegönnt."

"Zu heiß draußen für dich, was?"

"Hör zu, ich wollte nicht sehen, was ich gesehen habe. Ich habe mich diesen Sommer mit...Vogelbeobachtung beschäftigt. Dann seid ihr zwei eines Tages eingezogen, und ich—"

"Whoa, whoa, whoa..." Der andere Typ war neben seinem Mitbewohner aufgetaucht. "Es tut mir leid, was er vorhin zu dir gesagt hat. Er spielt nur herum." Auch er hatte einen starken britischen Akzent. "Ich glaube nicht, dass wir uns richtig kennengelernt haben."

"Obwohl, ihr beide habt euch *unangemessen* kennengelernt...", schimpfte sein Freund.

"Sei doch still, Sigmund."

Okay, das Arschloch ist also Sig—oder Sigmund. Der vorher Nackte muss also Leo sein. Sie waren beide groß und sahen gut aus, aber Leo war mit seinen gemeißelten Zügen, seinem glänzenden Haar und seinen markanten Augen auf einer anderen Ebene—ein totaler Adonis und einschüchternd schön.

Sigmund zuckte mit den Schultern. "Sicherlich weiß sie, dass ich nur scherze."

"Aber du weißt nicht, wann du aufhören musst. Das war schon immer dein Problem. *Siehst du nicht, wie rot ihr Gesicht wird?* Du bringst sie in Verlegenheit."

Äh...wie rot wird mein Gesicht? Das war beschämend. Ich konnte mich nicht kontrollieren. Schließlich war ich ein

Rotschopf mit heller, sommersprossiger Haut. Immer, wenn ich in Verlegenheit geriet, wurde ich im Grunde von Kopf bis Fuß rot.

Leos Tonfall wurde weicher. "Ich entschuldige mich für sein unhöfliches Verhalten." Er streckte seine Hand aus. "Ich bin Leo Covington."

Ich nahm sie und genoss die Wärme seiner Haut. "Felicity Dunleavy."

Der andere Typ reichte mir seine Hand. "Sigmund Benedictus. Aber bitte nenn mich Sig."

Benedictus?

Er war ein Arschloch-Tus.

Ja, das war er.

Das passte.

"Schön, dich kennenzulernen", sagte ich.

"Und dich auch, *Sommersprosse*."

Sommersprosse? Hätte er sich nicht einen originelleren Spitznamen ausdenken können? Ich war wegen meiner Sommersprossen sehr verlegen und hätte am liebsten jeden umgebracht, der mich Sommersprosse nannte.

"Macht es dir etwas aus, mich nicht so zu nennen?"

"Willst du lieber einen anderen Spitznamen?", fragte Sig. "Voyeurist, vielleicht?"

Leo knirschte mit den Zähnen. "Genug. Ganz im Ernst."

"Na gut. Ich werde mich benehmen. Ich gehe auf die Suche nach Tapenade für dieses Brot." Er blinzelte. "Bin gleich wieder da."

Erleichterung durchströmte mich, als er wegging.

"Das mit ihm tut mir…wirklich leid", sagte Leo.

"Nun, wenn man bedenkt, wie du von mir erfahren hast, ist der Spott gerechtfertigt. Ich hätte nicht spionieren sollen."

"Ich glaube nicht, dass du damit gerechnet hast, mich ohne Sachen zu sehen. Das war das erste Mal, dass ich das gemacht habe. Ich nahm natürlich an, dass niemand in der Nähe war. Übrigens habe ich nicht die Angewohnheit, mich vor aller Welt zu duschen. In England hatte ich nie eine Außendusche. Es ist etwas Neues für mich."

Leo war einfach umwerfend. Sein Haar war hellbraun mit goldenen Untertönen. Er hatte einen schönen Körperbau und volle Lippen, die man regelrecht anstarren musste. Es gab nicht eine Sache, die ich an seinem Gesicht ändern würde. Seine Augen waren tiefblau. Sie erinnerten mich an ein Stück Seeglas, das ich einmal für eine Halskette verwendet hatte.

Ich räusperte. "Was führt dich nach Narragansett?"

"Ich nehme mir sechs Monate Auszeit vom Leben. Es schien ein guter Ort zu sein, um abzuschalten. Wir haben diesen Ort eigentlich zufällig auf einer Karte entdeckt. Sigmund und ich haben unsere Zeit in einigen verschiedenen Bundestaaten verbracht. Zuerst war es Kalifornien, dann New York und jetzt Rhode Island."

"Seid ihr zwei...zusammen?"

Seine Augenbraue hob sich. "Was meinst du mit *zusammen*? Wir wohnen zusammen in einem Haus. Aber wenn du eine *Beziehung* meinst, dann nein. Was genau hast du denn angenommen?"

"Ich dachte, du könntest schwul sein."

"Wenn ich schwul wäre, hätte ich einen viel besseren Männergeschmack als meinen Idioten von Cousin. Wie kommst du darauf, dass wir schwul sind?"

"Ich weiß es nicht. Zwei gut aussehende Männer, die zusammen in einem großen Haus leben..."

"Also, wenn ich ein Kerl bin, der mit einem anderen Mann zusammenlebt, muss ich ihn automatisch vögeln?"

"Du hast recht. Das war eine voreilige Vermutung."

"Danke für das Kompliment, übrigens."

Ich hatte ihn gerade gut aussehend genannt, oder? Ich fühlte mich plötzlich heiß und schaute in Richtung der Gemüseabteilung. "Nun, ich gehe jetzt besser..."

"Bevor du das tust, möchte ich mich für die Blumen entschuldigen, die er dir neulich Abend geschickt hat. Ich habe ihn gebeten, es nicht zu tun. Nicht jeder weiß diesen Sinn für Humor zu schätzen."

Ich zuckte mit den Schultern. "Es war in Ordnung. Sie waren schön. Zuerst war es mir peinlich, aber dann musste ich über die ganze Sache lachen. Mrs. Angelini hat sich bestimmt darüber amüsiert."

Seine Augenbraue hob sich. "Mrs. Angelini?"

Wie sollte ich erklären, wer sie ist, ohne diesen Fremden mit meiner Geschichte zu belasten? Ich habe es einfach gehalten. "Sie ist meine Mitbewohnerin."

"Ah. Mitbewohnerin. Dann muss sie also deine lesbische Geliebte sein." Er hob eine Augenbraue, und ich musste lächeln. "Wie auch immer, warum nennst du sie Mrs. Angelini? Hat sie keinen Vornamen?"

"Naja, sie ist siebzig. Es ist mehr eine Sache des Respekts. Vor ein paar Jahren habe ich angefangen, sie so zu nennen, und das ist so geblieben. Sie hat mich immer gebeten, sie mit ihrem Vornamen anzusprechen, aber ich habe mich daran gewöhnt, sie Mrs. Angelini zu nennen."

"Ich verstehe." Seine Augen bohrten sich einen Moment lang in meine. "Deine Mitbewohnerin ist siebzig. Und wie alt bist du, wenn ich fragen darf?"

"Vierundzwanzig. Was ist mit dir?"

"Achtundzwanzig", antwortete er. Seine Augen verweilten eine Weile auf meinen." Hör zu, wir werden das

Haus gegenüber von dir für den ganzen Sommer mieten. Wir wissen praktisch nichts über Narragansett. Ich würde dich gern ausfragen, wo wir hingehen und was wir hier machen können. Vielleicht hast du ja nichts dagegen, diese Woche mal auf einen Tee vorbeizukommen?”

“Tee? Du bist wirklich britisch, nicht wahr?”

“Schuldig im Sinne der Anklage.” Seine weißen Zähne blitzten.

Ich schaute auf meine Füße und sagte: “Ich weiß nicht.”

“Ich verspreche, dass ich mich nicht ausziehe…” Er fügte ein schiefes Lächeln hinzu.

Ich stieß ein dringend benötigtes Lachen aus. “Nun, wenn du es so ausdrückst.”

“Dann morgen um zwei? Oder wann immer es dir passt.”

Ein Teil von mir wollte ablehnen, aber warum? Es war ja nicht so, als hätte ich etwas Aufregenderes zu tun. Ich verstand nicht ganz, ob er wirklich mein Fachwissen über Narragansett wissen wollte, oder ob hinter der Einladung mehr steckte, jetzt, wo ich wusste, dass er nicht schwul war.

“Klar. Morgen um zwei geht klar.”

“Brillant. Du weißt, wie du zum Haus kommst, ohne rüber schwimmen zu müssen, nehme ich an?”

“Ja.” Ich lächelte.

“Sehr gut. Und ich verspreche, Sigmund wird sich von seiner besten Seite zeigen.”

“Ich komme schon klar, sollte er sich nicht benehmen.”

Dieser scheinbar reiche Reisende hatte keine Ahnung, wie viel ich aushalten konnte. Ich wurde zwar rot, wenn ich mich schämte, aber ich hatte mir im Laufe der Jahre eine ziemlich dicke Haut zugelegt.

So ist das eben, wenn man immer für sich selbst sorgen musste.

KAPITEL 2
Felicity

Titel 2: "It's the Hard-Knock Life" von der Original Broadway Rollenbesetzung von Annie

"Was genau trägt man bei einer Tee-Verabredung?", fragte ich.

"Ich werde dir sagen, was man *nicht* trägt. Das schäbige 'Gamer Girl'-T-Shirt, das du gerade trägst."

Meine beste Freundin Bailey war gerade im zweiten Jahr ihres Studiums an der Brown University. Sie wohnte etwa vierzig Minuten entfernt in Providence, aber sie besuchte mich ein paar Stunden, bevor ich mich auf den Weg zu den Nachbarn machen wollte.

"Deshalb frage ich dich ja. Du hast einen viel besseren Sinn für Mode als ich."

Sie durchstöberte meinen Kleiderschrank. "Ich denke an...etwas zugeknöpftes, ordentliches, aber dennoch schickes."

"Wirklich? Abgesehen von ihrem Akzent wirken diese Typen gar nicht so vornehm. Sie sind eher wild."

"Denk mal drüber nach. Tee? Das ist doch gleichbedeutend mit hochgeschlossenem Hals und Knöpfen." Sie griff nach einer weißen Bluse, die ich oft zu Vorstellungsgesprächen trug. "Das sieht gut aus. Welche Röcke hast du?"

"Ich trage eigentlich nie welche."

"Im Ernst. Dein ganzer Kleiderschrank besteht aus Jeans, ein paar T-Shirts in verschiedenen Farben und ein paar Sweatshirts."

"Na ja, das ist es, was ich mag."

"Du brauchst aber etwas für besondere Anlässe."

"Ich gehe eigentlich nirgendwo hin."

Es gelang ihr, den einen Rock zu finden, den ich im hinteren Teil meines Schranks hatte. "Was ist das?"

"Das ist der Rock, den ich in der Highschool bei Chorkonzerten getragen habe."

"Passt er dir?"

"Ich glaube schon, aber findest du ihn nicht zu förmlich?"

"Nein. Probier ihn an."

Ich zog mich aus, zog das weiße Hemd an und knöpfte es zu, bevor ich den langen, schwarzen Rock über meine Beine streifte.

Bailey sah mich von oben bis unten an. "Du siehst gut aus." Sie durchsuchte weiter meinen Kleiderschrank. "Wie wär's mit dem hier drüber?" Sie nahm einen grauen Blazer von einem der Bügel. "Du brauchst etwas, das das weiße Hemd aufpeppt."

"Es ist Juni. Ist es draußen nicht zu warm für einen Blazer?"

"Na ja, ihr werdet doch in einem klimatisierten Raum sitzen, oder?"

"Vielleicht. Ich bin mir nicht sicher." Ich streifte mir die Jacke über die Schultern.

"Warum mieten diese Typen nochmal das Haus?"

"Er sagte, sie hätten Narragansett zufällig ausgewählt. Sie machen einen sechsmonatigen Urlaub hier in den Staaten."

"Seltsam. Aber gleichzeitig auch cool." Sie strahlte. "Glaubst du, der Typ mag dich?"

Ich schloss den letzten Knopf der Jacke. "Ich weiß es nicht."

"Nun, er hat keine Ahnung, dass er den Schachmeister der Narragansett High zum Tee eingeladen hat."

"Ja, ich glaube nicht, dass das etwas ist, womit man protzen kann. Es ist schon schlimm genug, dass ich angezogen bin, als ginge ich zu einem Vorstellungsgespräch. Ich muss meine Nerd-Tendenzen nicht auch noch hervorheben."

Sie lachte. "Okay. Also, ich muss los. Lass mich wissen, wie es gelaufen ist, okay?"

"Mach ich."

"Und Felicity? Treffen wir uns nächste Woche in der Stadt. Lass uns einkaufen gehen. Mir war nicht klar, wie schlimm die Situation in deinem Kleiderschrank ist."

"Nicht nötig."

"Oh, glaub mir, es ist nötig."

Ich parkte mein winziges Auto vor dem schönen Anwesen, das eine runde Einfahrt hatte. Das Haus war mit Holzschindeln verkleidet und verfügte über eine herrliche Veranda mit vier weißen Gartenstühlen. Es war das typische Narragansett-Haus, das sich die meisten Leute nur in ihren Träumen leisten konnten.

Bevor ich zur Haustür gehen konnte, kam Sig heraus, um mich zu begrüßen. Ich stand ihm gegenüber, als ich vor meinem Auto stand.

Er warf mir einen Blick zu. "Ich wusste gar nicht, dass wir Mary Poppins zum Tee eingeladen haben."

Na toll.

Ist es so schlimm? Ich sah an mir herunter. *Es ist so schlimm.* Langer, schwarzer Rock mit weißem Hemd und Blazer. Das Einzige, was fehlte, war der Regenschirm. *Verdammt noch mal, Bailey.*

Als ich auf seine freie Brust blickte, wurde mir klar, dass es sich hier definitiv um einen zwanglosen "Tee" handelte. Leo, der zufällig ein T-Shirt trug, erschien schließlich und rannte auf uns zu, als wolle er seinen Cousin davon abhalten, weiteren Schaden anzurichten.

"Da seid ihr ja", sagte Leo.

"Ich bin noch nie zum Tee eingeladen worden", sagte ich. "Ich nahm an, dass es eher formell sei. Aber da habe ich mich wohl geirrt."

Leo lächelte. "Ich finde es reizend, dass du dich schick gemacht hast. Und damit du es weißt: Du siehst toll aus."

"Und du bist ein Lügner." Ich lachte und wischte ein paar Fussel von meinem Rock. "Aber trotzdem danke."

Sig sah zu meinem kleinen, mintgrünen Fiat 500 hinüber. "Willst du dein Spielzeugauto auch mit reinnehmen?"

"Lass mein Auto in Ruhe. Es lässt sich leicht einparken und verbraucht wenig Benzin."

"Sigmund weiß, wie es ist, klein und spritsparend zu sein", scherzte Leo. Er legte seine Hand leicht auf meinen Rücken, was mir einen Schauer über den Rücken jagte. "Willkommen in unserer bescheidenen Behausung. Lass uns reingehen."

"Wohl kaum bescheiden." Ich kicherte und blickte zu dem riesigen Anwesen hinauf.

Sie führten mich durch ein großes Foyer in eine geräumige Küche mit cremefarbenen Schränken und funkelnden Granitarbeitsplatten.

"Was möchtest du trinken?", fragte Leo.

"Ich dachte, Tee wäre heute das Hauptgetränk."

"Ich wette, du magst ihn nur mit einem Löffel Zucker, oder?", schimpfte Sig.

Ich rollte mit den Augen. "Spoonful of Sugar"—das berühmte Lied aus *Mary Poppins*. Dieser Typ war eine Nervensäge.

Ich glaube, Leo hat den Witz nicht verstanden. Er blinzelte seinen Cousin nur an. "Nun, als ich dich zum Tee eingeladen habe, habe ich den Begriff nicht so ernst gemeint", sagte er. "Wir haben auch andere Möglichkeiten. Aber ich kann Tee kochen, wenn du das möchtest."

"Wenn das so ist, hätte ich gern etwas Tequila. Habt ihr welchen?" Ich stichelte.

"*Tee*-Quila. Kommt sofort, meine Hübsche."

"Das war ein Scherz, aber ich werde ihn bestimmt nicht ablehnen."

"Tee-Quila ist sowieso viel besser als Tee." Er blinzelte.

Sig hatte die Küche verlassen, und Leo ging in einen Nebenraum, in dem wohl der Schnaps gelagert wurde. Während der kurzen Zeit, in der ich allein war, blickte ich durch die Flügeltüren auf die Bucht hinaus.

Seine Stimme ließ mich aufschrecken. "Es ist ein schöner Tag." Leo hielt etwas in der Hand, das ich als eine Flasche Casamigos Reposado Tequila und zwei Schnapsgläser erkannte.

"Es ist wunderschön draußen, ja."

Er gestikulierte mit dem Kopf. "Lass uns die Drinks draußen genießen, ja? Ich bin gespannt darauf, mehr über dich zu erfahren."

"Über mich? Ich dachte, ich sollte *euch* etwas über Narragansett erzählen."

"Oh. Nun, ich nehme an, darüber können wir auch reden." Er lächelte.

Leo führte mich hinaus auf die große Terrasse und stellte den Alkohol und die Gläser auf einen Tisch. Ich setzte mich in einen der Stühle, und er setzte sich mir gegenüber.

Er öffnete die Flasche und goss den Tequila fast bis zum Rand meines Schnapsglases ein, bevor er sich selbst bediente.

Er streckte sein Glas nach meinem aus. "Prost."

Wir stießen beide gleichzeitig an. Der Tequila brannte in meiner Kehle, als er hinunterlief.

So viel zum Thema Tee. Hoch die Tassen! Fast augenblicklich spürte ich den Alkohol, meine Wangen kribbelten. Als ich über die glitzernde Bucht blickte, sagte ich: "Es ist seltsam, mein Haus aus diesem Blickwinkel zu sehen. Das Grundstück von Mrs. Angelini sieht von hier aus noch viel schöner aus. Ich glaube sogar, dass diese Aussicht— die Rückseite ihres Hauses - der beste Teil ist."

"Ich glaube, der schönste Teil des Hauses ist der, der mir gegenüber liegt."

Seine Worte ließen mich erröten. "Worauf stützt du diese Aussage?", fragte ich. "Du kennst mich doch gar nicht."

"Ich wollte dir ein Kompliment machen, aber du hast recht. Ich weiß nicht viel über dich, abgesehen davon, dass du nicht sehr leicht zu bezaubern bist."

Sig tauchte auf und klopfte seinem Cousin auf die Schulter. "Mein Junge hier ist das nicht gewohnt. Normalerweise fallen ihm die Frauen zu Füßen."

Ich wandte mich an Leo. "Also...du hast gesagt, ihr seid sechs Monate auf Reisen. Habt ihr euch von eurem Job freigenommen oder ..."

Sig kicherte.

Ich drehte mich zu ihm um und hob meine Augenbraue. "Was ist so lustig?"

"Er findet es witzig, dass ich mich von der Arbeit freistellen lassen will, denn das ist für mich nicht wirklich wichtig", antwortete Leo.

"Wieso das denn? Arbeitest du nicht?"

"Er kommt aus einer reichen Familie", sagte Sig. "Ob er nun täglich arbeitet oder nicht, ist unerheblich, aber es *gibt* Verpflichtungen."

Leo sah verärgert aus. "Mein Vater bereitet mich darauf vor, das Familienunternehmen zu übernehmen", stellte er klar. "Er besitzt eine Reihe von Grundstücken auf dem Land, wo wir in England leben."

Nachdem ich einen Moment gebraucht hatte, um das zu verarbeiten, fragte ich: "Diese Vorbereitung beinhaltet also eine sechsmonatige Reise durch die USA?"

"Das scheint vielleicht keinen Sinn zu ergeben, aber ja, diese Reise war Teil einer Vereinbarung, die ich mit meinem Vater getroffen habe. Da ich ein Einzelkind bin, wurden immer enorme Erwartungen an mich gestellt. Bevor ich anfangen kann, die Dinge richtig ernst zu nehmen, brauchte ich eine Pause von diesem Druck. Ich weiß, was von mir erwartet wird, und ich habe vor, seine Wünsche zu erfüllen. Aber ich brauchte erst einmal diese Auszeit."

"Okay, du hast also eine Abmachung mit deinem Vater getroffen..."

Er nickte. "Er hat mich sechs Monate von allen familiären Verpflichtungen befreit. Und im Gegenzug werde ich die Dinge ernster nehmen, wenn ich zurückkomme."

"Du willst das Familienunternehmen nicht übernehmen?"

Seine Miene wurde ein wenig ernst. "Was ich will, hat noch nie wirklich eine Rolle gespielt."

"Bei allem Respekt, warum kannst du deinem Vater nicht einfach sagen, dass du kein Interesse hast?"

Sig lachte leise vor sich hin.

Ich schaute zu ihm hinüber und wieder zu Leo. "Tut mir leid, dass ich so neugierig bin."

Sig gluckste. "Glaub mir, er ist *begeistert*, dass du diese Fragen stellst, denn es bedeutet, dass du absolut keine Ahnung hast, wer er ist, und genau das ist ihm am liebsten."

Leos Gesicht wurde ein wenig rot.

"Wovon redet er?", fragte ich. "Wer *bist* du?"

"Hier? Keiner." Er seufzte. "Aber zu Hause in der Blase? Die Leute halten mich für eine große Nummer, weil ich in eine so bedeutende Familie hineingeboren wurde. Ich bin das Ziel vieler ungewollter Aufmerksamkeiten."

"Huhu." Sig rollte mit den Augen. "Ich würde gerne etwas von dieser so genannten Last tragen, wenn ich könnte."

Leo sah ihn böse an. "Wie auch immer, genug davon im Moment. Darf ich dir noch einen Drink einschenken?" Er schien darauf erpicht zu sein, das Gespräch auf etwas anderes zu lenken.

Ich hob meine Handfläche hoch. "Lieber nicht. Ich spüre schon, wie mir der Tee zu Kopf steigt."

"Wie wäre es dann mit einem *richtigen* Tee?"

"Das wäre nicht schlecht."

Sig stand auf. "Ich melde mich freiwillig, um ihn zu machen. Ich merke, dass du darauf gewartet hast, dass ich für eine Sekunde verschwinde, damit du in Ruhe mit Sommersprosse reden kannst."

"Ich glaube, sie hat dir gesagt, dass du sie nicht so nennen sollst", schimpfte Leo.

"Stimmt." Er legte seine Hand auf sein Herz und tat so, als würde er es bereuen. "Verzeih mir, Mary."

So ein Arschloch.

"Ich entschuldige mich für ihn. Wirklich, wenn wir nicht verwandt wären, hätte ich mich schon lange von ihm getrennt. Aber er ist ein lustiger Reisebegleiter, wenn er nicht gerade ein Arsch ist."

"Ist schon in Ordnung."

Er legte den Kopf schief. "Erzähl mir mehr von dir, Felicity."

"Nun, ich habe vor ein paar Jahren das College abgeschlossen und in den letzten zwei Jahren für eine gemeinnützige Organisation in Boston gearbeitet."

"Wo bist du denn zur Schule gegangen?"

"Harvard."

Seine Augen weiteten sich. "Keine große Sache also." Er hustete. "Wow. Im Ernst, herzlichen Glückwunsch."

"Dankeschön."

"Was steht als Nächstes an?"

"Ich gehe im Herbst nach Pennsylvania, um Jura zu studieren."

"Großartig."

"Ja. Ich versuche, den Sommer zu genießen, bevor ich mich wieder anstrengen muss."

"Ich weiß, dass du mit einer Mitbewohnerin zusammenwohnst. Wo wohnt deine Familie?"

Jetzt geht's los. Ich musste es einfach sagen. "Eigentlich habe ich gar keine."

Besorgnis erfüllte seine Augen. "Du hast keine Familie?"

"Nö. Ich bin bei Pflegeeltern aufgewachsen, habe also die meiste Zeit meines Lebens bei Leuten gelebt, die nicht meine richtigen Eltern waren. Mrs. Angelini ist die letzte dieser Personen. Sie nahm mich auf, als ich fünfzehn war, und das Haus auf der anderen Seite der Bucht ist seitdem mein Zuhause."

Er nickte und vernahm meine Offenbarung. "Ich hoffe, du nimmst es mir nicht übel, aber ich finde dich jetzt noch bemerkenswerter—was du schon alles erreicht hast. Es kann nicht leicht für dich gewesen sein, als du aufgewachsen bist."

"War es nicht, aber es hat mich zu der Person gemacht, die ich heute bin. Es hat mich stark gemacht."

"Das kann ich sehen." Sein Blick verweilte ein wenig. "Ist dir zu heiß hier draußen?"

Mir war heiß. Nicht nur wegen der Sonne und meiner lächerlich dicken Kleidung, sondern auch wegen meiner Anziehungskraft auf ihn. Das brachte mich zum Erglühen, wie ich es schon lange nicht mehr erlebt hatte. Und das machte mich unruhig.

"Ja." Ich blickte auf mein Ensemble hinunter. "Diese Aufmachung war nicht die beste Wahl."

"Sollen wir reingehen? Ich kann dir eine Führung durch das Haus geben."

"Das wäre schön", sagte ich und stand auf.

Wir gingen an Sig vorbei in die Küche, und Leo führte mich herum.

Schließlich führte er mich durch das Foyer zurück ins Wohnzimmer. Die bodentiefen Fenster ermöglichten einen freien Blick auf die Bucht aus einem anderen Blickwinkel, und die Sonnenstrahlen, die hindurchfielen, leuchteten auf dem Hartholzboden.

"Ich hatte mich schon immer gefragt, wie dieses Haus von innen aussieht. Es ist sogar noch schöner, als ich es mir vorgestellt habe."

Er starrte durch mich hindurch. "Ja."

Drinnen zu sein, hatte mich wirklich nicht abgekühlt. Ich fummelte an meinem Kragen herum und war versucht, meine Bluse aufzuknöpfen, obwohl ich wusste, dass ich das nicht tun sollte.

"Du scheinst dich etwas unwohl zu fühlen", sagte Leo. "Mache ich dich nervös?"

Ich gab etwas zu, was ich wahrscheinlich nicht hätte sagen sollen. "Ich glaube, ich habe die Art und Weise, wie wir uns das erste Mal ... getroffen haben, immer noch nicht überwunden."

Er hob eine Augenbraue. "Die *Vogelbeobachtung*, meinst du?"

"Nein. Ich habe mit der Vogelbeobachtung angefangen, aber nachdem ich euch entdeckt hatte, habe ich *euch* definitiv beobachtet. Das will ich gar nicht leugnen. Ich glaube, nur wenige Leute hätten sich weggedreht. Ich bin auch nur ein Mensch."

Sein Mund verzog sich zu einem Lächeln. "Das ist ein weiterer Grund, warum ich dich mag, Felicity. Die meisten Menschen hätten sich vielleicht nicht abgewandt—ich hätte es sicher nicht getan—aber nur wenige sind in solchen Dingen ehrlich. Ich bin mein Leben lang von unehrlichen Menschen umgeben, deren oberstes Ziel es ist, gut auszusehen, anstatt authentisch zu sein. Ich kenne dich kaum, aber das Wenige, das du mir erzählt hast, ist ganz du selbst. Und das weiß ich zu schätzen. Es ist erfrischend."

"Der Tee ist fertig", verkündete Sig von der Türschwelle aus, woraufhin Leo und ich uns gemeinsam zu ihm umdrehten. Er warf uns einen Blick zu, als ob er wüsste, dass er uns gerade in einem *Moment* unterbrochen hatte. "Ich habe Teegebäck gemacht, da die Dame offensichtlich einen *richtigen* Nachmittagstee erwartet hat."

"Danke", sagte Leo, bevor er sich zu mir umdrehte. "Er ist eindeutig der Koch in dieser Beziehung."

Ich folgte ihnen in den großen Speisesaal, wo Sig ein förmlich aussehendes Teeservice aufgebaut hatte. Auf einem Teller stapelte sich ein Berg von Teegebäck über dem anderen.

"Die hast tatsächlich du gemacht?", fragte ich.

"Ja. Selbst gemacht."

"Beeindruckend."

"Es sind gar nicht viele Zutaten", sagte Sig. "Iss unbedingt einen, bevor sie abkühlen. Es geht nichts über geschmolzene Butter darauf."

Ich nahm mir einen und bestrich ihn mit Butter. Es war genauso, wie er es versprochen hatte, schmackhaft und lecker. Leo ließ es sich nicht nehmen, mir eine Tasse Tee einzuschenken. Das war süß.

Sig verschränkte die Arme. "Also, Felicity, was machen zwei alleinstehende Männer hier eigentlich so zum Spaß?"

"Das fragst du *mich*?", sagte ich mit dem Mund voller Teegebäck. "Es scheint, als hättet ihr keine Probleme, euch zu amüsieren, mit euren Partys und allem."

Leos Augen verengten sich. "Partys?"

"Ja, ich habe eines Nachts die blinkenden Lichter von hier kommen sehen, und ich habe mehr als einmal Musik von der anderen Seite der Bucht gehört."

Leo schüttelte den Kopf. "Da war keine Party. Das war Sigmund, der seine Musik gespielt und mich verarscht hat. Seit wir hier sind, haben wir noch niemanden wirklich getroffen. Die Vorbewohner haben diese Stroboskoplichter und das Soundsystem installiert."

Ich gluckste. "Nun, das ist irgendwie bizarr. Ich habe einfach angenommen, dass ihr Partylöwen seid."

"Wie auch immer, du hast meine Frage nicht beantwortet", sagte Sig. "Was ist denn hier so angesagt?"

"Na ja, da ist die Bar am Strand. Da hängen viele Leute rum, sogar unter der Woche. Und dann ist da noch das Stadtzentrum. Dort gibt es eine Menge netter Restaurants. Aber wenn ihr euch entschieden habt, einen Teil eurer US-Reise ausgerechnet hier zu verbringen, seid ihr vielleicht nicht auf der Suche nach einem aufregenden Nachtleben."

"Sig und ich hatten unterschiedliche Vorstellungen von dieser Reise", sagte Leo. "Narragansett war sein Kompromiss für mich, da ich die anderen Orte ertragen habe. Und ich suche auf jeden Fall nach Frieden."

"Ich suche auch nach *etwas*." Sig zwinkerte.

Leo verdrehte die Augen. "Vergiss die Touristen. Sag mir, was machen die Einheimischen gerne?"

"Hier ist alles ziemlich entspannt. Meistens sitzen wir auf unseren Terrassen und trinken Bier, oder wir schauen uns den Sonnenuntergang über der Bucht an. Vielleicht gehen wir auch zum Muscheln sammeln oder angeln und schauen, was wir an frischem Fang zum Abendessen mit nach Hause bringen können."

Leo lächelte. "Du angelst?"

"Gelegentlich. Allerdings bräuchte ich ein Boot, um zu den besten Stellen in der Bucht zu kommen, um dort zu Quahogen."

"Co-was?", fragte Leo.

"Quahoging. Der Vorgang des Grabens nach Quahogs. Muscheln."

"Ah. Braucht man dafür ein Boot?"

"Nun, es gibt einen Teil der Bucht, wo man viel sammeln kann, aber man braucht ein Boot, um von hier aus dorthin zu gelangen."

"Ich verstehe." Leo leckte sich die Butter von der Seite seiner Lippen. "Wenn ich ein Boot bekomme, bringst du uns dann hin?"

"Ähm…ich weiß nicht…", stammelte ich.

Leos Gesicht verzog sich. "Es tut mir leid. Ich wollte dich nicht als unseren Reiseführer abstellen. Das ist nicht deine Aufgabe."

"Ich weiß nur nicht, ob ich mich im Moment auf etwas festlegen kann. Ich bin gerade dabei, mir einen Sommerjob zu suchen. Ich habe ein paar Angebote, aber ich weiß nicht, was ich in nächster Zeit machen werde."

Er nickte, schien aber immer noch enttäuscht zu sein. "Na gut."

Ich atmete aus. "Also … wie lange seid ihr hier?"

"Bis Ende August", antwortete Leo.

"Ich würde es vorziehen, früher abzureisen", warf Sig ein.

"Dann reist ihr zurück nach England?"

Leo seufzte. "Das ist der Plan."

"Seine Familie wird ihn an den Eiern haben, wenn er nicht bis September zurückkommt", warf Sig ein.

Leo beschloss, weiterzumachen. "Also, du hast gesagt, dass du im Herbst Jura studieren wirst. Erzähl mir mehr davon. Auf welche Schule und auf welche Art von Recht willst du dich spezialisieren?"

"Drexel. Und ich möchte meinen Abschluss nutzen, um eines Tages in der Kinderfürsorge zu arbeiten, um Kindern zu helfen, die so aufgewachsen sind wie ich. Das ist mir sehr wichtig, etwas zu tun, was mir am Herzen liegt und wo ich etwas bewirken kann."

"Wenn nur jeder seiner Leidenschaft folgen würde, wäre die Welt ein besserer Ort." Leo lächelte.

Sig sah zwischen uns hin und her. "Habe ich etwas verpasst? Kinder, die so aufgewachsen sind wie du?"

"Ich habe deinem Cousin vorhin erzählt, dass ich in einer Pflegefamilie aufgewachsen bin."

"Ein Waisenkind?"

Ich hasste diesen Begriff. "Ja."

Sig blinzelte ein paar Mal. "Lass mich das klarstellen. Du bist ein rothaariges Waisenkind. Du lebst mit einer älteren Dame zusammen. Ist dein Name zufälligerweise Miss Hannigan?" Er legte den Kopf schief. "Hast du einen Hund namens Sandy?"

Sehr witzig. Ich rollte mit den Augen. "Ich finde es ziemlich witzig, wie gut du *Annie* kennst, Sig. Ich hätte dich nicht für jemanden gehalten, der sich so gut mit Musicals auskennt. Erst *Mary Poppins*, jetzt das."

Leos Gesicht rötete sich, als er sich an seinen Cousin wandte. "Du bist ein absoluter Clown."

"Und du bist ... Daddy Warbucks, wie es scheint."

Leo spuckte fast seinen Tee aus.

"Eigentlich hat mich unsere Großmutter zu *Annie* nach London mitgenommen, als ich noch ein Kind war." Sig sah zu mir herüber. "Es tut mir leid. Ich werde jetzt aufhören, ein Arschloch zu sein", sagte er. Zum ersten Mal, seit ich ihn kennengelernt hatte, schien er wirklich interessiert zu sein. "Was ist mit deiner Familie passiert?"

Bevor ich antworten konnte, sagte Leo: "Ich glaube nicht, dass du dich jetzt in ihre Vergangenheit einmischen solltest. Lass das Mädchen ihren Tee genießen, ohne dass sie dir ihre Lebensgeschichte erzählen muss."

"Ich habe kein Problem damit, darüber zu reden", beharrte ich.

Leo nickte.

Ich machte mich bereit, es zu erklären. "Meine Mutter starb an einer Überdosis Drogen, als ich sieben Jahre alt war. Sie hatte sich von ihrer Familie entfremdet, lange bevor ich geboren wurde. Wenn man in diesem Alter ohne Eltern dasteht, gibt es keine Leute, die einen adoptieren wollen. Die Leute bevorzugen Neugeborene, keine dürren Siebenjährigen, die nicht viel reden. Ich wurde also in verschiedenen Heimen untergebracht, aber aus dem einen oder anderen Grund konnte mich nie jemand adoptieren. Ich hatte großes Glück—ich habe es durch das System geschafft, ohne körperlich oder seelisch geschädigt zu werden. Das ist bei vielen Kindern nicht der Fall. Deshalb möchte ich eines Tages denjenigen helfen können, die weniger Glück hatten wie ich."

Sig nickte. "Das ist lobenswert."

"Ist das ein Kompliment von deinem schnippischen Arsch?", fragte ich.

Leo schnaubte.

Ich richtete meinen Blick auf ihn. "Was tust du eigentlich, Sigmund?"

"Außer im Schatten meines viel besser aussehenden und erfolgreichen Cousins zu stehen, meinst du?" Er stand plötzlich auf. "Es sieht so aus, als hätte ich ein wunderschönes persisches Mädchen kennengelernt, das ungefähr zwei Kilometer entfernt wohnt. Ich muss mich fertig machen." Er hob seine Teetasse in meine Richtung. "War nett, mit dir zu plaudern, Sommersprosse. Ich meine, Felicity." Er zwinkerte.

"Gut, dass wir ihn los sind", murmelte Leo, als er gegangen war.

"Das war eine ziemlich merkwürdige Art, sich zu verabschieden."

"Das ist typisches Sigmund-Verhalten. Er steht gerade an einem Scheideweg und weiß nicht, was er mit seinem Leben anfangen will. Ich denke, deine Frage hat ihn verschreckt. Ganz zu schweigen davon, dass ich ihn so lange an einer Stelle sitzen gesehen habe, seit wir hier sind. Er hatte schon immer Bammel. Er ist nie damit zufrieden, einfach nur allein zu sein oder sich zu entspannen und das Leben zu genießen. Er ist immer auf der Suche nach dem nächsten großen Ding, der nächsten Frau, dem nächsten Abenteuer."

"Das macht Sinn, warum er nicht derjenige war, der nach Narragansett kommen wollte."

"Die Abmachung war, wenn wir die erste Hälfte unserer Reise in Großstädten verbringen, muss er in der zweiten Hälfte dorthin, wo ich will. "

"Aber selbst hier findet er immer noch Wege, um Ärsche zu bekommen."

"Ganz genau." Leo legte lachend den Kopf schief. "Und ich liebe es, dass du kein Blatt vor den Mund nimmst."

"Ich bin ziemlich direkt, wenn ich mich erst einmal mit jemandem angefreundet habe. Das Leben ist zu kurz, um es nicht zu sein."

"Ich kann dir nicht sagen, wie erfrischend es ist, mit jemandem zu reden, der nicht versucht, jemand zu sein, der er nicht ist. Ich beneide dich in vielerlei Hinsicht."

"Neidisch? Inwiefern?"

"Zu Hause—in dem Leben, in das ich hineingeboren wurde—wird von dir erwartet, dass du dich auf eine bestimmte Art und Weise verhältst, auf eine Art, die sehr mechanisch ist, in Erwartung eines besseren Wortes. Ich habe nie das Gefühl, dass es in Ordnung ist, so zu sein, wie ich wirklich bin, nicht nur, weil ich ständig beobachtet und beurteilt werde, sondern auch, weil mich niemand akzeptiert, wenn ich nicht ihren Erwartungen entspreche. Ich weiß, wie schwierig deine Erziehung war, aber sie hat es dir eindeutig ermöglicht, zu dir selbst zu werden, zu einer starken Frau, die sagt, was sie will, und die ihre eigenen Entscheidungen trifft. Eine Familie, die einen fördert, kann eine wunderbare Sache sein. Aber die Familie kann auch eine Last sein... erdrückend."

Ich wölbte eine Braue. "Du erwartest doch nicht, dass ich Mitleid mit dir habe..."

Er schüttelte den Kopf. "Gott, nein. Es tut mir leid, wenn ich so rübergekommen bin..."

"Keine Sorge. Ich habe dich nur geneckt. Ich kann deine Kämpfe nicht verstehen, genauso wenig wie du meine verstehen würdest. Wir kommen eindeutig aus zwei verschiedenen Welten."

Leo starrte weiter durch mich hindurch, während mein Herz raste. Ich wandte den Blick ab.

Dann schaute ich auf meine Uhr. "Nun, es ist tatsächlich später als gedacht. Ich gehe besser heim." Ich erhob mich von meinem Stuhl. "Vielen Dank für den Tee und den Tee-Quila."

Leo stand auf, sein Stuhl rutschte auf dem Boden. "Bist du sicher, dass du gehen willst?"

"Ja, das sollte ich wirklich."

Er blinzelte und schien verblüfft zu sein. Ich konnte nicht sagen, dass ich das selbst ganz verstanden hätte.

"Ich bringe dich zu deinem Auto."

"Danke."

Meine Schuhe klapperten auf dem Marmorboden des Foyers, als Leo mich den Weg zurück zur Vorderseite des Hauses führte.

Wir standen uns gegenüber, während eine leichte Brise mein langes, dichtes, rotes Haar herumwehte. In seinem natürlichen Zustand war es weder glatt noch gelockt, nur eine flauschige Wellenmähne. Eine Strähne flog mir in den Mund, und ich schnaubte etwas Luft aus, um sie aus meinem Gesicht zu bekommen.

Ich wollte mich gerade verabschieden, als Leo mich mit einer Frage überraschte.

"Warum magst du deine Sommersprossen nicht?" Sein Blick fiel auf meine Wangen.

Ich zuckte mit den Schultern. "Ich weiß es nicht. Als ich jünger war, haben mich die Leute deswegen gehänselt, und ich schätze, das hat dazu geführt, dass ich sie nicht sonderlich mag."

Leo blickte auf meinen Hals hinunter. "Ich liebe sie, vor allem, wie sie sich an deinem Hals fortsetzen. Sie geben dir Charakter."

"Ein paar geben dir Charakter." Ich schaute auf meine Füße. "Ich bin voll von ihnen."

"Ja, ich weiß. Es ist wunderschön." Er hielt inne. "*Du bist* wunderschön."

Ich sah auf und begegnete seinen Augen.

Ich hatte mich zwar nicht schön gefühlt, als ich in meinem Mary-Poppins-Kostüm hierher kam, aber der Mann vor mir, die Art, wie er mich ansah, ließ mich aus irgendeinem Grund schön fühlen. Und das brachte mich dazu … zu fliehen.

Ich hob meine Hand. "Nun, wir sehen uns in der Stadt, denke ich."

Als ich mich auf den Weg zu meinem Auto machte, rief Leo mir nach. "Felicity, warte."

Ich drehte mich um. "Ja?"

Er steckte die Hände in seine Taschen. "Darf ich dich irgendwann mal ausführen?"

Mein Mund öffnete sich, aber alles, was mir einfiel, war: "Auf ein Date?"

"Natürlich." Er lachte. "Was sonst?"

Er sah so gut aus, als er auf meine Antwort wartete, und die Sonne spiegelte sich in seinen blauen Augen. Ein Teil von mir wollte Ja sagen. Aber ich wusste, dass es eine schlechte Idee war, diesem Kerl näher zu kommen.

Also zwang ich mich, die Worte auszusprechen. "Vielen Dank für das Angebot, aber ich muss ablehnen."

Er runzelte die Stirn. "Darf ich fragen, warum?"

Trotz meiner Offenheit, mit der ich heute über bestimmte Dinge sprach, wollte ich nicht zugeben, warum ich abgelehnt hatte: Er machte mir Angst. Aus irgendeinem Grund wusste ich, dass ein Ja bis zum Ende des Sommers unweigerlich zu Herzschmerz führen würde. Ich musste mich schützen.

"Ich bin einfach … nicht interessiert", sagte ich schließlich. *Verdammt, das war eine Lüge.*

Er nickte langsam. "Okay. Na gut."

"Nochmals vielen Dank für den Tee", sagte ich, bevor ich zu meinem Auto flüchtete, damit ich die anhaltende

Spannung nicht miterleben musste. Aber in meiner Eile legte ich versehentlich den Rückwärtsgang ein. Ich trat schnell auf die Bremse, winkte unbeholfen und lachte. Als Leos Lächeln seine Augen nicht erreichte, zerriss es mir irgendwie das Herz.

Ich fuhr aus der Einfahrt heraus und machte mich auf den Weg zur Straße. Nach nicht einmal einer Minute Fahrt zweifelte ich daran, dass ich sein Angebot, mit mir auszugehen, abgelehnt hatte. Offensichtlich kamen wir aus zwei verschiedenen Welten, und ein Date mit ihm wäre sinnlos, da er wegging, aber ich fühlte mich sehr zu ihm hingezogen—nicht nur wegen seines Aussehens, sondern auch wegen seiner bodenständigen Persönlichkeit.

Ohne es zu merken, hatte ich die Straße, die zu meinem Haus führte, längst hinter mir gelassen, als ich mich endlich umschaute. Ich fand mich auf einer Brücke wieder und wusste nicht mehr, wohin ich fuhr. Das ist sozusagen die Geschichte meines Lebens.

KAPITEL 3

Leo

Titel 3: "Hot Hot Hot" von Buster Poindexter

Sigmund kam nur mit einem Handtuch bekleidet aus der Dusche.

Er schaute sich um. "Wo ist die Rothaarige?"

"Sie ist weg", murmelte ich.

"Machst du deshalb so ein langes Gesicht?"

"Es wird dich freuen, dass ich nun endlich weiß, wie du dich fühlst."

"Warum das?"

"Ich wurde abgewiesen."

Seine Augen weiteten sich. "Was?"

"Ja."

"Das ist buchstäblich das erste Mal in deinem Leben, dass dir eine Frau einen Korb gegeben hat, nicht wahr?" Er klopfte mir kräftig auf die Schulter und genoss das Ganze ein bisschen zu sehr. "Nun, willkommen im Club, Kumpel."

"Brillant."

Obwohl ich mein Bestes tat, um es auf die leichte Schulter zu nehmen, tat es doch ein bisschen weh, dass Felicity mich abwies. Und es ging nicht darum, abgewiesen zu werden. Ich war wirklich enttäuscht, dass ich nicht mehr Zeit mit ihr verbringen konnte. Ich konnte mich nicht erinnern, wann ich mich das letzte Mal danach gesehnt hatte, mehr über ein Mädchen zu erfahren, jede verdammte Sommersprosse an ihrem Körper zu zählen.

Sigmund rüttelte mich aus meinen Gedanken. "Ich hatte das Gefühl, dass du aus irgendeinem bizarren Grund für sie schwärmst und es auf sie abgesehen haben könntest. Aber ich hätte nie gedacht, dass sie dich abweist."

"Nun, vielleicht war das eine kluge Entscheidung ihrerseits."

"Da kann ich nur zustimmen", sagte er. "Was bringt es, sich auf so jemandem einzulassen?"

"Was soll das denn heißen?" schnauzte ich. "*So* jemandem?"

"Nun, nachdem du mit ihr gesprochen hast, weißt du, dass sie nicht der Typ ist, der nur am Vögeln interessiert ist. Dafür ist sie zu ernsthaft. Was bringt es also, sie kennen zu lernen oder mit ihr auszugehen? Das führt doch nirgendwo hin."

"Man kann sich nicht aussuchen, auf wen man steht, Sigmund, selbst wenn diese Person nicht in die erdrückende Kiste passt, die mein Leben ist."

"Sie ist eigentlich das Gegenteil von allem, was passt."

"Genau deshalb mag ich sie."

"Und dein Schwanz ist wahrscheinlich noch härter für sie, jetzt wo sie dich abgewiesen hat."

Ich konnte nicht leugnen, dass ihre Ablehnung mein Verlangen nach ihr steigerte. Eine Verfolgungsjagd war immer erregend. Doch Felicity Dunleavy hatte keine Lust, von mir verfolgt zu werden. Anstatt sich eine Ausrede auszudenken, hatte sie mir ganz direkt gesagt, dass sie nicht interessiert war.

"Wie auch immer ..." Er lachte. "Jetzt werden deine Kinder nicht mehr so aussehen, als seien sie von Ed Sheeran." Er gluckste. "Wir können heute Abend einen Ersatz für sie finden, wenn du mit mir ausgehen willst."

Frustriert fuhr ich mir mit der Hand durch die Haare. "Daran bin ich im Moment nicht interessiert."

"Kumpel, sie ist nicht mal eine Zehn. Worüber machst du dir Sorgen?"

"Ist das dein Ernst?"

"Sie ist unscheinbar. Okay, nun, sie ist auf ihre eigene Art attraktiv."

"Sie ist von Natur aus schön. Nicht wie die geschminkten Frauen aus der Heimat."

"Ich nehme dir gerne ein paar dieser Mädchen ab, wenn wir zurückkommen, denn du scheinst sie nicht zu schätzen." Er seufzte. "Im Ernst, Cousin, ich denke, du solltest das F-Wort vergessen und heute Abend mit mir und Shiva ausgehen."

"Shiva?"

"Das persische Mädchen, das ich über die App kennengelernt habe."

"Oh...ja."

"Vielleicht hat sie einen Freund."

Ich war auf keinen Fall in der Stimmung für so etwas. "Ich fühle mich irgendwie kaputt. Ich glaube, ich bleibe zu Hause."

"Ist wahrscheinlich sowieso besser für mich", sagte er. "Keine Chance, dass du mir die Show stiehlst."

Nachdem Sigmund den Wagen genommen hatte, um nach Providence zu fahren, beschloss ich, meine Mutter anzurufen, was schon lange nötig war. Ich war ihr aus dem Weg gegangen, weil sie immer wieder auf ein genaues Datum für meine Rückkehr beharrte. Wir hatten noch keine Fahrkarten nach Hause gebucht.

Nach drei Mal klingeln ging meine Mutter ran. "Hallo, Liebling. Ich dachte schon, ich höre nie wieder etwas von dir. Es ist schon spät hier. Ist alles in Ordnung?"

Ich lehnte mich auf der Couch zurück. "Alles ist in Ordnung, Mutter. Tut mir leid, ich habe die Zeit vergessen. Es war alles ein bisschen hektisch."

"Hast du zu viel am Strand herumgelegen und wertvolle Zeit vergeudet?"

"Das ist alles andere als eine Verschwendung. Ich bin zehnmal klarer im Kopf als bei meiner Abreise."

"Nun, dein Vater unterstützt diese ganze Sache sicherlich mehr als ich. Ich bin nur froh, dass es bald vorbei ist und ich im September meinen Sohn zurückbekomme."

Bei dem Gedanken, nach Hause zurückzukehren, wurde mir ein wenig übel. "Wie geht es Vater?"

Mein Vater kämpfte schon seit mehreren Jahren gegen den Krebs. Er war sich immer sicher, dass er eines Tages daran zugrunde gehen würde. Vor meiner Reise hat er mir das Versprechen abgenommen, dass ich unseren Familiennamen weiterführen würde. Da ich sein einziges Kind war, würde der Name Covington mit mir enden, wenn ich nicht heiraten und Nachkommen hervorbringen würde. Er hatte immer angedeutet, dass er sich wünschte, dass ich vor seinem Tod verheiratet wäre und ein Kind hätte. *Kein Druck oder so.*

"Vater ging es in letzter Zeit ziemlich gut," berichtete meine Mutter.

"Das freut mich zu hören."

"Willst du mit ihm reden?"

"Nicht, wenn er sich ausruht. Sag ihm einfach, dass ich ihn liebe."

"Er freut sich auch darauf, dich wiederzusehen. Ich glaube, dass es für ihn stressig ist, wenn er nicht die Zeit hat, dich in das Unternehmen einzuführen."

"Das ist nicht das, was er mir gegenüber zum Ausdruck brachte, als wir das letzte Mal miteinander sprachen. Ich denke, es ist stressig für *dich*."

"Nun, ich habe eine Reihe von Anwärterinnen, auf die ich ein Auge geworfen habe, und ich kann nicht garantieren, dass sie ewig warten können."

Anwärterinnen. Der Begriff meiner Mutter für Frauen, die aufgrund ihres prestigeträchtigen Hintergrunds für eine Heirat mit mir in Frage kamen.

Es gab zwei Anforderungen an ein Mitglied der privilegierten Oberschicht: Nichts tun, was Schande über die Familie bringt, und innerhalb des eigenen Stammbaums heiraten. Ich hatte zwar nie offiziell zugestimmt, aber tief in meinem Inneren wusste ich, wenn ich nicht jemanden heiraten würde, den meine Eltern gutheißen, würden sie das Leben dieser Person zu einem lebenden Albtraum machen. Und das wollte ich niemandem zumuten. Also hatte ich immer gehofft, dass ich mich auf wundersame Weise in jemanden verlieben würde, der in ihren Augen akzeptabel war. Es war schon schwer genug, eine Beziehung einzugehen, aber wenn das Spielfeld auf eine Handvoll geeigneter Personen reduziert wurde, war es fast unmöglich, eine echte Chemie zu finden.

"Nun, Mutter, ich werde nicht vor Ende des Sommers zurückkehren, also muss ich das Risiko eingehen, die Chancen bei den langweiligen Frauen zu verlieren, die du für mich ausgewählt hast."

"Langweilig? Wohl kaum."

"Hat es jemals geklappt, wenn du jemanden für mich ausgesucht hast?"

Sie hielt inne. "Ich versuche nur zu helfen."

"Ganz genau. Sieh mal … ich weiß deine Bemühungen zu schätzen, aber—"

"Was auch immer du tust, pass auf, dass der Blödsinn, den du da draußen treibst, dich nicht in unumkehrbare Schwierigkeiten bringt. Tauche deinen Stift nicht in die falsche Tinte, wenn du weißt, was ich meine."

"Ich habe meinen Stift schon eine Weile nicht mehr eingetaucht, also keine Sorge, und wenn ich es tue, bin ich vorsichtig."

"Das solltest du auch sein", warnte sie.

Im Gegensatz zu meinem Cousin hatte ich auf dieser Reise nur mit einer Frau geschlafen. Ich hatte sie in einer Bar kennengelernt, als wir in Los Angeles waren, und obwohl wir uns körperlich zueinander hingezogen fühlten, war nichts Besonderes dabei herausgekommen. Als ich jünger war, hatte ich mit bedeutungslosen Begegnungen kein Problem gehabt. Aber mit achtundzwanzig hatte ich das Bedürfnis, sowohl intellektuell stimuliert als auch sexuell erregt zu werden. Diese Kombination war schwer zu finden.

"Dann lasse ich dich jetzt weiterarbeiten, Mutter."

"Nun, das war ein kurzes Gespräch. Aber ich sollte mich wohl glücklich schätzen, dass du überhaupt angerufen hast."

"Gib Vater einen Kuss von mir."

"Gib meinem Neffen auch einen Kuss. Was hat Sigmund heute Abend vor?"

"Das willst du wahrscheinlich nicht wissen."

"Wahrscheinlich nicht."

"Tschüss, Mutter."

"Auf Wiedersehen, Liebling."

♛

Im Laufe des Abends konnte ich die Ereignisse von vorhin nicht mehr verdrängen. Es war selten, dass mich jemand so in seinen Bann gezogen hatte wie Felicity. Und ihre Zurückweisung war ein kleiner Schlag für mein Ego.

Ich hatte das Licht im Wohnzimmer ausgeschaltet, als ich mich auf die Couch setzte und zum Mond über der Bucht hinausblickte. Ich schnappte mir meinen Laptop vom Couchtisch und tippte:

Felicity Dunleavy - Harvard

Als erstes Ergebnis meiner Suche erschien ein Link zu einem Video. Es trug den Titel *Harvard Eisbaden: Eier*.

Nun, das hatte meine Aufmerksamkeit geweckt.

Es handelte sich um eine Art Wohltätigkeitsveranstaltung, bei der sich die Leute mitten im Winter ausziehen und in eiskaltes Wasser springen.

Ich war neugierig und drückte auf "Play", um zu erfahren, warum das so ist. Mehrere Männer und Frauen tauchten aus einem kalten Meer auf. Es dauerte nur ein paar Sekunden, bis ich sie entdeckte. Felicity trug einen roten, einteiligen Badeanzug und rieb sich fröstelnd die Hände an den sommersprossigen Armen. Ihr langes Haar war nass und klebte an ihrem Körper.

Eine Stimme hinter einem Mikrofon fragte: "Wie fühlst du dich?"

Felicity klapperte mit den Zähnen. "Was glauben Sie denn, wie ich mich fühle? Ich friere mir die Eier ab!" Dann weiteten sich ihre Augen in Panik. "Moment, bin ich live im Fernsehen?"

Die Kamera schwenkte sofort zurück auf zwei Fernsehleute an einem Nachrichtenpult, die versuchten, sich zu beruhigen. Eine von ihnen schnaubte, bevor sie ihre Papiere zurechtrückte und sich bei der Reporterin für den Bericht bedankte.

Und dann war das Video zu Ende.

Ich lese die Beschreibung unter dem Titel.

Die Harvard-Studentin Felicity Dunleavy verkündet auf einem lokalen Bostoner Fernsehsender nach der Wohltätigkeitsveranstaltung Eisbaden der Hochschule: "Ich friere mir die Eier ab". Das Originalvideo ging mit fast zehn Millionen Aufrufen viral.

Diese spezielle Version des Clips hatte fünfundsiebzigtausend Aufrufe.

Ich habe die nächsten Minuten damit verbracht, es mir erneut anzusehen, und jedes Mal war es lustiger als das letzte Mal. Am besten gefiel mir der schockierte Gesichtsausdruck, als sie merkte, dass sie gerade live im Fernsehen *Eier* gesagt hatte.

Zu schade, dass sie nichts mit mir zu tun haben wollte, denn dieses Video brachte mich dazu, mich wieder mit ihr treffen zu wollen. Ich schüttelte den Kopf und zwang mich, den Laptop zu schließen. Schließlich nickte ich ein und zählte in meinem Kopf Sommersprossen statt Schafe.

Eine Woche später hatte ich mich irgendwie von meinem Cousin zu einem Doppel-Date in einem örtlichen Bistro überreden lassen. Kein Teil von mir wollte mit jemandem ausgehen, den ich noch nie zuvor getroffen hatte. Aber ich hatte mich seit meiner Ankunft in Narragansett ein wenig zurückgezogen und dachte, es würde mir gut tun, wenigstens aus dem Haus zu kommen.

Als wir bei Jane's ankamen, warteten Sigmunds dunkelhäutiges Date, Shiva, und ihre blonde Freundin Melanie bereits an einem Tisch in der Ecke. An der Person, die mir heute Abend zugeteilt worden war, gab es nichts auszusetzen, aber sie sah aus wie jedes andere Mädchen. Nichts stach hervor, nichts brachte mich dazu, mich *nicht* gleich wieder umzudrehen und nach Hause zu fahren.

"Es ist schön, dich kennenzulernen, Leo." Melanie lächelte, als sie sich von ihrem Stuhl erhob.

"Ebenfalls." Ich nahm ihre Hand und küsste sie sanft auf beide Wangen, bevor ich mich setzte.

"Sig hat mir so viel von dir erzählt", sagte Shiva. "Ich bin froh, dass wir dich endlich dazu bringen konnten, dich mit uns zu treffen."

"Ich kann mir nur vorstellen, was er gesagt hat."

Sigmund klopfte mir auf die Schulter. "Nur Gutes, natürlich. Und ich stimme dir zu, es ist schön, dass du uns mit deiner Anwesenheit beehrst. Man kann nur eine gewisse Zeit lang Winterschlaf halten."

"Hier gibt es wirklich gutes Essen", sagte Melanie mit großen Augen vor Begeisterung.

"Freut mich zu hören." Ich legte die Stoffserviette auf meinen Schoß. "Sigmund hier ist zwar ein ziemlich guter Koch, aber es wird eine nette Abwechslung sein, einige der lokalen Köstlichkeiten zu probieren."

Das Gespräch in den nächsten Minuten war bestenfalls fade. Ein Kellner brachte uns Wasser und versicherte uns, dass unsere Kellnerin in Kürze bei uns sein würde.

Dann entdeckte ich sie aus dem Augenwinkel. Und plötzlich wurde mein Abend sehr viel interessanter.

Felicity. Was zum Teufel macht sie hier?

Sie trug ein weißes Hemd mit Kragen und einen schwarzen Kittel. *Arbeitet sie hier?* Narragansett war eindeutig eine kleine Welt.

Felicity schien angespannt zu sein und flüsterte vor sich hin, als ob sie sich etwas merken würde. Dann begann sie in unsere Richtung zu gehen.

Als ihre Augen meine trafen, sah sie aus, als hätte sie einen Geist gesehen. "Was machst du denn hier?"

"Essen gehen?" Ich lächelte.

"Oh, natürlich." Sie schüttelte den Kopf. "Das war eine blöde Frage."

"Ich sollte wohl fragen, was *du* hier machst ... aber es scheint, dass du hast den Job bekommen hast, den du gesucht hast?"

"Ja." Sie leckte sich über die Lippen. "Es ist eigentlich meine erste Abendschicht."

"Na, dann haben wir ja Glück, dass wir dich erwischt haben."

Sie blätterte ein Stück Papier auf ihrem Block um und sagte: "Ich bin noch dabei, mich einzuarbeiten, also habt Geduld mit mir."

"Nimm dir Zeit", sagte ich, und meine Augen verloren sich für einen Moment in ihren.

Mein Cousin nahm es auf sich, Felicity unsere Gesellschaft vorzustellen.

"Felicity, das ist Shiva." Er deutete auf mein Date, das mir gegenüber saß. "Und das ist Melanie."

Sie nickte den beiden Frauen zu. "Schön, euch kennenzulernen."

"Felicity ist unsere Nachbarin auf der anderen Seite der Bucht", sagte Sigmund.

"Du bist in Narragansett aufgewachsen?," fragte Shiva.

"Ja", antwortete Felicity.

"Wir kommen aus Warwick."

"Ah." Felicity strich sich eine Haarsträhne hinters Ohr. "Die haben dort ein schönes ... Einkaufszentrum." Sie holte einen Stift aus ihrer Tasche, aber er rutschte ihr aus den Händen. Sie bückte sich, um ihn aufzuheben, und sagte: "Wie auch immer, habt ihr euch schon entschieden, was ihr bestellen wollt?" Sie schloss die Augen, als ob sie einen Fehler gemacht hätte. "Darf ich euch erst einmal etwas zu trinken bringen?" Sie flüsterte: "Ich habe vergessen, dass ich das zuerst fragen sollte."

"Ich nehme an, du hast noch nie gekellnert", sagte Sigmund scherzhaft.

"Woher weißt du das?"

"Reine Spekulation." Er grinste.

Sie nahm unsere Getränkebestellungen auf und kam etwa zehn Minuten später zurück.

"Seid ihr bereit zu bestellen?", fragte sie.

Alle nickten, nur ich nicht.

Da ich ihre Anwesenheit am Tisch verlängern wollte, fragte ich: "Was würdest du empfehlen, hier zu essen?"

Sie atmete aus, als ob meine Frage ihr Stress bereitete. "Es ist mein erster Abend, also habe ich noch nicht das Fachwissen, um eine Empfehlung auszusprechen. Aber ich habe gehört, dass jemand gesagt hat, die Red Snapper Tacos seien gut."

Während sie um den Tisch herumging und zuerst die Bestellungen unserer Gäste aufnahm, fiel mir auf, wie nervös sie weiterhin wirkte, auf ihren Stift tippte und mit dem Bein wippte. Ich konnte nicht herausfinden, ob es damit zu tun hatte, dass es ihr erster Abend war, oder ob es ihr Unbehagen bereitete, mich zu sehen.

Aber ich wusste, dass mein "Date" der feurigen Rothaarigen in all ihrer sommersprossigen Pracht vor mir nicht das Wasser reichen konnte. Sie heute Abend zu sehen, würde mir sicher nicht dabei helfen, sie zu vergessen.

Felicitys Stimme ließ mich aufschrecken. "Und du?"

"Hm?"

"Was hättest du gern?"

Dich, wollte ich sagen. *Ich will dich, verdammt noch mal. Zeit mit dir. Zeit, um dich kennenzulernen, um deine Sommersprossen zu zählen.* Aber ich war mir ziemlich sicher, dass es nicht gut ankommen würde, das zuzugeben.

"Ich nehme die Snapper-Tacos, du hast ja schon viel Gutes gehört. Ich gehe lieber kein Risiko ein, obwohl es sich manchmal lohnt, ein Risiko einzugehen—nur nicht beim Essen."

Ihr Blick fiel auf meinen und verharrte dort für ein paar Sekunden. Meine kryptische Botschaft war wohl zu ihr durchgedrungen.

Sie verließ den Tisch, um unsere Bestellungen aufzugeben, und sofort sehnte ich mich nach ihrer Rückkehr, während ich so tat, als wäre ich daran interessiert, was Melanie über ihren Job als Lehrerin zu sagen hatte. Ich ließ meinen Blick durch den Raum schweifen und wartete auf einen Blick von Felicity, die in der Ferne in der Küche ein und aus ging.

Schließlich kam sie auf uns zu und trug ein riesiges rundes Tablett, auf dem vermutlich unser Essen stand.

Als sie ankam, schienen ihre Hände ein wenig zu zittern; sie war eindeutig immer noch nervös, als sie die heißen Speisen vor jeden von uns stellte.

Als sie jedoch zu meinem Teller kam, rutschten die Tacos irgendwie vom Teller und direkt in meinen Schoß. Ich schaute nach unten und fand eine heiße rote Soße, die meinen Schritt durchtränkte. Und dann kam das Brennen.

Heiß.

Heiß.

Heiß.

Sigmund brach in hysterisches Gelächter aus. "Nicht gerade der feurige Schritt, den du dir von ihr gewünscht hast, oder?", flüsterte er.

KAPITEL 4

Felicity

Titel 4: "Rock the Boat" von Aaliyah

Mein Herz raste. "Oh mein Gott. Es tut mir so leid." Instinktiv griff ich nach einer Stoffserviette und begann, seinen Schoß abzuwischen. Als mir klar wurde, wie unangebracht das war, zog ich meine Hand weg.

"Felicity, es ist wirklich alles in Ordnung."

Bevor Leo noch etwas sagen konnte, lief ich in die Küche und holte ein Handtuch. Ich nahm es mit zur Spüle, machte es nass und gab etwas Spülmittel darauf.

"Gino, ich brauche noch eine Bestellung von den Snapper-Tacos. Die letzten sind versehentlich ... auf jemanden gefallen. Das tut mir sehr leid."

Der Chefkoch sah nicht gerade glücklich aus, aber was blieb mir anderes übrig, als ihn zu fragen?

Ich brachte das nasse Tuch zurück zu Leos Tisch und reichte es ihm. "Nochmals, es tut mir so leid."

"Du brauchst dich nicht zu entschuldigen. Es war sogar lustig", sagte er und legte seine Hand sanft auf mein Handgelenk.

Die Berührung löste einen unerwarteten Schock in mir aus. "Für mich ist das nicht lustig." Ich zog mein Handgelenk weg. "Ich habe eine weitere Bestellung aufgegeben. Und die geht auf mich. Diesmal nicht auf dich. Mit *auf mich*, meine ich, dass ich die Kosten übernehme."

"Mach dich nicht lächerlich."

Ich ging wieder weg, bevor er etwas weiter sagen konnte.

Als ich in die Küche zurückkehrte, brauchte ich einige Augenblicke, um mich zu sammeln, bevor Gino verkündete, dass die Snapper-Tacos fertig waren. Schwitzend nahm ich den Teller von der Theke und ging zurück in den Speisesaal.

Ich stellte den Teller vorsichtig vor Leo ab, weigerte mich aber, Blickkontakt mit ihm aufzunehmen, und sah stattdessen zu einem grinsenden Sig hinüber.

Für den Rest des Abends tat ich mein Bestes, um den Tisch des Verderbens ganz zu meiden. Ich nehme an, das machte mich zu einer schrecklichen Kellnerin, aber ich konnte nicht riskieren, mich noch mehr zum Narren zu machen. Manchmal, wenn ich zu ihnen hinübersah, bemerkte ich Leos Blick auf mir. Er muss heute Abend Mitleid mit meinem jämmerlichen Arsch gehabt haben. Ja, es war meine erste Schicht, aber ich war vor allem nervös, weil ich nicht aufhören konnte, an ihn zu denken, seit er mich an jenem Tag in seinem Haus um ein Date gebeten hatte. Und jetzt, wo ich ihn bei einem Date mit einem umwerfenden Mädchen sah, war ich verwirrt. Aber so ist es nun mal, oder? Wer rastet, der rostet.

Am nächsten Morgen, beim Frühstück, schien Mrs. Angelini zu spüren, dass mich etwas bedrückte.

"Ist alles in Ordnung, Felicity?"

Ich stellte meinen Kaffeebecher ab. "Warum fragst du?"

"Du hast den ganzen Morgen kein einziges Wort gesagt. Wie ist deine erste Nacht im Restaurant verlaufen?"

"Oh." Ich schüttelte den Kopf. "Es war ... seltsam."

"Wieso das?"

"Du kennst doch die Nachbarn auf der anderen Seite der Bucht? Sie haben gestern Abend bei Jane's gegessen."

"Die hübschen Jungs aus England? Was ist daran so schlimm?"

"Nun, zum einen habe ich eine heiße Platte mit Tacos auf Leos Schritt fallen lassen."

Ihr Mund fiel herunter. "Du hast was?"

"Ja. Es war ein Versehen, aber trotzdem furchtbar. Ich habe ihm einen neuen Teller bestellt und die Tacos auf der Rechnung vergessen, aber als sie weg waren, lag ein Haufen Geld auf dem Tisch. Sie haben mir ein riesiges Trinkgeld hinterlassen."

"Das hört sich doch nicht schlecht an."

"Ist es auch nicht. Aber ..."

Mrs. Angelinis Stirn legte sich in Falten. "Ist etwas passiert, als du neulich zum Tee dort warst? Du hast mir nie davon erzählt. Ich habe das Gefühl, ich verpasse einen Teil der Geschichte."

Ich atmete aus. "Sie hatten gestern Abend ein Doppeldate mit zwei hinreißenden Frauen. Das hat mich verwirrt, vor allem, weil Leo mich an dem Tag bei ihnen zu Hause um ein Date gefragt hat."

Sie runzelte die Stirn. "Du hast also zugestimmt, mit ihm auszugehen, und jetzt trifft er sich mit einer anderen? So eine Frechheit!"

"Nein, nein. Das ist es nicht. Ich habe ihm gesagt, ich sei nicht interessiert."

Ihre Augen verengten sich. "Bist du das?"

Ich zögerte. "Ich finde ihn äußerst attraktiv und charismatisch. Aber ich glaube nicht, dass es eine gute Idee ist, sich auf jemandem einzulassen, der nur für ein paar Monate auf dieser Seite des Atlantiks ist. Das wäre eine Tragödie."

"Aber er ist nicht auf eine Beziehung aus. Er will nur ein bisschen Spaß haben."

Ihre Antwort schockierte mich ein wenig. Sie ließ mich daran wieder zweifeln, ob ich die richtige Entscheidung getroffen hatte.

"Das ist nicht mein Ding."

"Spaß ist nicht dein Ding?" Sie gluckste.

"Ich mag ... Spaß. Nur nicht mit charmanten Männern, die das Land verlassen."

"Das ist fair. Du versuchst, dich zu schützen. Ich verstehe das." Sie stand auf, um sich eine weitere Tasse Kaffee einzuschenken, und sah dann wieder zu mir. "Weißt du, was ich an meiner Jugend am meisten bedaure, ist, dass ich immer auf Nummer sicher gegangen bin. Henry war das Beste, was mir je passiert ist, aber ich habe mir immer gewünscht, ich hätte ein bisschen mehr Spaß gehabt, bevor ich geheiratet habe."

"Du meinst, ich hätte Ja zu ihm sagen sollen, auch wenn es nirgendwo hinführen wird?"

Sie rührte in ihrem Kaffee. "Ich verstehe, warum du Nein gesagt hast, und ich will nicht, dass du verletzt wirst. Aber ich sehe auch, dass du das Leben sehr ernst nimmst—zu ernst für jemanden in deinem Alter." Sie klopfte auf den Löffel. "Seit ich dich kenne, hast du dich hinter deinen Schulaufgaben und anderen obligatorischen Dingen versteckt. Aber du bist nur einmal jung. Das ist die Zeit in deinem Leben, um Erinnerungen zu schaffen, auf die du zurückblicken kannst, wenn du so alt bist wie ich." Sie kehrte auf ihren Platz zurück und sagte: "Du hast noch viele Jahre Zeit, dir über Monogamie und Stabilität Gedanken zu machen."

"Du machst es mir nicht leichter."

"Ich wollte nicht, dass du dich wegen deiner Entscheidung schlecht fühlst. Ich möchte nur sehen, dass du Spaß hast. Das ist alles. Du hast es verdient, Felicity. Du hast so hart gearbeitet. Und du fängst bald mit dem Jurastudium an, wo du dich sicher noch ein paar Jahre in die Bücher vergraben wirst. Ehe du dich versiehst, sind deine Zwanziger Jahre wie im Flug vergangen. Also nimm dir vielleicht diesen Sommer Zeit, um ein wenig loszulassen."

Mein Kopf fühlte sich an, als ob er sich drehen würde. "Ich weiß den Rat zu schätzen."

Nach dem Frühstück dachte ich weiter über alles nach, was sie gesagt hatte, während ich mich in mein Zimmer zurückzog, um meinen Juni-Planer zu organisieren. Ich war ein totaler Planer-Nerd und sammelte verschiedene Notizbücher und Sticker, um meine Zeit zu organisieren. Als ich mir einige der Einträge für diesen Monat anschaute, fiel mir auf, dass es keine einzige "lustige" Aktivität gab. Jeder Eintrag war eine Pflichtaufgabe, die ich vor der Abreise am Ende des Sommers erledigen musste: Arzttermine, die ich wahrnehmen musste, Dinge für die Schule, die ich kaufen musste. Das unterstützte nur Mrs. Angelinis Argument.

Ich klappte den Planer zu, schob ihn in meine Schublade und beschloss, nach draußen zu gehen und Sonne zu tanken.

Ich war hellhäutig und brauchte viel Schutz, aber ich bemühte mich, jeden Tag mindestens fünfzehn Minuten in die Sonne zu gehen, um Vitamin D zu tanken.

Ich schnappte mir eine Dose Limonade aus dem Kühlschrank, ging nach draußen und ließ mich in einem der Gartenstühle nieder. Nach ein paar Minuten bemerkte ich in der Ferne etwas, das sich auf mich zubewegte. Es war ein Boot, und mit jeder Sekunde kam es näher an meine Seite der Bucht heran. Ich ging zum Rand des Wassers.

Das Boot war jetzt so nah, dass ich den Fahrer sehen konnte. Er winkte. *Oh mein Gott!* Mein Herz schlug schneller. Es war Leo, der das Boot auf mich zusteuerte.

"Was machst du da?", fragte ich, als er angedockt hatte.

"Wonach sieht es denn aus, was ich tue?" Er lachte.

"Hast du das Ding gekauft?"

"Nein, nur über den Sommer gemietet."

"Es ist wirklich schön."

"Das freut mich, denn ich hatte gehofft, du würdest mit mir eine Runde drehen und mir den Ort zeigen, an dem du diese Muscheln bekommst... Wie heißen die noch mal?"

"Quahogs."

"Stimmt." Er kratzte sich am Kinn. "Ich habe Sigmund davon überzeugt, dass wir heute Abend so etwas wie einen Auflauf mit Muscheln machen sollten. Ich wollte eigentlich Hummer aus dem Laden kaufen, aber ich dachte, frisch gefangene Muscheln wären eine schöne Ergänzung. Was sagst du dazu?"

Ich rieb mir das Kinn.

Er schien mein Zögern zu spüren. "Ich habe keine Hintergedanken, Felicity, falls dich das beunruhigt. Du hast sehr deutlich gemacht, dass du nicht interessiert bist. Ich möchte nur Narragansett ein wenig erkunden. Ich denke, du wärst eine fantastische Begleiterin, aber ich verstehe, wenn du beschäftigt bist."

Er sah so bezaubernd aus, mit diesem hoffnungsvollen Lächeln und dem Sonnenschein auf seinem wunderschönen hellbraunen Haar, das in der Sonne fast dunkelblond aussah. Meine Mauern begannen zu bröckeln. Er hatte ein Boot gemietet—ein verdammt teures Boot—um mit mir auf Entdeckungstour zu gehen. Ich konnte auf keinen Fall Nein sagen.

"Du weißt doch, dass man ohne Harken und so nicht angeln kann, oder?"

"An dieser Stelle zeige ich, wie ahnungslos ich bin, obwohl ich versuche, maritim zu wirken. Ich habe vorher noch nie ein Boot gefahren. Ich habe eine befristete Bescheinigung, um es zu fahren. Ich habe auch noch nie in meinem Leben nach etwas anderem als Informationen geangelt. Du wirst mir helfen müssen."

Ich deutete hinter mich. "Nun, ich habe zufällig Harken und Schaufeln in der Garage."

"Schaufeln? Begraben wir auch eine Leiche?" Er blinzelte.

"Nein. Aber du wirst gleich von einem Experten lernen, wie man nach Muscheln gräbt. Ich benutze manchmal meine Füße, aber ich denke, ich sollte es dir mit Ausrüstung beibringen."

"Heute ist mein Glückstag." Leo lächelte.

"Ich bin gleich wieder da."

Ein Schauer lief mir über den Rücken, als ich das Haus auf dem Weg zur gegenüberliegenden Garage betrat.

Mrs. Angelini hielt mich in der Küche auf. "Ist das der Brite mit dem Boot?"

"Ja. Er will zum Muscheln sammeln gehen."

Sie lächelte wissend. "Klar, will er das."

Ich zuckte mit den Schultern. "Es ist ja nur Muscheln sammeln."

"Klar, ist es das."

Mein Gesicht fühlte sich heiß an, als ich weiterging. "Ich gehe die Harken und Schaufeln holen."

Sie rief mir nach. "Viel Spaß, Süße."

Nachdem ich die Sachen herausgeholt hatte, half Leo mir beim Einsteigen, bevor er das Boot startete und losfuhr. Ich hatte erwartet, dass er viel schneller fahren würde.

"Gibt es einen Grund, warum du so langsam fährst?", fragte ich.

"Ich schätze, ich dachte, Bootsfahrten sind etwas … gemächlicher."

"Nein." Ich schüttelte den Kopf. "Wir haben etwas zu erledigen. Lass mich ans Steuer."

Leo schien amüsiert zu sein und grinste, als er zur Seite trat.

Ich betätigte den Gashebel, und wir hoben mit Höchstgeschwindigkeit ab, unsere Haare wehten im Wind, während Wassernebel uns besprühte.

Er rief über das Geräusch des Motors hinweg. "Anscheinend kann ich nur Paddelboote bedienen."

"Ist schon gut, Neuling", rief ich.

Seine Zähne schimmerten im Sonnenlicht, als er breit lächelte. Er sah fast schmerzhaft gut aus.

Es war schon lange her, dass ich auf dem Wasser gefahren war. Bootfahren war hier ein beliebter Zeitvertreib, aber weder Mrs. Angelini noch ich besaßen ein Boot. Also fuhr ich nur aufs Wasser, wenn mich ein Freund einlud oder wenn Mrs. Angelinis Bruder mit seinem Boot aus Newport kam, um uns zu besuchen und Muscheln zu fangen. Manchmal ließ er mich das Boot fahren. Die Harken und andere Werkzeuge gehörten technisch gesehen ihm.

Als wir an dem Teil der Bucht ankamen, in dem ich normalerweise nach Muscheln grub, legten Leo und ich das Boot an und stiegen aus.

"Du musst deine Hose hochkrempeln", sagte ich.

"Aber wir haben uns doch gerade erst kennen gelernt", stichelte er.

Das ließ mich daran denken, wie seltsam es war, dass ich ihn bereits nackt gesehen hatte. Das fühlte sich falsch an. Aber vielleicht wurde ich deshalb in seiner Nähe immer wieder rot. Die Erinnerung an seinen prächtigen Körperbau ging mir nicht mehr aus dem Kopf. Und jetzt, in seiner dunklen Jeans, sah sein Hintern noch genauso gut aus wie an dem Tag, als ich ihn nackt gesehen hatte. Leos T-Shirt war von der Gischt, die uns auf der Fahrt hierher immer wieder traf, durchnässt. Der nasse, weiße Stoff klebte an ihm und erlaubte mir einen klaren Blick auf seine wohlgeformte Brust darunter.

Wir fingen im Wasser an, mit den größeren Harken nach Quahog Muscheln zu graben.

"Was ist das für ein Ding?", fragte er und schaute auf das grüne Plastikwerkzeug in meiner Hand. Es hatte ein Loch in der Mitte.

"Das benutzen wir, um die Größe zu messen."

"Interessant." Er grinste.

Es sah aus wie ein kleines Beobachtungsloch. Aber ich hatte nicht vor, darauf hinzuweisen.

"Wir müssen unsere Quahog Muscheln hineinhalten, und wenn einer von ihnen hindurchschlüpft, ist er zu klein, um ihn zu behalten. Es ist sogar illegal, sie mitzunehmen."

"Wirklich? Nun, man lernt jeden Tag etwas Neues. Ich hätte sie mir alle geschnappt", sagte er.

"Nein. Das wäre wie eine Entführung von Babys. Und es gibt eine saftige Geldstrafe, wenn dich jemand erwischt."

Im Wasser hatten wir nicht viel Glück, also gingen wir zum Sand rüber.

"Du sollst nicht zu tief graben," sagte ich. "Fünf bis acht Zentimeter ... alle darunter werden wir nicht finden. Und bewegt den Sand nur leicht, sonst kann es passieren, dass die Muscheln sterben, wenn du die Schale aufbrichst."

"Und du hast gesagt, das macht Spaß und ist stressfrei."

"Du wirst den Dreh schon noch rauskriegen. Sieh mir einfach zu."

"Verstanden", sagte er, obwohl er unbewusst immer wieder das tat, was ich ihm verboten hatte.

"Die hier sind zu klein", sagte ich. "Lass uns an eine andere Stelle gehen. Aber erst müssen wir den Sand wieder aufschütten, damit sie überleben können."

Nachdem wir an einen anderen Ort gewechselt hatten, hatten wir endlich Glück.

"Wir haben hier die Hauptader gefunden!", verkündete ich. "Das ist ein Honigloch."

Er rümpfte die Nase. "Ein ... Honigloch?"

"Ja. Eine süße Stelle. Ein Honigtopf. So nennt es Mrs. Angelinis Bruder Paul, wenn man einen Haufen Muscheln findet, die sich versammeln. Ich bin mir ziemlich sicher, dass er sich diesen Namen ausgedacht hat."

"Ich liebe es." Leo grinste.

Etwa eine Stunde nach Beginn unseres Abenteuers hatte Leo endlich den Dreh raus. Ehe ich mich versah, hatten wir einen ganzen Eimer mit Muscheln gefüllt.

Nach getaner Arbeit nahmen wir uns etwas Zeit, um uns im Sand zu entspannen.

Leo stützte seinen Arm auf dem Eimer ab. "Das war viel Arbeit, aber es hat sich gelohnt."

"Ja, ich mag es, wenn es mich auf andere Gedanken bringt, wenn ich mich damit beschäftige."

"Was geht dir durch den Kopf? Belastet dich etwas?"

Sollte ich ehrlich sein? Ich lachte. "Du."

Seine Augen wurden groß. "Ich?"

"Ein wenig. Ja", gab ich zu. "Letzte Nacht ... war seltsam."

"Ah." Er nickte. "Lass uns darüber reden. Ich wollte es eigentlich nicht ansprechen, aber da du es getan hast..."

Ich zuckte mit den Schultern. "Ich weiß nicht, was ich dazu sagen soll. Ich schätze, ich war nervös, weil ich nicht erwartet hatte, dich zu sehen, und dann war die Tatsache, dass du ein Date hattest, aus irgendeinem Grund peinlich."

"Für mich war es auch unangenehm", sagte er.

"Mir über den Weg zu laufen?"

"Nein. Das Date. Ich hatte keine Lust, hinzugehen, aber ich habe dem Drängen meines Cousins nachgegeben."

Ich blinzelte. "Du triffst sie nicht wieder, oder ...?"

Er schüttelte den Kopf. "Ich bin nicht an ihr interessiert."

"Dann ist sie bestimmt enttäuscht."

"Ich weiß es nicht. Und es ist mir eigentlich auch egal." Seine Augen bohrten sich in meine.

"Ich habe dich neulich angelogen, als ich sagte, ich hätte kein Interesse daran, mit dir auszugehen", gab ich nach einem Moment zu. "Dass ich dich abgewiesen habe, hatte nichts mit mangelndem Interesse zu tun. Ich habe nur die schlechte Angewohnheit, Dinge zu meiden, die mit Risiken verbunden sind. Ich will dich nicht mögen und dann damit klarkommen müssen, dass du mich verlässt und so weiter. Also habe ich nein gesagt, obwohl ich eigentlich Ja sagen wollte."

Leo lächelte. "Ich danke dir für deine Ehrlichkeit. Ich verstehe dich vollkommen." Er warf einen Stein ins Wasser. "Und jetzt werde ich ehrlich zu dir sein und zugeben, dass das Mieten dieses Bootes nichts damit zu tun hatte, dass ich Muscheln zum Abendessen wollte." Er drehte sich zu mir um. "Ich weiß nicht einmal, wie sie schmecken. Ich wollte nur eine Ausrede haben, um dich wiederzusehen."

"Nun, das war eine Menge Arbeit für jemanden, der nicht einmal Muscheln wollte", stichelte ich.

"Kann schon sein. Aber ohne diese Verkleidung hätte ich gleich zugeben müssen, dass ich nicht aufhören konnte, an dich zu denken. Ich war mir nicht sicher, ob du das hören wolltest."

Ich rieb meine nackten Füße im Sand und fragte: "Wer *bist* du, Leo?"

"Wie meinst du das?"

"Ich meine ... Sig hat angedeutet, dass du jemand Wichtiges bist. Geht es nur um Geld, oder gibt es noch mehr, was du mir nicht sagst?"

Zum ersten Mal, seit ich ihn kennengelernt hatte, bemerkte ich einen Ausdruck echten Unbehagens auf Leos Gesicht.

"Mein Vater ist ein Herzog. Der sechste Herzog von Westfordshire", sagte er schließlich. "Diesen Titel hat er von seinem Vater, dem fünften Herzog, geerbt. Als einziges Kind werde ich ihn eines Tages auch von meinem Vater erben und der siebte Herzog von Westfordshire werden. Mit diesem Titel geht der Besitz und die Kontrolle über das riesige Anwesen meiner Familie einher."

Wow! Okay. "Du bist ein Adeliger?"

"Nein. Nicht königlich. Wir sind eher reiche Arschlöcher mit Landbesitz."

"Oh mein Gott..."

"Buchstäblich."

"Du hast recht." Ich bedeckte mein Gesicht. "Oh mein Gott, buchstäblich."

"Lord Covington, ja. Aber bitte nenn mich nie so." Er gluckste.

Ich blies einen Atemzug in mein Haar. "Das ist definitiv größer, als ich es mir vorgestellt habe."

"Das ist nichts, was ich gleich bei unserem ersten Treffen bekannt machen wollte. Ich ziehe es vor, dass die Leute sehen, wer ich hinter all dem bin. Das ist zu Hause einfach nicht möglich. Und deine schockierte Reaktion beweist nur, dass ich Recht habe—sobald die Leute es wissen, sehen sie mich anders. Verwöhnt und anspruchsvoll vielleicht?"

"Es tut mir leid, dass meine Reaktion unangenehm für dich war. Ich wollte dir nicht den Eindruck vermitteln, dass ich dich anders sehe. Ich schwöre, das tue ich nicht."

"Ich möchte es nur für eine Weile vergessen. Das ist alles. Ich versuche nicht, etwas zu verbergen. Darüber zu reden, macht den Sinn dieser Gnadenfrist zunichte. Aber du hast jedes Recht zu fragen, wer ich bin."

Plötzlich fühlte ich mich ihm auf seltsame Weise verbunden. "Ich kann nachvollziehen, dass du das Vergessen willst. Wenn ich den Leuten erzähle, dass ich die meiste Zeit meines Lebens allein war, sehen sie mich ganz anders. Es gibt so viele Vorurteile über das Aufwachsen in Waisenheimen. Sie gehen davon aus, dass ich in irgendeiner Weise gestört oder instabil sein muss, weil ich kein solides familiäres

Fundament hatte. Wegen dieser seltsamen Reaktionen ziehe ich es auch vor, den Leuten nichts zu erzählen. Aber man kann nicht wirklich lügen, wenn man gefragt wird, weißt du?

"Ja."

"Ich danke dir für deine Ehrlichkeit", sagte ich. "Du hättest mich auch anlügen oder es herunterspielen können, und ich hätte den Unterschied nicht bemerkt."

"Du kannst mich alles fragen, Felicity. Ich werde immer ehrlich sein."

Als sich unsere Blicke trafen, verspürte ich den Drang zu fliehen. Ich stand auf und befreite meinen Hintern von dem ganzen Sand. "Nun, wir sollten wohl unseren Fang zurückbringen."

Er stand ebenfalls auf. "Kommst du zum Abendessen vorbei?"

Er beobachtete mich aufmerksam, während ich mit meiner Antwort kämpfte.

"Ich kann sehen, wie sich die Räder in deinem Kopf drehen", sagte er. "Du bist dir nicht sicher, ob du ja sagen sollst. Technisch gesehen ist es keine Verabredung, falls du dich dadurch besser fühlst. Mein Arsch von Cousin wird da sein und jede Chance auf Privatsphäre zunichte machen. Es ist nur ein Abendessen, denn ehrlich gesagt gäbe es ohne dich keine Muscheln, und du solltest wenigstens die Früchte deiner Arbeit genießen können."

Wenn er es so ausdrückte, war es schwer, nein zu sagen.

"Okay. Nur ein Abendessen. Damit kann ich leben."

Er hob den schweren Eimer an. "Fährst du zurück, oder soll ich?"

"Nun, wenn wir es vor Einbruch der Dunkelheit zum Abendessen schaffen wollen, sollte ich wohl das Steuer übernehmen, Opa."

Leo schloss die Augen. "Autsch."

Nachdem ich den Nachmittag mit Leo verbracht hatte, fühlte ich mich in seiner Nähe viel wohler als zuvor. Er hatte mir heute seine verletzliche Seite gezeigt, und das machte es schwer, Angst vor ihm zu haben. Ich hatte hauptsächlich Angst vor meinen eigenen Gefühlen. Aber schließlich wollte ich den heutigen Abend genießen und ihn nicht analysieren. Also traf ich diese Entscheidung.

Ich hielt das Boot auf meiner Seite der Bucht an, und Leo stieg aus, um mir zu helfen, das Werkzeug für die Muscheln in die Garage zu bringen.

Draußen am Boot sagte er: "Wie wär's mit acht Uhr zum Abendessen?"

"Das passt."

"Soll ich dich mit dem Boot abholen, oder fährst du?"

"Ich kann die Fahrt übernehmen."

Er zwinkerte. "Bis dann, Süße."

Ich sah zu, wie er das Boot startete und über die Bucht zurück zu seinem Haus fuhr. Als er in der Ferne verschwand, machte sich ein wenig Panik breit. Ich spürte, wie mein Herz aus meiner Brust schlug. Ich wollte ihm sagen, dass es sich beruhigen sollte, dass es sich keine Hoffnungen auf einen Mann machen sollte, den es nicht haben konnte. Aber ich wusste, dass ich wenig Kontrolle darüber hatte, was es dazu brachte, so zu schlagen. Wahrscheinlich würde es noch heftiger schlagen, je mehr ich versuchte, es zu stoppen.

Meine Beine fühlten sich wackelig an, als ich mich auf den Weg zurück ins Haus machte, mein Körper war anscheinend immer noch daran gewöhnt, auf dem wackligen Boot zu sein. Oder vielleicht war diese wahnsinnige Anziehungskraft auf Leo die Ursache für die Schwäche in meinen Beinen.

Mrs. Angelini kam die Treppe hinunter, als sie mich eintreten hörte.

"Das dauerte aber ganz schön lange."

"Ja. Wir haben einen Eimer Muscheln bekommen. Ich gehe heute zu ihnen Abendessen."

"Gut." Sie lächelte. "Ich bin froh, dass du ein bisschen loslässt."

Ich hatte keine Ahnung, was ich anziehen sollte. Bailey und ich wollten bald einkaufen gehen, aber wir hatten noch keine Gelegenheit dazu gehabt.

"Mrs. Angelini?"

Sie drehte sich um. "Ja?"

"Ich brauche deine Hilfe. Ich möchte für das Essen heute Abend gut aussehen, aber ich habe nichts außer Jeans und T-Shirts in meinem Schrank. Ich möchte nicht denselben langen Rock tragen wie beim letzten Mal. Sein Cousin nannte mich Mary Poppins..."

"Er hat was?" Sie lachte.

"Ja. Aber ich habe es irgendwie verdient." Ich zuckte mit den Schultern. "Wie auch immer, ich möchte etwas Nettes anziehen—nicht zu schick, aber auch nicht so altbacken wie Jeans und ein T-Shirt."

"Ich würde dir ja etwas von mir leihen, aber ich bin viel zu korpulent." Sie schaute auf die Uhr. "Ich habe eine bessere Idee. Meiner Freundin Helena gehört die Boutique in der Stadt. Sie schließt ziemlich früh. Wir haben nicht viel Zeit, aber ich wette, sie würde für uns noch ein bisschen länger geöffnet haben. Wir werden dafür sorgen, dass du etwas bekommst, das deine Schönheit unterstreicht, aber nicht übertrieben ist."

Ich habe sie nie um viel gebeten, aber wenn ich es getan habe, hat Mrs. Angelini es immer geschafft eine Lösung zu finden. Ich versuchte, die Emotionen zu unterdrücken, die in diesem Moment in mir hochkochten, denn dass sie mir wieder einmal zu Hilfe kam, erinnerte mich genau daran, was eine Mutter tun würde.

KAPITEL 5

Leo

Titel 5: "The Lady in Red" von Chris de Burgh

Ich trug den schweren Eimer ins Haus und sagte: "Bitte sag mir, dass du weißt, wie man Muscheln kocht."

Sigmund kniff die Augen zusammen. "Was, in Gottes Namen, hast du mitgebracht?"

"Felicity und ich sind mit meinem Boot rausgefahren, um nach ihnen zu graben."

"*Dein* Boot?"

"Ja. Sieh mal nach draußen. Es kam an, als du vorhin unterwegs warst. Ein Mietboot, versteht sich."

"Hast du den Verstand verloren?"

"Vielleicht." Ich lächelte. "Ja."

"Wann hast du jemals in deinem Leben ein Boot angefasst, abgesehen davon, dass du die Yacht deines Vaters betreten hast?"

"In dieser Zeit hier in Narragansett geht es darum, neue Dinge zu entdecken, Sigmund."

"Und ich bin sicher, dass die Erkundung *des Wassers*

genau das war, was du heute mit diesem Boot bezweckt hast, oder?"

"Wir hatten eine schöne Zeit."

"Ich hatte irgendwie gehofft, du würdest sie vergessen, nachdem sie dir den Fisch in den Schritt geworfen und sich über unser Date gestern Abend lustig gemacht hat."

"Das einzig Spöttische an diesem Date war die hirnlose Unterhaltung."

"Okay, und was jetzt? Werde ich in die Operation "Woo Carrot Top" hineingezogen, weil ich lernen muss, wie man diese Dinge kocht?"

"Du bist der Koch. Das ist dein Job. Lass dir was einfallen, damit ich mich nicht blamiere."

"Dafür wirst du mir ganz schön was schuldig sein."

Ich wölbte die Stirn. "Ich nehme an, die Rechnung für diese ganze Reise zu bezahlen, zählt dann nicht?"

"Gutes Argument."

"Ich habe ihr auch gesagt, dass es Hummer gibt."

"Ich soll also ein ganzes Meeresfrüchte-Festmahl für euch beide kochen?"

"Ich fahre los und hole den Hummer. Du überlegst dir, was wir mit den Muscheln machen."

Nachdem ich zum Laden geeilt war, um drei Hummer zu je einem halben Kilo zu holen, kehrte ich ins Haus zurück und sah, dass Sigmund einige der Muscheln aus der Schale genommen hatte und sie in kleine Stücke schnitt. Er hatte mir geschrieben, ich solle auch noch portugiesische Wurst mitbringen.

"Warum schneidest du sie? Ich dachte, wir sollten sie aufbrechen und so essen?"

"Ist es das, was du mit der Rothaarigen machen willst? Sie aufschlitzen und essen?" Er kicherte.

"Kannst du bitte damit aufhören?"

"Warum stören dich meine Anspielungen plötzlich so sehr?"

"Weil meine Anziehungskraft auf sie nichts mit Sex zu tun hat." Das war teilweise eine Lüge. "Ich meine, ich fühle mich sexuell zu ihr *hingezogen*, aber es geht nicht nur um das *Eine*." Ich wischte mir den Schweiß von der Stirn. "Wie auch immer, beantworte meine Frage. Was zum Teufel machst du mit diesen Muscheln? Warum sind sie nicht in der Schale? Wehe, du ruinierst sie."

"Das ist ein Rezept namens Stuffies. Ich hielt es für angemessen, wenn man bedenkt, dass du gerne Pippi Langstrumpf ausstopfen würdest."

Ich rollte mit den Augen. "Im Ernst, was füllst du da?"

"Entspann dich. Deshalb habe ich dich ja die Wurst kaufen lassen."

"Bitte sag mir, dass die Wurst nicht auch irgendeine sexuelle Komponente mit sich bring?"

"Nein, du verdammter Wichser. Wer ist jetzt derjenige mit den schmutzigen Gedanken?"

"Offensichtlich traue ich dir nicht."

"Die Wurst wird mit den Venusmuscheln und etwas Paniermehl vermischt, dann wieder in die Muscheln portioniert und gebacken. Das ist anscheinend eine sehr beliebte Zubereitungsart, auch wenn du mir unterstellst, dass ich dich verhöhnen oder dein Abendessen sabotieren will."

Ich entspannte mich ein wenig. Ich sollte mehr Vertrauen in ihn haben. Das Einzige, was er selten vermasselte, war das Essen.

Als ich auf die Uhr sah, wurde mir klar, dass nicht mehr viel Zeit blieb, bis Felicity um acht Uhr kommen würde.

Meine Kleidung roch noch immer nach dem salzigen Meer von unserem Ausflug heute Morgen. Ich ließ Sigmund in der Küche zurück und ging nach oben, um zu duschen und mich umzuziehen.

Als ich nach unten zurückkehrte, war die Theke leer. "Wo ist das Essen?"

"Entspann dich doch mal. Ich habe nichts kaputt gemacht. Die Stuffies sind im Ofen. Und die Hummer kochen schon. Alles ist unter Kontrolle—außer dir. Beruhig dich."

"Kannst du dich heute Abend bitte nicht wie ein Arsch aufführen? Ist das zu viel verlangt?"

"Ich kann nicht versprechen, dass ich keinen Fehler machen werde. Aber ich werde es versuchen. Es sei denn, du möchtest, dass ich ganz verschwinde?"

"Nein. Ich habe ihr gesagt, dass wir uns als Gruppe treffen werden. Ich will sie nicht verängstigen. Das soll ja kein Date sein."

"Ah. Ich sehe, was du vorhast. Sehr clever. Du lockst sie an, indem du ihr vorgaukelst, dass du nicht mehr an einem Date mit ihr interessiert bist, während du sie langsam bezauberst."

Es läutete an der Tür.

"Das ist sie. Drück auf deinen Manieren-Knopf."

Er drückte wiederholt auf seine Brust. "Verdammt. Er klemmt wohl. Sieht aus, als hättest du Pech gehabt."

Ich seufzte und ging zur Eingangstür. Als ich sie öffnete, verschlug es mir fast den Atem.

Ihr flammendes Haar war zu langen, lockeren Strähnen gestylt. Sie trug ein leuchtend rotes Kleid, das nicht formell war, sondern eher aus dünner Baumwolle mit einem Halterneck um den Hals. Es war kurz, einfach und verdammt sexy und betonte ihre langen Beine. Ihre Lippen waren in einem passenden Rotton geschminkt. Das war ein neuer Look für sie, aber ich fand ihn toll. Am besten gefiel mir, dass ich zum ersten Mal sehen konnte, wie weit die Sommersprossen über ihre Brust reichten.

"Felicity, du siehst..." Ich räusperte mich. "Unglaublich aus."

"Danke. Ich dachte, es wäre schön, wenn ich mich ausnahmsweise mal richtig schick machen würde. Du weißt schon, nicht ganz Mary Poppins, nicht ganz Mädchen—irgendwo dazwischen."

"Du siehst immer gut aus, egal wie du gekleidet bist. Aber heute Abend bist du besonders umwerfend." Ich schüttelte den Kopf und stellte fest, dass ich so fasziniert gewesen war, dass ich sie nicht hereingebeten hatte. "Komm rein. Komm doch rein."

Als sie das Foyer betrat, holte sie tief Luft. "Irgendetwas riecht gut."

"Er macht ... Stuffies?"

"Oh ja. Gute Wahl."

Die Tatsache, dass sie von ihnen gehört hatte, erleichterte mich.

Als wir die Küche betraten, weiteten sich die Augen meines Cousins. "Felicity, du siehst absolut umwerfend aus."

"Oh, danke. Ich glaube, das ist das erste Mal, dass du etwas Nettes zu mir sagst."

"Nun, es ist verdient."

Sein Kompliment verärgerte mich. Und die Art, wie er sie jetzt ansah, gefiel mir auch nicht, als würde er endlich sehen, was ich schon die ganze Zeit gesehen hatte. Aber für mich war es egal, ob sie ein rotes Kleid oder ein altes T-Shirt trug; sie war wunderschön.

"Was kann ich dir zu trinken bringen?", fragte ich.

"Überrasch mich." Sie lächelte.

Zu Hause gab es immer Weißwein zu Meeresfrüchten, also dachte ich mir, dass das die beste Wahl für diesen Abend sein könnte. Dann erinnerte ich mich an die Flasche Dom Pérignon, die im Kühlschrank stand, und beschloss, sie zu öffnen. Nachdem ich zwei Gläser vorbereitet hatte, reichte ich ihr eines und beobachtete, wie sie einen Schluck nahm. Als sie sich über die Lippen leckte, konnte ich schwören, dass sich mein Schwanz regte.

"Mmm... gute Wahl. Ich liebe Champagner. Danke."

Sigmund öffnete den Ofen und stellte das Tablett mit den gefüllten Muscheln auf den Tresen. Ich musste zugeben, dass sie köstlich aussahen und rochen.

Felicity lehnte ihren Kopf über das Tablett. "Hast du schon einmal gefüllte Muscheln gemacht, Sig?"

"Das ist mein erstes Mal."

"Beeindruckend."

"Wenn Essen der Weg zu deinem Herzen ist, Liebes, hat mein Cousin keine Chance." Er lachte.

Sie klopfte mir auf die Schulter. "Nun, er ist ein großartiger Bootsführer. Wenigstens das kann er."

Ich räusperte mich. "Was sie eigentlich sagen will, ist, dass ich mich ganz schön ins Zeug gelegt habe, bevor sie mir das Steuer wegnehmen musste, weil ich es wie ein Opa gefahren bin."

Sie lächelte hinter ihrem Sekt hervor. Ich liebte ihr Lächeln, besonders wenn es auf mich gerichtet war.

Die Stimme in meinem Kopf schien aus dem Nichts zu kommen. *Was machst du da?* Die Antwort war eindeutig: Ich verliebte mich in jemanden, den ich gar nicht lieben durfte. Ich wusste nur nicht, wie ich damit aufhören sollte. Ich verscheuchte die negative Stimme.

Sigmund holte sich ein Bier aus dem Kühlschrank. "Weißt du, es würde dich nicht umbringen, den Tisch zu decken, Leo."

Er hatte ja Recht. Ich hätte zumindest anbieten sollen, das zu tun. Ich war ein wenig abgelenkt gewesen.

Felicity stellte ihr Glas auf den Tresen. "Ich kann helfen."

"Nein, du bist der Gast. Du wirst nichts dergleichen tun", sagte ich.

Sie hörte nicht zu und begann, die Schränke nach Tellern zu durchwühlen. Schließlich deckten wir den Tisch gemeinsam.

Nachdem wir alles vorbereitet und uns auf unseren Plätzen niedergelassen hatten, schaute sich Felicity um, als ob wir etwas vermissten.

"Habt ihr ... Lätzchen?"

Meine Cousine sah entsetzt aus. "Lätzchen? Ein Babylätzchen? Nein. Leider nicht."

"Ja. Hummer zu essen kann eine ganz schöne Sauerei werden. Sie stand auf und verschwand in der Küche, bevor sie mit drei Geschirrtüchern zurückkam.

Sie kam zu meiner Seite des Tisches und steckte eines der Tücher in den oberen Teil meines Hemdes, bevor sie sanft mit der Hand darüberstrich. Diese einfache Berührung rührte etwas in mir.

Dann reichte sie Sigmund das andere Tuch, ohne es auf ihn zu legen. Das freute mich ungemein. Mein Cousin ignorierte das Geschirrtuch und begann ohne es zu essen.

Nach einigen Minuten des Essens war klar, dass Felicity es nicht gewohnt war, Hummer mit Präzision aufzubrechen, und sie hatte auch keine Angst, eine Sauerei zu machen.

Sie saugte den Saft aus einer der Schalen. "Das ist fantastisch. Das ist fantastisch. Danke. Es kommt nicht jeden Tag vor, dass ich Hummer esse. Das ist ein besonderer Genuss."

"Ich hätte gedacht, dass du ihn ständig isst, da er eine lokale Delikatesse ist", sagte ich.

Sie schüttelte den Kopf. "Mrs. Angelini ist allergisch gegen Meeresfrüchte. Was eine unglaubliche Ironie ist, denn ihr Mann besaß eine Kette von Fischrestaurants, bevor er starb. Aber wir essen nie Hummer, und wenn ich allein unterwegs bin, kaufe ich ihn normalerweise nicht, weil er ziemlich teuer ist."

Ihre Worte waren ein Weckruf. Nicht jeder konnte sich den Luxus leisten, zu essen, was und wann er wollte. *Du Idiot, Leo.* Wahrscheinlich hielt sie mich für einen Menschen von einem anderen Planeten.

"Es tut mir leid. Es war dumm von mir, das zu sagen. Natürlich ist Hummer teuer."

"Überhaupt nicht dumm. Mrs. Angelini ist wohlhabend. Sie würde mir jederzeit Hummer kaufen, wenn ich sie darum bitten würde. Aber es würde mir keinen Spaß machen, ihn in ihrer Gegenwart zu essen. Ich versuche auch, ihre Großzügigkeit nicht auszunutzen. Sie versucht, mir Geld für die Schule zu geben, aber ich finde nicht, dass sie dafür zahlen sollte. Ich habe immer darauf bestanden, meinen Lebensunterhalt selbst zu bestreiten. Ich fühle mich sicherer, weil ich weiß, dass ich es kann."

Ich nickte. "Ich bin mir sicher, die meisten Leute *würden* das ausnutzen."

"Ich mache es mir nirgendwo zu bequem. Wenn man erst einmal von jemandem abhängig ist und derjenige nicht mehr da ist—was dann? Man muss in der Lage sein, für sich selbst zu sorgen."

Meine Brust fühlte sich eng an, als ich den tieferen Sinn dahinter erkannte, dass sie keine Hilfe annehmen wollte. Die Helfer in ihrem Leben hatten sie immer verlassen. Daran war sie gewöhnt, und das war der Grund, warum sie so stark war.

Die Stimmung hellte sich bald auf, als eine Flut von Hummersaft aus Sigmunds Teller auf sein Dreihundert-Dollar-Hemd spritze.

"So ein Mist!", rief er, als er an sich herunterblickte.

"Ich werde nicht sagen, dass ich es dir gesagt habe." Felicity lachte.

Er tat so, als wäre es ihm egal, aber sein mürrischer Gesichtsausdruck verriet mir, dass er es bereute, sich nicht bedeckt zu haben.

Den Rest des Abendessens verbrachte ich damit, Felicity Dinge zu fragen, auf die ich neugierig war, wie zum Beispiel, wie das Leben in Harvard war. Ich erfuhr, dass sie dort Mitglied des Frisbee-Teams gewesen war. Sie erzählte mir von ihren Plänen, Anwältin zu werden, damit sie diese Gelegenheit nutzen konnte, um Menschen zu helfen. Sie wusste genau, was sie wollte und wie sie es erreichen wird. Ich bewunderte ihren Wunsch nach Unabhängigkeit, erkannte aber auch, dass ihr offensichtliches Bedürfnis nach niemandem sonst aus einem Gefühl des Selbstschutzes heraus entstand.

Ich erschauderte, als sie den Spieß umdrehte.

"Also, genug von mir", sagte sie. "Erzähl mir mehr über deine Situation zu Hause in England. Wie ist es dort, wo du lebst?"

"Die Landschaft ist wunderschön, aber an den Wochenenden fliehe ich oft nach London. Bevor ich hierher kam, verbrachte ich die meiste Zeit damit, meinen Vater zu beschatten.”

“Du warst auf dem College, richtig?”

Sigmund schnaubte, nur allzu amüsiert über ihre Frage. “Ich kann verstehen, dass du das bezweifelt hast.”

Sie drehte sich zu ihm um. “Ich habe das nicht als Beleidigung gemeint. Er hat es nur nie erwähnt, und ich wollte nicht davon ausgehen.”

“Ja, ich war auf der Universität.” Ich blickte Sigmund an. “Auch wenn man in meiner Position vieles geschenkt bekommt, habe ich meinen Master an der London Business School gemacht.”

“Schön.” Sie legte den Kopf schief. “Wie viele Immobilien besitzt dein Vater?”

“Zu viele, um sie zu zählen, ehrlich gesagt.”

“Die Hälfte Englands gehört weniger als einem Prozent der Bevölkerung”, erklärte Sigmund.

“Gott, das ist eine enorme Verantwortung und ein großer Druck, da bin ich mir sicher.”

“Das ist auch der Grund, warum die Hälfte der Frauen, die in unserer Gegend in Frage kommen, versuchen, ihre Krallen in ihn zu schlagen”, fügte mein Cousin hinzu.

“Und ich dachte schon, es läge nur an meinem Aussehen”, sagte ich und wurde von Sekunde zu Sekunde wütender. “Danke für die Anmerkung, obwohl sie nicht nötig gewesen wäre.”

“Eigentlich bin ich daran interessiert, das alles zu erfahren”, sagte Felicity und zappelte auf ihrem Sitz herum. “Gibt es zu Hause eine Reihe von Junggesellinnen, die auf dich warten, oder so?”

"Er muss jemanden heiraten, den seine Eltern für geeignet halten", sagte Sigmund, bevor er einen Schluck von seinem Bier nahm.

Warum zum Teufel sollte er das gerade jetzt erwähnen?

Ihr Blick verfinsterte sich. "Wie eine arrangierte Ehe?"

"Nein", stellte ich klar, bevor mein Cousin ein weiteres Wort sagen konnte. "Keine arrangierte Ehe. Darauf würde ich mich nie einlassen. Letztendlich ist das meine Entscheidung. Aber die Erwartung war immer, dass ich jemanden aus einem ähnlichen Background heiraten würde."

"Was passiert, wenn du das nicht tust?"

Sigmund schmunzelte. "Seine Eltern würden ihn wahrscheinlich verstoßen."

"Das ist nicht wahr", erwiderte ich.

Er blinzelte. "Wirklich?"

Ich wusste, warum er das tat. Er war von Anfang an dagegen gewesen, dass ich Felicity traf, und nun versuchte er, die Sache zu verhindern. Selbst wenn einiges von dem, was er ausgeplaudert hatte, *teilweise* wahr war, hatte ich gehofft, ein wenig Zeit mit ihr zu verbringen, bevor sie sich aus dem Staub machte.

"Musst du heute Abend nicht irgendwo sein?", fragte ich ihn.

"Nein, eigentlich nicht. Ich habe keine Pläne."

Ich sah ihn böse an.

Nachdem er seinen Teller in die Küche gebracht hatte, nahm ich erst Felicitys Teller und dann meinen. "Ich bin gleich wieder da", sagte ich ihr. "Soll ich dir noch mehr Champagner holen?"

Sie schüttelte den Kopf und schien von unserem Gespräch etwas verunsichert zu sein. "Nein, danke."

In der Küche biss ich die Zähne zusammen und flüsterte: "Toller Versuch, sie zu verscheuchen."

"Ich tue dir einen Gefallen. Wie kann es fair sein, ihr Hoffnungen zu machen, wenn du genau weißt, dass du keine Zukunft mit ihr hast? Sieh dir an, wie sie heute Abend hergekommen ist. Sie ist eindeutig gekleidet, um zu beeindrucken und spielt nicht mehr die Unnahbare."

"Du hast nicht das Recht, die Dinge zu manipulieren. Ich hatte vor, ihr gegenüber ehrlich zu sein, was meine Situation angeht. Aber es stand dir nicht zu, während eines einzigen Abendessens alles über den Haufen zu werfen."

Felicity erschien und betrat den Raum mit einem Tablett leerer Muschelschalen. An ihrem besorgten Gesichtsausdruck konnte ich ablesen, dass sie entweder alles gehört hatte, was wir gerade gesagt hatten, oder vermutete, dass wir uns gestritten hatten.

"Bitte setz dich und entspann dich", sagte ich und hielt ihr meine Handfläche hin. "Ich kümmere mich darum."

"Ist schon gut", beharrte sie.

Gemeinsam brachten wir schweigend alles vom Tisch in die Küche. Danach wuschen wir uns abwechselnd die Hände an der Spüle.

Ich reichte ihr ein Tuch und sagte: "Lass uns einen Moment nach draußen gehen, ja?"

"Klar."

Ich schnappte mir unsere Sektgläser, die Flasche Dom und ein paar Erdbeeren aus dem Kühlschrank und trug sie nach draußen.

"Alles in Ordnung?", fragte sie, als wir auf die hintere Terrasse traten.

"Klar." Ich stellte alles auf einen Tisch. "Warum fragst du?"

"Du hast dich unwohl gefühlt, als ich dich nach deinem Leben zu Hause gefragt habe, vor allem, als Sig es auf sich genommen hat, für dich zu sprechen. Warum scheinst du dich dafür zu schämen, wer du bist?"

"Weil es *nicht* das ist, was ich bin. Wer ich bin, hat nichts damit zu tun, woher ich komme oder welche Erwartungen an mich gestellt werden." Mein Ton war schärfer, als ich beabsichtigt hatte.

"Es tut mir leid. Du hast ja recht. Das war eine dumme Formulierung. Was ich meinte, war... du solltest nicht das Gefühl haben, etwas verbergen zu müssen, nur weil dein Leben anders ist als die Norm. Die meisten Leute wären sogar ziemlich beeindruckt."

"Du bist aber nicht wie die meisten Leute, oder? Nichts davon beeindruckt dich im Geringsten. Wenn überhaupt, dann ist es eher abschreckend, um dich besser kennen zu lernen."

Sie schwieg, weder bestätigend noch verneinend.

Ich atmete aus. "Das Dilemma meines Lebens bestand immer darin, zwischen dem, was ich will, und dem, was meine Familie für mich will, abzuwägen. Letzteres gewinnt normalerweise." Ich blickte in den Sternenhimmel. "Ich weiß, dass ich in vielerlei Hinsicht Glück habe, aber es gibt Tage, an denen ich mir wünsche, ich könnte einfach ein normales Leben führen und müsste nicht auf andere Rücksicht nehmen, wenn es um mein eigenes Glück geht. Mit dir heute, auf dem Wasser, war ich so glücklich wie schon lange nicht mehr." Ich schüttelte den Kopf. "Tut mir leid. Du hast dich nicht dazu verpflichtet, heute Abend mein Therapeut zu sein. Ich soll dich unterhalten."

Felicity legte ihre Hand auf ihre Brust. "Machst du Witze? Von all den kurzen Momenten, die wir zusammen verbracht haben, ist dies mein Lieblingsmoment. Heute habe ich das Gefühl, dass ich dein wahres Ich kennengelernt habe. Die verletzliche Seite. Verwundbarkeit ist … sexy."

"Wie, sexy?" Ich lachte. "Soll ich jetzt anfangen zu weinen?"

"So weit musst du nicht gehen."

"Okay." Ich lächelte.

Unsere Blicke trafen sich, und ich wollte sie einfach nur küssen.

Sie fröstelte. "Es ist heute Abend kühler, als ich dachte. Ich hätte einen Pullover mitnehmen sollen."

"Bin gleich wieder da." Ich rannte hinein und holte eine meiner Jacken.

Ich kehrte auf die Terrasse zurück und legte sie ihr um die Schultern.

"Ich danke dir. Das war sehr nett."

"Na ja…" Ich grinste. "Ich möchte nicht, dass du dir die Eier abfrierst."

KAPITEL 6

Felicity

Titel 6: "Blowing Kisses in the Wind" von Paula Abdul

Ich kann nicht glauben, dass er es weiß. "Du hast mich gegoogelt. Glückwunsch."

"An dem Tag, an dem du mir einen Korb gegeben hast, war ich ein wenig niedergeschlagen. In der Nacht habe ich es vermisst, dein Gesicht zu sehen. Also, ja. Ich ging online, suchte nach deinem Namen und fand diesen unerwarteten Goldtopf."

"Das ist mein einziger Anspruch auf Ruhm."

"Es war zum Totlachen."

"Ernsthaft, was ist los mit den Leuten? Sie haben kein Leben. Ich meine, es war lustig, aber *so* lustig war es nicht. Um Millionen von Klicks zu bekommen?"

"Es war nicht nur das, was du gesagt hast. Es war dieser verdammt liebenswerte Gesichtsausdruck, als du gemerkt hast, dass du live im Fernsehen bist. Es ist auch die Tatsache, dass du wunderschön bist. Deshalb hat sich das Video verbreitet."

"Ich sehe mich nicht so", sagte ich. "Das habe ich nie."

"Das ändert aber nichts an der Wahrheit."

"Ich habe das Gefühl, dass ich anders aussehe als alle anderen. Ich meine, es gibt andere Menschen mit roten Haaren und Sommersprossen am ganzen Körper. Aber wie vielen davon begegnet man im Alltag? Sehr wenigen. Wir sind eine seltene Erscheinung."

"Eben. Du bist einmalig schön. Aber es sind nicht nur deine Haut und deine Haare, die dich auszeichnen. Es sind deine Augen, die Art, wie sie alles mit echtem Staunen und Interesse zu durchdringen scheinen. Ich kann das Gute in dir sehen, wenn ich nur in sie schaue. Und du hast so viele Eigenschaften, die ich liebe. Deine Nase hat einen leichten Grat in der Mitte. Deine Lippen und ihre natürliche rote Farbe, auch wenn du keinen Lippenstift trägst. Und ja, die Sommersprossen. Von denen will ich gar nicht erst anfangen. Sie sind meine Schwäche."

Ich rollte mit den Augen und spürte, wie meine Wangen rot wurden. "Du bist wahnsinnig."

"Ich fühle mich *wahnsinnig* zu dir hingezogen, ja."

Sein unverblümtes Eingeständnis ließ meinen ganzen Körper heiß werden. Ich musste den Blick senken, weil es zu viel war—nicht nur die Art, wie er mich ansah, sondern weil ich mich auch unglaublich zu ihm hingezogen fühlte. Leo war nicht nur gutaussehend. Er war von Kopf bis Fuß glühend heiß. Je mehr ich ihn ansah, desto mehr geriet ich außer Kontrolle. Umso mehr wollte ich, dass er mich küsst. Jedes Mal, wenn mein Blick auf seinen vollen Lippen landete, spürte ich, wie meine Zunge vor Verlangen danach kribbelte.

"War dir das, was ich gerade gesagt habe, unangenehm?"

Als er seine Jacke um meine Schultern legte, sagte ich: "Es geht nicht darum, was du über mich gesagt hast. Es geht darum, wie ich mich bei dir fühle, wie sehr ich mich auch zu dir hingezogen fühle. Das beruht auf Gegenseitigkeit."

Sein Atem schien zu stocken, und bevor er antworten konnte, beschloss ich, dass ich mehr Champagner brauchte.

Ich griff nach der Flasche auf dem Tisch. "Darf ich noch etwas davon trinken?"

"Darf ich", sagte er, während er einschenkte. "Möchtest du eine Erdbeere?"

"Sicher." Ich leerte sofort die Hälfte meines Glases.

Anstatt mir einfach eine zu reichen, nahm Leo eine Erdbeere. Mit einem Glitzern in den Augen nahm er sie zwischen die Lippen und sprach durch die Zähne. "Komm und hol sie dir."

Meint er das ernst? Meine Handflächen wurden schweißnass, als ich überlegte, ob ich es tun sollte. Mit rasendem Herzen beugte ich mich vor und griff vorsichtig mit den Zähnen nach der Erdbeere. Unsere Lippen berührten sich nicht einmal, aber ich konnte die Hitze seines unregelmäßigen Atems spüren, der einen Ruck durch meinen Körper jagte.

"Heilige Scheiße. Ich hätte nicht gedacht, dass du das tun würdest." Er leckte sich über die Lippen.

Während ich die Beere kaute, sah ich an mir herunter und fragte mich, ob ich den Verstand verlor. Wegen dieser Sache? Die ich gerade getan habe? Das passte überhaupt nicht zu mir. Aber es war verdammt erotisch. Leo war so berauschend, dass er mein Urteilsvermögen beeinträchtigte. Ich musste vorsichtig sein, weil ich mich selbst in Gefahr brachte, verletzt zu werden. Mrs. Angelini meinte, ich solle ein wenig loslassen. Aber diese Nacht fühlte sich nicht nach Loslassen an. Es fühlte sich an, als würden sich meine Gefühle mit diesem Mann verstricken. Ich war mir nicht sicher, ob ich in der Lage war, einfach die Gegenwart mit jemandem zu genießen, der unweigerlich gehen würde.

Das war alles, woran ich denken konnte, auch wenn der Sommer noch vor uns lag.

"Wie lange willst du noch auf deine Füße und nicht auf mich schauen?", fragte Leo.

Als ich ihm endlich in die Augen sah, schüttelte ich den Kopf. "Es tut mir leid. Ich weiß nicht, wie ich damit umgehen soll. Als ich Mrs. Angelini erzählte, dass ich dir eine Absage erteilt hatte, weil ich es für keine gute Idee hielt, mit jemandem auszugehen, der abreisen würde, schlug sie mir vor, loszulassen und mir nicht so viele Gedanken darüber zu machen, was in der Zukunft passieren könnte. Ich beschloss, das heute Abend zu versuchen. Aber ich glaube, das liegt nicht in meiner Natur. Denn jetzt, wo du hier vor mir stehst, sollte ich eigentlich loslassen, und alles, woran ich denken kann, ist die Tatsache, dass ich bereits traurig bin, und du bist noch nicht einmal weg." Ich starrte in meinen Sekt. "Ich kann nicht lange genug abschalten, um das Zusammensein mit dir zu genießen."

"Du bist vernünftig und realistisch. Daran ist nichts auszusetzen."

"Daran ist nichts auszusetzen, aber es macht das Leben sehr eintönig."

"Du hast deinen Abschluss in Harvard gemacht, bist Kapitän und Fischerin, Frisbeespielerin, ganz zu schweigen von einem viralen Superstar—das ist für mich alles andere als langweilig." Er grinste.

Ich lächelte. "Du magst mich, weil ich anders bin, als du es gewohnt bist."

Sein Lächeln verblasste, als sich sein Blick in mir festsetzte. "Ich mag dich, weil du du selbst bist. Nicht nur, wie du aussiehst, sondern wie du *mich* ansiehst. Du siehst mich als die Person, die ich bin, und nicht meinen Titel, meinen sozialen Status oder meine Herkunft. Viel mehr als das, du bist so intelligent und echt, wie du schön bist. Gott, Felicity, ich habe an kaum etwas anderes gedacht, seit ich dich kenne." Er fuhr fort, mein Gesicht zu untersuchen. "Woran denkst du?"

"Ich denke über einige der Dinge nach, die Sig da drinnen gesagt hat, um ehrlich zu sein."

"Na gut." Er schluckte. "Welche Fragen hast du?"

"Also… sagen wir, du hast deinen Eltern erzählt, dass du diesen Sommer ein Mädchen in Rhode Island kennengelernt hast. Du magst sie wirklich. Wie würden sie reagieren?"

Er kratzte sich am Kinn. "Du willst die ehrliche Antwort, nehme ich an."

Ich nickte.

"Sie—vor allem meine Mutter—würden mir das Leben sehr schwer machen. Sie wollen, dass ich in England bleibe, mich niederlasse und mich darauf konzentriere, das Erbe meines Vaters fortzuführen, und mich auf niemanden außerhalb dieser Welt, in der sie leben, konzentriere."

Ich schluckte. "Und wenn du, rein hypothetisch, jemanden hier in den Staaten oder irgendwo anders kennenlernst und mit nach England nehmen würdest, wäre das für sie nicht akzeptabel?"

Ein Ausdruck des Schmerzes ging über sein Gesicht. "Sie könnten mich nicht aufhalten, aber sie könnten dieser Person das Leben schwer machen. Und das würde ich jemandem, der mir etwas bedeutet, nicht zumuten. Das wäre nicht fair.

Das ist die Antwort. Ich kann nicht ändern, wie sie sind, wie sie sich verhalten und welche Erwartungen sie haben.”

Enttäuschung machte sich in mir breit. “Es tut mir leid, wenn meine Fragen zu aufdringlich sind. Ich meine, wir hatten erst ein Date...”

Er lächelte. “Das *ist* also ein Date?”

Meine Augen weiteten sich. “Sollte es das nicht sein?”

“War nur ein Scherz. Ich wollte es nicht so nennen, weil ich dich nicht erschrecken wollte. Aber ich wollte, dass es ein Date ist.”

“Oh.” Ich schaute auf meine Schuhe.

“Darf ich dich etwas fragen?”, fragte er.

“Sicher.” Ich sah auf und richtete meine Haltung auf.

“Wann hattest du das letzte Mal einen Freund?”

Es kam mir wie eine Ewigkeit vor. Ich trank den letzten Schluck meines Champagners aus und stellte das Glas ab. “In meinem ersten Jahr am College lernte ich einen Typen kennen—Finn—mit dem ich etwa ein Jahr lang zusammen war. Am Ende konnte er den Druck der Universität nicht mehr aushalten und brach das Studium ab. Er hatte ernsthafte Angstzustände. Das war schlimm, denn ich hatte gehofft, dass ich ein Grund für ihn wäre, zu bleiben, aber wenn jemand einen inneren Kampf hat, kann man manchmal nichts tun. Ich habe es nie persönlich genommen, weil ich es als das verstanden habe, was es war. Dass er ging, war trotzdem schade. Danach habe ich mich nur noch mehr auf die Schule konzentriert. In meinem zweiten Jahr trat ich dem Frisbee-Team bei und tat alles, was ich konnte, um mir einzureden, dass es das Beste sei, allein zu sein. Und das tue ich irgendwie immer noch.”

“Du bist danach nie wieder mit jemandem ausgegangen?”

"Nein. Ich hatte auch einen festen Freund in der Highschool, aber wir haben uns vor dem College getrennt. Ich hatte also zwei Beziehungen. In den Jahren danach bin ich hier und da mal mit Jungs ausgegangen. Aber nichts, was länger als ein paar Dates dauerte. Nichts, was von Bedeutung war, weißt du?"

"Nichts, was von Bedeutung war…", murmelte er. "Das kann ich nachempfinden. Ich war auch schon mit vielen Frauen zusammen. Aber ich kann nicht sagen, dass eine von ihnen von Bedeutung war." Er machte ein paar Schritte auf mich zu. "Ich weiß, wir kennen uns kaum. Aber von dem Moment an, als wir uns trafen, wusste ich irgendwie, dass du mir etwas *bedeutest*, Felicity. Klingt das nicht seltsam?"

"Die ganze Sache war schon ein wenig seltsam." Ich lachte, als ich zu diesem markanten Mann aufblickte, den ich für unerreichbar gehalten hätte, wäre da nicht die Tatsache, dass er mich eindeutig mochte. "Nicht auf eine schlechte Art. Nur eine andere Art von Erfahrung. Und es tut mir leid, wenn ich diesen Abend in etwas zu Ernstes verwandelt habe. Wir wollten doch nur Spaß haben."

"Du bist nicht verrückt, wenn du über die Zukunft nachdenkst. Damit meine ich, dass ich gehen werde. Wir können es ignorieren oder anerkennen, aber es ändert nichts an der Tatsache, dass ich nicht für immer hier bin. Unterm Strich hast du also jedes Recht, dein Herz zu schützen, so wie ich kein Recht habe, damit zu spielen. Heute Abend beim Essen, als du davon sprachst, dass du jeden in deinem Leben als einen vorübergehenden Spieler betrachtest…" Er hielt inne und deutete auf seine Brust. "Das hat mich schwer getroffen. Denn ich möchte nicht noch eine Person sein, die in dein Leben tritt und dich verletzt zurücklässt. Das Letzte, was ich will, ist dich zu verletzen."

Mein Magen war wie versteinert. "Ja, also diese Situation ist irgendwie beschissen, oder?"

"Ich habe nicht damit gerechnet, dass ich hier jemanden finde, den ich wirklich besser kennenlernen und mit dem ich Zeit verbringen möchte. Das war nicht Teil des Plans." Er schloss kurz die Augen. "Gleichzeitig wünschte ich, ich hätte dich schon am Anfang dieser Reise getroffen und nicht erst am Ende."

Ich wollte so sehr, dass er sich zu mir beugte und mich küsste. Aber ich hoffte auch, dass er es nicht tat. Verwirrung machte sich in meinem Herzen breit, als eine sanfte Abendbrise seinen köstlichen, männlichen Duft zu mir herüberwehte. Ich hatte das Gefühl, dass dieser Moment der Stille ein Wendepunkt war, an dem ich mich entscheiden musste, ob ich einem gebrochenen Herzen entgehen oder mich kopfüber ins Feuer stürzen wollte. Letztendlich siegte die Angst.

Sag es. "Ich glaube, es ist das Beste, wenn wir uns nicht mehr sehen", brachte ich schließlich hervor. "Ich spüre etwas in meiner Brust, wenn ich mit dir zusammen bin. Und das sagt mir, dass wir besser nicht weitermachen sollten."

Er schaute mir tief in die Augen, dann nahm er meine Hand und legte sie auf sein Herz. "Fühle es. Ich glaube, wir fühlen vielleicht dasselbe."

Sein Herz schlug so schnell gegen meine Hand.

"Wow", flüsterte ich.

"Das passiert fast jeden Moment, wenn ich mit dir zusammen bin. Aus diesem Grund fürchte ich, dass du mit dieser ganzen Sache recht haben könntest ... so sehr ich mich dem auch nicht stellen will."

Ich nahm meine Hand weg und sah an mir herunter. "Ich hatte gehofft, dieses rote Kleid würde mich auf magische Weise für eine Nacht in eine sorglose Frau verwandeln."

"Ich will nicht, dass du jemand anderes bist, als du bist, Felicity."

Mit jeder weiteren Sekunde fiel es mir schwerer zu gehen, aber ich wusste, dass es das Richtige war.

"Ich denke, ich sollte nach Hause gehen."

Die Enttäuschung auf seinem Gesicht war deutlich zu sehen. "Es tut mir leid, dass dieser Abend unangenehm wurde."

"Es war nicht unangenehm. Es war echt. Ich schätze deine Ehrlichkeit so sehr. Und das Abendessen war fantastisch. Danke Sig von mir."

Als ich mich zum Gehen wandte, folgte er mir. "Das war's also? Wir werden uns überhaupt nicht mehr sehen? Nicht einmal als Freunde?"

Meine Augen brannten, als ich mich zu ihm umdrehte. "Ich denke, es ist einfacher, wenn wir uns nicht mehr sehen."

Er blinzelte, als ob er nach einer Antwort suchte, aber keine finden konnte.

Wir gingen schweigend weiter zur Einfahrt, wo mein Auto geparkt war.

"Ich muss dich um einen Gefallen bitten", sagte er schließlich.

"Okay ..."

"Ich möchte dich noch einmal sehen, bevor ich abreise— und wenn es nur zum Tee ist. Ich weiß nicht genau, wann du zur Universität aufbrichst?"

"Wahrscheinlich Ende August."

"Das ist auch ungefähr die Zeit, in der wir abreisen werden. Einen genauen Tag haben wir nicht. Das ist noch in der Schwebe. Aber wäre das in Ordnung? Dass wir uns am Ende des Sommers noch einmal sehen?"

Ich wusste nicht, wie das helfen sollte, aber ich brachte es nicht übers Herz, nein zu sagen. "Ja. Das wird schon gehen." Ich lächelte und schaute auf mein Handy. "Mir ist gerade aufgefallen, dass wir nicht einmal die Nummern des anderen haben."

"Nun, wer braucht schon Nummern, wenn man ein Boot hat, mit dem man über die Bucht fahren kann, oder?"

"Stimmt genau. Ich bin nur eine zehn Kilometer pro Stunde lange Bootsfahrt entfernt." Ich zwinkerte.

"Es ginge vielleicht schneller, wenn ich schwimmen würde, oder?"

Die Spannung in der Luft wurde von Sekunde zu Sekunde größer.

"Darf ich?" Er griff nach meinem Telefon und gab seine Nummer ein. Als er es mir wieder in die Hand legte, verschränkte er seine Finger über meinen. Die Wärme dieser Berührung durchdrang meinen ganzen Körper. Ich hatte noch nie in meinem Leben so viel Angst davor gehabt, dass mich jemand küsst. Ich wollte nicht wissen, wie das war, wenn sich unsere Wege trennten. Es würde mich heimsuchen. Doch ich sehnte mich auch danach.

Doch anstatt sich mir zu nähern, ließ er meine Hand los, und eine Kälte machte sich breit.

Nachdem ich ihm seine Jacke zurückgegeben hatte, beeilte ich mich, meine Autotür zu öffnen.

Leo sah mürrisch aus, als er mir beim Einsteigen zusah.

Ich schaltete die Zündung ein und winkte ihm einfach zu. Mein Herz krampfte sich zusammen, als Leo seine Hand an den Mund führte und mir einen langsamen und sanften Kuss zuwarf. *Da war er.* Der Kuss, von dem ich sicher war, dass er ihn mir geben wollte, es aber nicht getan hatte. Ich würde ihn in Ehren halten, auch wenn er nie meine Lippen erreicht hatte. Er hatte mein Herz erreicht.

Ich wusste, dass ich die richtige Entscheidung getroffen hatte, aber als ich wegfuhr, fühlte ich mich immer unruhiger und unvollständiger.

KAPITEL 7

Leo

Titel 7: "Hello Again" von Neil Diamond

"Wo ist Rotschopf?", fragte mein Cousin, als ich das Haus betrat.

"Sie ist weg."

"Weg? Wo ist sie hin?"

Verbittert knirschte ich mit den Zähnen. "Sie ist nach Hause gegangen. Es ist vollbracht. Dein Plan, sie zu verscheuchen, hat funktioniert. Bist du jetzt zufrieden?"

Seine Augen weiteten sich vor Schreck. "Sie ist wegen dem, was ich beim Essen gesagt habe, gegangen?"

"War das nicht deine Absicht?", rief ich. "Meine ganze Vergangenheit zu enthüllen, um sie zu vergraulen? Sie bat mich, das zu erläutern, und das führte zu einem Gespräch darüber, wie sinnvoll es für uns war, uns weiter zu treffen, wenn sie durch mein Weggehen nur verletzt werden würde. Sie kam zu dem Schluss, dass es das Beste sei, es zu beenden, bevor es anfing."

"Und *du* glaubst nicht, dass das das Beste ist?"

Es *war* wahrscheinlich das Beste. Aber richtig oder falsch änderte nichts an meinen Gefühlen für sie. "Ich hatte gehofft, noch etwas Zeit mit ihr zu verbringen, bevor das Unvermeidliche eintritt. Letztendlich war ich mit ihrer Entscheidung einverstanden. Aber nichts von alledem hätte von jemand anderem als ihr und mir beeinflusst werden dürfen."

"Nun, es tut mir leid. Es war nicht meine Absicht, sie zum Gehen zu bewegen."

Mehr als sauer, schob ich mich an ihm vorbei und machte mich auf den Weg in mein Zimmer. Ich wusste, dass wir wahrscheinlich die richtige Entscheidung getroffen hatten, die Sache nicht weiter zu verfolgen, aber es *fühlte* sich nicht richtig an. Wie konnte ich wegen jemandem, den ich kaum kannte, so am Boden zerstört sein? Mein Bauchgefühl sagte mir, dass ich gerade jemand Wichtiges hatte gehen lassen.

Ich konnte mich davon nicht abhalten lassen, den letzten Rest meiner Auszeit hier in den Staaten zu genießen, denn ich musste mit klarem Kopf nach England zurückkehren. Ganz einfach, ich musste über Felicity hinwegkommen, ob es mir nun gefiel oder nicht.

Zwei Wochen vergingen. Je nachdem, wie man es betrachtete, konnte man sagen, dass ich mich gut ablenken konnte—oder man konnte sagen, dass ich verrückt geworden war.

Sigmund war gerade von einem Ausflug in den Schnapsladen zurückgekehrt, als er in die Küche kam und mich bei der Ausübung meines neuen Hobbys vorfand.

Er stellte die Papiertüte auf die Arbeitsplatte. "Was zum Teufel machst du da?"

Ich drückte auf Pause bei dem YouTube-Video. "Malen."

"Das kann ich sehen, aber warum?"

Neulich Abend war ich auf ein paar Videos von einem Typen namens Bob Ross gestoßen. Offenbar waren seine Mal-Tutorials legendär. Aber ich hatte noch nie von ihm gehört. Nachdem ich ihm eine Stunde lang beim Malen zugesehen hatte, war ich wie gebannt von den Bewegungen seines Pinsels und seinen einfachen Anweisungen. Irgendwie hatte ich mir eingeredet, dass ich unter seiner Anleitung genauso gut malen könnte. Bei ihm sah es so einfach aus. Doch als ich versuchte, die Schritte selbst auszuführen, klappte es nicht so, wie ich es mir vorgestellt hatte.

Ich trat zurück und verschränkte die Arme, um einen Blick auf mein Bild zu werfen, auf dem einige grüne Flecken zu sehen waren, die eigentlich Bäume sein sollten. "Es wird schon besser, findest du nicht?"

"Für ein Kunstprojekt in der Grundschule vielleicht, ja. Machst du das, wenn ich nicht zu Hause bin?"

"Ich übe eigentlich schon seit Tagen—nur oben in meinem Zimmer, nicht hier. Aber ich brauchte mal einen Tapetenwechsel. Also habe ich alles in die Küche gebracht. Besseres Licht."

Er schaute auf das Video hinüber. "Lässt du dir auch die Haare zu einem riesigen Puff wachsen, um zu ihm zu passen?"

"Vielleicht."

"Was immer du willst, Cousin. Es ist besser, als wenn du Trübsal bläst und gar nichts tust. Nur geringfügig besser, möchte ich hinzufügen."

Seit dem Abend, an dem Felicity und ich beschlossen hatten, uns nicht mehr zu treffen, war ich ziemlich deprimiert. Ich war nicht in der Lage, irgendetwas anderes zu genießen, als allein zu sein und meinem neuen Hobby nachzugehen. Ich konnte es nicht einmal als Vergnügen bezeichnen, wirklich. Es war reine Ablenkung. Sigmund hatte versucht, mich dazu zu bringen, mit ihm auszugehen, aber ich hatte weder das Interesse noch die Energie dazu. Zum ersten Mal in meinem Leben verstand ich, wie sich Depressionen anfühlen.

Nachdem er mich allein gelassen hatte, riss ich eine Tüte Salzwasser-Toffees auf und nahm meine Malerei wieder auf. Das war die andere merkwürdige Angewohnheit, die ich entwickelt hatte, eine Vorliebe für diese Kaubonbons, die hier so beliebt zu sein schienen und die mir wahrscheinlich in kürzester Zeit die Zähne verfaulen lassen würden. Übrigens schmeckte es nicht nach Salzwasser.

Als mein Telefon läutete, legte ich meinen Pinsel weg und nahm den Hörer ab. Ich schaute auf die Nummer und lächelte.

"Großmutter", antwortete ich.

"Leo, wie geht es dir, mein Junge?"

"Ich bin ..." Ich hielt inne, schaute auf mein Bild und lachte einen Moment lang über mich selbst.

Zögernd überlegte ich, ob ich ihr die Wahrheit sagen sollte oder nicht. Großmutter war der einzige Mensch auf dieser Welt, dem ich mich öffnen konnte. Auch wenn es nichts ändern würde, war sie die einzige Stimme der Vernunft und des Verständnisses in meiner ganzen Familie.

Schließlich einigte ich mich auf: "Es ging mir schon mal besser."

"Sag mir, was los ist. Geht es um ein Mädchen?"

Ich zog an meinen Haaren, während ich auf und ab ging. "Ich ... habe jemanden getroffen, ja. Eine ganz besondere, äußerst intelligente, schöne und vorurteilsfreie Person. Aber ich habe beschlossen, die Sache nicht weiter zu verfolgen, weil es nicht klug wäre ... aus offensichtlichen Gründen."

"Du hast deiner Mutter nichts davon erzählt, oder?"

"Nein, natürlich nicht."

"Gut. Du kannst den zusätzlichen Stress nicht gebrauchen. Was sie nicht weiß, macht sie nicht heiß."

"Einverstanden."

"Du weißt also, dass du die richtige Entscheidung getroffen hast, aber du kannst nicht aufhören, an dieses Mädchen zu denken, nehme ich an? Erzähl mir von ihr."

Ich verbrachte die nächsten Minuten damit, meiner Großmutter von Felicity zu erzählen. Im Herzen war meine Großmutter eine Romantikerin.

"Ein Waisenkind? Deine Mutter würde das arme Mädchen kreuzigen."

"Das ist einer der vielen Gründe, warum ich loslassen muss."

"Wie lange bleibst du noch dort?"

"Bis Ende August, war mein Plan."

"Würdest du ein anderes Ziel in Betracht ziehen? Wenn du die Stadt verlässt, fällt es dir vielleicht leichter, sie zu vergessen."

Ich hatte darüber nachgedacht, Narragansett zu verlassen. Sigmund wäre sicherlich angetan. Aber aus irgendeinem Grund konnte ich mich nicht dazu durchringen. Wir hatten bereits für unseren Aufenthalt hier bis zum Ende des Sommers bezahlt—nicht, dass Geld eine Rolle spielte, wenn ich wirklich weg wollte.

"Ich habe im Moment keine Lust, irgendwo anders hinzugehen. Es ist friedlich hier und—"

Sie beendete meinen Satz. "Du bist noch nicht bereit, denn ein Teil von dir will immer noch in ihrer Nähe sein."

Ich zögerte. "Vielleicht auf einer unterbewussten Ebene. Sie hat zugestimmt, mich noch einmal zu sehen, bevor ich abreise und bevor sie wegzieht, um Jura zu studieren."

"Und du bist ihr in der Zwischenzeit nicht begegnet?"

"Ich habe das Haus nicht oft verlassen—außer um Toffee und Malutensilien zu kaufen."

"*Toffee* und Malzeug?" Sie lachte. "Was malst du denn?"

Ich steckte mir ein weiteres Stück Toffee in den Mund und kaute. "Fröhliche kleine Wolken."

"Was?"

Ich gluckste. "Schon gut, Großmutter."

"Das hört sich nach einer seltsamen Existenz an, mein Liebling. Du musst dir selbst einen kräftigen Tritt in den Hintern geben. Ich weiß, welchen Druck deine Eltern auf dich ausgeübt haben. Und ich bin nicht ganz anderer Meinung, dass du deiner Verantwortung, den Namen Covington weiterzuführen, Nachkommen bekommen und jemanden heiraten sollst, der dieser Verantwortung gewachsen ist, jemanden, der unsere Welt versteht und mit dem Stress umgehen kann. Aber ich hätte nichts dagegen, dass du alles tust, was nötig ist, um trotz allem glücklich zu sein."

"Ich verstehe nicht, worauf du hinauswillst."

"Wie ich schon sagte, was deine Mutter nicht weiß, macht sie nicht heiß. Eines Tages wirst du eine Frau heiraten, die deine Eltern gutheißen. Aber was du hinter verschlossenen Türen tust, ist deine eigene Sache. Vielleicht kannst du dich mit jemandem arrangieren, der sich vielleicht auch hinter dem Schein verstecken muss."

"Schlägst du vor, dass ich eines Tages eine Scheinehe eingehe und mein Leben so weiterlebe, wie ich es sonst möchte?"

"Ich sage nur ... es gibt Möglichkeiten. Nicht alles ist schwarz und weiß, jedenfalls nicht in der Welt, aus der wir kommen."

Obwohl der Vorschlag meiner Großmutter gelinde gesagt interessant war, kam ich zu dem Schluss, dass sie verrückt war, weil sie so etwas vorschlug. Es wäre schon schwierig genug, eine Partnerin zu finden, die mir gefiel und die auch die Kriterien meiner Eltern erfüllte. Das Einzige, was noch schwieriger wäre, wäre eine Mrs. zu finden, die bereit wäre, eine lieblose Ehe einzugehen, damit ich die Freiheit hätte, jede beliebige Tändelei zu betreiben—ganz zu schweigen davon, jemanden, der mir etwas *bedeutete*, zu einer fiktiven Ehefrau zu machen.

Allerdings musste ich Großmutter zugutehalten, dass sie über den Tellerrand hinausschaute. Sie war eine Rebellin. Und kreativ, wenn schon sonst nichts.

Am nächsten Abend machte Sigmund einen Wochenendausflug nach Newport mit einer anderen Frau, die er über eine Dating-App kennengelernt hatte. Als sie ankam, um ihn abzuholen, versuchte er alles, um mich zum Mitfahren zu bewegen, aber ich weigerte mich.

Da er nicht zu Hause sein würde, um das Abendessen zu kochen, zwang ich mich, meinen Pinsel lange genug wegzulegen, um zum Lebensmittelladen zu gehen.

Es ist eine bittere Realität, wenn man feststellt, dass die ganze Auswahl im Laden wenig bedeutet, wenn man nicht kochen kann, um sein Leben zu retten. Ich entschied mich für eine Packung Makkaroni mit Käse, etwas, das ich schon seit meiner Ankunft in den Staaten ausprobieren wollte, und nahm mir gleich noch eine Dose SpaghettiOs mit. Ich war mein ganzes Leben lang von Privatköchen verwöhnt worden und hatte nie etwas von den verarbeiteten Lebensmitteln gegessen, von denen ich gehört hatte. Junk Food war mir neu.

Ich hatte gerade einen der Gänge verlassen, als mir ein roter Blitz ins Auge fiel. Mein Herz schlug schneller, als ich Felicity sah, die in der Backwarenabteilung stand und auf die Glasauslage hinunterblickte. Sie hatte mich nicht bemerkt. Ich war mir nicht sicher, ob ich sie grüßen oder einfach weitergehen sollte. Ich wusste, dass Letzteres klüger wäre, aber dann nahm mir das Universum die Entscheidung ab, als Felicity sich umdrehte und mir in die Augen sah.

Ihr Mund öffnete sich leicht. Sie sah aus, als wüsste sie nicht, ob sie weglaufen oder etwas sagen sollte.

Ich lächelte und ging ein paar Schritte auf sie zu. "Schön, dich hier zu treffen."

Sie atmete aus. "Ja."

"Kaufst du einen Kuchen?"

"Ja, für Mrs. Angelinis Geburtstag."

"Ah. Sehr schön."

Felicity schaute auf meinen Korb. "Eine gesunde Auswahl hast du da."

"Sigmund ist für ein paar Tage in Newport. Also plane ich für heute Abend eine Fiesta mit verarbeiteten Lebensmitteln. Was nicht aus der Dose oder Schachtel kommt, ist auf meiner Party nicht erlaubt."

"Sieht so aus, als würde dir etwas SPAM fehlen. Ich glaube, die habe ich in Gang fünf gesehen."

"Danke für den Tipp, aber ich muss mich zurückhalten."

Sie lächelte nervös. "Und ... wie ist es dir ergangen?"

"Ich habe mich beschäftigt", sagte ich und bemerkte ihre zappelnden Hände. "Und du?"

"Das Gleiche."

Es folgte ein langer Moment des Schweigens.

Obwohl es sich unnatürlich anfühlte, zwang ich mich, sie in Ruhe zu lassen. Ich nahm an, dass sie das so wollte. "Nun, richte Mrs. Angelini meine Geburtstagswünsche aus."

"Das werde ich."

Ich nickte. "Wir sehen uns dann."

Meine Brust fühlte sich eng an, als ich wegging. Ich stand wie betäubt in der Schlange und weigerte mich, meinen Blick wieder auf sie zu richten, sondern blieb auf das Förderband fixiert. Die alte Frau vor mir schien eine unendliche Anzahl von Gutscheinen zu haben. Ich hatte mich definitiv in die falsche Schlange gestellt.

Als ich zur Kasse gegangen war, verließ ich den Laden im selben Moment wie Felicity, die nun eine weiße Kuchenschachtel trug.

"Lange nicht mehr gesehen", sagte ich.

"Ja." Sie atmete aus, ihr Körper war angespannt, als wir gemeinsam durch die Glasschiebetüren gingen.

Als wir nun gemeinsam auf den Parkplatz gingen, unterhielt ich mich mit ihr.

"Für welche Torte hast du dich entschieden?"

"Nur eine weiße Torte mit Schlagsahne und mit Erdbeeren garniert."

"Mit Erdbeeren garniert—genau wie du."

Gott, das war ja grauenhaft. Es klang wie etwas, das Sigmund sagen würde, und ich hätte erschossen werden sollen. Meine Nerven machten mich anscheinend dumm, zu allem Überfluss. Ich rollte mit den Augen. "Es tut mir leid. Das war erbärmlich kitschig."

"Ist schon okay." Sie lächelte. Felicity hielt vor ihrem Wagen an. "Also, das ist mein Auto." Sie schüttelte den Kopf. "Natürlich ist er das. Das weiß ich doch. Wer sonst hat in dieser Stadt einen mintgrünen Fiat, oder?" Sie stellte die Kuchenschachtel auf ihr Auto.

"Ich habe da drüben geparkt", bot ich dummerweise an. Sie hatte nicht gefragt, wo ich geparkt hatte. Warum zum Teufel kümmerte sie das?

Wir standen uns gegenüber, keiner von uns bewegte sich oder sagte etwas.

Ich wollte ihr weiter in die Augen sehen und wusste, dass ich nicht der erste sein würde, der diesen Platz verlässt. Ich griff in meine Tasche und holte ein eingepacktes Bonbon heraus. "Magst du Toffee?"

Sie rümpfte die Nase. "Ich hasse es eigentlich. Das ist für mich, als würde ich Plastik kauen."

"Siehst du, wenn du Toffee hasst, hätte es zwischen uns sowieso nie geklappt." Ich blinzelte.

Ich hatte erwartet, dass sie lachen würde, aber ihre Reaktion war genau das Gegenteil. Sie lächelte zwar, aber es sah irgendwie traurig aus.

"Was ist los, Felicity?"

Sie schüttelte langsam den Kopf. "Ich weiß es nicht."

"Doch, du weißt es. Rede mit mir."

Sie sagte nichts. Sie starrte mir einfach weiter in die Augen. Und je länger sie das tat, desto mehr musste ich ihre Lippen schmecken, mehr als ich meinen nächsten Atemzug brauchte.

KAPITEL 8

Felicity

Titel 8: "Kiss Me" von Ed Sheeran

Ich weiß nicht, wie viele Sekunden vergingen, während wir uns gegenseitig anstarrten. Die Geräusche des Parkplatzes schienen in der Ferne zu verblassen.

Langsam kamen wir uns näher, bis Leos Lippen nur noch Zentimeter von meinen entfernt waren. Wie war es von einer lockeren und unbeholfenen Unterhaltung zu diesem Moment gekommen, der so intensiv war, dass ich kaum atmen konnte? Ich hatte ihn vermisst, zwei Wochen lang jeden Augenblick an ihn gedacht, während ich über die Bucht blickte. Und jetzt, wo er vor mir stand, wusste ich nicht, wie ich meine Gefühle verbergen sollte.

Ich hätte nicht sagen können, wer wen zuerst geküsst hat. Es passierte scheinbar spontan. Unsere Lippen kamen sich so nahe, dass sie sich wie von Geisterhand verbunden fühlten. In dem Moment, als sein heißer, feuchter Mund den meinen umschloss, entwich der ganze Atem, den ich angehalten hatte, in ihn. Leo stieß ein langsames, sexy Stöhnen aus, das in meiner Kehle vibrierte. Ich öffnete meinen Mund weiter, um seine Zunge hineinzulassen, und genoss den Geschmack dieses wunderschönen Mannes. Es war so lange her, dass ich geküsst worden war, aber schon nach ein paar Sekunden wusste ich, dass ich noch nie *so* geküsst worden war, so geküsst, dass mir die Knie weich wurden, dass ich es in jeder Faser meines Körpers spürte.

Wir begannen zärtlich und langsam, aber es wurde schnell intensiver. Ich spürte, wie das Metall meines Autos meinen Rücken berührte, als Leo seinen Körper an den meinen lehnte. Seine Hände fuhren durch mein Haar und meine Finger gruben sich in seinen Rücken. Wir waren ineinander versunken, und keiner von uns war sich bewusst, dass wir uns immer noch an einem sehr öffentlichen Ort befanden. Er roch und schmeckte so gut, dass ich gar nicht mehr aufhören wollte, und es war mir auch egal, wer das Ganze vielleicht beobachtete.

Mein Körper bebte, als seine warme Hand meinen Rücken hinunterglitt und knapp über meinem Hintern landete. Ich drückte mich an ihn und spürte die Erektion an meinem Unterleib. Unsere Zungen suchten mit rücksichtsloser Hingabe den Geschmack des anderen. Ich griff nach oben, um mit den Fingern durch sein seidiges Haar zu streichen.

Erst als ein vom Wind angetriebener Einkaufswagen in uns hineinraste, waren wir gezwungen, den Kuss zu unterbrechen.

Er zog sich plötzlich zurück, als sich seine Hände um mein Gesicht legten. "Geht es dir gut?"

"Ja." Ich blinzelte, als käme ich aus einer Trance.

Auch er sah benommen aus, als er den Wagen beiseite schob und ihn gegen eine Absperrung lehnte.

Als er zu mir zurückkehrte, fuhr er sich mit der Zunge über die Unterlippe und wirkte immer noch ein wenig geschockt. "Ich, äh, weiß nicht, was über mich gekommen ist. Ich... Das hätte einfach nicht passieren dürfen. Ich hätte dich nicht treffen sollen. Und schon gar nicht hätte ich dich auf einem Supermarkt-Parkplatz bedrängen sollen."

Ich rieb mit den Fingern über meinen Mund. "Bist du sicher, dass du mich bedrängt hast, oder habe ich dich bedrängt?"

Wir lächelten uns an.

Nach einigen Augenblicken des Schweigens sagte er: "Felicity... Ich weiß, dass wir vereinbart haben, uns nicht zu sehen. Aber ich habe nicht aufhören können, an dich zu denken."

Ich nickte. "Ich habe auch an dich gedacht."

"Hast du?"

"Ja", flüsterte ich.

"Ich habe die letzten zwei Wochen nichts anderes getan, als mit Bob Ross zu malen und Salzwasser-Taffys zu essen."

"Bob Ross?" Ich lachte. "Was?"

"Frag nicht." Er schüttelte den Kopf. "Und ich glaube auch nicht, dass ich Taffy wirklich mag. Aber es war besser als zu trinken oder noch schlimmer, ins Boot zu steigen und die Bucht zu überqueren, um mich zum Narren zu machen, indem ich dich jeden Tag anflehe, den Sommer doch noch mit mir zu verbringen. Also entschied ich mich dagegen, nur um mich bei der ersten Gelegenheit auf diesem Parkplatz noch mehr zum *Narren* zu machen."

Ich war genauso schuld an dem, was gerade passiert war. Aber wie sollte ich mich jetzt auf den Weg machen und ihn nach diesem Kuss vergessen?

Seine Augen bohrten sich in meine. "Sag mir, was ich tun soll, denn ich möchte dich jetzt nicht allein lassen."

Ich wusste, dass ich die Worte, die ich als nächstes sagte, noch bereuen würde. "Magst du Kuchen?"

Sein Mund verzog sich zu einem Lächeln. "Nur weißen Kuchen mit Schlagsahne und Erdbeeren."

Mein Puls raste. "Möchtest du heute Abend zu Mrs. Angelinis Geburtstag kommen? Wir wollten eigentlich Pizza bestellen, was zwar nicht gerade gesund ist, aber immerhin eine Steigerung zu deiner Makkaroni&Käse-Party."

"Ein Abend mit dir wäre ein großer Schritt nach vorn."

"Sagen wir also um sieben?"

"Was kann ich mitbringen?"

"Nur dich selbst."

"Was trinkt Mrs. Angelini gerne?"

"Fireball." Ich lachte.

"Wirklich? Also gut. Ich bringe euch etwas mit."

Ich nickte. "Wir sehen uns später."

Gerade als ich meine Autotür öffnen wollte, hielt er mich auf. "Du solltest vielleicht den Kuchen von deinem Autodach nehmen, bevor du wegfährst."

Ich schloss kurz die Augen und zuckte zusammen. "Genau. Das wäre eine gute Idee."

Nachdem ich in mein Auto eingestiegen war, legte ich den Gang ein, als ich eigentlich hätte rückwärts fahren sollen, und fuhr fast gegen eine Leitplanke, bevor ich mich fangen konnte. Warum konnte ich eigentlich in Leos Nähe nie Autofahren?

Er stand da und lächelte, als er mich losfahren sah. Ich hatte Schmetterlinge im Bauch und gleichzeitig ein Gefühl des Grauens. Ich wusste, dass diese Einladung weit mehr bedeutete als nur Pizza und Kuchen. Ich hatte offiziell alle Vorsicht in den Wind geschlagen und ihn in mein Leben eingeladen. Und bevor ich mich versah, war er genauso schnell wieder weg, wie er gekommen war.

Pünktlich um sieben läutete es an der Tür.

"Da ist der Aristokrat." Mrs. Angelini lächelte.

Meine Handflächen waren schweißnass, als ich zu Leo hinüberging, um ihm die Tür zu öffnen.

Mrs. Angelini schien überrascht, dass ich den Briten von der anderen Seite der Bucht zu ihrem Geburtstag eingeladen hatte, aber sie stellte meinen plötzlichen Sinneswandel nicht in Frage. Ich glaube, die Situation hat sie amüsiert, um ehrlich zu sein—und das, ohne dass ich ihr verraten hätte, was auf dem Supermarktparkplatz passiert war.

Leo stand hinter einem riesigen Blumenstrauß. In seiner anderen Hand hielt er eine Flasche Fireball.

"Hey", sagte ich.

Er schob die Blumen aus dem Weg, damit ich sein schönes Lächeln sehen konnte. "Guten Abend, mein Hübscher."

Ich machte einen Schritt zur Seite. "Komm doch rein."

Mrs. Angelini trat hinter mir auf. "Hallo, Leo."

"Sie müssen Mrs. Angelini sein. Es ist schön, sie kennenzulernen."

"Gleichfalls."

"Alles Gute zum Geburtstag." Er reichte ihr die Blumen und den Alkohol. "Die sind für Sie."

"Blumen *und* Fireball? Wahrlich ein Mann nach meinem Geschmack. Und ich vermute, ein kleiner Vogel hat dir bei der Wahl des Alkohols geholfen."

"In der Tat." Er lächelte zu mir herüber.

"Nun, das war erstaunlich großzügig. Ich danke dir. Meine drei Lieblingsdinge sind: Blumen, Fireball und Felicity."

"Ich glaube, das letzte haben wir gemeinsam." Er grinste.

Verdammt sei er und sein Charme.

Mrs. Angelini stellte die Blumen in die Küche und ließ uns allein im Wohnzimmer zurück. Sein Blick fiel auf meine Lippen. Ich vermutete, dass er immer noch an den Kuss auf dem Parkplatz dachte. Ich hatte jedenfalls an nichts anderes denken können.

Es klingelte erneut an der Tür, was mir einen Moment Zeit gab, der Spannung zu entfliehen, als ich sie öffnete. Der Pizzabote holte zwei große Pizzen aus seiner isolierten Tasche. Ich gab ihm ein Trinkgeld und schloss die Tür.

"Was kann ich tun? Lass mich helfen", sagte Leo.

"Es ist für alles gesorgt. Der Tisch ist gedeckt. Die Pizza ist heiß. Wir können einfach essen. Ich habe auch einen Salat gemacht."

Zu dritt setzten wir uns zum Essen an den Tisch. Trotz meiner Nervosität hatte ich einen ziemlich großen Appetit und verschlang drei Stücke Pizza und eine große Schüssel Salat. Der Rotwein, den ich trank, trug dazu bei, dass ich mich im Laufe des Abends immer mehr entspannte.

Leo verbrachte einen großen Teil des Abendessens damit, Mrs. Angelinis Fragen über England zu beantworten.

Er schien sich wohl zu fühlen, wenn er mit ihr sprach, obwohl ich wusste, dass er nicht gerne in die Details seines Lebens in der Aristokratie ging. Aber Mrs. Angelini gab einem immer das Gefühl, dass sie verstand, woher man kam. Sie stellte nie Vermutungen über andere an, nur weil ihre persönlichen Erfahrungen anders waren. Ich glaube, Leo konnte das bei ihr spüren, und das hat ihn beruhigt.

Irgendwann wechselte Mrs. Angelini das Thema.

"Wie läuft die Spendenaktion für Mrs. Barbosa?", fragte sie mich.

"Ich bin mir nicht sicher, ob wir das Ziel diesen Sommer erreichen werden. Wir überlegen, ob wir überhaupt damit weitermachen sollen, aber dann besteht die Gefahr, dass wir es nicht schaffen."

"Worum geht es dabei?", fragte Leo und schaute zwischen uns hin und her.

"Felicity versucht, Geld für eine Frau aus der Gegend zu sammeln, die ein paar Kinder aufnimmt. Ihr Haus ist sehr klein, also dachte Felicity, es wäre eine gute Idee, ihr zu helfen, einen Anbau zu errichten."

"Was ist euer Ziel?", fragte er mich.

"Dreißigtausend. Wir haben etwa zwanzig gesammelt, seit ich die Kampagne letztes Jahr gestartet habe."

Er sah ein wenig verwirrt aus. "Dreißigtausend klingt wenig für einen Anbau an ein Haus."

"Nun, technisch gesehen handelt es sich um eine Garagenrenovierung. Die Struktur ist bereits vorhanden. Eines ihrer Kinder hat Autismus. Sobald wir das Geld zusammen haben, werden zwei andere und ich den Raum umgestalten und isolieren lassen. Ihr Pflegesohn heißt Theo. Dort wird er seine Therapien machen und einige sensorische

Geräte haben. Offenbar wird es im Haupthaus zu laut, und es fällt ihm schwer, sich zu beruhigen und zu konzentrieren. Es ist also kein richtiger Anbau, sondern eher ein besserer Schuppen mit Strom und Heizung."

"Das ist toll, dass du das machen willst. Wer macht denn die Arbeit?"

"Es ist billiger, wenn wir es selbst machen, aber wir müssen für die Sanitäranlagen und die Elektrizität eine Firma beauftragen."

"Wer genau ist *wir*?", fragte er.

"Nun, ich und ein paar Freunde aus der Highschool."

"Aber ihr habt genug Geld zusammen, um anzufangen?"

"Ja. Ich denke schon."

"Ich würde gerne helfen, solange ich hier bin."

"Bist du handwerklich begabt?"

Er wölbte eine Braue. "Mache ich den Eindruck, als wäre ich es nicht?"

"Ich weiß es nicht", gab ich zu.

"Mein Vater hat mich oft auf unseren Grundstücken arbeiten lassen. Und ich habe bei einem Freiwilligeneinsatz in Tansania geholfen, ein kleines Gebäude zu bauen. Also ja, ich würde gerne helfen."

Seine Hilfe anzunehmen bedeutete, sich zu verpflichten, regelmäßig Zeit mit ihm zu verbringen. Das war riskant, aber wie konnte ich ablehnen?

"Nun, das wäre großartig."

"Gut, na dann." Er lächelte. "Ich würde auch gerne etwas zur Spendenaktion beitragen."

"Fühl dich nicht verpflichtet."

"Tue ich nicht. Ich würde es nur gerne tun."

"Okay. Ich schicke dir die Informationen."

"Danke."

Ich öffnete mein Handy, scrollte zu seinem Namen und schickte ihm einen Link zu der Spendenseite, die ich erstellt hatte.

Dann stand ich auf. "Ich werde den Kuchen vorbereiten."

Er erhob sich von seinem Stuhl. "Lass mich dir helfen."

"Nein. Bitte. Bleib und trink aus."

Nachdem ich in die Küche gegangen war, nahm ich die Schachtel aus dem Kühlschrank und stellte den Kuchen auf einen großen, runden Teller. Ich öffnete die Packung mit den Kerzen und stellte sie an den Rand. Ich konnte Mrs. Angelini und Leo im Esszimmer lachen hören.

Ein paar Minuten später schlich sich Mrs. Angelini von hinten an mich heran. "Er ist hinreißend", flüsterte sie.

"Und gefährlich…"

"Weil er weggeht, ja. Aber das macht ihn nicht weniger reizend."

"Ich versuche gerade, nicht zu viel zu denken."

"Das solltest du absolut nicht."

Ich atmete tief durch und brachte die Torte ins Esszimmer.

Wir sangen "Happy Birthday" und verbrachten die nächsten Minuten damit, unsere großzügigen Kuchenstücke zu verschlingen.

Leo berührte mit seiner Hand meinen Mundwinkel, was mich zusammenzucken ließ.

"Tut mir leid, dass ich dich erschreckt habe. Du hattest etwas Schlagsahne im Gesicht."

Ich leckte mir über den Rand meiner Lippen und sagte: "Danke."

Mrs. Angelini grinste. Ich wusste, was sie dachte. Es war dasselbe, was ich dachte: Ich war völlig am Arsch.

KAPITEL 9

Leo

Titel 9: "Shout Out to My Ex" von Little Mix

Felicity bestand darauf, unser Geschirr in die Küche zu bringen. Sie ließ sich nicht von mir helfen, und ich drängte sie nicht dazu, weil ich vermutete, dass sie eine Verschnaufpause brauchte. Die Intensität zwischen uns, die sich heute auf dem Parkplatz entladen hatte, hatte nicht im Geringsten nachgelassen. Ich wusste, dass ich sie nervös machte. Ich hoffte nur, das lag daran, dass sie mich mochte und nicht wusste, wie sie mit diesen Gefühlen umgehen sollte. Ich wusste auch nicht, was ich mit all dem anfangen sollte.

Unser Kuss heute Morgen hatte mich umgehauen. Ich hatte ihn jede Sekunde des Nachmittags durchgespielt. Und jetzt, wo ich hier bei ihr war, fühlte sich das Bedürfnis nach einer Wiederholung noch stärker an, als ich erwartet hatte.

Mrs. Angelini unterbrach meine Gedanken. "Du scheinst in mein Mädchen verliebt zu sein."

Ich hielt mitten im Schluck an. "Wie kannst du das wissen?"

"Du hast deine Augen nicht von ihr abgewandt." Sie lachte. "Ich nehme an, ich habe meine Augen nicht von dir abgewandt, daher habe ich es bemerkt."

"Ich schätze, es ist offensichtlich, wie sehr ich sie mag."

Sie lächelte. "Felicity ist das ganze Paket. Sie ist von innen genauso schön wie von außen. Und sie hat wirklich keine Ahnung, wie schön sie ist."

"Das ist ein Teil dessen, was mich an ihr fasziniert. Und sie ist so klug."

"Sie ist auch sehr zurückhaltend. Aber wenn sie eines Tages jemandem ihr Herz öffnet, weiß ich, dass sie diesem Menschen alles geben wird."

Ich nickte, und in meiner Brust wurde es unangenehm eng. Vielleicht, weil ich wusste, dass diese Person nicht ich sein würde. Und ich beneidete ihn—wer auch immer er war.

"Es ist klar, dass du und sie eine tolle Beziehung habt", sagte ich. "Ich finde es allerdings interessant, dass sie darauf besteht, dich Mrs. Angelini zu nennen."

"Ich habe jahrelang versucht, sie dazu zu bringen, mich Eloise zu nennen. Dass sie es nicht tut, ist ein Schutzmechanismus ihrerseits, denke ich. Ich bin sicher, sie hat dir von ihrer Vergangenheit erzählt. Als Kind hat sie sich das eine oder andere Mal in die Nähe von Betreuern begeben, und das ging nach hinten los. Ich hoffe, sie weiß inzwischen, dass ich nicht weggehe. Sie ist erwachsen, wie man sieht. Technisch gesehen bin ich in keiner Weise für sie verantwortlich. Aber sie ist die einzige Familie, die ich neben meinem Bruder habe. Ich wäre also verloren, wenn sie mich jemals verlassen würde. Ich brauche sie genauso sehr, wie sie mich braucht."

"Das ist schön. Ganz ehrlich. Ich bin froh, dass ihr euch gefunden habt."

"Tu ihr nicht zu sehr weh," sagte sie nach einem Moment.

Da ich nicht wusste, was ich darauf antworten sollte, sagte ich einfach die Wahrheit. "Ich will ihr überhaupt nicht wehtun."

"Aber das wirst du. Sie wird es dich tun lassen. Die Tatsache, dass sie dich heute Abend hierher eingeladen hat, sagt mir das."

Felicity kam in diesem Moment herein und unterbrach jeden weiteren Einblick, den ich von Mrs. Angelini hätte bekommen können, deren Worte mir Unbehagen bereitet hatten. Obwohl, die Botschaft war sicherlich nichts, was ich nicht schon wusste.

Mrs. Angelini stand auf. "Danke für das Geburtstagsessen, meine Lieben. Der Fireball ruft mich. Ich werde mir einen Schlummertrunk gönnen, auf mein Zimmer gehen und mein spannendes Buch lesen." Sie zwinkerte. "Warum zeigst du Leo nicht den Rest des Hauses?"

Felicity drehte sich zu mir um. "Willst du eine Tour?"

"Sehr gern", sagte ich und trank den letzten Schluck meines Weins aus.

Dann führte sie mich durch alle Räume der ersten Etage, darunter eine beeindruckende Bibliothek mit eingebauten Regalen und einem verzierten Holztisch.

Ich wollte ihr nicht vorschlagen, mir ihr Schlafzimmer zu zeigen, aber als sie begann, die Treppe hinaufzugehen, folgte ich ihr.

Wir gingen an Mrs. Angelinis Zimmer vorbei und weiter den Flur hinunter, bis wir das Ende erreichten. Felicity öffnete die Tür und führte mich hinein. Ich war froh, dass sie mir genug Vertrauen entgegenbrachte, um mich in ihr Schlafzimmer zu bringen. Ich wollte mich heute Abend von meiner besten Seite zeigen, aber das konnte sie ja nicht wissen, vor allem nicht, nachdem ich heute Morgen ihren Mund überfallen hatte.

Felicitys Zimmer war viel weiblicher, als ich es mir vorgestellt hatte—nicht, dass sie keine weibliche Schönheit wäre, aber sie hatte nie den Eindruck eines mädchenhaften Mädchens gemacht. Ich war überrascht, dass es in Pastellfarben gehalten war.

"Also, das ist mein Zimmer. Ich habe es seit Jahren nicht mehr verändert. Aber ich liebe es. Es ist geräumig und hat einen Blick auf die Bucht."

Dieser Raum hatte etwas sehr Beruhigendes an sich. Er war geordnet und hatte die gleiche ruhige Eleganz wie sie selbst.

Eine Reihe von Notizbüchern in allen Farben des Regenbogens fielen mir ins Auge. Sie standen aufgereiht in einem Regal.

"Was ist das alles?"

"Das sind meine Planer. Sie sind alle für dieses Jahr."

"Ich dachte, die meisten Leute hätten einen Planer, nicht zwanzig."

Sie lachte. "Ich sammle sie. Ich weiß auch nicht. Sie machen mich glücklich. Planer und Aufkleber. Ich weiß, es klingt verrückt."

"Verrückt? Du sprichst mit einem Mann, der mit der Absicht gemalt hat, der nächste Picasso zu werden, während die Realität eher Malen nach Zahlen ist."

"Das ist wahr." Sie seufzte. "Nun, ich nehme an, dass die Planer wie deine Malerei ... therapeutisch für mich sind. Ich fühle mich ausgeglichener, wenn ich weiß, was ich tue und wohin ich an einem bestimmten Tag gehe. Als ich aufwuchs, war es für mich immer wichtig, das Gefühl zu haben, dass ich die Kontrolle über mein Leben habe, auch wenn ich nie genau wusste, wo ich landen würde. Wenn ich einen Tag nach dem anderen lebte und alles aufschrieb, was passieren würde, gab mir das irgendwie Trost und verringerte meine Angst vor der Zukunft im Allgemeinen. Ich schaue zum Beispiel in meinen Planer und sage mir: "Heute, Felicity, wirst du XYZ machen. Du musst dir um nichts anderes Sorgen machen.'" Sie schüttelte den Kopf. "Und dann hat sich diese Angewohnheit natürlich in eine oberflächliche Sucht nach bunten Planern und Aufklebern verwandelt. Das klingt alles viel tiefgründiger, als es sein sollte."

"Nein. Es macht absolut Sinn. Und ich lerne gerade, dass bei dir nichts oberflächlich ist. Hinter fast allem steckt ein tieferer Sinn." Mein Blick wanderte zu einer Fotocollage an ihrer Wand—eine Stadt bei Nacht, zwei Hände mit ineinander verschlungenen Fingern, bunte Planer. Ich ging zu ihr hinüber. "Was ist das?"

Felicity schien zu zögern. "Das ist ein Vision Board."

"Was soll das bedeuten?"

"Das sind alles Dinge, die ich mir für meine Zukunft vorstelle, Dinge, die ich mir für mein Leben wünsche. Die Wünsche auf einer solchen Tafel zu visualisieren, soll dir helfen, sie zu manifestieren."

Ich beugte mich über das Bild. "Ist das New York?"

"Ja. Ich bin im Herzen ein Stadtkind, auch wenn ich am Wasser aufgewachsen bin. Eines Tages würde ich gern in der Innenstadt wohnen, mitten im Trubel. In Boston habe ich in Cambridge gewohnt, was nicht gerade Downtown war. Aber es muss ja nicht gleich New York sein. Das war nur ein Beispiel, das ich angeführt habe."

"Ich muss nicht nach den Planern fragen. Ich weiß jetzt alles über deine Abhängigkeit von denen." Ich lächelte.

"Ja. Ich weiß nicht, warum ich die da reingeworfen habe. Als Vorsichtsmaßnahme, schätze ich."

Das Bild der verschränkten Hände machte mich sehr neugierig. "Erzähl mir davon. Was bedeutet das für dich?"

"Ist das nicht offensichtlich?" Sie errötete. "Eines Tages möchte ich einen Lebenspartner haben. Die Hände stehen für ... Vertrauen, nicht loslassen."

Ja, natürlich. Das Gegenteil von Verlassenwerden.

"Also, obwohl du gesagt hast, dass du von niemandem abhängig sein willst, *willst* du doch einen Lebenspartner."

"Ja, natürlich. Ich wollte damit nicht andeuten, dass ich allein durchs Leben gehen will, sondern nur, dass ich nicht das Gefühl haben will, allein *nicht* überleben zu können."

"Ich verstehe das vollkommen", flüsterte ich. Das Gefühl in meiner Brust von vorhin war wieder da—das Gefühl, das sich entwickelt hatte, als Mrs. Angelini davon gesprochen hatte, dass Felicity eines Tages ihr ganzes Herz an jemanden verschenken würde.

"Wenn du ein Vision Board hättest", fragte sie, "was würde darauf sein?"

In diesem Moment? Ihr Gesicht. Das war's auch schon. Ich atmete tief durch und nahm mir etwas Zeit, um über eine Antwort nachzudenken. "Ich denke, wenn die Zukunft schon feststeht, gibt es wenig Raum für Visionen. Ich habe noch nie *wirklich* darüber nachgedacht, was ich mir wünschen würde, wenn es keine Einschränkungen gäbe." Ich starrte auf ihre Collage. "Aber ich nehme an, meine Tafel könnte so ähnlich aussehen wie deine—ohne die Planer natürlich. Die hellen Lichter einer Stadt, vielleicht ein paar Pyramiden—

du weißt schon, als Symbol für die Möglichkeit, die Welt zu bereisen, ohne Verpflichtungen. Das wäre meine ultimative Traumvorstellung—endlos die Freiheit zu haben, die ich mir im Moment ermögliche."

"Aber letztendlich, Leo, ist alles eine Entscheidung", sagte sie. "In gewisser Weise *entscheidest* du dich für dein Schicksal, um deiner Familie willen, nicht wahr? Dafür respektiere ich dich, auch wenn ich das nicht nachvollziehen kann. Ich habe niemanden, der auf mich angewiesen ist, um den Familiennamen weiterzuführen. Ich habe keine Verantwortung gegenüber jemandem außer mir selbst. Wenn ich an deiner Stelle wäre, würde ich wahrscheinlich das Gleiche tun."

Ich hatte meine Entscheidung, das Erbe meines Vaters fortzuführen, nie als eine Wahl betrachtet. Aber ich nehme an, das war sie. Es gab keine Fesseln für mich.

Ich nickte. "Danke, dass du mir diese Sichtweise mitgeteilt hast. Es ist eine andere Art, es zu betrachten. Es gibt keine absolute Entscheidungsfreiheit, nicht wahr?"

Ihr Telefon läutete, und sie sah auf das Display. Ihre Augen weiteten sich.

"Was ist los?", fragte ich.

"Ich werde benachrichtigt, wenn jemand eine Spende für Mrs. Barbosas Spendenkonto macht." Sie sah zu mir auf. "Was hast du getan?"

Als Felicity vorhin in der Küche geputzt hatte, hatte ich auf den Spendenlink geklickt und den restlichen Betrag—zehntausend Dollar—überwiesen, mit dem sie das Ziel erreichen konnte.

"Ich habe in meinem Leben schon für weit weniger wichtige Zwecke gespendet", sagte ich. "Ich wollte sichergehen, dass wir alles haben, was wir für den Anfang brauchen."

"Du hättest nicht *so* viel spenden müssen. Das ist doch verrückt."

"Ist es nicht, wirklich. Wir helfen jemandem, der in Not ist, und ich kann die geplante Zeit mit dir verbringen. Das kann ich nicht mit einem Preisschild versehen."

"Normalerweise wäre ich wütend auf dich, weil du so viel ausgibst, aber es ist so notwendig, und es ist für einen guten Zweck. Ich weiß deine Großzügigkeit also wirklich zu schätzen. Ohne die Spende von dir und Mrs. Angelini wäre dies wahrscheinlich erst in ein oder zwei Jahren möglich gewesen, wenn überhaupt."

"Es ist mir wirklich ein Vergnügen, Felicity." Ich setzte mich auf ihr Bett und sah mich um. "Hier zu sein..." Ich hielt inne. "Es fühlt sich so ... schön an. Dieses warme, einladende Zimmer. Dieses Haus im Allgemeinen. Und vor allem das schöne Mädchen, das hier wohnt." Ich blinzelte. "Du bist auch ganz in Ordnung."

Sie lachte. "Der war gut."

"Im Ernst, Mrs. Angelini ist ein Juwel. Es war schön, sie kennenzulernen. Danke, dass du mich heute Abend eingeladen hast."

"Gern geschehen. Und ja, ich weiß. Ich kann mich glücklich schätzen, hier zu wohnen."

"Soweit ich weiß, hat Mrs. Angelini auch das Glück, dich in ihrem Leben zu haben."

"Sie ist die Beste."

"Glaubst du, sie würde mich auch aufnehmen?" Ich stichelte.

"Dann wärst du so etwas wie mein Stiefbruder, und das wäre mir unheimlich."

"Weil ich versuchen würde, mich nachts in dein Zimmer zu schleichen?" Ich lächelte belustigt.

"Ich habe mal so ein Buch gelesen. Es hat nicht gut geendet."

"Interessant." Ich legte meine Füße hoch und ließ mich in ihr Kissen sinken.

"Du kannst es dir gerne bequemer machen", sagte sie mit hochgezogener Augenbraue.

"Es tut mir leid. Stört dich das?"

"War nur ein Scherz."

Ich verschränkte die Hände hinter dem Kopf. "Mir ist aufgefallen, dass du Abstand hältst. Vielleicht eine gute Idee, nach dem, was heute passiert ist?"

"Wahrscheinlich." Felicity errötete.

"Das ist klug von dir, denn ich würde wahrscheinlich wieder versuchen, dich zu küssen."

Ihre Wangen röteten sich. Sie sah so schön aus, gekleidet in einem pfirsichfarbenen Hemd, das zu ihrem Haar und ihrer Haut passte. Ihr Haar war ein wenig glatter als seine übliche wuschelige Textur.

"Übrigens, Mrs. Angelini hat mir heute Abend eine Verwarnung erteilt", sagte ich.

"Sie hat was?"

"Ja. Sie sagte, ich solle aufpassen, dass ich dich nicht zu sehr verletze."

Felicity schloss die Augen. "Ich wünschte, sie hätte das nicht gesagt. Es tut mir leid."

"Das muss es nicht. Sie hat ja recht. Deshalb frage ich mich auch, *warum* du mich eingeladen hast. Du hattest doch vorher beschlossen, dass es das Beste sei, wenn wir uns nicht mehr sehen. Hat mein Kuss an der Situation etwas geändert?"

Sie legte den Kopf schief. "Hast du mich geküsst oder habe ich dich geküsst?"

"Wenn ich es mir recht überlege, hast du es vielleicht initiiert." Ich lächelte. "Warte—hast du den erbärmlichen Zustand ausgenutzt, in dem du mich im Lebensmittelladen vorgefunden hast?"

Sie zuckte mit den Schultern. "Ich hatte Mitleid mit dir. Die Makkaroni mit Käse und die SpaghettiOs? Es war *erbärmlich*. Ich musste etwas tun."

Ich richtete mich an ihrem Kopfteil auf. "Okay, mal ganz im Ernst, abgesehen von dem Kuss, was hat dich dazu bewogen, mich heute Abend hierher einzuladen?"

Felicity hielt weiterhin Abstand im Zimmer und sah zu Boden.

"In Harvard habe ich immer Frisbee gespielt, richtig?", sagte sie und sah auf. "Ich war eine der schlechtesten Spielerinnen im Team, und wir haben nicht oft gewonnen. Ich wusste immer, dass ich die meiste Zeit verlieren würde. Aber das war mir egal, denn die belebende Erfahrung war die Niederlage wert. Solange ich nicht mit einem Sieg *rechnete*, war es für mich in Ordnung. Ich konnte einfach die Erfahrung genießen." Sie atmete aus. "Sich in dich zu verlieben ist ein Spiel zum Verlieren."

"Aber eines, das du bereit bist zu spielen?" Mein Herz raste. "Ich bin bereit, wenn du es bist."

"Wenn wir Zeit miteinander verbringen wollen, muss ich dir sagen, dass ich ... nicht mit dir schlafen kann."

Das war' s. Scheiße!

Ich hatte nicht damit gerechnet, dass sie ausgerechnet jetzt das Thema Sex ansprechen würde, auch wenn der Gedanke daran in diesen Tagen nie weit von mir entfernt war.

"Ich verstehe." *Auch wenn es mich umbringt.* Aber sie hatte die Möglichkeit, den Sommer gemeinsam zu verbringen, wieder ins Spiel gebracht. Ich stand auf und ging zu ihr hinüber, wo sie ihre Planer auf dem Regal aufgereiht hatte. "Hast du einen davon übrig?"

Sie blinzelte und wirkte verwirrt. "Ähm ... klar. Die auf der rechten Seite sind noch nicht beschriftet."

Ich zog ein blaues aus dem Regal. "Ich werde es dir Ende des Sommers zurückgeben. Ist das in Ordnung?"

Felicity zuckte mit den Schultern. "Okay."

Das Letzte, was ich tun wollte, war, sie heute Abend zu verlassen. Aber da sie sich damit abgefunden hatte, sich von mir verletzen zu lassen, sagte mir mein Gefühl, dass ich mich dabei zurückhalten sollte.

"Danke für diesen schönen Abend, Felicity."

"Du gehst?"

"Ich denke, es ist das Beste, wenn ich das tue. Vor allem, weil wir morgen einen langen Tag vor uns haben."

"Haben wir?"

"Es sei denn, du arbeitest im Restaurant?"

"Nein, erst am nächsten Abend."

"Prima, na dann. Ich hole dich morgen früh ab, und wir fahren einkaufen, um Material für die Renovierung einzukaufen. Wie viele Leute, sagtest du, werden dir helfen?"

"Meine Freundin Bailey und ihr Freund wohnen beide in Providence. Ich weiß, dass sie auf jeden Fall dabei sind. Ich werde sie heute Abend anrufen und fragen, wer es morgen schaffen kann."

"Es ist okay, wenn sie nicht können. Wir können auch ohne sie loslegen. Aber je mehr, desto besser. Was habt ihr schon an Werkzeugen? Ich frage mich, was wir noch besorgen müssen."

"Unser Nachbar arbeitet auf dem Bau. Er hat eine Menge Elektrowerkzeuge in seiner Garage—wahrscheinlich fast alles, was wir brauchen, abgesehen von Material. Er sagte mir, ich solle ihm einfach Bescheid sagen, wenn ich etwas ausleihen möchte. Ich kann ihm eine Textnachricht schicken." Sie lächelte. "Ich kann nicht glauben, dass das wirklich passiert."

Als wir die Treppe hinuntergingen, durchströmte mich die Aufregung. Ich würde den Tag morgen mit ihr verbringen. Und die Arbeit an diesem Projekt würde eine bessere Art sein, meine Energie zu verbrauchen, als Kunst zu malen, die ich niemandem zu zeigen wagte.

Wir standen uns an ihrer Haustür gegenüber. Ich beschloss, dem Bedürfnis, sie wieder zu küssen, nicht nachzugeben.

"Falls es einen Zweifel gibt, Felicity", sagte ich, als ich mich zum Gehen wandte, "ich war definitiv derjenige, der dich heute geküsst hat."

Am nächsten Morgen holte ich Felicity in aller Frühe ab, und wir fuhren zum nächsten Baumarkt. Von Felicitys Nachbarn, Hank Rogers, konnten wir uns eine Menge Werkzeug ausleihen: unter anderem einen Kompressor, einen Druckluftnagler und eine Kappsäge. Der erste Schritt bestand also darin, das Gerüst aufzustellen. Ich hatte einen LKW gemietet, damit wir das Holz für den Innenausbau transportieren konnten. Dann mussten wir die Elektro- und Klempnerarbeiten in Auftrag geben, bevor wir mit den letzten Aufgaben wie Trockenbau, Malerarbeiten und Bodenbelag weitermachen konnten.

Mrs. Barbosa war nicht zu Hause, als wir nach unserem Einkaufsbummel bei ihr ankamen. Felicity und ich gingen direkt zu der alten Garagenstruktur, die wir renovieren wollten, und machten uns an die Arbeit. Zum Glück erinnerte ich mich an vieles, was ich von meinem Vater gelernt hatte, als er mich vor ein paar Jahren zu einem Freiwilligeneinsatz in Tansania mitgenommen hatte. Auf dieser Reise hatten wir einen Anbau an ein Schulhaus gebaut.

Felicity hielt die Bolzen fest, während ich sie an ihren Platz platzierte. Ich brachte ihr auch bei, wie man das Holz richtig zuschneidet. Unser Zweierteam hatte einen ziemlich guten Start hingelegt, wenn ich das mal so sagen darf. Aber nach ein paar Stunden wurde unsere private Partnerschaft unterbrochen, als ihre Freunde kamen, um zu helfen. Zwei Jungs und ein Mädchen betraten die Garage.

"Entschuldigung, wir sind zu spät", sagte das Mädchen.

"Ich wusste nicht, dass du wieder in Narragansett bist", sagte Felicity zu einem der Jungs.

Er nickte. "Es ist schon lange her, Felicity."

Ich bekam ein seltsames Gefühl und schaute zwischen den beiden hin und her.

Felicity schien sich unwohl zu fühlen, als sie sich zu mir umdrehte. "Leo, das ist meine beste Freundin, Bailey."

"Schön, dich kennenzulernen", sagte ich.

"Dich auch." Sie lächelte.

"Und das ist ihr Freund, Stewart."

"Stewart, wie geht's, Kumpel?" Ich schüttelte seine Hand.

Dann wandte sie sich an den anderen Kerl. "Und das ist Matt."

Ich nickte ihm zu, während mein Verdacht wuchs. "Hi."

"Hey", sagte er und schien genauso misstrauisch zu sein wie ich.

Matt war ein paar Zentimeter kleiner als ich, hatte dunkles Haar und dunkle Augen. Ich würde Felicity später nach ihm fragen müssen.

Sie führte sie ein paar Minuten lang durch den Raum. "Wenn einer von euch den Holzzuschnitt übernehmen will, wäre das toll", sagte sie. "Auf diese Weise kann ich Leo weiter helfen."

Matt meldete sich freiwillig, um das Holz zuzuschneiden, während Bailey und ihr Freund damit beschäftigt waren, den restlichen Müll auf der Seite des Raumes zu beseitigen, die derjenigen gegenüber lag, an der ich gearbeitet hatte.

Irgendwann unterbrach mich Felicity. "Ich glaube, Mrs. Barbosa ist gerade vorgefahren. Wir sollten ihr Hallo sagen."

Ich legte das Holzstück ab, das ich gerade an der Wand befestigen wollte. "In Ordnung..."

Wir ließen die anderen drei in der Garage zurück und machten uns auf den Weg zum Haupthaus.

Bevor ich blinzeln konnte, rannte ein großer Junge aus dem Haus und landete direkt auf meiner Brust, so dass ich fast umkippte. Ohne etwas zu sagen, nahm er meine Hand und führte mich in den Hinterhof, während er mit Höchstgeschwindigkeit rannte.

"Was ist hier los?", fragte ich.

Er kreischte, sagte aber nichts. Innerhalb von Sekunden wurde mir klar, dass es sich nicht um einen typischen Jungen handelte. Das musste das Kind mit den besonderen Bedürfnissen sein, für das wir den Therapieraum renovieren wollten. Ich lachte und war erleichtert, dass ich nicht reflexartig reagiert hatte, als ich von einem Kind, das fast so groß war wie ich, fast erschlagen wurde. Ich wusste, dass er erst etwa dreizehn oder vierzehn Jahre alt war.

Der Junge führte mich zu einer Schaukelbank, und wir setzten uns. Er begann, uns mit seinen Beinen zu schaukeln, während er weiterhin meine Hand hielt. Es gibt für alles im Leben ein erstes Mal, denke ich.

Ich entdeckte Felicity, die auf uns zuging.

"Also, okay, du hast Theo kennengelernt", sagte sie atemlos.

"Natürlich habe ich das. Wir haben uns in wenigen Sekunden kennengelernt."

Eine Frau, von der ich annahm, dass sie Mrs. Barbosa war, erschien. "Leo, es tut mir so leid. Theo liebt es, wenn wir neue Gesichter im Haus haben, besonders Jungs. Er ist so an all die weiblichen Therapeuten gewöhnt, die mit ihm arbeiten. Ich schätze, er war ein wenig aufgeregt, dich zu sehen."

Ich sah ihn an, und er blickte zu mir hinüber, bevor er seinen Kopf auf meine Schulter legte.

"Ich hoffe, es ist dir nicht unangenehm", sagte sie.

"Natürlich nicht."

Theo war wie ein fast hundert Kilo schwerer Teddybär. Es gab also keinen Grund, sich unwohl zu fühlen.

"Danke, dass du ihn ermutigt hast. Er ist nicht gesprächig, aber ich kann sehen, dass er dich mag, auch wenn er es dir nicht sagen kann. Und glaub mir, er weiß, wer die Guten sind."

"Dann ist sein Radar heute wohl ausgeschaltet", scherzte ich, während er uns weiter schaukelte.

Sie lächelte. "Ich kann dir nicht genug für deine Spende danken, die das alles möglich gemacht hat. Felicity sagte es mir. Ich weiß nicht, was ich sagen soll."

"Du brauchst nichts zu sagen. Ich bin froh, dass ich das machen darf. Du wirst in den nächsten Wochen viel von uns sehen."

"Ich habe gehört, dass du aus England kommst und nur den Sommer über hier bist?"

"Ja. Und die Arbeit an diesem Projekt wird der letzten Etappe meiner Reise einen wichtigen Sinn geben."

Mrs. Barbosa blickte zurück zum Haus. "Ich wünschte, ich könnte bleiben und mich unterhalten, aber meine anderen Kinder brauchen mich drinnen. Es ist Zeit, das Mittagessen zu machen." Sie winkte dem Jungen zu. "Komm schon, Theo."

Theo rührte sich nicht. Er schien sich sehr wohl zu fühlen, denn er lehnte seinen Kopf weiterhin an meine Schulter.

"Es ist in Ordnung. Er kann bei mir bleiben. Ich sorge dafür, dass er sicher ins Haus kommt."

"Bist du sicher?", fragte sie.

"Ja."

Es sah nicht so aus, als hätten wir eine Wahl; dieses Kind würde mich so schnell nicht loslassen.

Nachdem sie gegangen war, strahlte Felicity, als sie mich ansah. "Es ist sehr lieb von dir, dass du ihn das machen lässt."

"Jeder Mann kann ab und zu eine Runde auf einer Schaukel vertragen."

Sie gluckste. "Möchtest du, dass ich hier bei dir bleibe?"

"Nein. Wir kommen schon klar."

"Okay." Sie lächelte.

"Hey..." rief ich, als sie wegging.

"Ja?"

"Dieser Typ... Matt. Wer ist er?"

Felicity atmete tief durch. "Hast du etwas bemerkt? Ist das der Grund für deine Frage?"

"Ja, das habe ich. Du schienst in seiner Nähe nervös zu sein, seit er angekommen ist."

Sie warf einen Blick in Richtung Garage. "Er war mein Highschool-Freund. Ich hatte keine Ahnung, dass Stewart ihn hierher bringen würde. Sie sind gute Freunde. Das letzte, was ich gehört habe, war, dass Matt in Pennsylvania lebt. Ich hätte nie erwartet, ihn zu sehen."

Das ließ mich innehalten. "Er wohnt in Pennsylvania. Dort, wo du auch hinwillst?"

"Ja. Das ist natürlich nur ein Zufall. Er ist nach der Highschool an der UPENN gelandet. Deshalb trennten sich unsere Wege. Damals war ich ziemlich niedergeschlagen darüber. Ich sah nicht ein, warum die Entfernung eine Rolle spielen sollte. Aber ich schätze, er hat gemerkt, dass er sich in der Schule nicht zurückhalten kann oder so."

"Ich verstehe."

"Ich habe ihn schon eine Weile nicht mehr gesehen. Normalerweise kommt er im Sommer nicht nach Hause. Ich habe ihn in all den Jahren seit unserer Trennung vielleicht zweimal gesehen."

Mein Misstrauen wuchs. "Interessant, dass er sich plötzlich entschlossen hat, uns zu helfen." *Verdammt.* Ich spürte, wie diese seltsame Eifersucht an die Oberfläche stieg. Ich hatte kein Recht, mich ihr gegenüber territorial zu verhalten, aber ich fühlte mich von ihrem Ex bedroht.

"Nun, er ist ein guter Freund von Stewart."

Ist sie so blauäugig? "Er ist nur deinetwegen hier."

"Das glaube ich nicht."

"Vertrau mir. Er nutzt das hier als Gelegenheit, sich wieder mit dir zu treffen. Er hat dein schönes Gesicht vermisst." *Genau wie ich.*

"Tja, das ist schade für ihn, nicht wahr?" Sie schüttelte den Kopf. "Wie auch immer, ich gehe ihnen besser helfen."

Meine Augen blieben an ihr haften, als sie wegging, aber ich blieb mit Theo auf der Schaukel. Von hier aus hatte ich nur einen eingeschränkten Blick auf die Garage.

Irgendwann, als Felicity von der Garage zum Haus ging, hielt Matt sie auf. Sie unterhielten sich eine Weile. Ich war sicher, er war froh, sie in die Enge getrieben zu haben.

Sie schaute immer wieder auf ihre Füße hinunter. Er hatte definitiv eine Wirkung auf sie.

Ich drehte mich zu Theo um und murmelte: "Wenn du mich nicht behindert hättest, hätte ich sie davor bewahren können, weißt du."

Er lachte und begann, die Schaukel schneller zu bewegen.

Ich hielt mich an der Kante fest und warnte: "Ich glaube nicht, dass diese Schaukeln für diese Geschwindigkeit gedacht sind, Kumpel."

Er lachte noch lauter.

Alles in allem verbrachte ich fast eine Stunde mit Theo auf dieser Schaukel, bevor er wahllos in Richtung Haus davonrannte. Ich lief ihm hinterher, um sicherzustellen, dass er sicher ins Haus kam.

Als ich in die Garage zurückkehrte, blickte ich Felicity in die Augen, die weniger ängstlich wirkte als zuvor, während sie mit Bailey plauderte und den Müll in Müllsäcken sammelte.

Ich widmete mich wieder meiner Aufgabe, das Gerüst aufzustellen. Von Zeit zu Zeit brachte mir Matt die passenden

Holzstücke, und ich tat so, als sei ich herzlich, während ich ihn musterte.

Nach getaner Arbeit packten Felicity und ich in meinen gemieteten Wagen, während die anderen drei in Stewarts Jeep losfuhren.

Als wir die Straße hinunterfuhren, drehte ich mich zu ihr um. "Ich denke, wir haben für den ersten Tag schon eine Menge geschafft, oder?"

"Viel mehr als ich dachte."

"Was wollte Matt, als er dich vorhin aufgehalten hat?", fragte ich. "Ich habe gesehen, wie du mit ihm gesprochen hast, während ich mit Theo schaukelte."

"Er hat mich gefragt, was ich vorhabe, und gesagt, wir sollten uns treffen, wenn ich nach Pennsylvania ziehe, aber ich habe es abgelehnt. Das werde ich nicht tun."

Ich wusste es. "Das solltest du auch nicht, wenn er dir in der Vergangenheit wehgetan hat", sagte ich und schluckte den Kloß in meinem Hals hinunter. Er war erst seit ein paar Minuten wieder in ihrem Leben und hatte versucht, sich an sie ranzumachen. "Wie lange ist er hier?"

"Keine Ahnung. Er ist im Urlaub in Narragansett, um seine Familie zu besuchen. Ich nehme an, er muss aus beruflichen Gründen nach Pennsylvania zurückkehren." Sie drehte sich zu mir um. "Er hat auch gefragt, ob du und ich zusammen sind."

"Was hast du gesagt?"

"Ich habe ihm gesagt, wir würden sehen, wie es weitergeht."

"Das ist die Wahrheit, nehme ich an." Ich klammerte mich fester an das Lenkrad. "Jedenfalls tut es mir leid, dass er aufgetaucht ist, falls es deine Laune heute etwas getrübt hat." Ich blickte wieder zu ihr hinüber und hielt inne. "Die Tatsache, dass du so mitgenommen warst, lässt mich fragen, ob du noch Gefühle für ihn hast?"

Sie schüttelte den Kopf, während sie ihren Silberring um den Finger drehte. "Das Einzige, was mich daran störte, ihn zu sehen, war, dass es mich daran erinnerte, wie die Dinge endeten—an die Tatsache, dass fast alle Beziehungen enden. Ich stehe im Moment auf niemanden außer dir, Leo, falls du dich das fragst. Und das ist wirklich scheiße für mich."

Ein Teil der Spannung, die sich den ganzen Tag über in meinem Körper aufgebaut hatte, begann sich zu lösen. "Dann sind wir wohl ein beschissenes Team. Denn alles, woran ich denken konnte, war, wie viel Glück er hat, dort leben zu dürfen, wo du sein wirst. Und die Art, wie er dich ansah, verunsicherte mich ein wenig, obwohl ich kein Recht dazu habe."

Felicity schwieg einige Sekunden lang und schaute aus dem Fenster. "Matt war mein erster ... der Erste. Ich habe ihm in einem sehr jungen Alter viel zu viel von mir gegeben. Als die andere Beziehung, die ich auf dem College hatte, endete, hat mich das fast nicht gestört. Ich hatte das mit Matt schon hinter mir und war nicht mehr in der Lage, verletzt zu werden."

"Verlierst du wirklich die Fähigkeit dazu, oder verdrängst du es einfach?"

"Ich bin definitiv ein guter Gefühlsblocker. Es ist ein geübtes Talent." Sie schenkte mir ein trauriges Lächeln. "Wurde dir schon einmal das Herz gebrochen?"

Ich schüttelte den Kopf. "Ich hatte nur eine ernsthafte Beziehung ... in der Mittelschule. Am Ende habe ich sie betrogen. Damals war ich noch zu jung für eine Beziehung.

Ich würde auch heute nicht mit jemandem zusammenbleiben, wenn ich das tun würde. Aber damals war ich nur ein dummer Teenager."

"Und außer ihr hattest du keine Freundin?"

"Ich bin mit vielen ausgegangen, aber nichts Ernstes, nein."

"Du bist ein Player. Habe ich recht?"

"Ja, das war ich. Aber das ist doch nichts Schlimmes, wenn man niemanden betrügt, oder?"

"Du hast gesagt, du *warst* … in der Vergangenheitsform. Du betrachtest dich nicht mehr als Player?"

"Seit ich hier bin, lebe ich nicht mehr den Player-Lifestyle, und im Moment habe ich auch keine Lust dazu."

"Du scheinst dich so sehr darum zu kümmern, was deine Eltern denken. Ist es ihnen egal, was du zu Hause treibst?"

"Da, wo ich herkomme, gibt es eine unausgesprochene Regel, dass alles, was man vor der Ehe tut, zwar nicht im Detail besprochen werden sollte, aber dennoch erlaubt ist. Aber je näher ich der Dreißig komme, desto größer wird der Druck, sich zu binden."

"Warum ausgerechnet dreißig?"

"Das war schon immer eine magische Zahl in meiner Familie. Jeder Mann hat geheiratet, bevor er dreißig war. Mein Vater scheint das auch von mir zu erwarten."

"Dreißig ist noch so jung."

"Die Sache ist die, ich glaube, ich habe dir das noch nicht erzählt, aber mein Vater kämpft seit einigen Jahren gegen den Krebs. Er glaubt, dass ihm nicht mehr allzu viel Zeit bleibt. Manchmal verspüre ich diesen Druck, etwas zu regeln, für den Fall, dass ihm etwas zustößt, damit er in Frieden sterben kann und weiß, dass alles so weitergeht, wie es soll."

"Es tut mir leid, das zu hören. Das wusste ich nicht." Sie hielt inne. "Warum ist es ihm so wichtig, ob du verheiratet bist, solange du weiterhin seine Arbeit für ihn erledigen kannst?"

"Es hat mit der Weiterführung des Familiennamens zu tun. Er möchte sicher sein, dass ich eines Tages tatsächlich heirate und einen Jungen bekomme. Das scheint alles zu sein, was ihn interessiert. Die gesamte Familie meines Vaters besteht darauf, dass ich keinen Nutzen habe, wenn ich keinen männlichen Nachkommen bekomme. Ganz zu schweigen davon, dass eine der Schwestern meines Vaters und ihre Kinder sehr verbittert darüber sind, dass das Familienerbe an mich und nicht an sie gehen wird. So steht es nun einmal geschrieben, ich habe es mir nicht ausgesucht. Also versuchen sie, mir das Leben so schwer wie möglich zu machen."

"Inwiefern?"

"Eine meiner Cousinen ist eine echte Nervensäge. Sie hat der Presse einmal einen Tipp gegeben, als ich im Urlaub war, und sie haben Fotos von mir gedruckt, auf denen ich mich nackt bräune."

"Igitt." Sie erschauderte. "Das ist nicht Sigs Familie, oder?"

"Nein. Sigmund ist mein Cousin mütterlicherseits. Ein viel netterer, aber verrückterer Haufen."

"Es tut mir leid, dass du damit zurechtkommen musst."

"Es gibt schlimmere Leben. Ich weiß, ich bin privilegiert. Ich habe kein Recht, mich zu beschweren."

"Nein, aber es ist *dein* persönlicher Kampf. Auch wenn es nicht mit dem vergleichbar ist, was viele Menschen in dieser Welt durchmachen müssen, hast du ein Recht darauf, wütend oder frustriert zu sein, vor allem, wenn es um deine Familie geht, die dein Vertrauen missbraucht hat."

"Danke, dass du mich immer dazu bringst, die Dinge in einem anderen Licht zu sehen." Ich griff nach ihrer Hand. "Deshalb kann ich nicht anders, als in deiner Nähe sein zu wollen." Ich überlegte, ob ich sie heute Abend zum Essen einladen sollte, aber ich wollte sie nicht überfordern, da wir den ganzen Tag zusammen verbracht hatten. Ich zog meine Hand weg. "Heute war ein langer Tag. Ich bin mir sicher, dass du dich genauso wie ich nach einer Dusche sehnst."

"Willst du damit sagen, dass ich eine brauche?" Sie gluckste.

"Nein, du riechst wunderbar, selbst wenn du schwitzt." Wenn ich könnte, würde ich ihr jetzt jeden Tropfen Schweiß vom Körper lecken.

Als wir vor Felicitys Haus anhielten, wollte ich mich zu ihr beugen und sie küssen. Aber es war ein seltsamer Tag gewesen, weil ihr Ex aufgetaucht war und so, und ich wollte im Moment nichts erzwingen. So sehr ich mich auch danach sehnte, wieder ihre Lippen zu schmecken, sagte ich einfach: "Ich rufe dich an."

"Äh ... okay." Sie schenkte mir ein zögerliches Lächeln.

Ist sie verärgert?

Ihr Blick fiel auf meinen Mund, und mir kam der Gedanke, dass sie vielleicht *erwartet* hatte, dass ich sie küssen würde. Aber bevor ich irgendetwas korrigieren konnte, stieg Felicity aus dem Wagen. Ich wartete, um mich zu vergewissern, dass sie drinnen war, bevor ich losfuhr.

Sigmund war in der Küche, als ich das Haus betrat. "Wo zum Teufel hast du gesteckt? Ich habe dir den ganzen Tag geschrieben."

"Tut mir leid. Ich war beschäftigt und habe nicht auf mein Handy geachtet."

Ich hatte vergessen, dass er heute von seiner Reise nach Newport zurückkehren würde.

"Beschäftigt? Was zum Teufel hast du denn gemacht?", fragte er.

Für den Bruchteil einer Sekunde erwog ich, meine Versöhnung mit Felicity für mich zu behalten, aber mein scharfsinniger und nerviger Cousin würde es schon bald herausfinden.

"Ich war bei Felicity."

Seine Augen wurden groß. "Rotschopf? Sie ist wieder auf der Bildfläche erschienen?" Er rollte mit den Augen. "Ich hätte es wissen müssen."

"Wieso das?"

"Na ja, du warst eindeutig am Rande des Wahnsinns, bevor ich gegangen bin, mit deiner Malerei und deinem Toffee-Konsum. Ich wusste, dass du nicht mehr lange durchhalten würdest, bevor du nachgibst und um eine weitere Chance bei ihr bettelst."

"Ich hatte eigentlich nicht vor, sie wiederzusehen. Wir sind uns gestern im Supermarkt über den Weg gelaufen, und so kam eins zum anderen."

"Hast du sie gevögelt?"

"Nein. Das wird nicht passieren. Das hat sie klargestellt. Aber wir hatten einen Moment. Wir haben uns geküsst—auf dem Parkplatz."

"Um Himmels willen, hättest du dir nicht einen anderen Ort aussuchen können, um sie zu küssen?"

"Es war wie eine spontane Eingebung, wirklich. Ich hatte keinen Moment Zeit, darüber nachzudenken, ob es angemessen war oder nicht. Und es war mir scheißegal. Das war unglaublich. Es war der beste Kuss, den ich je erlebt habe. Dann lud sie mich zum Essen ein. Ich lernte Mrs. Angelini kennen. Und heute haben wir den ganzen Tag damit verbracht, die Garage einer örtlichen Pflegemutter zu renovieren. Wir verwandeln sie in einen Therapieraum für ihren Sohn mit besonderen Bedürfnissen."

"Nun, das ist eine noble Art, ihr an die Wäsche zu gehen."

"Darum geht es aber nicht."

"Na gut. Wenn du es sagst." Er grinste. "Auf jeden Fall ist an diesem Wochenende eine ganze Menge passiert. Ich hoffe, du weißt, worauf du dich da einlässt."

"Worauf ich mich einlasse, geht dich nichts an." Ich öffnete den Kühlschrank und holte mir ein Pils. "Egal, wie war deine Reise?"

"Es war wild."

"Ja?" Ich nahm einen Schluck. "Du hattest eine gute Zeit mit... wie hieß sie noch?"

"Maria."

"Stimmt."

"Ja. Ich hatte eine tolle Zeit mit Maria ... und Maria."

"Es waren *zwei* Marias da?"

Er zog die Brauen zusammen. "Ihre Freundin."

"Sie heißen beide Maria?"

"Ja. Anscheinend heißt die Hälfte der portugiesischen Mädchen hier Maria. Ich habe mich mit beiden gleich gut amüsiert."

Mir fielen fast die Augen aus dem Kopf. "Warte, du hast auch mit ihrer Freundin rumgemacht?"

"Wir haben alle zusammen rumgemacht."

"Mein Gott."

"Oder noch besser: Ave Maria." Er zwinkerte.

Ich rollte mit den Augen. "Und du wirfst mir vor, dass ich unüberlegt handle?"

KAPITEL 10

Felicity

Titel 10: "Maria" von Blondie

Als ich von der Arbeit im Restaurant nach Hause fuhr, dachte ich über die letzten Tage nach. Da ich die vergangenen drei Nächte arbeiten musste, hatte ich nur wenig Zeit mit Leo verbringen können, abgesehen von der Arbeit bei Mrs. Barbosa tagsüber.

Matt war nur an einem dieser Tage wieder aufgetaucht. Ich hatte den Eindruck, dass die Zusammenarbeit mit Leo nicht das war, was er sich vorgestellt hatte, als er sich freiwillig meldete. Leo hatte sich in der Nähe von Matt auch unwohl gefühlt, und deshalb war es ganz gut, dass Matt sich aus dem Staub gemacht hatte. Ich bezweifelte, dass ich ihn wiedersehen würde, bevor er nach Pennsylvania zurückkehrte.

Jedes Mal, wenn Leo mich von Mrs. Barbosa nach Hause fuhr, verabschiedeten wir uns, und ich hoffte, er würde mich küssen. Seit jenem Tag auf dem Parkplatz hatte ich mich danach gesehnt und mich gefragt, warum er es nicht wieder versucht hatte. War es, weil ich ihm gesagt hatte, dass ich keinen Sex mit ihm haben wollte? Dachte er, ich hätte gemeint, dass *jeglicher* Körperkontakt vom Tisch sei? Und hatte ich das, was ich gesagt hatte, nämlich nicht mit ihm zu schlafen, überhaupt ernst gemeint? Oder hatte ich nur Angst, dass ein solcher Schritt bedeuten würde, dass ich mich noch mehr verletzt fühlte, wenn er mich verließ?

Ich war mir ziemlich sicher, dass es Letzteres war, denn sexuelle Fantasien über Leo hatten mich nachts wach gehalten. Ich wollte ihn so sehr. Noch verwirrender als die Tatsache, dass er mich nicht geküsst hatte, war die Tatsache, dass er mich nicht gefragt hatte, ob ich nach meinen Schichten etwas mit ihm unternehmen wollte. Vielleicht nahm er an, dass ich müde sein würde? Ich seufzte.

Es war 10 Uhr abends, als ich nach Hause kam und duschte. Als ich allein in meinem Zimmer saß, sehnte ich mich danach, ihn zu sehen. Als ich aus dem Fenster meines Schlafzimmers schaute, konnte ich sehen, dass die Lichter in Leos Haus auf der anderen Seite der Bucht brannten. Da ich mich unruhig fühlte, beschloss ich, das Risiko einzugehen und dorthin zu gehen. Wenn ich lange genug zögerte, um mir etwas Schöneres anzuziehen, würde ich es mir bestimmt anders überlegen. Ich sah an mir herunter und erschrak: ein Hello-Kitty-T-Shirt und Jeansshorts. Aber das musste reichen, denn ich hatte keine Zeit, mir das zu überlegen.

Ich schnappte mir meine Schlüssel und rannte die Treppe hinunter und zu meinem Auto. Mrs. Angelini hatte sich bereits schlafen gelegt, also machte ich mir nicht die Mühe, ihr zu sagen, wohin ich ging.

Mein Puls raste, als ich vor Leos Haus anhielt. Als ich aus dem Auto ausstieg, schaute ich in den dunklen Nachthimmel und bekam eine Gänsehaut. Ich wusste, wie es aussehen würde, wenn ich um diese Zeit unangemeldet hier auftauchen würde. Aber die Nachricht, die ich geschickt hatte, war nicht zufriedenstellend; ich musste ihn einfach sehen.

Ich klopfte an die Tür, und ein paar Sekunden später wurde sie geöffnet. Aber die Person, die mich begrüßte, war weder Leo noch Sig.

"Kann ich dir helfen?" Eine zierliche Brünette legte ihren Kopf schief.

Ich schluckte. "Ist Leo hier?"

"Ja. Er ist oben und duscht."

Mir drehte sich der Magen um, als mein Blick auf ein weiteres dunkelhaariges Mädchen fiel, das auf der Couch saß. Was genau hatte ich hier gestört? Ich hatte nicht vor, zu bleiben und es herauszufinden.

Völlig ratlos wollte ich mich gerade umdrehen und zu meinem Auto zurückgehen, als ich von Sigs Stimme aufgehalten wurde.

"Rotschopf! Wo willst du denn hin?"

Ich drehte mich um und sah ihn an. "Äh... nach Hause. Sieht aus, als wärt ihr ziemlich beschäftigt."

Er grinste. "Nur Abendessen und eine Orgie."

Meine Augen weiteten sich. "Was?"

"Felicity!" Leo kam die Treppe herunter. Er trug ein T-Shirt und Jeans, und sein Haar war nass.

Unsere Blicke trafen sich. "Wie ich sehe, seid ihr beschäftigt, also werde ich mich auf den Weg machen."

Leo schüttelte fast hektisch den Kopf. "Warte, was? Nein. Beschäftigt? Ich bin überhaupt nicht beschäftigt. Das sind seine Freundinnen, nicht meine."

Ich sah zu Sig hinüber, dann wieder zu Leo. "Er hat gesagt, dass es heute Abend eine Orgie gibt, und ich wusste nicht, was ich…"

"Was?" Leos Augen funkelten seinen Cousin böse an. "Was zum Teufel hast du zu ihr gesagt?"

Sig drehte sich zu mir um. "Es findet heute Abend eine Orgie statt. Nur nicht mit Leo. Du hast mir keine Gelegenheit gegeben, das klarzustellen, Rotschopf."

Seine Freundinnen lachten.

"Hast du die Marias schon mal offiziell kennengelernt?", fragte Sig.

Ich blinzelte. "Die wen?"

Er legte seinen Arm um eines der Mädchen. "Das ist Maria Josefina." Er drehte sich zu der anderen auf der Couch um. "Und das ist Maria Isabel."

Ich nickte. "Freut mich, euch beide kennenzulernen."

Sig lachte. "Tut mir leid, dass ich dich so erschreckt habe, Rotschopf."

"Ist das jetzt dein ewiger Name für mich? Du hast ihn gerade dreimal hintereinander benutzt. Bist du zu faul, dir neue Namen auszudenken?"

"Ich denke, Rotschopf passt zu dir. Ja, er gefällt mir sehr."

Ich rollte mit den Augen und gab es zu. "Ich schätze, es ist besser als Sommersprosse."

Leo starrte Sig weiterhin an, während er seine Hand auf meinen Rücken legte. "Lass uns auf die Terrasse gehen, Felicity."

Draußen angekommen, strich er sich durch sein Haar. "Das tut mir so verdammt leid. Ich war draußen und habe in der Bucht gebadet, als er mit diesen Mädchen ankam, also bin ich nach oben geflüchtet, um zu duschen, und als ich runterkam, warst du da.”

“Ich werde nicht lügen. Ich hatte eine kleine Panikattacke, weil ich dachte, ich hätte etwas unterbrochen.”

Er schüttelte den Kopf. “Das tut mir leid. Ich kann mir nur vorstellen, wie das aussah.”

“Vor allem, weil du mich in den letzten Tagen nicht gefragt hast, ob wir zusammen abhängen. Ich wusste nicht, was ich denken sollte.”

Leo legte seine Hand auf meine Wange und jagte mir eine Gänsehaut über den Körper. “Du denkst, ich *wollte* dich nicht sehen?”

“Ich weiß es nicht.”

Er atmete aus. “Felicity... Der Moment, in dem du zugestimmt hast, diesen Sommer mit mir zu verbringen, hat jede Chance beendet, dass ich mich mit jemand anderem treffe. Ich weiß, dass wir technisch gesehen nicht zusammen sind oder so, aber das würde ich dir nicht antun. Ist das klar?”

Seine Worte waren zwar tröstlich, ließen mich aber dennoch mit Fragen zurück. “Du bist ein selbsternannter Player—zumindest hast du das in der Vergangenheit behauptet, also...” Ich hielt mir das Gesicht zu. “Schon gut. Ich komme mir dumm vor. Es tut mir leid.”

“Muss es nicht.” Er griff nach meiner Hand und verschränkte seine Finger mit meinen. “Ich bin froh, dass du vorbeigekommen bist. Ich wollte dich heute Abend sehen, aber ich nahm an, dass du nach einem langen Tag zu müde sein würdest. Ich wollte dich nicht überfordern, da wir unsere Tage zusammen bei Mrs. Barbosa verbracht haben. Ich habe versucht, mich zurückzuhalten, aber ich wollte unbedingt mehr Zeit mit dir verbringen.”

“Ich wollte dich auch unbedingt sehen, also dachte ich, ich riskiere es und komme einfach vorbei.”

“Und wie es der Zufall so will, hat Sigmund seinen Frauenhaufen zu Besuch.”

“Ist er wirklich mit diesen *beiden* Mädchen zusammen?”

“Anscheinend, ja—die Marias. Er hat sich mit einer von ihnen getroffen, und sie hat eine Freundin zu ihrem Wochenendausflug nach Newport mitgebracht. Das war auch Maria. Und dann waren sie plötzlich zu dritt.”

“Bist du sicher, dass er nicht irgendwo eine dritte Maria versteckt?” Ich schmunzelte.

“Bei Sigmund ist alles möglich.”

Wir lachten, und ich kniff die Augen zusammen. “Hattest du schon mal einen Dreier?”

Leos Pupillen weiteten sich. “Okay, das kam jetzt aus heiterem Himmel.”

“Nein, gar nicht.”

Er zögerte. “Ja. Ich hatte schon mal einen. Einmal.”

Eifersucht durchströmte mich, als ich meine Hand von seiner wegzog. “Ich verstehe.”

“Ich werde nicht lügen, wenn du mich etwas fragst. Ich werde dir immer die Wahrheit sagen.”

Sein Versprechen ausnutzend, fügte ich eine weitere Frage hinzu, mit einer leichten Bitterkeit in meinem Ton. “Hat es dir Spaß gemacht?”

“Du wirst es vielleicht nicht glauben, aber es hat mir nicht so gut gefallen, wie ich dachte. Es war zu viel Choreographie—ich musste mich darum kümmern, ihnen gleichermaßen zu gefallen. Und ich ertappte mich dabei, dass ich mich eher zu dem einen als zu dem anderen Mädchen hingezogen fühlte. Das war peinlich. Die Erfahrung hat mir gezeigt, dass ich es viel lieber mag, wenn ich einer Person alles geben kann." Er strich mit seiner Hand über meine Wange und studierte mein Gesicht. "Du wirst so rot. Habe ich dich verärgert?"

"Nein, das ist es nicht." Ich atmete aus. "Als du erwähnt hast, dass du einem Mädchen mehr Aufmerksamkeit schenkst, hat mich die Vorstellung von dir in dieser Situation nur ein wenig... ich weiß auch nicht." Ich hielt inne, bevor ich den Rest aussprechen konnte.

Er kam einen Schritt näher. "Ein bisschen was?"

"Sauer gemacht, denke ich. Eifersüchtig, vielleicht." Ich kaute auf meiner Unterlippe. "Vergiss es."

Ein paar Momente peinlichen Schweigens vergingen. "Hat es dich erregt?", fragte er mit tiefer Stimme. "Daran zu denken, wie ich ficke?"

Meine Nippel verhärteten sich. Gott, dieses Wort aus seinem Mund.

"Nicht der Gedanke, dass du mit anderen Mädchen zusammen bist... nur der Gedanke *daran*."

"Natürlich. Das habe ich gemeint."

"Der Gedanke an dich, ja."

Er rückte näher. "Die Vorstellung ... von mir und dir ..."

"Vielleicht", gab ich zu und fühlte mich von Sekunde zu Sekunde heißer.

Er wischte sich den Schweiß von der Stirn. "Es ist warm heute Abend, nicht wahr?" Er blickte zum Wasser. "Komm, wir setzen uns aufs Boot. Wir können auch eine Runde drehen, wenn du willst. Ich bin noch nie nachts damit rausgefahren. Der Typ, der es mir vermietet hat, meinte, die Lichter seien toll."

Ich nickte. "Das klingt gut."

"Wir sollten uns Wasser aus der Küche holen, falls du Durst bekommst."

Ich folgte ihm zurück ins Haus. Als wir die Küche betraten, hingen beide Marias an Sig, während er kochte.

"Wollt ihr beide mit uns essen?", fragte Sig.

"Nein, wir fahren mit dem Boot raus", sagte Leo und holte zwei Wassergläser aus dem Kühlschrank.

"So spät? Du kannst das Ding ja nicht mal tagsüber steuern, Leo."

"Wir fahren nicht weit weg. Wir wollen nur weg von hier."

"Also gut", sagte Sig, drehte sich zu mir um und zwinkerte mir zu. "Auf Wiedersehen, Kätzchen."

Kätzchen? "Ich dachte, du nennst mich jetzt Rotschopf"

Er deutete auf mein Hemd. "Hello Kitty? Auf Wiedersehen, Kitty. Hast du's kapiert? Außerdem ... du siehst aus wie eine zwölf Jährige in diesem Shirt?"

Seine Freundinnen kicherten.

"Hau ab", sagte Leo und legte seine Hand auf meinen Rücken, um mich aus dem Haus zu führen. "Es tut mir so leid wegen meines Cousins, der ein Arschloch ist", sagte er, als wir wieder nach draußen gingen.

"Ich finde ihn eigentlich ganz unterhaltsam. Das ist schon in Ordnung."

"Er ist noch schlimmer, wenn er so sauer ist wie heute Abend."

"Worüber ist er denn sauer?"

Leo sah verwirrt aus. "Was meinst du?"

"Du hast gesagt, er ist sauer."

Er lachte. "Wo wir herkommen, bedeutet sauer betrunken."

"Ah."

Wir betraten das Boot, und er schaltete das Licht ein. Aber er schaltete nicht das Boot ein. Wir setzten uns einfach auf die gegenüberliegende Seite der Sitzbank und ließen uns treiben.

Leos Blick landete auf meiner Brust. "Scheiß drauf, was mein Cousin sagt. Du siehst hinreißend aus in diesem Shirt."

"Ich bin sicher, die Leute schauen sich manchmal an und rollen mit den Augen, wenn sie sehen wie ich mich anziehe. Sie wüssten nicht, dass ich einen Abschluss in Harvard habe und bald Jura studieren werde. Aber ich mag süße und skurrile Dinge, die mich zum Lächeln bringen. Also."

"Das ist alles Teil dessen, was dich einzigartig macht. Dir ist das alles scheißegal. Gleichzeitig siehst du in allem, was du trägst, umwerfend aus—selbst mit einem Cartoon-Kätzchengesicht auf deinem Shirt sehe ich nur die schöne Frau, die darin steckt." Seine Augen wanderten über mich, bevor er zum Wasser hinausschaute. "Willst du eine Runde drehen, oder ..."

"Ich denke, wir sollten einfach hier sitzen bleiben. Ich möchte mich unterhalten können, und das können wir nicht, wenn der Motor läuft."

"Okay." Er lächelte.

Ich sah auf mein Shirt hinunter. "Also... es ist ein bisschen mehr an Hello Kitty, als nur, dass ich sie mag."

"Was denn? Erzähl es mir."

"Es erinnert mich an meine Mutter ... bevor sie starb." Ich schaute zu den Sternen hinauf. "Da gab es einen Sanrio-Laden im Einkaufszentrum. Sie nahm mich mit dorthin und ließ mich Hello-Kitty-Schmuckstücke aussuchen. Das ist eine der wenigen Erinnerungen, die ich an meine Mutter habe. Jedes Mal, wenn ich diese Katze ansehe, erinnert sie mich an diese unschuldige Zeit in meinem Leben. Man sollte meinen, dass mich das traurig machen könnte, aber aus irgendeinem

Grund tut es das nicht. Sie bringt mich zurück zu diesen einfachen Momenten, bevor sich alles verändert hat."

"Das macht Sinn. Wenn es um dich geht, ist nichts oberflächlich."

Als er mir in die Augen schaute, nahm ich meinen Mut zusammen. "Warum hast du mich nicht geküsst?"

Seine Augen weiteten sich. "Du denkst, ich *wollte* dich nicht küssen?"

"Ich weiß es nicht. Es scheint, als ob du dich absichtlich fernhältst. Du hast mich auch nicht gebeten, irgendwohin zu gehen. Ich dachte nur..."

"Du hast recht. Ich habe ein bisschen Angst, dich wieder zu küssen. Denn als ich dich das letzte Mal küsste, war ich nicht einmal mehr auf diesem Planeten. So etwas hatte ich noch nie gefühlt. Den Parkplatz gab es nicht. Du hast mir gesagt, dass bestimmte Dinge tabu sind, und ich traue mir selbst nicht, dass ich es nicht zu weit treibe." Er atmete aus. "Ich bin auf Eierschalen gelaufen, weil ich dich nicht zu etwas drängen wollte, dass du später bereuen würdest."

Das Einzige, was ich zu diesem Zeitpunkt bedauerte, war, dass ich ihm dieses Gefühl vermittelt hatte. "Ich kämpfe mit dem, was ich an diesem Abend in meinem Zimmer zu dir gesagt habe—die Grenze, die ich gesetzt habe. Manchmal spreche ich Dinge aus, über die ich mir Sorgen mache, bevor ich sie durchdacht habe. Es ist, als hätte ich Angst, dass ich meine Meinung ändere, also sorge ich dafür, dass ich es ausspreche."

"Hast du es dir anders überlegt, oder wie?", fragte er mit leiser Stimme.

"Ich weiß es nicht", flüsterte ich. "Manchmal sind die Dinge, die mir am meisten Angst machen, die Dinge, die ich wirklich will."

Er schluckte. "Weißt du, was ich denke, Felicity?"

"Was?"

"Ich denke, wir sollten uns nicht so viele Gedanken darüber machen. Mit oder ohne Grenzen. Ich denke, wir sollten das Leben geschehen lassen und sehen, wie es läuft." Er streckte seine Hand aus. "Bist du dabei?"

Ich nahm sie und lächelte, genoss die Wärme seiner Haut ein wenig zu sehr.

Er schaute wieder auf das Wasser hinaus. "Ich kann dir nicht versprechen, dass ich dir nicht wehtun werde. Ich denke, das haben wir bereits geklärt, dass das so sein wird. Am Ende werden wir beide verletzt sein. Aber ich verspreche dir, dass jeder Moment mit dir bis dahin von Bedeutung sein wird."

Ich musste ihm vertrauen. "Okay."

"Es gibt noch etwas, was ich sagen muss", fügte er hinzu.

Ich nickte.

"Ich weiß, wir haben das, was wir diesen Sommer zusammen machen, mit einem verlorenen Spiel verglichen. Aber ich möchte etwas klarstellen. Solange ich hier bin, solange wir zusammen sind, ist das für mich eine Beziehung, kein Spiel. Und selbst wenn sie enden muss, ist sie nicht weniger wertvoll, als wenn sie ewig dauern würde. Wir neigen im Leben dazu, den Wert einer Beziehung danach zu beurteilen, wie lange sie andauert. Aber einige der schlimmsten Beziehungen sind die längsten. Eine Verbindung zwischen zwei Menschen ist nicht weniger wertvoll, wenn sie durch die Umstände unterbrochen wird." Seine Augen leuchteten im Mondlicht. "Du bedeutest mir schon so viel."

In mir kochten die Emotionen hoch; das wollte ich wirklich hören.

“Ich bin so froh, dass du heute Abend gekommen bist”, sagte er.

“Ich auch.”

Er blickte in Richtung Haus. “Nachdem sie aufgegessen haben, wird er die Marias sicher nach oben bringen. Vielleicht ist es dann sicher, ins Haus zu gehen. Wir können das Wohnzimmer für uns allein haben.”

Ich zuckte mit den Schultern. “So oder so. Es ist mir egal, ob sie da sind, solange wir zusammen sein können.”

“Mit dir zusammen zu sein, wird immer mehr zu einer meiner Lieblingsbeschäftigungen”, sagte er.

Sein Eingeständnis machte mir ein schlechtes Gewissen. Etwas, das ich gestern Abend vor dem Schlafengehen getan hatte, begann mich zu belasten. “Ich muss dir etwas gestehen, Leo, und ich weiß nicht, ob es dir gefallen wird.”

Sein Körper wurde starr. “In Ordnung.”

“Weißt du noch, wie du gesagt hast, du hättest mich mal gegoogelt?”

“Ja?” Er schluckte.

“Nun, das habe ich auch bei dir gemacht. Es fing damit an, dass ich etwas über das Peerage-System und die Welt, aus der du kommst, erfahren wollte, ohne dir eine Million Fragen stellen zu müssen. Das hat leider zu weiteren Internetrecherchen geführt.”

Seine Miene verfinsterte sich. “Hast du etwas Interessantes gefunden?”

“Eine ganze Menge sogar”, sagte ich.

“Da bin ich mir sicher.” Er wischte sich mit der Hand über das Gesicht und sah frustriert aus. “Es ist zum Kotzen, dass man, um mich kennenzulernen, Geschichtsunterricht und Nachforschungen anstellen muss.”

Shit. "Du bist wütend auf mich."

"Nein. Nein, natürlich nicht. Ich bin überrascht, dass du so lange gebraucht hast, um ehrlich zu sein. Es ist nur... all das ist nicht das, was ich bin. Nicht wegen meiner Vorgeschichte, natürlich. Aber der Klatschteil. Es sind Lügen, meistens. Irgendein Paparazzo knipst ein Foto von mir und einem Mädchen, das er für meine zukünftige Frau hält, obwohl wir uns in Wirklichkeit gerade erst kennengelernt haben. Oder es wird behauptet, dass ich Kokain kaufe, obwohl es Gras war, das ich nur selten rauche, aber natürlich werden sie mich als massiv drogenabhängig hinstellen. Im Grunde ist das in neunundneunzig Prozent der Fälle Blödsinn. Also ist es nutzlos."

"Das verstehe ich."

"Tust du das?" Er suchte meinen Blick.

"Ja. Das tue ich."

"Nun, dann bist du klug. Viele Menschen sind es nicht. Sie glauben nur, was sie lesen. Du wirst mich nie durch irgendein Klatschblatt der High Society kennenlernen."

Ich hasste es, dass ich ihn verärgert hatte. Aber noch mehr hasste ich es, ihn enttäuscht zu haben.

"Deine Mutter ist sehr schön", fügte ich hinzu.

"Das ist sie. Ich danke dir."

"Ich kann viel von ihrem Gesicht in deinem sehen."

"Willst du damit sagen, dass du *mich* schön findest?" Er blinzelte. "Und was hast du sonst noch so ausgegraben?"

Ich hatte Angst, die nächste Frage zu stellen, aber er schien offen für weitere Nachforschungen zu sein.

"Hast du einen Bruder?"

Seine Miene verfinsterte sich. "Wo hast du das gelesen?"

"Es gab diese Website, auf der die Stammbäume einer Reihe von Adelsfamilien mit Landbesitz aufgelistet waren.

Du weißt ja, wie das mit der Internetsuche ist—sie führt dich von einem Kaninchenbau zum nächsten. Jedenfalls waren dort sowohl Leo als auch Thomas als Kinder deiner Eltern, Leo und Scarlet, aufgeführt. Du hattest gesagt, du seist ein Einzelkind, also war ich neugierig."

Er nickte langsam und sah auf seine Daumen hinunter, die er drehte. "Thomas ist mein Bruder, ja", sagte er schließlich.

"Ich wusste nicht, dass du —"

"Er ist bei der Geburt gestorben."

Mein Herz krampfte sich zusammen. "Oh nein. Das tut mir so leid."

"Ist schon gut", flüsterte er.

"War er älter oder jünger?"

"Weder noch. Er war mein Zwilling."

Meine Brust fühlte sich von Minute zu Minute schwerer an.

"Es gab ein paar Komplikationen. Offenbar kann etwas passieren, bei dem ein Zwilling dem anderen quasi Blut spendet. Das nennt man Zwilling-zu-Zwilling-Transfusionssyndrom. Und der Spender kann Komplikationen erleiden. Es muss nicht immer schlimm enden, aber in unserem Fall war es so. Sie versuchten, ihn durch eine Operation zu retten, aber er war eine Totgeburt. Meine Eltern hatten den Fehler gemacht, die Geburt der Zwillinge vorzeitig anzukündigen, so dass sie nicht in Ruhe trauern konnten. Die Presse war voll davon— mit der Beerdigung und allem."

Ich fühlte mich absolut unwohl, weil ich dieses Gespräch begonnen hatte.

Tränen bildeten sich in meinen Augen. "Ich hätte das nie erwähnen sollen." Ich griff nach seiner Hand. "Es tut mir so leid, Leo."

"Ist schon gut." Er verschränkte seine Finger mit meinen und drückte sie. "Es ist, wie es ist. Ich kann es nicht ändern." Er schwieg eine Weile. "Darf ich dir auch eine persönliche Frage stellen?"

Ich nickte.

"Hast du eine Ahnung, wer dein Vater ist?"

Er muss wohl angenommen haben, dass dies ein wundes Thema für mich war, aber ich war ziemlich gefühllos bei dem Gedanken an meinen Vater. Zumindest hatte ich mir so antrainiert, nichts zu fühlen.

"Nicht die geringste Ahnung."

"Hast du jemals versucht, es herauszufinden?"

Ich griff nach einem Wasser und nahm einen langen Schluck, bevor ich die Flasche verschloss. "Als ich noch sehr jung war, habe ich einfach alles geglaubt, was meine Mutter sagte. Sie sagte mir, sie wisse nicht, wer mein Vater sei, und es gäbe keine Möglichkeit, es herauszufinden. Als ich älter wurde und die Art ihres Lebensstils als Junkie verstand—dass sie ihren Körper für Drogengeld benutzt haben könnte—wurde mir klar, dass das wahrscheinlich die Wahrheit sein konnte. Ich schätze, ich hätte einen Privatdetektiv engagieren können, aber ich habe es nie weiterverfolgt. Wer auch immer er ist, er ist wahrscheinlich entweder ein Drogendealer, mit dem sich meine Mutter eingelassen hat, oder eine arme, ahnungslose Seele, die nicht weiß, dass er ein Kind gezeugt hat. Ich möchte niemandem den Schock zumuten, vierundzwanzig Jahre später zu erfahren, dass er ein Kind hat."

Leo lächelte mitfühlend. "Und wenn er nicht enttäuscht wäre? Was, wenn er es als Segen ansieht?"

Ich schüttelte den Kopf. "Ich glaube nicht, dass ich die Wahrheit wissen will. Ich weiß, das klingt seltsam, aber ich glaube nicht, dass ich damit umgehen könnte, von ihm zurückgewiesen zu werden—wer auch immer er ist. Deshalb habe ich auch noch nie einen dieser Ahnenforschungstests gemacht, die einen mit Verwandten zusammenbringen. Vielleicht verpasse ich etwas. Vielleicht aber auch nicht. Es ist ein Risiko, dass ich eingehen will. Oder eben nicht eingehen will. Wie auch immer du es betrachtest."

"Na gut."

"Hältst du mich für dumm, weil ich die Möglichkeit ausschließe, dass ich eines Tages meinen Vater finden könnte?"

"Es gibt absolut nichts an dir, was dumm wäre, Felicity. Du weißt, wer du bist, und du weißt, was du verkraften kannst."

Das Boot schaukelte sanft, während wir uns weiter unterhielten.

"Es ist erstaunlich, wie wohl ich mich in deiner Nähe fühle", sagte Leo. "Zu Hause habe ich das Gefühl, dass ich zwei Persönlichkeiten habe—die, die andere sehen, und die, die ich wirklich bin, mein authentisches Ich. Ich vertraue fast niemandem. Aber ich vertraue dir. Es ist ein gutes Gefühl, meinen Schutz aufzugeben." Er blickte in den Himmel. "Gleichzeitig verspüre ich diesen Druck, in der kurzen Zeit, die wir haben, so viel mehr mit dir zu erleben, weil ich bald abreise. Ich möchte alles über dich wissen."

"Es gibt nicht mehr so viel zu erzählen. Ich habe dir schon fast alles erzählt. Was willst du noch wissen?"

Seine Augen brannten sich für einige Sekunden in meine. "Ich möchte wissen, wonach du dich sehnst..."

Trotz der inzwischen kühlen Nachtluft spürte ich einen Hitzeschub.

“Das”, sagte ich schließlich. “Ich hatte mir keine Sorgen gemacht, dass du gehen könntest, bis du mich gerade daran erinnert hast, wie wenig Zeit wir haben. Ich habe mich heute Abend in unser Gespräch vertieft. Ich genieße es, hier mit dir zu sein. Es ist friedlich und aufregend zugleich. Ich sehne mich nach mehr Momenten wie diesem.”

Er nahm meine Hand in seine. “Willst du wissen, wonach ich mich sehne?”

“Was?”

“Mehr Zeit.” Er drückte sie. “Mehr Zeit mit dir. Oder vielleicht sehne ich mich danach, dass die Zeit stehen bleibt.”

“Ja”, murmelte ich.

Als ich mir mit den Händen über die Arme strich, sagte er: “Hier draußen ist es kühler, als ich dachte. Willst du reingehen? Ich denke, sie sind jetzt wahrscheinlich schon oben. Vielleicht haben wir dann etwas Privatsphäre.”

“Das klingt gut.”

Wir verließen das Boot und gingen ins Haus. Zum Glück war die Küche leer. Ich hörte Schritte im oberen Stockwerk und Gelächter in der Ferne, aber es schien, dass wir uns nicht mit dem Trio herumschlagen mussten.

“Hast du Hunger auf einen Mitternachtssnack?”, fragte Leo. “Ich habe das Gefühl, ich sollte dir etwas zu essen machen.”

“Eigentlich habe ich das Abendessen ausgelassen. Ich war vorhin nicht so hungrig, aber jetzt holt es mich wieder ein. Also ja, ich könnte etwas vertragen.”

Er sah sich in der Küche um. “Gut, dann werde ich dir etwas kochen.”

“Ich dachte, du kannst nicht kochen.”

“Kann ich auch nicht.”

Das brachte mich zum Lachen.

"Ich habe noch nie für jemanden gekocht", sagte er. "Aber heute ist dein Glückstag. Denn ich werde für dich kochen."

"Das dürfte interessant werden."

"Es wird wahrscheinlich furchtbar werden."

"Was kochst du denn?"

"Es ist eine Kleinigkeit namens ... das wirst du schon noch herausfinden." Er zwinkerte. "Eigentlich habe ich keinen Schimmer. Aber mir wird schon etwas einfallen. Setz dich hin und leg die Füße im Wohnzimmer hoch. Ich bringe dir das Abendessen. Kann ich dir ein Glas Wein bringen?"

"Es ist Mitternacht. Ich sollte wahrscheinlich nicht."

"Es ist irgendwo fünf Uhr, Felicity."

"Okay, sicher." Ich zuckte mit den Schultern. "Warum nicht?"

Er schenkte mir ein Glas Wein ein, und ich tat, was er sagte: Ich legte die Füße im Wohnzimmer hoch und blickte aus dem großen Fenster auf das Mondlicht über der Bucht. Eine Wärme überkam mich. Leo gab mir das Gefühl, gewollt zu sein, etwas Besonderes zu sein und mich auf eine Weise sicher zu fühlen, wie ich es sonst nicht kannte. Wenn ich dieses Gefühl für immer festhalten könnte, würde ich es tun. Ich wusste, dass es nur vorübergehend war, aber für den Moment genoss ich es.

In den nächsten Minuten hörte ich viel Geklirr in der Küche. Ich hoffte, dass Leo nicht in irgendeiner Form in Not war. Schließlich erschien er am Eingang des Wohnzimmers.

"Okay, es hat sich herausgestellt, dass Sigmund heute Abend so ziemlich alles gekocht hat, was wir im Kühlschrank hatten. Ich habe versucht, dir ein Omelett zu machen, aber ich habe zu viel daran herumgepfuscht, und jetzt sieht es aus wie matschiges Hirn."

Ich habe gekichert. *Er ist hinreißend.* Wahrscheinlich musste ich ihn retten, auch wenn das hier sehr unterhaltsam war. "Brauchst du Hilfe?"

"Nein. Ich habe einen Plan B. Ich werde ihn dir vorstellen, aber du musst versprechen, nicht zu lachen."

"Ich verspreche es." Ich hielt inne. "Nicht ... zu viel zu lachen."

Er zog die Brauen zusammen. "Ich bin gleich wieder da."

Ein paar Minuten später kam er mit einem einzelnen Teller zurück.

Mir lief das Wasser im Mund zusammen, als ich genauer hinsah und erkannte, was sich darauf befand: SpaghettiOs. Das Lustigste daran war die Garnierung aus Basilikum in der Ecke, damit es schick aussah.

"Wie sich herausstellte, weiß ich nur, wie man eine Dose öffnet und den Inhalt erhitzt.

"Aber sieh nur, wie schön du alles angerichtet hast."

"Ich hatte gehofft, die Garnierung würde von dem ansonsten erbärmlichen Angebot ablenken. Zählt es als Kochen, wenn es aus der Dose kommt?"

"Weißt du was? Ich werde das essen. Und ich werde es genießen. Weißt du warum?"

"Warum?" Er grinste.

"Weil du es gemacht hast, auch wenn das nur bedeutete, die Dose zu öffnen und es aufzuwärmen. Du hast gesagt, du hast noch nie für jemanden gekocht. Ich fühle mich geehrt, die Erste zu sein." Ich hatte keine SpaghettiOs mehr gegessen, seit ich ein Kind war. Ich nahm einen Bissen und war überrascht, dass sie besser schmeckten, als ich sie in Erinnerung hatte. "Das ist überraschend gut... echt lecker."

"Ja?"

"Oder vielleicht bin ich einfach so hungrig, dass mir alles schmeckt."

"Wahrscheinlich letzteres. Aber ich betrachte es als einen Fortschritt."

Ich hielt ihm die Gabel an den Mund und sagte: "Probier mal."

Leo nahm einen Bissen und sprach mit vollem Mund. "Es ist nicht schlecht."

Am Ende fütterte ich ihn mit ein paar Bissen SpaghettiOs, während wir redeten und lachten.

Dieser Abend, dieses "Abendessen", auch wenn es ein bisschen lächerlich war, war alles für mich. Es gibt Momente, die man einfach nie vergisst, und dieses SpaghettiOs-Abendessen war einer davon.

Nachdem ich aufgegessen hatte, brachte Leo meinen Teller in die Küche.

Er kehrte zu seinem Platz auf der Couch neben mir zurück. Mein Blick fiel auf seinen Mund. Ich leckte mir den restlichen Wein von den Lippen und hoffte so sehr, dass er mich küssen würde.

Es schien, als hätte er mein Signal aufgefangen, denn innerhalb von Sekunden beugte er sich vor, atmete unregelmäßig und nahm meinen Mund auf den seinen. Ich keuchte, vielleicht ein bisschen zu laut, denn er lachte gegen meine Lippen. Als er sich auf dem Sofa über mich beugte und seine Brust an meine drückte, küsste Leo mich, als hinge sein Leben davon ab, als wolle er all die Zeit wieder gutmachen, in der er sich diese Woche zurückgehalten hatte.

Ich fuhr mit den Fingern durch sein Haar, entspannte mich in dem Kuss und verdrängte die Stimme in meinem Kopf, die mich daran erinnern wollte, dass ich mir ein gebrochenes Herz zuzog. Ich küsste ihn fester, stöhnte gegen seinen Mund und genoss seinen Geschmack. Er stöhnte auf, als er meine Unterlippe zwischen die Zähne nahm und sanft daran zog, bevor er den Kuss noch einmal vertiefte. Bei der fordernden Art, wie er küsste, war es leicht, sich vorzustellen, wie er im Bett sein würde. Ich vermutete, dass er genau wusste, wie man eine Frau befriedigt.

Als der Kuss immer intensiver wurde, landete ich irgendwie unter ihm. Anstatt mich gegen die Veränderung zu wehren, öffnete ich meine Beine und erlaubte ihm, sich zwischen sie zu legen. Durch seine Jeans hindurch spürte ich die Hitze seiner Erektion, als er sich an meiner pochenden Klitoris rieb. Leo senkte seinen Mund und küsste meinen Hals entlang. Dann hörte er plötzlich auf, ließ seinen Mund auf meiner Haut ruhen und atmete einige Sekunden lang gegen mich.

Er schaute mich verwirrt an, bevor er sich zurückzog. "Ich … denke, ich sollte aufhören."

"Warum?"

"Weil ich das Gefühl hatte, dass du mich nicht aufhalten würdest, wenn ich weitermache."

"Du hast recht. Ich hätte es nicht getan", sagte ich ehrlich. Mein Körper sehnte sich nach seiner Rückkehr, während eine Kälte über mich hereinbrach.

"Felicity…", flüsterte er.

"Was?"

"Ich war nur Sekunden davon entfernt, in dir zu sein. Zumindest wollte ich dort sein. Aber ich weiß, dass es nicht das ist, was du im Moment willst, selbst wenn du dich hinreißen lassen würdest." Er lehnte seinen Kopf an die Rückenlehne der Couch und drehte sich zu mir um. "Ich verliere jegliches Urteilsvermögen, wenn ich dich küsse, dich rieche, dich berühre. Das ist keineswegs neu für mich... aber diese Art von Bedürfnis ist neu für mich. Ich habe mich noch nie zu jemandem so hingezogen gefühlt, bei dem ich auch vorsichtig sein muss."

Er strich sich mit den Händen durch die Haare. "Du hast mich vorhin gefragt, wonach ich mich sehne. Und ich war nicht sehr konkret. Ich sagte 'mehr Zeit', und das ist natürlich wahr. Aber ich sehne mich nach so viel mehr, wenn es um dich geht. Ich sehne mich nach ganz alltäglichen Dingen, nach denen ich mich nie gesehnt habe—wie zum Beispiel nach einer Verabredung, nach einem Abendessen und danach, nach Hause zu kommen und es sich auf der Couch gemütlich zu machen. Danach habe ich mich noch nie bei jemandem gesehnt. Niemals. Früher waren mir solche Dinge völlig egal. Aber ich sehne mich auch danach, nachts bei dir zu liegen ... deinen Körper zu verehren, mit meiner Zunge über jede einzelne deiner Sommersprossen zu fahren, mir Zeit für dich zu nehmen und dir den besten Orgasmus zu verschaffen, von dem du je geträumt hast. Und wenn du glaubst, dass du dazu bei mir nie bereit sein wirst, dann muss ich aufpassen, dass ich dich nicht überfordere. Aber ich kann dich nicht anlügen. Ich will das. Ich will all das mit dir, Felicity. So sehr."

Ich konnte kaum noch atmen. "Wo zum Teufel kommst du her, Leo?" Ich schloss meine Augen und atmete aus. "Das ist alles so beschissen. Ich will dich auch. Ich habe nur Angst."

"Da bist du nicht die Einzige."

Ich setzte mich auf und lehnte meinen Kopf an seine Schulter. "Ich weiß, dass ich vermutlich nach Hause gehen sollte, aber ich will nicht."

"Dann bleib die Nacht bei mir. Wir brauchen nicht nach oben zu gehen. Wir bleiben hier und reden, bis wir die Augen nicht mehr offen halten können. Geh nur nicht weg."

Ich sah zu ihm auf. "Okay. Werde ich nicht." Ich schmiegte meinen Körper in seine Armbeuge und sagte: "Erzähl mir eine Geschichte."

"Was für eine Geschichte?"

"Nimm mich mit in die englische Landschaft. Virtuell. Nimm mich mit zu dir nach Hause. Erzähl mir, wie es dort ist. Tu so, als wärst du gerade zurückgekommen. Erzähl mir, was passiert. Beschreibe mir, wie das alles aussieht."

"In Ordnung." Er legte sein Kinn auf meinen Kopf und schloss mich in seine Arme. "Überall sind sanfte grüne Hügel. Es hat gerade aufgehört zu regnen, so dass ich in der Ferne einen Regenbogen sehen kann, wenn der Fahrer sich unserem Grundstück nähert."

"Erzähl mir von deinem Haus."

"Es ist sehr ... groß, ein stattliches Haus."

"Wie ein Schloss?"

"Nicht ganz."

"Wie *Downton Abbey*?"

"Wie eine Version davon, sozusagen. Aus Backstein."

"Was passiert, wenn du hineingehst?"

"Als ich ankomme, begrüßen mich weder meine Mutter noch mein Vater, sondern Camila, unsere Hausverwalterin."

"Was macht sie genau?"

"Sie beaufsichtigt das Personal."

"Wie viele Leute arbeiten dort?"

“Ungefähr zehn.”

“Wow.”

“Das ist ein bisschen viel, aber so ist es schon immer gewesen, von Generation zu Generation.”

“Begrüßen dich deine Eltern nicht, wenn du kommst?”

“Wenn ich tagsüber ankomme, ist meine Mutter wahrscheinlich bei einem Treffen mit ihren Freunden. Mein Vater ist wahrscheinlich in seinem Büro abseits des Hauses ... wenn er an diesem Tag Lust hat zu arbeiten.”

“Okay, du siehst also zuerst Camila. Wie ist sie denn so?”

“Sie ist groß und kann ein bisschen unheimlich sein.” Er lachte. “Aber sie hält das Haus in Ordnung. Älter... in den Fünfzigern. Blondes Haar, straff zu einem Dutt gebunden. Sie ist sehr ernst, schafft es aber, ab und zu ein Lächeln zu zeigen, wenn ich mich nur genug anstrenge. Ich liebe es, sie zum Lachen zu bringen, denn das ist etwas, das sie nicht so leicht hergibt.”

Ich lächelte. “Was machst du als Erstes?”

“Ich lasse meine Sachen fallen und gehe mit Camila in die Küche. Sie und ich unterhalten uns über meine Reisen. Ich gebe ihr einen kurzen Bericht über unsere Reise. Wahrscheinlich bin ich erschöpft, also gehe ich bald darauf auf mein Zimmer.”

“Wie sieht dein Zimmer aus?”

“Es ist groß. Ein Bett mit vier Stützen. Dunkle Holzkronenleisten. Ein bisschen deprimierend und kalt, eigentlich.”

“Was tust du als erstes, wenn du in dein Zimmer kommst?”

“Ich nehme eine lange, heiße Dusche in meinem Badezimmer.”

"Und danach?"

"Ich breche total zusammen, müde von der Reise, aber völlig deprimiert, weil ich dich verlassen habe. Also gehe ich in mein Bett und verbringe den ersten von vielen Abenden damit, dein Foto anzustarren."

Obwohl mich das, was er gerade gesagt hatte, tief im Herzen traf, machte ich mir einen Spaß daraus, ihm einen Klaps auf die Brust zu geben. "Trottel."

"Kann schon sein." Er lächelte, aber es erreichte nicht seine Augen.

Ich rollte mich weiter in seine Arme und legte meinen Kopf auf seine Brust, beruhigt durch das Auf und Ab seines Atems. Dann küsste Leo mich auf den Scheitel.

Wir unterhielten uns bis in die frühen Morgenstunden—bis wir am nächsten Tag von Sigs Stimme geweckt wurden.

KAPITEL 11

Leo

Titel 11: "Jealous Guy" von John Lennon und The Plastic Ono Band

"Na, na, na, was ist denn hier los?"

Die Stimme meiner Cousine war schrill.

"Wonach sieht es denn aus?", sagte ich und blinzelte in die Sonne, die durch die Fenster des Wohnzimmers schien.

"Für mich? Sieht es aus, als hätte sich jemand letzte Nacht von Hello Kitty in Hello Titty verwandelt?"

Felicitys Augen flatterten auf.

"Es geht dich jedenfalls nichts an", sagte ich und rieb ihr die Schultern. "Geht es dir gut?"

Sie sah erschöpft auf und lächelte. "Sicher. Warum sollte es mir nicht gut gehen?"

Ich war erleichtert, dass sie froh zu sein schien, noch hier zu sein. Wir hatten gestern Abend so lange geredet, dass wir beide eingeschlafen waren.

"Wo sind die Marias?", fragte sie Sig.

"Sie kommen nach unten. Ich wollte gerade Frühstück machen. Habt ihr beiden Hunger?"

Ich hätte nicht gedacht, dass sie in der Nähe von Sigmunds Schar sein wollte, deshalb überraschte es mich, als sie sagte: "Ja. Frühstück klingt gut."

Felicity erhob sich von der Couch und sah mit ihren vom Schlaf verwuschelten Haaren hinreißend aus. Ich hatte zwar schon oft davon geträumt, nachts neben ihr zu liegen, aber ich hatte nicht damit gerechnet, dass unsere erste Übernachtung auf dem Sofa stattfinden würde. Es war nicht die bequemste Schlafmöglichkeit, aber ich würde es jede Nacht tun, wenn sie dann wieder bei mir übernachten würde.

Nachdem Sig in der Küche verschwunden war, legte ich ihr meine Hand auf die Wange. "Wie hast du geschlafen?"

"Erstaunlich gut. Als ich aufgewacht bin, habe ich eine Sekunde gebraucht, um zu realisieren, wo ich bin." Sie blinzelte. "Was?"

"Ich möchte dich küssen", gab ich zu.

"Dann küss mich."

Gerade als ich bereit war, ihr einen Kuss zu geben, wurden wir durch das Geräusch von Sigmunds Freundinnen, die die Treppe herunterkamen, unterbrochen.

Nun, da unser Augenblick ruiniert war, wagten Felicity und ich uns in die Küche. Der Kaffee war gerade fertig, also nahm ich zwei Tassen. Sigmund stand an der Theke und rührte Eier für etwas, von dem ich annahm, dass es Omeletts waren.

"Wie trinkst du deinen Kaffee?", fragte ich.

"Schwarz, wie Sigmunds Seele", stichelte sie.

"Ich glaube, du meintest *dampfend heiß* wie Sigmund", schoss mein Cousin zurück.

Felicity lachte, und Sigmund lächelte, während er weiter kochte. Es war schön zu sehen, dass sie sich gut verstanden.

Ich hatte befürchtet, er könnte ihr unter die Haut gehen, obwohl sie es wahrscheinlich nie zugeben würde. Aber wenn ich es nicht besser wüsste, schien es fast so, als würde sie seine Gesellschaft genießen.

Ich schenkte vier Kaffee ein und servierte ihn zuerst Felicity und dann den Marias.

Sigmunds Freundinnen fingen an, sich auf Portugiesisch zu unterhalten, und ich bemerkte, dass Felicity schnell blinzelte, während sie zuhörte, als würde sie versuchen zu entziffern, was sie sagten.

Schließlich platzte sie heraus: "Es liegt an der Art, wie ich ihm einen blase."

Wie bitte?

"Das hat eure Aufmerksamkeit erregt, nicht wahr?", fügte sie hinzu.

Beide Frauen erstarrten auf einmal.

"Ich bin verwirrt", sagte ich. "Was ist hier los?"

Felicity drehte sich zu mir um. "Sie sind sich nicht sicher, was du an mir siehst. Ich habe ihnen gesagt, dass es wohl an der Art liegt, wie ich dir einen blase." Sie sah wieder zu den beiden hinüber. "Nur ein Scherz, übrigens. Ich habe ihm noch keinen geblasen ... *noch nicht*. Es war nur das erste, was mir in den Sinn kam." Sie legte ihre Hand auf mein Knie. "Die haben schon über uns gelästert, als sie die Treppe runterkamen."

Ich wusste nicht, was mich mehr berührte—die Frechheit dieser Mädchen oder die Tatsache, dass Felicity angedeutet hatte, sie wolle mir einen blasen.

"Du sprichst Portugiesisch?", fragte Maria Eins und schaute verblüfft.

"Eine der Pflegemütter, bei denen ich aufwuchs, kam aus Portugal. Ihre Mutter, die ich Vavo nannte—was, wie du weißt, Großmutter bedeutet—hat mir Portugiesisch beigebracht. Ich spreche es zwar nicht oft, aber ich kann es *sehr* gut verstehen."

"Verdammt", murmelte Sigmund. Selbst *ihm* war das Verhalten seiner Freundinnen peinlich.

Aber ich war stolz darauf, wie Felicity die Sache gehandhabt hatte.

"Wenn man über jemanden lästert, sollte man sichergehen, dass er die Sprache nicht spricht", fügte Felicity hinzu. "Nicht jeder ist unilingual."

"Es tut mir leid. Wir haben es nicht böse gemeint", sagte Maria Zwei.

"Ihr meint, ihr wolltet nicht, dass ich es *verstehe*. Ihr habt es ganz sicher so gemeint, wie ihr es gesagt habt. Es ist ziemlich traurig, wenn Frauen beschließen, über andere Frauen zu lästern, bevor sie sie kennengelernt haben. Du hast Glück, dass ich klug genug bin, um zu verstehen, was wirklich los ist, wenn das passiert. Ihr macht das, um euch selbst besser zu fühlen. Ich meine, wie unsicher muss man sein, um gleichzeitig für denselben Mann zu schwärmen, richtig? Ihr seid so wunderbar, dass er *zwei* von euch braucht? Denkt mal darüber nach. Das ist erbärmlich." Felicity nahm einen langen Schluck von ihrem Kaffee. "Wie auch immer, wir sind quitt. Ihr habt eine gemeine Sache gesagt. Ich habe etwas Gemeines gesagt. Jetzt vergessen wir es einfach und essen ein paar Chorizo und Eier. Das Leben ist zu kurz für diesen Blödsinn."

Sie drehte sich zu mir um, bevor sie zu den beiden zurückblickte. "Übrigens bin ich mir auch nicht ganz sicher, was er an mir sieht. Aber ich versuche, den Kerl loszuwerden, seit ich ihn kennengelernt habe, und es scheint mir nicht zu gelingen." Sie zwinkerte mir zu.

Oh Gott. Ich wollte sie hochheben und sie so sehr küssen, aber ich war im Moment sprachlos. *Was habe ich an ihr gesehen?* Das war keine kurze Antwort. Es war eher so, dass ich *nichts anderes* sehen konnte, wenn sie in der Nähe war.

Bemerkenswerterweise verlief der Rest des Frühstücks relativ gut. Nachdem Felicity die Marias in ihre Schranken verwiesen hatte, verbrachte sie einen Großteil des Vormittags damit, sich mit ihnen zu unterhalten. Sie bat sie sogar, ihr Portugiesisch zu testen, damit sie beweisen konnte, wie gut sie sich erinnern konnte.

Als Sigmund und ich die Teller abgeräumt hatten, hätte man meinen können, die drei seien befreundet, so wie sie miteinander lachten. Alles war offenbar vergessen. Man muss schon eine besondere Art von Mensch sein, um sich mit Leuten anzufreunden, die noch kurz zuvor versucht hatten, sie niederzutreten. Felicity hatte zweifellos Übung darin, sich Leuten gegenüber zu beweisen, die Vermutungen über sie anstellten.

Später an diesem Nachmittag gingen Felicity und ich zu Mrs. Barbosa, um der Inneneinrichtung den letzten Schliff zu verpassen, bevor wir eine Pause einlegen mussten, um den Elektriker seinen Teil erledigen zu lassen.

Zu meinem Entsetzen tauchte ihr Ex, Matt, zusammen mit Bailey und Stewart auf, um zu helfen. Er sagte, es sei sein letzter Tag, bevor er nach Pennsylvania zurückkehren würde.

Die Dinge liefen ziemlich routinemäßig ab, bis Matt am Ende des Nachmittags Felicity fragte, ob er mit ihr unter vier

Augen sprechen könne. Sie folgte ihm in den Garten, und sie setzten sich auf die Schaukel, auf der Theo mich als Geisel gehalten hatte. Mein Blut kochte.

Als ich an einer Stelle verweilte, von der aus ich sehen konnte, was sie taten, murmelte ich: "Was will er?" Mir war gar nicht bewusst, dass ich diese Frage laut gestellt hatte, bis Bailey mir antwortete.

"Er will sie."

Ich drehte mich zu ihr um. "Erzähl mir mehr."

Sie sah zu den beiden hinüber, als sie antwortete. "Er ist überzeugt, dass sie sich wieder versöhnen werden, sobald sie nach Pennsylvania zieht."

Ich schluckte. "Wie weit ist er von dem Ort entfernt, an dem sie wohnen wird?"

"Etwa fünfundvierzig Minuten."

Brillant. Einfach brillant. "Weißt du sicher, dass er versucht, wieder mit ihr zusammenzukommen?"

"Ja. Er hat es Stewart erzählt. Ich sollte dir das wahrscheinlich nicht sagen, aber es ist gut für dich zu wissen, womit du es zu tun hast. Nicht, dass es wichtig wäre, oder? Da du ja gehst."

Da hatte sie Recht. Es hätte keine Rolle spielen sollen, aber irgendwie tat es das doch. *Und zwar sehr.*

"Glaubst du, sie hat noch Gefühle für ihn?"

"Ich weiß es nicht genau. Sie würde dir sagen, dass sie keine hat, wenn du sie fragst, aber sie war völlig am Boden zerstört, als er mit ihr Schluss gemacht hat. Ich kann mir also nicht vorstellen, dass sie nicht noch Gefühle für ihn hegt. Obwohl sie im Moment wirklich in dich verliebt ist. Vielleicht wird sie sich ihrer Gefühle für Matt erst bewusst, wenn du von der Bildfläche verschwunden bist und sie in Pennsylvania ist."

Adrenalin raste durch meine Adern. Es schien, als wollte Bailey mich absichtlich auf die Palme bringen, als verspürte sie eine gewisse Abneigung gegen die Tatsache, dass ich ihrer Freundin schaden wollte. Ich konnte es ihr verdammt noch mal nicht verdenken.

"Sie ist ihm nicht egal", fügte sie nach einem Moment hinzu. "Ich weiß, dass er ihr das Herz gebrochen hat, aber er sagt, dass er es ständig bereut hat. Sie waren noch so jung. Er dachte, er hätte damals das Richtige für sie beide getan. Aber im Nachhinein sagt er, dass ihm klar geworden ist, dass er sie immer geliebt hat.

Ihre Worte haben mich regelrecht erschüttert, aber ich schätzte ihre Offenheit—bis zu dem, was sie dann sagte.

"Ich glaube nicht, dass er der Einzige ist, der noch Gefühle hat. Felicity will es sich nicht eingestehen, weil er sie verletzt hat. Aber es würde mich nicht überraschen, wenn sie unterbewusst Pennsylvania als Studienort gewählt hat, weil sie weiß, dass er dort ist."

Mir wurde ein bisschen schlecht.

Nach ihrem Gespräch verließ Matt das Haus, und Felicity war für den Rest des Nachmittags still. Die Veränderung ihrer Stimmung beunruhigte mich, weil sie mir sagte, dass er eine Wirkung auf sie gehabt hatte. Aber vielleicht war es meine eigene Reaktion auf die Vorstellung, dass sie Gefühle für ihn hegte, die mich am meisten beunruhigte.

Auf der Heimfahrt war sie die erste, die das Thema ansprach.

"Es tut mir leid, dass ich vorhin weggegangen bin, um mit Matt zu reden."

Ich klappte den Kiefer zusammen. "Du brauchst dich nicht zu entschuldigen."

"Es war unhöflich von mir."

"Du bist mir keine Erklärung schuldig."

"Aber du fragst dich wahrscheinlich, worum es ging."

Mein Puls beschleunigte sich. *Verdammt ja, ich will es wissen.* "Du musst es mir nicht sagen, wenn du nicht willst."

Sie warf einen Blick aus dem Autofenster. "Matt scheint zu denken, dass wir uns wiedersehen sollten, nur weil ich nach Pennsylvania ziehe. Er behauptet, er habe einen Fehler gemacht, als er die Sache mit mir beendete, und sobald dieser Sommer vorbei ist und ich mit dem, was er 'meine kleine Affäre' mit dir nennt, fertig bin, wird er dort auf mich warten."

Ich hätte ihn am liebsten umgebracht. Ich räusperte mich und fragte: "Fühlt sich das für dich so an—wie eine *kleine* Affäre?"

"Es fühlt sich nach mehr an, auch wenn es nur vorübergehend ist."

Ich griff nach ihrer Hand, führte sie zu meinem Mund und küsste sie. "Für mich fühlt es sich auch nach mehr an. Aber unsere Situation ist so, wie sie ist, Felicity. Du musst das tun, was dich nach diesem Sommer glücklich machen wird." Das zuzugeben, war schwer.

"Ich werde nicht zu ihm zurückkehren. Ich werde nie wieder Frieden mit jemandem schließen können, der mich in der Vergangenheit verlassen hat. Ich kann ihm nie wieder vertrauen."

Verdammt. Meine Brust tat weh. "Du kannst ihm nicht trauen, weil er dich in der Vergangenheit verlassen hat, genauso wenig wie du jemandem trauen kannst, der dich in der Zukunft verlassen wird."

Sie atmete tief durch, antwortete aber nicht.

"Ich will nur, dass du glücklich bist", flüsterte ich und meinte das auch so, auch wenn es mich umbrachte, mir sie mit einem anderen Mann vorzustellen.

"Ich *bin* glücklich, den Sommer mit dir zu verbringen. Ich will nicht an etwas denken, das über den August hinausgeht", sagte sie.

"Das haben wir gemeinsam."

Diesmal nahm sie meine Hand und küsste sie. "Jedenfalls wollte ich nicht, dass du dich unwohl fühlst, wenn du mit ihm sprichst."

"Du hast nichts falsch gemacht. Was ich nicht in den Griff kriege, sind meine unvernünftigen Gefühle."

"Nun, er ist jetzt weg. Er wird nicht wieder auftauchen. Also lass uns nicht mehr darüber nachdenken. Okay?"

Immer noch mit meiner Eifersucht kämpfend, kaute ich auf meiner Lippe. "In Ordnung, Liebes."

Nach einigem Schweigen brachte ich etwas zur Sprache, das ich schon lange fragen wollte. "Also... Sigmund hat mir erzählt, dass er und die Marias planen, das kommende Wochenende des vierten Juli in Boston zu verbringen. Er wollte wissen, ob wir sie begleiten wollen."

Sie rollte sarkastisch mit den Augen. "So sehr ich die Marias auch liebe, für mich klingt das irgendwie erbärmlich."

"Für mich auch." Erleichtert atmete ich aus. "Gut. Ich dachte, ich frage mal, aber ich würde viel lieber hier bleiben und das Haus für uns allein haben—das heißt, wenn du das Wochenende bei mir bleiben willst", korrigierte ich schnell. "Du kannst mein Bett haben. Ich schlafe in Sigmunds Zimmer. Ich will nicht, dass du denkst, ich frage, weil..."

"Aber ja! Ich muss nicht einmal darüber nachdenken. Es wird nicht mehr viele Gelegenheiten geben. Wir haben nur noch ein paar Wochenenden, und ich bin mir sicher, dass er nicht an allen weg sein wird. Nicht, dass ich ihn nicht mag, aber…"

"Aber er kann eine Nervensäge sein, und es ist schön, etwas Privatsphäre zu haben, oder?"

"Genau", stimmte sie zu.

Verdammt, ja. "Ich decke mich besser mit SpaghettiOs ein."

"Oder… wir könnten uns einfach was zu essen bestellen." Sie zwinkerte.

"Mach dir keine Sorgen. Das war nur ein Scherz. Ich werde dich verschonen."

Ihre Augen schimmerten. "Weißt du, was das Beste daran ist?"

"Was?"

"Ich muss am Freitagabend nicht arbeiten. Also können wir das Wochenende am Freitagnachmittag beginnen."

"Brillant. Ich glaube, sie fahren etwa zur gleichen Zeit nach Boston."

"Das könnte nicht perfekter sein."

Begeistert hielt ich inne. "Nein, das könnte es wirklich nicht."

Felicity musste an diesem Abend arbeiten, also setzte ich sie ab und kehrte zum Haus zurück. Mein Telefon klingelte, als ich den Kühlschrank durchwühlte, in der Hoffnung, Reste von dem zu finden, was Sigmund zum Mittagessen gemacht hatte.

Es war meine Großmutter. Ich drückte einen Knopf, um sie auf den Lautsprecher zu stellen. "Hey, Großmutter. Es ist spät hier. Ist alles in Ordnung?"

"Ja. Ich wollte dich nicht wecken. Ich kann nicht schlafen, also dachte ich, ich rufe mal bei dir an. Das letzte Mal, als wir miteinander sprachen, war es eine traurige Angelegenheit."

Seitdem ist so viel passiert. "Es geht mir eigentlich ganz gut."

"Hast du es geschafft, über das Mädchen hinwegzukommen?"

Ich zögerte. "Nicht ganz. Äh ... die Dinge haben eine unerwartete Wendung genommen, nachdem wir das letzte Mal gesprochen haben."

Sie hatte es herausgefunden, ohne dass ich überhaupt etwas sagen musste. "Oh mein..."

"Ja." In den nächsten Minuten informierte ich meine Großmutter über die jüngste Entwicklung der Ereignisse mit Felicity. "Jedenfalls weiß ich, was du sagen wirst—dass es eine schreckliche Idee ist, mehr Zeit mit ihr zu verbringen. Aber ich kann sie nicht im Stich lassen, solange ich hier bin."

"Ich werde dir keinen Kummer bereiten, Leo. Nachdem wir vorhin miteinander gesprochen haben, hatte ich den Verdacht, dass es vielleicht nicht das letzte Mal war, dass sie hier war. Solange du auf den unvermeidlichen Ausgang vorbereitet bist, sehe ich kein Problem darin."

"Du wirst mich also nicht belehren?"

"Wozu sollte das gut sein? Im Gegensatz zu meiner dickköpfigen Tochter weiß ich, dass keine noch so große Standpauke etwas ändern kann, wenn es um Herzensangelegenheiten geht. Ich versuche es auch gar nicht. Es gibt Zeiten im Leben, in denen wir uns einfach entscheiden, ins Feuer zu springen, auch wenn wir wissen, dass wir uns verbrennen werden. Wir alle haben das schon getan. Und ich muss dir sagen, dass das auch deiner Mutter nicht fremd ist."

"Was soll das heißen? Verschweigst du mir etwa etwas?"

"Sagen wir einfach, bevor sie deinen Vater heiratete, gab es einen gewissen Hausmeister, den ich viel zu oft dabei gesehen habe, wie er vom Schlafzimmerfenster deiner Mutter herunterkletterte."

Mir fiel die Kinnlade runter. "Wirklich ..."

"Du kannst mit dieser Information machen, was du willst. Obwohl, wenn du sie darauf ansprichst, wird sie wahrscheinlich sagen, ich sei senil und es leugnen. Aber ich versichere dir, es ist wahr."

Ich lachte. "Danke für den Tipp, Großmutter."

Sie seufzte. "Schade, dass du dir keine Lektion von Sigmund abschauen kannst. Er ist nie mit dem Herzen bei der Sache."

"Das habe ich bis jetzt noch nicht zugelassen. Das ist neu für mich. Und ich weiß, es wäre viel einfacher, jetzt mehr wie Sigmund zu sein."

Sie lachte. "Die Ironie ist natürlich, dass dein Cousin nicht dieselben Erwartungen hat, die an ihn gestellt werden. Er wäre perfekt für ein Leben, in dem es darum geht, den Schein zu wahren."

"Na ja, im Moment ist er mit zwei Frauen *gleichzeitig zusammen*."

"Was ist daran neu?"

"Ich meine, *buchstäblich* zur gleichen Zeit. Das ist neu."

"Oh. Er ist wirklich zu viel, dieser Kerl."

Mein Cousin betrat das Zimmer.

"Wenn man vom Teufel spricht, Großmutter. Sigmund ist gerade gekommen. Ich werde dich jetzt gehen lassen. Ich muss ihn über ein paar Dinge aufklären."

"Okay. Ich liebe dich, mein Junge. Grüß meinen anderen Enkel von mir und sag ihm, er soll sich benehmen."

"Mache ich." Ich legte auf und drehte mich zu ihm um. "Großmutter sagt, du sollst dich benehmen."

"Deshalb bin ich auch ihr Liebling."

Ich warf mein Handy zur Seite. "Also, ich habe mit Felicity über die Boston-Reise gesprochen, und wir haben beschlossen, hier zu bleiben."

"Ah. Ihr nutzt den Vorteil, das Haus für euch zu haben, damit ihr in Ruhe vögeln könnt, was?"

"Ich bezweifle sehr, dass das passieren wird."

"Und das soll ich dir glauben?"

"Ich weiß nicht, was passieren wird. Was auch immer *sie* will."

"Du kannst dich nicht zurückhalten, und das weißt du auch. Hör auf, so zu tun, als würdest du nicht darauf *brennen*, sie zu ficken. Das ist das einzige Mal in deinem Leben, dass du auf etwas warten musstest, dass du wolltest."

"Wir müssen keinen Sex haben, um uns gegenseitig zu genießen."

Er musterte mein Gesicht. "In Ordnung, ich höre auf. Es ist klar, dass du sie wirklich magst. Und ich kann nicht glauben, dass ich das sage, aber ich ... fange auch an, sie zu mögen."

Ich blinzelte. "Was soll das denn heißen?"

"Entspann dich. Ich habe sowieso schon alle Hände voll zu tun. Ich stehe nicht auf dein Mädchen in dieser

Hinsicht. Ich meinte nur, dass ich jetzt verstehe, warum du sie magst. Sie ist mir ans Herz gewachsen. Ich behaupte zwar immer noch, dass du einen Fehler machst und dich in etwas hineinsteigerst, aber ich werde dir deswegen keinen Kummer mehr bereiten."

"Das weiß ich sehr zu schätzen."

Er verließ den Raum und kam ein paar Minuten später zurück, um mir eine Schachtel vor die Brust zu werfen.

Es war eine gigantische Schachtel mit Kondomen.

"Was soll das? Ich habe meine eigenen, danke. Wer braucht schon so viele Kondome?"

"Die Marias haben mich zu einem Großmarkt in Massachusetts gebracht. Er heißt BJ's Warehouse. Passender Name, was?"

"Du bist wahnsinnig."

"Ich habe eine Dreierpackung von diesen Schachteln. Die kannst du behalten."

Kopfschüttelnd nahm ich die Schachtel mit den Kondomen und schlug ihm damit auf die Brust.

KAPITEL 12

Felicity

Titel 12: "Sunshine of Your Love" von Cream

Der Freitagnachmittag schien ewig auf sich warten zu lassen. Ich verbrachte den Vormittag damit, mein Zimmer aufzuräumen und noch ein paar meiner Planer aufzustellen, um mir die Zeit zu vertreiben. Schließlich beschloss ich, mich von meinem Elend zu befreien und ein wenig früher zu Leo zu gehen.

Die Nachmittagssonne schien hell, als ich an seiner Tür klingelte.

Er öffnete die Tür mit einem breiten Lächeln. "Willkommen zu Hause, meine Hübsche."

"Schön wär's", sagte ich und schaute ihn kurz an.

"Komm rein."

Wow! Er hatte offenbar gerade Gewichte gestemmt. Er trug ein Paar schwarze Trainingshosen. Ich hätte nie gedacht, dass ein Mann in einem solchen Trainingsanzug sexy sein könnte, aber sie brachte die Muskeln in seinen Beinen gut zur Geltung, von denen ich wusste, dass er sie hart trainierte.

Auf seiner Brust glitzerte ein Schweißfilm, und seine großen Füße waren nackt, was ich unglaublich heiß fand.

"Habe ich dein Fitnessprogramm unterbrochen?"

"Ich dachte, du würdest erst gegen drei Uhr ankommen, also dachte ich, ich könnte ein Training dazwischenschieben, aber dich früher zu sehen, ist viel besser." Er schaute auf meine Übernachtungstasche hinunter, die mit winzigen Hello-Kitty-Köpfen bedeckt war. "Du bist verdammt niedlich mit dieser Tasche."

"Hello Kitty. Hast du etwas anderes erwartet?" Die Tasche fiel mit einem dumpfen Schlag zu Boden, als ich mich umschaute. "Sig ist schon weg?"

"Ja. Wir sind völlig allein. Er hat dir ein Geschenk dagelassen."

Leo ging zu einer gläsernen Kuchenvitrine auf dem Tresen hinüber. Sig hatte etwas gebacken und einen Zettel auf die Vorderseite des Glases geklebt.

Ich löste ihn ab und las ihn.

Ein Ingwerkuchen für einen Gingerkopf.

Ich weiß, du wirst mich dieses Wochenende vermissen. (Nicht!)

Du und Leo müsst einen Weg finden, euch gegenseitig zu unterhalten. Ich bin sicher, euch fällt etwas ein, oder?

P.S. Das ist ein neues Rezept. Ich hoffe, es schmeckt euch. Ich schlage vor, etwas "Leo is whipped"-Sahne hinzuzufügen, die im Kühlschrank steht.

Herzlichst,
Dein bevorzugter Spielverderber

"Er ist ein wahrer Spielverderber, nicht wahr?" Leo rollte mit den Augen. "Wenigstens ist der Kuchen essbar, im Gegensatz zu dem meisten Mist, den er verzapft."

"Das werde ich später definitiv vernaschen." Irgendwie waren meine Augen tatsächlich auf Leos Körper gerichtet, als ich das sagte. Und ich konnte nicht anders, als zu denken, wie sehr ich *ihn* vernaschen wollte.

Seine Augen verweilten auf meinen, dann fielen sie auf meine Brust, die wahrscheinlich so entblößt war, wie er sie noch nie gesehen hatte. "Du siehst gerade so verdammt schön aus."

Ich blickte auf mein Hemd und meine Jeansshorts hinunter. "Danke." Ich sah über die Erhebungen auf seiner Brust. "Du solltest dein Workout fortsetzen, da ich dich unterbrochen habe." *Vielleicht werde ich zusehen.*

"Nicht nötig. Ich war so gut wie fertig. Ich bin den ganzen Tag die Wände hochgeklettert, weil ich auf dich gewartet habe. Nervöse Energie, schätze ich."

"Oh mein Gott. Mir ging es auch so. Obwohl ich überrascht bin, dass *du* nervös bist, mich hier zu haben."

"Eher aufgeregt—wie auf dem Gipfel der Welt. Ich möchte nur, dass du ein schönes Wochenende hast und glücklich bist. Das ist alles."

"Das *bin* ich, Leo. Ich bin es wirklich. Ich will nicht zu viel nachdenken. Ich will einfach nur loslassen und Spaß mit dir haben."

"Da bin ich sowas von dabei", sagte er und kniff mir leicht in die Wange. "In diesem Sinne, was kann ich dir zu trinken bringen?

"Ich werde mich noch ein wenig zurückhalten. Die Nacht ist noch jung."

"Wahrscheinlich eine gute Idee." Leo lächelte. "Was willst du zuerst machen? Wir können eine Weile mit dem Boot rausfahren, in der Bucht schwimmen, einen Film ansehen—die Möglichkeiten sind endlos."

"Es ist ziemlich heiß draußen. Ich denke, ein Bad wäre schön, bevor die Sonne untergeht."

Er nickte. "Ich zeige dir dein Zimmer, damit du dich umziehen kannst."

Ich fand es toll, dass er respektvoll war und mir mein eigenes Zimmer anbot. Ich war mir nicht sicher, wie ich ihm sagen sollte, dass ich hoffte, heute Nacht bei *ihm* schlafen zu können. Aber es war wahrscheinlich klug, die Möglichkeit eines separaten Zimmers zu haben.

Er führte mich die Treppe hinauf und in sein Zimmer. Ich hatte es noch nicht betreten.

"Das ist meins, aber ich werde in Sigmunds Zimmer schlafen. Es gibt auch ein Gästezimmer, aber es ist nicht so schön wie dieses, und dieses Zimmer hat ein tolles Bad."

Das Schlafzimmer war atemberaubend—elegante, schwarze Möbel und graue Satinbettwäsche. Es sah aus wie ein Zimmer für einen König *oder einen Lord*.

"Das ist so schön. Danke, dass du mir dein Zimmer überlassen hast."

"Für dich tue ich alles." Er holte tief Luft. "Wie auch immer, ich sollte dich umziehen lassen." Aber er rührte sich nicht.

Ich setzte mich auf die Bettkante und schaute auf den Nachttisch. Darauf lag eine Halskette, die ich ihn schon einmal hatte tragen sehen. An ihr baumelte ein goldener Ring mit Diamanten.

"Was hat es mit dem Ring an der Halskette auf sich?"

"Er gehörte meinem Großvater. Er ist mein wertvollster Besitz, deshalb reise ich nie ohne ihn. Er ist so etwas wie ein Glücksbringer. Er schenkte ihn mir, als ich sechzehn war. Mein Großvater war krank und wusste, dass er nicht mehr lange zu leben hatte. Das war ein Ring, den er immer an seinem kleinen Finger trug. Er sagte, ich solle ihn um den Hals tragen, als Erinnerung an ihn. Ich habe das Gefühl, dass er mir in Zeiten, in denen ich ihn brauche, Kraft gibt.

"Das ist erstaunlich. Ich habe mich schon gefragt, ob er eine Bedeutung hat..."

Die Schublade darunter war teilweise geöffnet.

"Das ist eine ziemlich große Schachtel Kondome da drin. Man kann nie vorsichtig genug sein, denke ich?"

Leos Gesicht wurde so rot, wie ich es noch nie gesehen hatte.

Er knirschte mit den Zähnen. "Verdammter Sigmund."

"Das ist keine große Sache. Jeder Mann hat Kondome in der Schublade..."

"Vielleicht. Aber nicht jeder Kerl hat eine Schachtel, die groß genug für ein kleines Dorf ist. Ich habe sie da nicht reingetan. Mein idiotischer Cousin hat die Schachtel als Scherzgeschenk für dieses Wochenende gekauft. Ich habe sie zurückgegeben, aber er muss sie dort hineingelegt und die Schublade offen gelassen haben. Wahrscheinlich hat er gehofft, du würdest sie finden."

"Wo zum Teufel hat er überhaupt eine so große Schachtel her?"

"Von BJ's, ausgerechnet."

"Sig ist wahrscheinlich der einzige Mensch auf der Welt, der so viele brauchen könnte." Ich nahm kurz meinen Mut zusammen.

Leo las meine Gedanken. "Du siehst aus, als hättest du eine Frage."

"Ich bin neugierig. Warst du mit jemandem zusammen, seit du in den Staaten bist?"

Leo blinzelte ein paar Mal. "Mit einer Person. Als wir im ersten Monat in Kalifornien waren. Es war nur eine Sache für eine Nacht. Keine emotionale Bindung. Es hatte nichts zu bedeuten, und ich war vorsichtig."

"Du hast gesagt, dass du mit vielen Frauen zusammen warst…" Ich spürte, wie sich mein Gesicht erhitzte. "Es tut mir leid. Ich hatte nicht vor, dieses Gespräch jetzt zu führen. Ich habe nur darüber nachgedacht."

Leo setzte sich neben mich. "Hör zu, ich habe dir schon einmal gesagt, dass du mich alles fragen kannst und ich dir die Wahrheit sagen werde." Er seufzte. "Ich habe nie gezählt. Aber ich hatte noch nie ungeschützten Sex. Nicht ein einziges Mal. Und ich lasse mich regelmäßig untersuchen, um auf der sicheren Seite zu sein."

"Okay", sagte ich, erleichtert, dass er mir diese letzte Information gegeben hatte.

Er starrte vor sich hin. "Ich glaube, ich war mit etwa fünfundzwanzig Mädchen zusammen, wenn ich schätzen müsste. Ich hatte eine einzige Freundin in der Highschool, und seither gab es nur noch gelegentliche Treffen—meistens mit Frauen, die mehr von mir wollten oder wegen meines Status mit mir schlafen wollten. Ich war extrem vorsichtig, weil ich weiß, dass viele der Frauen zu Hause große Anreize haben, mir eine Falle zu stellen. Um ehrlich zu sein, war ich bei jeder sexuellen Begegnung ein wenig ängstlich. Ich habe immer darauf bestanden, meine eigenen Kondome zu benutzen—und so weiter. Ich habe nie darauf vertraut, dass jemand sie nicht manipulieren würde. Hört sich das verrückt an?"

"Nein, das klingt überhaupt nicht verrückt. Ich würde an deiner Stelle auch niemandem trauen."

"Ich kann mich nicht daran erinnern, wann ich mich das letzte Mal beim Sex völlig fallen lassen habe, mich einfach völlig in jemandem verlieren konnte. Da ist immer ein bisschen Angst dabei, die das Ganze bremst." Er hielt inne, seine Augen suchten meine. "Wann war das letzte Mal für dich?"

Ugh. Jetzt war ich an der Reihe, innezuhalten und zu rechnen. So viele waren es sicherlich nicht. "Es ist schon eine Weile her..."

"Ja? Wie lange?"

"Nun, ich habe dir ja schon erzählt, dass ich zwei Beziehungen hatte. Die erste war mit Matt und dann mit meinem College-Freund Finn. Danach war ich lange Zeit mit niemandem mehr zusammen." Ich hielt inne, meine Handflächen wurden schweißnass. "Vor ungefähr einem Jahr, als ich noch in Boston lebte, fing ich an, Sex zu vermissen. Also habe ich mich mit jemandem getroffen, den ich im Internet kennengelernt hatte und der sagte, er sei nur an einem One-Night-Stand interessiert. Ich hatte zwar Bedenken, aber es war schon so lange her, und ich brauchte es." Ich atmete aus und wusste nicht, warum es mir so schwer fiel, das zuzugeben, wo Leo doch viel erfahrener war.

Er stieß einen zittrigen Atem aus. Ich konnte nicht sagen, ob er verärgert oder erregt war über das, was ich gerade zugegeben hatte. Dann fragte er: "Hat das... dein Bedürfnis gestillt?"

"Ja, ich denke schon. Aber seitdem gab es niemanden mehr. Es ist also schon eine Weile her." Ich schüttelte den

Kopf. "Ich kann nicht glauben, dass ich das gerade vor dir zugegeben habe." Ich wollte zu Boden blicken, spürte aber seine Hand auf meinem Kinn.

Er brachte meine Augen zu seinen. "Warum?"

"Ich weiß es nicht. Ich will nicht, dass du denkst, dass ich es auf die leichte Schulter nehme oder so."

"Du brauchst dich nicht zu schämen. Du bist ein Mensch. Du hast Bedürfnisse." Er senkte seine Hand auf mein Bein. Seine Stimme wurde rau. "Willst du wissen, was ich wirklich darüber denke?"

"Ja."

Er drückte mein Knie. "Okay. Natürlich *gefällt* mir der Gedanke nicht, dass du mit einem fremden Kerl Sex hast. Aber ich finde es unglaublich geil, dass du wusstest, was du wolltest und es dir gegönnt hast. Du kommst ein bisschen zurückhaltend rüber, aber ich glaube, irgendwo da drin steckt eine wilde Seite. Und dafür brenne ich. Ich bin *so* verdammt scharf darauf." Er beugte sich vor und küsste meinen Hals.

Ich beugte meinen Kopf zurück, um es zu genießen. "Ich glaube, die Libido eines jeden Menschen erreicht ihren Höhepunkt zu unterschiedlichen Zeiten. Ich finde, je älter ich werde, desto mehr sehne ich mich nach Sex."

Leo schnappte sich eines seiner Kissen, legte es über sein Gesicht und stieß ein gedämpftes Stöhnen aus.

"Was soll das denn?" Ich kicherte.

Seine Haare waren ein wenig durcheinander, als er hinter dem Kissen hervorkam. "Du weißt schon, dass du mich gerade umbringst, oder? Ich kann mich nicht erinnern, wann ich das letzte Mal so erregt war. Und wir *unterhalten* uns doch nur. Es ist noch zu früh am Wochenende, um mich so zu fühlen. Ich sollte mich von meiner besten Seite zeigen, aber verdammt, Felicity…" Er deutete auf die massive Erektion, die drohte, durch seine schwarze Trainingshose zu brechen. "Natürlich habe ich mir die schlechteste Hose ausgesucht, die man unter diesen Umständen tragen kann. Sieh dir das an. Das ist verdammt erbärmlich."

"Ich finde es eigentlich heiß." Ich zwang mich, ihm in die Augen zu sehen. "Ich finde *dich* unglaublich heiß."

Er rückte näher heran. "Tust du das?"

"Ja."

Seine Pupillen schienen sich zu weiten. "Nun, das Gefühl beruht auf Gegenseitigkeit."

"Du brauchst dich nicht so sehr um dein Benehmen zu kümmern. Unabhängig davon, was ich früher gesagt habe, haben sich die Dinge geändert. Ich glaube, ich würde gerne einmal erleben, dass du dich *nicht* von deiner besten Seite zeigst."

Sein Mund verzog sich zu einem Grinsen, bevor er mir einen langen, intensiven Kuss auf die Lippen drückte. Angeregt durch unser Gespräch wurde ich mit jeder Sekunde, in der seine Zunge um meinen Mund wirbelte, feuchter.

Leo zog sich zurück. "Ich bin mir nicht sicher, ob du weißt, worauf du dich einlässt, wenn du mich bittest, mich nicht zu benehmen, Fräulein Dunleavy."

Ich schaute wieder auf seinen Ständer hinunter, und mir lief das Wasser im Mund zusammen. *Was passiert hier gerade mit mir?*

"Ernsthaft …", sagte er. "Egal, wie sehr ich dich auch begehre, dieses Wochenende gibt es keinen Druck, klar? Ich hoffe, du weißt das. Und damit das klar ist: Es gibt viele Möglichkeiten, wie wir uns gegenseitig erkunden können, ohne miteinander zu schlafen. Es gibt *viele* Möglichkeiten."

"Ich würde gerne wissen, welche Möglichkeiten ich habe." Ich lächelte neckisch.

"Sie sind endlos, wirklich."

"Sag es mir."

"Soll ich dir eine davon buchstabieren?"

Ich biss mir auf die Unterlippe und nickte. "Ja."

"Okay, um genauer zu sein..." Leos Atem kitzelte mein Ohr, als er sich zu mir beugte und flüsterte: "Es gibt keinen Ort, an dem ich lieber wäre als in dir, Felicity. Aber wenn du das nicht möchtest, würde ich es genießen, wenn du dich auf mein Gesicht setzt und es bis zum Anschlag reitest. Ich kann Wege finden, um dich zum Schreien zu bringen. Du brauchst mir nur zu sagen, was du willst. Du bist am Zug, und alles ist möglich. Aber gar nichts zu tun ist auch eine Option. Ich bin einfach froh, dass du hier bist und kann es kaum erwarten, diese Zeit mit dir zu verbringen."

Meine Beine zitterten vor Vorfreude.

"War das direkt genug für dich?" Er gluckste.

"Mmm-hmm", murmelte ich, so erregt, dass ich kaum sprechen konnte. "Klingt gut."

"In diesem Sinne..." Leo klopfte mir auf das Bein. "Ich werde jetzt duschen gehen. *Kalt*. Dann hast du etwas Privatsphäre. Du ziehst dich um. Ich treffe dich gleich unten."

Er drückte mir einen letzten Kuss auf die Lippen, und ich sehnte mich danach, dass er in diesem Bett bleibt und mich nehmen würde. Er vertiefte den Kuss für ein paar Sekunden, als unsere Zungen aufeinander trafen, bevor er sich wieder zurückzog. "Scheiße. Ich muss mir heute mehr Zeit lassen." Er hüpfte auf. "Ich gehe duschen!"

Er rannte so schnell aus dem Zimmer, dass er über den Teppich stolperte. "Verdammt, ich bin so was von geschickt", sagte er, als er durch die Tür verschwand.

Mein Mund tat weh vom Lächeln. Als ich mich auszog, bemerkte ich, dass meine Brustwarzen hart wie Stahl waren. Nachdem ich meinen Bikini angezogen hatte, zog ich mir eine Tunika über den Kopf und schlüpfte in ein paar Flip-Flops.

Das ganze Gerede über Sex machte mich heiß und erregt, aber es war *Leo*, der mich so machte. Die Art, wie er mich ansah, seit ich ihn kennengelernt hatte. Die Art, wie er mich wollte. Die Art, wie ich ihn wollte. Es war immer so intensiv gewesen. Ich hatte mich nur noch nie lange genug fallen lassen, um es in seiner ganzen Intensität zu erleben.

Als ich die Treppe hinunterging, fand ich Leo am Telefon vor, der angespannt aussah.

"Bleib dran, Mutter", sagte er. Dann flüsterte er mir zu: "Ich bin gleich da. Es ist meine Mutter."

Ich winkte mit der Hand und sagte: "Lass dir Zeit."

Ich ging zu den Flügeltüren hinüber, die auf die Terrasse führten, aber ich konnte nicht anders, als seinem Gespräch zuzuhören.

"Sie werden also eine neue Runde der Behandlung beginnen", sagte er.

Mein Herz sank. *So ein Mist. Es muss um seinen Vater gehen.* Ich drehte mich um, unfähig, so zu tun, als hätte ich es nicht gehört.

Er unterhielt sich noch einige Minuten lang mit seiner Mutter. Irgendwann ging ich schließlich in den Nebenraum, um ihm etwas Privatsphäre zu geben. Als ich in die Küche zurückkehrte, war er immer noch in das Gespräch vertieft und faste sich in die Haare, während er auf und ab ging.

"Ja. Okay. Gib ihn mir." Er atmete aus, bevor es schien, dass seine Mutter seinen Vater ans Telefon geholt hatte. "Ich dachte, wir hätten eine Abmachung, alter Mann. Nicht krank werden, während ich weg bin." Er hielt inne. "Wie geht es dir?"

Leo sprach etwa fünf Minuten lang mit seinem Vater, bevor der Anruf beendet wurde.

Er legte auf und starrte das Telefon einen Moment lang an, bevor er sich an mich wandte. "Der Krebs meines Vaters breitet sich aus. Sie müssen seine Behandlung wieder fortsetzen."

"Das habe ich mir schon gedacht. Es tut mir so leid, Leo." Ich schien nie zu wissen, was ich in so schrecklichen Situationen wie dieser sagen sollte.

"Er hatte im letzten Jahr eine gute Phase hinter sich. Sein Lungentumor war nicht gewachsen—bis jetzt. Ich hatte gehofft, der Zustand würde anhalten."

"Das kann ich mir nur vorstellen. Es muss so schwer für deine Mutter und dich sein."

"Er besteht darauf, dass ich im Moment nicht zurückkommen muss. Ich habe das Gefühl, ich sollte es tun, aber gleichzeitig kann ich Narragansett noch nicht verlassen. Macht mich das zu einem schlechten Menschen?"

Ich schob die Panik beiseite, die mich bei der Aussicht auf seine Abreise durchfuhr. "Ich denke, du würdest es wissen, wenn du nach Hause gehen müsstest. Du bist nur sieben Flugstunden entfernt, richtig? Deine Mutter würde es dir sagen, wenn sich etwas ändern würde."

Er nickte. "Das ist wahr. Du hast Recht. Mein Vater hat mich bei dieser Reise sehr unterstützt. Ich werde versuchen, mich nicht schuldig zu fühlen. Stattdessen muss ich positiv denken—daran glauben, dass er das durchstehen wird, so wie er alle anderen Behandlungsrunden durchgestanden hat."

Ich schlang meine Arme um ihn. "Was brauchst du jetzt?"

Er drückte mich fester an sich und hauchte in meinen Nacken. "Dich. *Das hier*. Ich muss dich einfach in den Arm nehmen."

Wir hielten einander mehrere Minuten lang fest. Ich konnte spüren, wie sein Herz gegen meine Brust schlug.

"Lass uns ein wenig in der Bucht baden gehen", sagte er schließlich.

Als wir draußen waren, zog ich mir die Tunika über den Kopf. Leo versuchte, seine Blicke unauffällig zu halten, aber ich ertappte ihn dabei, wie er mich bei jeder Gelegenheit musterte. Und es machte mir nichts aus, denn ich genoss jede Minute, in der ich seinen perfekten Körper bewundern konnte, da er nur Badeshorts trug.

Die nächste Stunde verbrachten wir damit, im Wasser zu spielen wie zwei Teenager, obwohl die Bucht ziemlich kalt war. Wir blieben jedoch so lange drin, dass es sich unter dem Wasser wärmer anfühlte als außerhalb. Ich spürte die Kälte jedes Mal, wenn er mich in die Luft hob und mich in die Luft wirbelt. Ich liebte es, meine Beine um ihn zu schlingen und seinen vom Wasser feuchten Mund zu spüren, wenn er mich küsste.

Als wir aus der Bucht auftauchten, sagte er: "Wenn du willst, kannst du unter die Außendusche gehen, bevor wir ins Haus gehen."

"Danke."

Als ich zu der berüchtigten Dusche hinüberging und das Wasser anstellte, war ich versucht, mich hier nackt auszuziehen, wie Leo es einst getan hatte. Was würde er tun, wenn ich das täte?

KAPITEL 13

Leo

Titel 13: "2 Become 1" von den Spice Girls

Mein Herz blieb fast stehen, als Felicity die Träger um ihren Hals löste und ihr Bikinioberteil zu Boden fallen ließ. Schnell legte sie ihre Hände über ihre Brüste, um sie zu bedecken. Ja, ich hatte geplant, hier auf diesem Gartenstuhl zu sitzen und den Anblick zu genießen, wie sie in ihrem Bikini duschte. Aber ich hätte nie erwartet, dass sie sich vor mir auszieht. Niemals hätte ich *das* erwartet.

Was macht sie da nur?

Träume ich etwa?

Sie schloss die Augen und ließ das Wasser auf ihr Haar herabregnen. Dann ließ sie ihre Hände sinken und gab mir endlich den Blick auf ihre Brüste frei.

Heiliger Strohsack.

Ich hatte mir vorgestellt, wie sie aussahen, und die Realität übertraf meine Erwartungen bei weitem. Bevor ich überhaupt verarbeiten konnte, dass sie oben ohne war, streifte Felicity ihren Bikiniunterteil ab.

Mein Herz begann zu rasen, als ich ihren splitternackten Körper betrachtete. Ich war ebenso erstarrt wie erregt. Ihre Muschi war glatt rasiert. Verdammt nackt—glatt und makellos. So viel zu Sigmunds Witzen über Feuer im Schritt. *Fuck. Fuck! Fuck.* Perfekt. *Sie ist perfekt.*

Felicity warf mir einen erwartungsvollen Blick zu, als sich unsere Blicke trafen, und ich hatte das Gefühl, dass das mein Zeichen war, mich ihr anzuschließen. Zumindest hoffte ich, dass ich mir dieses Signal nicht nur einbildete.

Hart wie ein Stein stand ich eifrig auf und ging zu ihr unter die Dusche.

"Auge um Auge, ist es das, was du willst?", fragte ich ein wenig atemlos.

"Vielleicht." Sie grinste unverschämt. "Ich dachte, ich stelle die Art und Weise nach, wie wir uns kennengelernt haben."

Ich nahm mir einen Moment Zeit, um ihre Schönheit zu betrachten. Ich hatte fast jede Nacht von diesem Körper geträumt, seit ich sie zum ersten Mal gesehen hatte. Meine Fantasie konnte ihr nicht gerecht werden. Wie ich vermutet hatte, war nicht nur ihr Gesicht und ihr Hals mit Sommersprossen übersät. Mein Traum, sie alle zu zählen, würde sich als schwieriger erweisen, als ich erwartet hatte. Aber es würde mich nicht stören, wenn ich dabei sterben würde.

"Mein Gott. Du bist perfekt. Hast du eine Ahnung, wie sehr ich dich im Moment begehre, Felicity?"

"Nein ... aber ich denke, du solltest es mir zeigen."

Mir stockte der Atem. "Bist du dir sicher? Ich weiß nicht, ob dir klar ist, was du da verlangst."

Sie keuchte. "Ja. Das tue ich."

Ich stöhnte, bewegte meinen Mund zu ihrem Hals und saugte daran, bevor ich mit meiner Zunge ihre Brust entlangfuhr.

Zu meiner Überraschung stellte ich fest, dass ihre Oberkörper, Arme und Beine zwar mit Sommersprossen bedeckt waren, aber fast keine auf ihren Brüsten, die von Natur aus eng beieinander lagen und perfekt rund waren. Es war, als wären Gott die Sommersprossen ausgegangen.

Ich nahm ihre errötete Brustwarze in den Mund und saugte so fest daran, dass ich hoffte, ihr nicht weh zu tun. Dann machte ich das Gleiche auf der anderen Seite. Meine Hand glitt tiefer und umfasste kurzzeitig ihren Hintern, während ich weiter saugte.

Ich ließ mich auf die Knie fallen und ließ meine Hände von ihren Brüsten zu ihrem Bauch hinuntergleiten, der im Gegensatz zu den anderen Teilen ihres Körpers ebenfalls weitgehend frei von Sommersprossen war.

Ihre schöne nackte Vagina war nun auf Augenhöhe. Ich sah zu ihr auf und bemerkte das Verlangen in ihren Augen, als sie auf mich herabstarrte, wobei ihr Atem von Sekunde zu Sekunde schwerer wurde.

Unfähig zu widerstehen, presste ich meinen Mund auf ihren Hügel und ließ meine Zunge über ihn gleiten. Meine Augen rollten zurück, als ich das erste Mal ihren Geschmack wahrnahm. *Süßer Himmel.* Sie packte mich an den Haaren, als ich mich weiter in sie stürzte.

"So ist es gut. Zieh an meinen verdammten Haaren", stöhnte ich gegen sie. "Nimm meinen Mund."

Ich drückte meinen Daumen auf ihre Klitoris, während ich das zarte Fleisch leckte, und genoss jedes Ziehen und Kratzen ihrer Hände, während sie ihre Hüften bewegte, um den Stößen meiner gefräßigen Zunge entgegenzukommen. Ich verschlang sie mehrere Minuten lang, bis sie sich abrupt zurückzog.

Ich stand auf, weil ich befürchtete, ihr etwas angetan zu haben. "Bist du okay?"

Als sich das Wasser über uns ergoss, sah sie mir in die Augen und sagte: "Ich wäre fast gekommen."

"Ist das etwas Schlimmes?"

"Ich will dich zuerst in mir spüren, Leo."

Mein begieriges Herz raste. Ich hatte nicht die Absicht, mit ihr zu streiten oder das in Frage zu stellen. Ich *wollte* sie verdammt noch mal.

"Lass mich etwas holen", sagte ich und machte mich bereit, nach oben zu eilen, um die riesige Schachtel Kondome zu holen.

Sie packte mein Handgelenk. "Ich will nur, dass du weißt, dass ich die Pille nehme. Ich habe sie genommen, als wir anfingen, uns zu treffen, um auf der sicheren Seite zu sein—falls etwas passieren sollte. Ich habe nie darauf vertraut, dass es nicht passieren würde. Du solltest dir aber trotzdem ein Kondom holen, wenn du besonders vorsichtig sein willst."

Sie hat für mich die Pille genommen?

In meinem Kopf drehten sich die Räder. Ich wollte nichts mehr, als mich in ihr zu verlieren, ohne jede Barriere.

"Wäre es okay, wenn ich ... nichts benutze?"

"Für mich ist es okay, aber ich dachte, du würdest gerne etwas mehr—"

"Nein. Ich will dich nackt spüren. Zumindest einmal."

Felicity nickte, als wir aus der Dusche stiegen. Ich schnappte mir ein Handtuch und trocknete sie ab, bevor ich damit über meinen eigenen Körper strich.

"Lass uns reingehen", sagte ich rau.

Bevor sie auch nur nicken konnte, hatte ich sie in meine Arme genommen und ins Haus getragen, wobei mein pochender Schwanz so steif war, dass es fast schon schmerzhaft war. Auf dem Weg ins Haus küssten sich unsere Lippen.

"Lass es uns am Feuer tun", sagte sie.

Vorhin hatte ich den elektrischen Kamin angemacht, ohne zu ahnen, dass er als Kulisse dienen würde. Vielleicht wäre mein Schlafzimmer ein besserer Ort für unser erstes Mal gewesen, aber das war mir egal.

Wir kippten praktisch übereinander auf den Boden. Wenigstens war der Teppich unter uns ziemlich plüschig. Als der Kamin knisterte, küsste ich sie so heftig wie noch nie, erst ihren Hals und dann ihren ganzen Körper entlang.

"Bist du sicher, dass du nicht in mein Bett wechseln willst?", murmelte ich über ihre Haut.

"Nein. Bitte. Nur ..." Ihre Worte verstummten. "Nimm mich hier."

Fuck. Das war alles, was ich hören musste. Innerhalb von Sekunden zog ich meine Badeshorts herunter und setzte meine Eichel an ihrem Eingang an, unfähig, auch nur eine Sekunde zu warten, um in sie einzudringen. Ich keuchte, wie unglaublich es sich anfühlte, in ihrer Muschi zu sein. Sie war heiß und feucht—alles, wovon ich je geträumt hatte und noch mehr. Ich fing an, mich in ihr zu bewegen und konnte mich kaum zurückhalten, um zu kommen.

"Du fühlst dich so verdammt gut an, Felicity. Ich habe so eine verdammte Angst."

"Warum?", keuchte sie.

"Weil ich das Gefühl habe, dass ich dich gleich zerreißen werde."

"Tu es", keuchte sie. "Ich kann es ertragen."

Ich wusste nicht, wie wir überhaupt so schnell an diesen Ort gekommen waren, und begann, sie mit rücksichtsloser Hingabe zu ficken, wobei das schiere Vergnügen ihrer engen Vagina meinen Schwanz umhüllte und es unmöglich machte, an die Konsequenzen zu denken.

Sie krümmte sich unter mir, als ich ihre Beine beugte und in sie stieß, und ich fühlte mich so außer Kontrolle wie noch nie in meinem ganzen Leben. Es gab nichts, was mich zurückhielt—keine Angst vor Konsequenzen oder Misstrauen. Das war das erste Mal für mich, dass ich wirklich loslassen konnte. Ganz zu schweigen davon, dass ich es noch nie ohne Kondom getan hatte, und die Reibung unserer nackten Körper war *feuchte Ekstase*. Ich war so verdammt glücklich, dieses Gefühl mit ihr zu erleben, diesem wunderschönen Wesen, die mich völlig in Beschlag genommen hatte—Herz, Körper und Seele.

"Du bist die erste Frau, in der ich auf diese Weise drin bin, und es ist besser, als ich es mir hätte vorstellen können. Das fühlt sich ... so ... verdammt gut an."

"Ich weiß." Sie keuchte. "Ich weiß, Leo."

Ich fickte sie so hart, dass es möglicherweise besser war, dass wir auf dem Boden des Wohnzimmers lagen, denn wir hätten das Bett zerbrechen können. Als ich spürte, dass ich mich nicht mehr beherrschen konnte, wurde ich langsamer, in der Hoffnung, dass ich nicht zu früh kommen würde.

Aber in dem Moment, als ich langsamer wurde, begann Felicity, ihre Hüften schneller zu bewegen. Ich hatte keine andere Wahl, als das Tempo zu erhöhen, und ich wusste, dass das mein Ende sein würde.

Innerhalb von Sekunden stieg mein Orgasmus an die Oberfläche und schoss durch mich hindurch wie ein verdammter Vulkan, der ausbricht.

"Fuck", schrie ich, als ich zu kommen begann, und hoffte, dass es okay war, dass ich nicht herausgezogen hatte.

Als mein Sperma sie erfüllte, spürte ich, wie sich ihre Vagina um mich herum zusammenzog. Felicity schrie vor Vergnügen, als sie zum Höhepunkt kam.

Ich lag einige Minuten lang auf dem Boden, immer noch in ihr, während wir uns küssten. Obwohl wir eigentlich befriedigt sein sollten, wollte ich immer noch mehr. Ich fuhr mit meiner Zunge über die Sommersprossen an ihrem Hals, senkte dann meinen Mund und drückte ihn sanft gegen ihre Brüste. Als ich aufblickte, beobachtete sie jede Bewegung, die ich machte.

"Du magst es, mir zuzusehen, wie ich dich verschlinge, nicht wahr? Du magst es, mir zuzusehen, wie ich komme.

Sie lächelte. "Schuldig. Ich habe es besonders genossen, dein Gesicht zu sehen, wenn du dich in mir bewegst und aus mir herauskommst. Und die Art, wie deine Augen zurückgerollt sind, als du gekommen bist."

"Ich war so ruhig und gefasst."

Sie lachte. "Ganz im Gegenteil."

Ich zog mich schließlich zurück und legte mich neben sie. "Ich hatte große Pläne für heute Abend. Ich wollte dich in ein nettes Restaurant zum Abendessen ausführen, dich dann vielleicht mit auf mein Zimmer nehmen und richtig mit dir schlafen. Dich auf dem Boden zu ficken, war irgendwie barbarisch."

Sie fuhr mit dem Finger an meinem Kiefer entlang. "Es war perfekt."

"Weißt du was? Das finde ich auch. Und ist es falsch, dass ich nicht einmal von diesem Boden aufstehen will? Ich möchte für immer mit dir hier vor diesem Feuer liegen."

"Wir sollten uns was zu essen bestellen, damit wir nackt essen können."

"Du bist eine Frau nach meinem Geschmack, weißt du das?"

"Ich muss dich am Ende des Sommers aufgeben", sagte sie achselzuckend. "Ich habe keine Lust, dich heute Abend mit jemandem zu teilen."

Meine Brust zog sich zusammen, als mich eine Welle der Realität traf. Meine Entscheidung, mit ihr zu schlafen, machte alles noch viel komplizierter. Auch wenn ich diese Erfahrung nicht mehr missen möchte, so war es doch wahrscheinlich ein Fehler, wenn man bedenkt, wie sehr ich mich jetzt mit ihr verbunden fühlte.

"Woran denkst du?", fragte sie.

Ich konnte ihr nicht sagen, dass ich so etwas noch nie gefühlt hatte. Es wäre nicht fair, mein Herz so zu öffnen, wenn doch bald vorhatte war zu gehen.

"Ich denke darüber nach, wie sehr ich am Arsch bin", sagte ich schließlich.

"Da bist du nicht der Einzige."

Ich stand auf und reichte ihr meine Hand. "Komm mit. Ich bringe dich jetzt in mein Zimmer."

Felicity kicherte, als ich sie hochhob und die Treppe hinauftrug.

Nachdem ich sie auf das Bett gelegt hatte, überschüttete ich sie mit Küssen, und zwar auf den ganzen Körper.

Sie legte eine zierliche Hand auf meine Brust und sah mich nachdenklich an.

"Geht es dir gut?", fragte ich.

Sie begegnete meinem Blick. "Ja. Es geht mir wirklich gut. Das ist der beste vierte Juli, den ich je erlebt habe."

"Wir haben vorhin unser eigenes Feuerwerk gezündet, stimmt's?"

Sie lächelte mit einer bezaubernden Röte.

Der heutige Tag war seltsam. Ich war in einem Augenblick von einem Gefühl des Friedens zu einem Gefühl der Angst übergegangen. Es gab noch so viel, was ich über sie lernen musste, und mir lief die Zeit davon.

"Erzähl mir etwas, das sonst niemand über dich weiß", sagte ich. "Ich will eines deiner Geheimnisse, das nur mir gehört."

Sie blinzelte. "Ich habe keine schmutzigen Dinge, die ich verberge. Ich habe nur Dinge, *hinter* denen ich mich verstecke."

Ich zwirbelte eine Strähne ihres roten Haares um meinen Finger. "Wie meinst du das?"

"Ich verstecke mich manchmal hinter einer Fassade der Stärke, um mir einzureden, dass ich stark bin. Im Großen und Ganzen bin ich das auch. Aber es gibt bestimmte Lügen, die ich mir und anderen erzähle. Die habe ich auch dir erzählt. Oder zumindest habe ich sie angedeutet."

"Wie lautet diese?"

"Dass ich niemanden brauche. Das ist nicht wahr. Jeder braucht jemanden. Und ich war nicht ganz ehrlich, als du mich gefragt hast, was ich von der Idee halte, meinen Vater zu finden. Die Wahrheit ist, dass ich Angst vor Ablehnung habe. Tief in meinem Herzen macht mich der Gedanke an einen Vater, der mich lieben könnte, so emotional, dass ich nicht einmal daran denken kann. Ich erlaube es mir nicht. Ich bin also nicht so stark, wie ich auf den ersten Blick erscheinen mag. Das ist mein Geheimnis—oder vielleicht waren es zwei Geheimnisse."

Ihr Eingeständnis berührte mein Herz. "Danke, dass du mir das erzählst. Obwohl ich sagen muss, dass es dich für mich nicht weniger stark macht. Stärke ergibt sich aus Taten, nicht aus Gefühlen. Wir können nicht kontrollieren, wie wir uns innerlich fühlen, unsere Emotionen oder Schwächen. Aber wir können kontrollieren, wie wir trotz dieser Schwächen durchhalten. In diesem Sinne bist du einer der stärksten Menschen, die ich je getroffen habe. Und deine emotionalen Schwächen—und vor allem dein Bedürfnis nach Liebe in deinem Leben—schmälern das keineswegs."

Sie verschränkte ihre Finger mit meinen. "Du bist dran. Erzähl mir etwas, das du noch nie jemandem erzählt hast."

Oh Mann. Ich schätze, ich hatte es nicht anders gewollt.

Ich schaute an die Decke und sagte: "Obwohl ich rational gesehen weiß, dass es nicht meine Schuld war, gebe ich mir oft die Schuld daran, dass mein Bruder nicht mehr da ist. Als du mir sagtest, du hättest im Internet von seiner Existenz gelesen, war ich etwas zu verblüfft, um etwas zu sagen. Ich wollte dir mehr darüber erzählen. Aber es fällt mir schwer, darüber zu sprechen—das habe ich noch nie getan."

Ich schloss die Augen. "Ich werde nie über die Vorstellung hinwegkommen, dass meine Anwesenheit mit ihm im Mutterleib sein System im Grunde überfordert hat, bis er nicht mehr überleben konnte. Ich frage mich oft, wie mein Leben mit einem Bruder verlaufen wäre, weißt du? Vielleicht hätte er den ganzen Ruhm, die ganze Verantwortung, es meinen Eltern recht zu machen, gewollt, und ich hätte es ihm gerne überlassen. Er hätte mir vielleicht einen Teil der Last abgenommen. Seine bloße Existenz hätte meine Fahrkarte aus Westfordshire sein können. Oder vielleicht hätte ich ihn nie verlassen wollen. Vielleicht wäre er mein bester Freund geworden. Aber das werde ich nie erfahren." Ich atmete aus. "Er ist einer der Gründe, warum ich immer das Bedürfnis hatte, es meinen Eltern recht zu machen. Manchmal frage ich mich, ob Gott sich falsch entschieden hat." Endlich sah ich ihr in die Augen. "Das ist also mein Geheimnis."

Sie beugte sich vor und küsste mich, als wolle sie mir den Schmerz nehmen.

"Ich hasse es natürlich, dass du dich so fühlst, und ich weiß, dass es nicht immer leicht ist, den Leuten zu glauben, wenn sie dir sagen, dass es nicht deine Schuld ist", sagte sie. "Aber ich verstehe das. Manchmal geben wir uns selbst die Schuld für Dinge, auf die wir keinen Einfluss haben. Ich frage mich oft, ob meine Mutter noch leben würde, wenn sie mich nicht bekommen hätte. Hat der Druck, ein uneheliches Kind zu bekommen, während sie gegen Drogen kämpfte, sie an den Rand des Wahnsinns gebracht? Ich werde es nie erfahren. Aber ich denke auch über solche Dinge nach."

Ich lächelte. "Nun, wo auch immer deine Mutter ist, ich bin sicher, sie wäre stolz auf ihre Tochter."

"Vielleicht nicht heute, nachdem ich mich von dir auf deinem Wohnzimmerboden ficken ließ." Sie errötete. "Aber im Allgemeinen, ja."

"Apropos, ich würde es am liebsten gleich noch einmal in diesem Bett tun", sagte ich und grinste wie ein Idiot. "Aber ich denke, wir sollten erst etwas essen, denn du wirst deine Energie brauchen."

Felicity zuckte zusammen, als draußen vor dem Fenster ein Feuerwerk losging. "Mein Gott! Für einen Moment dachte ich, das wären Schüsse. Ich hatte vergessen, dass heute der vierte Juli ist. Die kamen aus dem Nichts."

"Das tun die besten Dinge im Leben oft." *Ist das nicht die Wahrheit?* Felicity Dunleavy war aus dem Nichts in meine Welt gerauscht und hatte mein Leben auf die bestmögliche Weise auf den Kopf gestellt.

KAPITEL 14

Felicity

Titel 14: "Drunk in Love" von Beyoncé

Wie konnte der Sonntag nur so verdammt schnell kommen? Seit ich in Leos Haus angekommen war, hatte ich in einem Traum gelebt. Am Freitag war es darum gegangen, den Körper des anderen kennenzulernen— auf vielfältige Weise, in verschiedenen Räumen und auf verschiedenen Oberflächen. Die Nacht verging in einem sexuellen Nebel.

Am Samstag wagten wir uns dann aus dem Haus und fuhren für einen Tag nach Newport. Ich nahm Leo mit, um die berühmten Häuser zu besichtigen. Wir haben dort zu Abend gegessen und sind früh nach Narragansett zurückgekehrt, denn wir waren zu geil, um mit dem Sex bis später zu warten. Ich hatte bewusst beschlossen, an diesem Wochenende nichts zu trinken, weil ich jeden dieser kostbaren Momente mit Leo erleben wollte.

Aber als ich am Sonntagnachmittag in der Küche stand und ihm dabei zusah, wie er an der Kaffeemaschine herumfummelte, wurde mir die Realität bewusst. Ich hatte mich in diesen Mann verliebt, und es blieben uns nur noch ein paar Wochen. Dann würde ich ihn nie wieder sehen. Das war schon immer der Plan gewesen, aber aus irgendeinem Grund traf mich diese harte Tatsache nur in Wellen, und diese hier machte mich völlig fertig.

Nachdem er den Kaffee aufgesetzt hatte, kam Leo zu mir. In seinen Augen lag eine klare Zuneigung, die sich mit meiner Zuneigung zu ihm deckte. In diesem Moment wurde mir klar, dass der Schmerz unerträglich werden würde, wenn ich nicht etwas trinken würde—und ich meinte nicht den Kaffee, der sich gerade zusammenbraute. Ich musste den Schmerz betäuben. Ich wusste, dass es falsch war, aber ich konnte es mir nicht leisten, meine Gefühle noch weiter ausufern zu lassen.

"Du bist in eine Trance verfallen", sagte er. "Ist alles in Ordnung?"

"Ich denke, wir sollten etwas Tequila trinken."

"Nun, das war eine sehr überraschende Antwort."

"Ich weiß. Aber mir ging es das ganze Wochenende gut. Ich bin in der Stimmung, mich zu *betrinken*."

Ich brauchte mehr als nur einen Schluck, um heute Abend meine Sorgen zu vergessen.

Er beugte sich vor und strich mir über die Lippen. "Versuchst du, mich auszunutzen? Du weißt, dass du das auch ohne Alkohol kannst, oder?"

"Ich hatte noch nie betrunkenen Sex. Ich denke, wir sollten es versuchen. Bei dir fühle ich mich sicher genug, um mich auf diese Weise zu entspannen.

"Du willst dich mit mir betrinken?" Er grinste verschlagen. "Nun, dann eben Tequila."

Leo schnappte sich die Schnapsgläser und die Flasche, und wir gingen nach draußen, um unsere Drinks auf der Terrasse mit Blick auf die Bucht zu genießen.

Innerhalb einer Stunde waren wir beide ziemlich besoffen.

Als Nächstes hob mich Leo in die Luft und trug mich die Treppe hinauf in sein Schlafzimmer. Der Alkohol hatte nicht nur alle meine Ängste betäubt, sondern auch eine abenteuerliche Seite in mir geweckt, die ich sonst nicht kannte.

“Fessle mich, mein Lord”, platzte ich heraus, als Leo mich auf das Bett warf.

Er lachte. “Das hast du nicht wirklich gesagt.”

“Ich bin mir nicht sicher, welchen Teil du meinst. Übrigens, hat es dich geärgert, dass ich dich so genannt habe?”

“Von jedem anderen wäre es unangenehm gewesen, aber von dir ist es irgendwie heiß. Du kannst es gerne wiederholen, aber ich habe mich eigentlich auf das Fesseln bezogen.”

“Können wir spielen, dass Lord Covington mit dem Bauernmädchen Bondage macht?”

“Du bist ungezogen, wenn du betrunken bist, weißt du das?” Er legte seine Knie auf beide Seiten meines Körpers und küsste meinen Hals. “Es bringt deine teuflische Seite zum Vorschein.”

Ich zuckte mit den Schultern. “Wenigstens kannst du sagen, dass du beide Seiten von mir erlebt hast, bevor sich unsere Wege trennten.”

“Sprich jetzt nicht davon—von meiner Abreise.”

“Was wirst du tun, wenn ich mich dir widersetze?”

“Lass mich raten... die richtige Antwort ist, dich zu fesseln?”

"Vielleicht."

"Sei vorsichtig mit dem, was du dir wünschst, Fräulein Dunleavy. Ich habe kein Problem damit, dir genau das zu geben, was du dir wünschst und mehr. Vor allem so, wie ich mich im Moment fühle."

"Das mit dem 'und mehr' macht mich neugierig."

Mit einem Augenzwinkern hüpfte Leo vom Bett und ging zu seinem Kleiderschrank. Er kam mit einer seiner Krawatten zurück.

"Hebe deine Hände über deinen Kopf", forderte er. Seine Augen waren todernst, und ein Schauer durchfuhr mich. Leo legte mir die Krawatte um die Handgelenke und verknotete sie. "Ich würde ja etwas über deine Augen legen, aber ich schaue zu gern in sie.

Nachdem er mir den Slip ausgezogen hatte, zog er seine Shorts herunter, so dass sein glitzernder Schwanz in der Luft hing.

"Was willst du zuerst?", fragte er.

"Du sollst meinen Mund ficken."

Ich hatte ihn an diesem Wochenende nur ein einziges Mal einen geblasen, in einem zufälligen Moment, als ich mich im Badezimmer an ihn herangeschlichen hatte. Er war überrumpelt worden und kam innerhalb von Sekunden.

"Du hast meine Schwäche entdeckt, nicht wahr? Vielleicht halte ich dieses Mal länger als zwanzig Sekunden durch."

Ich setzte mich ein wenig auf, die Hände immer noch über dem Kopf, als Leo vor mir auf dem Bett kniete und seinen Schwanz in meinen Mund steckte. Er stöhnte, seine Augen rollten zurück und er gab sich dem unentgeltlichen Vergnügen hin, als ich ihn ganz in meinen Hals steckte.

Plötzlich zog er sich zurück und glitt nach unten. "Öffne deine Beine so weit wie möglich."

Innerhalb von Sekunden schob er sich in mich hinein und fickte mich hart. Ich wünschte, ich hätte meine Hände frei, um ihn an den Haaren packen zu können, aber es hatte etwas Erregendes, dieses kleine bisschen Kontrolle abzugeben.

"Ich werde meine verdammte Ladung abspritzen, Felicity", stöhnte er. "Verdammt, deine Muschi und der Alkohol machen mich schwach. Aber ich weiß, dass du noch nicht bereit bist, zu kommen."

Ich beugte meinen Kopf zurück und keuchte: "Komm auf meine Brust."

Seine Augen weiteten sich, als er sich zurückzog und seinen dicken Schwanz wichste, bis Ströme von heißem Sperma über meine Haut schossen. Es war einfach atemberaubend, wie sein Mund beim Orgasmus offen stand und die Geräusche, die er machte, als er mich bespritzte.

"Binde mich los", flehte ich, so unglaublich erregt.

Er tat, was ich sagte, und sobald meine Hände frei waren, führte ich sie zu meinem Kitzler und umkreiste ihn mit meinen beiden Fingern. Leo sah aufmerksam zu, wie ich mich selbst befriedigte. Es dauerte nur wenige Sekunden, bis sich die Muskeln zwischen meinen Beinen anspannten.

"Zu sehen, wie du das tust, während du mit meinem Sperma vollgespritzt bist, ist so ziemlich das Geilste, was ich je gesehen habe.

Er legte sich auf mich und ließ seine Zunge in meinen Mund gleiten, als wir wieder in einen tiefen Kuss verfielen.

Wir fanden den Tequila und blieben in unserem betrunkenen Zustand für den Rest des Tages im Bett.

Der Nachmittag ging in den Abend über, und wir waren gerade wieder mit dem Sex fertig, als Leo sich langsam aus mir herauszog und sagte: "Ich liebe ... es so sehr, dich zu ficken."

Mein Herz blieb fast stehen. Für einen Sekundenbruchteil dachte ich, er hätte mir gesagt, dass er mich liebt. Hätte es eine Rolle gespielt, dass er es in betrunkenem Zustand gesagt hatte? Wahrscheinlich nicht. Aber als er den Satz beendete, empfand ich ebenso viel Enttäuschung wie Erleichterung.

Warum hätte ich überhaupt gewollt, dass er diese Worte sagt? Idiotisch.

Der Raum drehte sich ein wenig, aber ich bereute den Tequila nicht. Er hatte seinen Zweck erfüllt. Ich betete, dass der Gedanke, dass er mich liebte—oder nicht liebte — verschwinden würde, und lenkte meine Gedanken auf etwas anderes.

Ich sank in Leos Seidenlaken und machte eine weitere zufällige betrunkene Ankündigung.

"Ich wünschte, ich hätte ein Shetlandpony."

Leo brach in Gelächter aus. "Woher in Gottes Namen kommt das denn?"

Ich hatte Schluckauf. "Schuld ist der Tequila. Aber ein Shetlandpony *ist* etwas, das ich mir früher oft gewünscht habe, als ich jünger war, und aus irgendeinem Grund möchte ich jetzt wirklich eins haben."

"Jetzt in dieser Sekunde?"

"Ja."

"Würdest du es zum Jurastudium mitnehmen?"

"Nun, das ist das Problem."

"Wir haben mehrere Pferde in unserem Familienbesitz."

"Siehst du? Du hast Glück. Ein Shetlandpony ist für dich kein Problem."

"Was gefällt dir an den Shetlandponys?"

"Hast du schon mal eins gesehen?"

"Ich kann nicht behaupten, dass ich das habe." Er griff nach dem Nachttisch und holte sein Handy heraus. "Ich schaue mal nach." Er scrollte eine Weile. "Ah. Sie kommen aus Schottland. Hier steht, dass sie in den Achtzehnhundertern ursprünglich als Packpferde für die Arbeit in den Kohleminen in England eingesetzt wurden." Er drehte sich zu mir um. "Sie sind im Grunde Engländer. Deshalb magst du sie."

Ich gackerte. "Das muss es sein."

"Obwohl ich dachte, du magst es lieber, wenn wir wie Pferde *reiten*." Er gab sich eine Ohrfeige. "Gott, ich klinge wie mein Cousin. Tut mir leid." Er blickte wieder auf das Bild auf seinem Handy. "Mensch, die sind ja winzig, nicht wahr?"

"Ja. Sie sind so süß."

Er warf das Telefon weg, schlang seine Arme um mich und küsste meinen Kopf. "*Du bist* so süß."

Ich wollte das Beste aus dem Rest der Nacht machen, aber irgendwie war das Liegen in Leos Armen das Letzte, woran ich mich erinnerte, bevor ich einschlief.

Der Montagmorgen warf einen düsteren Schatten auf uns. Unser Urlaub war offiziell vorbei, und das machte mich traurig. Wie erwartet, war ich mit einem schrecklichen Kater aufgewacht. Leo war zu Dunkin' Donuts gefahren, um Bagels zu holen, und kam schließlich nicht nur mit diesen, sondern auch mit Donuts und anderem Gebäck sowie einem riesengroßen Becher Kaffee zurück.

"Ich wusste gar nicht, dass wir das Frühstück für die ganze Stadt sponsern", scherzte ich.

"Nun, ich war mir nicht sicher, was du magst, also dachte ich, ich bringe eine Auswahl mit. Und ich dachte mir, dass du heute Morgen eine Menge Kaffee brauchst."

"Das ist definitiv genug."

Er schien ein wenig nervös zu sein, da er immer wieder auf sein Handy schaute.

"Ist alles in Ordnung?", fragte ich. "Ist es Sig? Er ist sicher bald auf dem Rückweg von Boston."

Er steckte sein Handy in seine Tasche. "Nein, es hat niemand geschrieben. Ich habe nur nach der Zeit gesehen."

"Du hast in letzter Zeit oft auf dein Handy geschaut. Ich habe angenommen, dass dir jemand eine Nachricht geschickt hat."

Er zögerte. "Ich erwarte einen ... Besucher."

Bevor er etwas sagen konnte, läutete es an der Tür.

"Da ist er ja schon. Warte hier. Ich bin gleich wieder da."

Anstatt zu warten, folgte ich ihm in die Eingangshalle.

Als er die Tür öffnete, traute ich meinen Augen nicht. Mir fiel die Kinnlade herunter.

Ein Mann stand auf der Veranda neben dem schönsten grauen Shetlandpony, das ich je gesehen hatte.

"Leo, was zum Teufel hast du getan?"

Er antwortete nicht, sondern holte ein großes Bündel Bargeld aus seiner Brieftasche und bezahlte den Mann. Sie tauschten einige Informationen aus, und ehe ich mich versah, war der Mann weg, aber das Pony blieb. Mit offenem Mund ging ich zu ihm hin und begann, seine weiche Mähne zu streicheln.

"Bist du verrückt?", brüllte ich Leo an.

"Okay, hör mir zu. Ich—"

"Was sollen wir denn mit ihm machen?"

"Gestern Abend, nachdem du endlich eingeschlafen warst, habe ich im Internet nachgesehen, ob es in der Gegend Shetlandponys zu verkaufen gibt. Wie es der Zufall so will, zieht dieser Kerl nach Florida und musste diesen kleinen Kerl so schnell wie möglich loswerden. Ich dachte mir, wir könnten uns ein paar Wochen an ihm erfreuen und dann ein dauerhaftes Zuhause für ihn finden, bevor wir beide die Stadt verlassen."

"Okay ... aber wo willst du ihn unterbringen?"

"Ich behalte ihn hier."

Ich sah mich um. "Hier?"

"Ja. Sigmund wird nichts dagegen haben."

"Was passiert, wenn wir kein Zuhause für ihn finden können?"

"Schlimmstenfalls bringe ich ihn mit nach England. Er kann zu den anderen Pferden auf unserem Grundstück."

"Ich kann mir nicht vorstellen, wie teuer es sein muss, ein Pferd nach England zu verschiffen."

"Er ist nicht viel größer als ein großer Hund. Es sollte kein Problem sein."

"Wie willst du erklären, dass du ein Pferd mit nach Hause nimmst? Deine Familie wird denken, dass du verrückt geworden bist." Ich holte mein Handy heraus und machte eine schnelle Google-Suche. "Oh mein Gott, Leo. Zehntausend Dollar im Durchschnitt. So viel kostet es, ein Pferd nach Übersee zu verschiffen!"

"Das spielt keine Rolle." Er ging zu mir hinüber. "Ich will dich was fragen. Bist du glücklich, dass er hier ist?"

"Ja. Sehr, aber—"

"Dann ist es jeden Cent wert." Er streichelte das Pony. "Ich kann dir nicht die Welt bieten. Ich kann dir nicht einmal mich selbst bieten, verdammt. Lass mich ihn dir bis zum Ende des Sommers geben. Dann verspreche ich, dass ich dafür sorge, dass er in ein gutes Zuhause kommt—und wenn es meins ist."

Tränen stiegen mir in die Augen. Zu viel von dem, was er gerade gesagt hatte, machte mich emotional. Und das war das Schönste, was je jemand für mich getan hatte.

"Ist es falsch, dass ich ein bisschen eifersüchtig bin, weil er vielleicht bei dir leben darf?" Eine Träne fiel aus meinem Auge.

Leo beugte sich zu mir, wo ich kniete. Er wischte mir über die Augen und küsste mich lange und leidenschaftlich, bis das Pferd wieherte und unseren Moment unterbrach.

"Hat er einen Namen?", fragte ich.

"Ich habe nicht gefragt." Er wandte sich an das Tier. "Identifiziere dich."

Das Pferd wieherte erneut.

Ich schüttelte lachend den Kopf. "Das ist lächerlich."

"Allerdings." Leo musterte das Tier. "Hmm... Das wäre ein passender Name für ihn, meinst du nicht?"

"Was?"

"Lächerlich."

"Weißt du was?" Ich schlang meine Arme um den Hals des Ponys und umarmte es. "Seltsamerweise fällt mir kein besserer Name ein."

Da war er nun, unser neues, vorübergehendes Liebeskind.

Wir verbrachten den Rest des Tages damit, Vorräte für ihn zu kaufen. Lächerlich war genau die Ablenkung, die ich brauchte, um mich von meiner immer stärker werdenden Zuneigung zu Leo abzulenken. Aber wollte ich mich wirklich in ein Pferd *und* in einen Mann verlieben, den ich nicht behalten konnte?

Ich erstarrte, als mir klar wurde, was ich mir gerade eingestanden hatte—ich hatte mich in Leo verliebt.

KAPITEL 15

Leo

Titel 15: "Never Say Goodbye" von Bon Jovi

Nach einem ganzen Tag voller Vergnügen—im wahrsten Sinne des Wortes—kehrte Felicity am Montagabend in ihr Haus zurück. Als Sigmund später am Abend von seiner Reise zurückkehrte, war er nicht gerade erfreut, unseren neuen Mitbewohner zu entdecken.

"Warum, zum Teufel, steht ein Pferd in unserem Wohnzimmer?"

Ich klappte die Zeitschrift zu, in der ich geblättert hatte. "Oh, du bist wieder da."

"Ja. Offenbar hätte ich in Boston bleiben sollen. Was zum Teufel ist hier los?"

"Das ist Lächerlich."

"Bitte?"

"Nein. Das ist sein Name. Lächerlich. Ich habe ihn für Felicity gekauft."

"Ich würde ja fragen, warum, aber es gibt keine Antwort, die jemals einen Sinn ergeben könnte."

Wir hatten ein Sicherheitstor aufgestellt, um einen Bereich des Wohnzimmers abzusperren.

"Sie hat mir erzählt, dass sie sich schon immer ein Shetlandpony gewünscht hat, also habe ich beschlossen, eines zu kaufen und es für den Rest des Sommers hier zu behalten."

"Ja. Das ergibt verdammt viel Sinn, Leo. Ich wusste ja, dass du ein bisschen blöd bist, wenn es um sie geht, aber das ist eine ganz andere Ebene."

"Mach dir keine Sorgen. Er wird viel Zeit draußen im Hof verbringen. Ich habe ihn heute Abend nur reingebracht, weil es regnet."

"Konntest du wenigstens mit ihr vögeln, bevor sie dich dazu gebracht hat, diesen Ort in eine Klapsmühle zu verwandeln?"

"Das geht dich nichts an."

Er lachte. "Ich schaue einfach in der Kondomschachtel nach, die ich dir hinterlassen habe, ob sie geöffnet ist."

"Das wird dir eigentlich gar nichts sagen." Ich bedauerte meine Worte sofort.

"Wieso das denn? Bitte sag mir, dass du ihn geschützt hast."

Mein Ausbleiben einer Antwort und vielleicht auch mein Gesichtsausdruck veranlassten ihn, die richtige Schlussfolgerung zu ziehen.

Seine Augen weiteten sich. "Du hast nichts benutzt? Bist du wahnsinnig?"

"Sie nimmt die Pille."

Er erhöhte seinen Tonfall. "Es ist mir scheißegal, was sie sagt. Du kannst ihr nicht trauen."

"Doch, ich kann ihr vertrauen. Und das tue ich auch."

"Dann bist du wohl dümmer, als ich dachte."

"Du weißt, dass ich so etwas nicht auf die leichte Schulter nehme. Ich bin immer vorsichtig gewesen, bei jedem einzelnen Menschen."

"Ist dir klar, wie leicht sie dich in eine Falle locken könnte?"

"Das würde sie nicht tun."

"Woher weißt du das?"

"Weil ich sie kenne und ihr mehr vertraue als jedem anderen, den ich kenne. Ich vertraue ihr mehr als dir, verdammt noch mal."

"Ich glaube, du hast offiziell Wahnvorstellungen."

"Das geht dich nichts an, Sigmund. Außerdem, wieso ist es schlimmer, dass ich ungeschützten Sex mit jemandem habe, dem ich vertraue und der die Pille nimmt, als dass du mit mehreren Frauen gleichzeitig schläfst und dich nur auf Kondome verlässt? Die können reißen. Nichts ist hundertprozentig sicher. Du gehst jedes Mal ein Risiko ein, wenn du deinen Schwanz in jemanden steckst."

"Mit Kondomen habe ich wenigstens eine gewisse Kontrolle. Du hast nichts außer ihrem Wort, dass sie die Pille genommen hat. Was ist, wenn sie schwanger wird? Wie zur Hölle würdest du das deinen Eltern erklären? Du würdest mit ihr feststecken."

Mit ihr feststecken.

Dachte er, die Vorstellung, dauerhaft an Felicity gebunden zu sein, würde mir Angst machen? Ich reagierte genau andersherum—ein flüchtiger Gedanke, dass eine Schwangerschaft mit ihr mich vielleicht in eine Situation bringen würde, in der ich keine andere Wahl hätte, als mit ihr zusammen zu sein. In diesem Szenario wäre es dann ein und dasselbe, meinem Herzen zu folgen und das Richtige zu tun.

"Wir brauchen das nicht weiter zu diskutieren", sagte ich.

"Ja, denn mit dir kann man offensichtlich nicht reden."

Ich wechselte gerne das Thema. "Wie war dein Wochenende im Ausland?"

Sigmund sah auf seine Schuhe hinunter und murmelte: "Es hätte besser sein können."

"Wieso?"

"Es scheint, dass ein kleiner Flirt nur so lange gut ist, solange sich niemand verliebt." Er rollte mit den Augen. "Sie ... haben angefangen zu streiten."

"Worüber?"

"Darüber, dass sie nicht genug Zeit mit mir allein verbringen können. Sie fingen an, sich zu streiten. Es wurde seltsam, und ich war bereit, mich nach diesem Wochenende zu verabschieden."

"Also keine Marias mehr, nehme ich an."

"Nein."

Ich hatte seine jüngste "Beziehung", wenn man es so nennen konnte, genossen, weil sie seine Aufmerksamkeit von mir abzulenken schien. Aber es würde wahrscheinlich nicht lange dauern, bis er jemand anderen gefunden hatte, mit dem er seine Zeit verbringen konnte.

Am nächsten Morgen wachte ich mit einer Nachricht von meinem Cousin auf.

Sigmund: Hey, Wichser. Dein verdammtes Pferd hat gerade auf den Boden gekackt. Komm runter und mach es sauber, bevor ich kotze.

Oh. Nicht gerade die Art und Weise, wie ich meinen Tag beginnen wollte, aber ich nehme an, dass ich das für meine überstürzte Entscheidung, das Tier zu kaufen, verdient habe.

Nachdem ich die Sauerei aufgeräumt hatte, brachte ich das Pferd nach draußen und fütterte es. Es war ein schöner Tag, so dass er sich im Nebenhof aufhalten konnte, ohne dass ich ein schlechtes Gewissen hatte. Ich musste anfangen, mir ein dauerhaftes Zuhause für ihn zu überlegen. Je früher ich etwas gefunden hatte, desto besser. Aber ein gutes Zuhause für Lächerlich zu finden, war sicherlich das geringste meiner Probleme. Vor allem heute war ich noch niedergeschlagener als sonst, weil ich mich von Felicity trennen musste. Es war schwer zu glauben, dass wir uns erst seit ein paar Wochen kannten, denn ich konnte mich an keine Zeit erinnern, in der sie nicht in meinem Leben war.

Meine Pläne für heute waren in der Schwebe. Normalerweise wäre ich an einem Dienstag zu Mrs. Barbosa gefahren, aber der Elektriker und der Klempner brauchten einen Tag länger, um ihre Arbeit abzuschließen. Wir würden also frühestens morgen wieder mit der Arbeit beginnen können. Ich war mir nicht sicher, ob ich Felicity anrufen oder ihr nach dem turbulenten Wochenende, das wir erlebt hatten, etwas Freiraum lassen sollte. Ich fühlte mich jetzt noch abhängiger von ihr, aber ich erkannte auch, dass es sie nur noch mehr verletzen würde, wenn ich in diesem Tempo weitermachen würde, wenn ich sie verließ. Aber ein Teil von mir begann sich zu fragen, ob es eine Möglichkeit gab, dass wir es schaffen konnten. Es war verrückt, überhaupt darüber nachzudenken, aber ich verstand nicht, wie ich sie vergessen sollte. Es wäre zweifellos das Schmerzhafteste, was ich je tun musste. War es möglich, jemanden, den man wirklich mochte, einfach zu verlassen?

Ich musste mit jemandem reden. Nicht mit Sigmund, so viel war sicher. Er würde mir nur sagen, ich solle das Pflaster abreißen und heute Abend mein Ticket nach Hause buchen.

Es gab nur eine Person, der ich in dieser Situation vertrauen konnte. Ich nahm mein Telefon und rief sie an.

"Hi, Leo", antwortete sie. "Alles in Ordnung? Normalerweise bin ich es, die dich anruft."

"Mir geht's gut, Großmutter. Aber ich muss mit dir reden."

"Worum geht es?"

"Es geht um… Felicity."

"Was ist denn passiert? Mein Gott, sie ist doch nicht schwanger, oder?"

"Nein, nein, Großmutter. Es ist nichts dergleichen."

"Oh, Gott sei Dank. Ich habe fast einen Herzinfarkt bekommen."

"Ich muss dir eine ehrliche Frage stellen."

"Okay, mein Schatz."

"Glaubst du wirklich, sie würden mich verstoßen, wenn ich einen Weg finden würde, es mit ihr zu schaffen?"

Großmutter hielt inne und hauchte mir dann einen langen Atemzug ins Ohr. "Deine Eltern …" Sie seufzte. "Meine ehrliche Meinung ist, dass sie dich nicht verleugnen würden. Aber das heißt nicht, dass sie dir nicht das Leben schwer machen würden, besonders deine Mutter. Aber glaube ich, dass sie dir alles wegnehmen würden, was dir rechtmäßig gehört? Nein, das glaube ich nicht."

"Es geht mir nicht um die materiellen Dinge—das Geld, mein Erbe. Das ist es nicht, was mich beunruhigt. Meine Angst ist es, Vater zu enttäuschen, besonders in seinem Zustand. Ich möchte seine Erwartungen an mich erfüllen.

Aber zu welchem Preis? Ich habe nicht das Gefühl, dass ich sie einfach verlassen kann. Was, wenn sie die Richtige ist, Großmutter? Es ist erst etwas über einen Monat her, aber manchmal spürt man Dinge einfach im Bauch. Was ist, wenn sie die Richtige ist und ich den Rest meines Lebens damit verbringe, zu bereuen, dass ich sie verlassen habe?"

Meine Großmutter seufzte. "Du hast dich wirklich in eine missliche Lage gebracht, nicht wahr?" Nach einer Weile des Schweigens sagte sie: "Du hast mich nach meiner ehrlichen Meinung gefragt, Herzchen. Also werde ich sie dir sagen, auch wenn du sie vielleicht nicht hören willst."

Ich versteifte mich und schluckte. "Okay."

"Ich verstehe, wie du dich jetzt fühlen musst, und ich habe keinen Zweifel daran, dass deine Gefühle für dieses Mädchen echt sind, auch wenn es ziemlich schnell ging. Ehrlich gesagt, nach dem, was du beschrieben hast, klingt sie reizend—intelligent, schön, selbstironisch und aufrichtig. Meinem Enkel würdig, in der Tat. Aber es ist auch das erste Mal in deinem Leben, dass du so für jemanden empfindest. Die erste Liebe hat die Angewohnheit, uns nicht nur aus den Socken zu hauen, sondern auch unser Urteilsvermögen zu vernebeln. So sehr du sie auch magst, glaube ich, dass du tief im Inneren verstehst, *warum* es nie funktionieren könnte. Diese Gründe haben jedoch keinen Einfluss auf deine Gefühle für sie. Und das verstehe ich. Aber du musst das große Ganze sehen. Das Leben, an das sie sich hier gewöhnen müsste, ist so ganz anders als ihr eigenes, und das würde sie irgendwann überfordern. Die Kontrolle durch die Öffentlichkeit, die Kontrolle durch deine Mutter—denkst du wirklich, dass es fair ist, sie in all diese Komplikationen hineinzuziehen, wo sie doch kurz davor steht, den nächsten

Schritt in ihrer Ausbildung zu machen? Du hast sie als eine unabhängige Frau beschrieben, die es gewohnt ist, von niemandem abhängig zu sein. Halte sie nicht zurück. Das würdest du auch tun, wenn du sie bitten würdest, nach England zu kommen. Und du weißt sicher, dass ein Leben in Amerika für dich nicht in Frage kommt. Das Einzige, was dein Vater dir wirklich nicht verzeihen könnte, wäre, dass du dein Erbe hier in der Heimat im Stich lässt. Deshalb habe ich das Gefühl, dass du keine andere Wahl hast, so schwer es dir auch fallen mag, das zu akzeptieren."

Ich sagte nichts, während ich alles auf mich wirken ließ. Sie hatte Recht, aber ich hasste es, mir das einzugestehen.

"Manchmal...", fügte sie hinzu. "Jemanden loszulassen kann eine ebenso wichtige Geste der Liebe sein wie an ihm festzuhalten."

Ich nickte. Mein Magen war wie zugeschnürt. Alles, was sie gesagt hatte, war wahr. Tief in meinem Herzen wusste ich, dass ich Felicity loslassen musste—vor allem zu ihrem eigenen Wohl. Ich wusste nur nicht, wie ich es anstellen sollte.

Den Rest des Tages verbrachte ich ziemlich deprimiert und kehrte schließlich zum ersten Mal seit einer Weile zu meinen Bob-Ross-Malübungen zurück. Sigmund hatte bereits eine neue Freundin, und so war er aus dem Haus, um sich mit ihr zu treffen. Gut, dass ich ihn los bin. Das gab mir die Möglichkeit, alle meine Sachen in der Küche zu verteilen.

Ich wollte Felicity anrufen, sagte mir aber, dass ich ihr heute mehr Freiraum lassen sollte, vor allem nach dem

Gespräch mit meiner Großmutter, das mich erschüttert hatte. Es hatte dazu beigetragen, das zu festigen, was ich bereits wusste—dass es keine Chance gab, dass die Dinge funktionieren würden—aber die harte Wahrheit war eine schwer zu schluckende Pille. Wenn ich das Beste für Felicity wollte, musste ich sie gehen lassen, unabhängig von meinen eigenen Gefühlen in dieser Angelegenheit.

Das Bild, an dem ich heute arbeitete, erinnerte mich sehr an eine Szene aus Narragansett. Da gab es ein Gewässer und Bäume. Und natürlich fröhliche kleine Wolken. Mein Blick wanderte von der Leinwand zum Fenster. Ein Blitz von rotem Haar, das im Wind wehte, begegnete meinen Augen.

Felicity stand im Nebenhof und fütterte Lächerlich mit einer langen Karotte. Ihr freudiger Gesichtsausdruck ließ mich für einen Moment vergessen, worüber ich geklagt hatte. Nachdem er die Karotte vollständig verschlungen hatte, schlang sie ihre Arme um seinen Hals und drückte ihn. Als sie ihre Augen schloss und so zufrieden aussah, überkam mich eine Welle von Schuldgefühlen. In einem Monat würde diese schöne Seele zerbrechen.

Ich stellte meinen Pinsel ab, ging zur Hintertür und wagte mich auf den Hof hinaus.

"Ich hätte nie gedacht, dass ich einmal eifersüchtig auf ein Pferd sein würde, aber hier sind wir."

Sie blickte plötzlich auf. "Du hast mich erschreckt."

"Hast du gehofft, ich würde nicht wissen, dass du hier bist? Warum hast du mich nicht angerufen?"

"Ich hatte den ganzen Morgen nichts von dir gehört. Ich war mir nicht sicher, ob du beschäftigt bist. Aber ich wollte unbedingt Lächerlich sehen, also dachte ich, ich schleiche rüber und schaue, ob er im Garten ist, denn es ist ein schöner Tag."

"Für dich bin ich nie zu beschäftigt."

"Was hast du denn gemacht?", fragte sie.

"Ich war eigentlich ... am Malen. Ich habe es mir angewöhnt, zu üben, also dachte ich, ich nutze die Zeit, in der Sigmund nicht da ist, um mir seinen Spott zu ersparen. Jedenfalls bin ich froh, dass du hier bist. Ich wollte dich sehen, aber ich dachte, ich lasse dir ein wenig Freiraum, da dieses Wochenende ziemlich intensiv war. Ich dachte mir, dass du vielleicht eine Verschnaufpause brauchst."

Sie fuhr fort, das Pferd zu streicheln. "Vielleicht sollte ich so fühlen, aber ich tue es nicht. Ich wünschte, ich täte es. Es würde alles einfacher machen."

"Ja. Ich weiß." Ich ließ meine Hände in meine Taschen gleiten.

Es würde nicht leicht werden, mich bei meiner Entscheidung durchzusetzen. Immer wenn Felicity körperlich bei mir war, fühlte sich der Gedanke, sie für immer zu verlieren, noch unerträglicher an.

"Wie fühlst du dich ... nach all dem?", fragte ich.

Sie wandte ihre Aufmerksamkeit für einen Moment von Lächerlich ab und sagte: "Ich fühle mich gut. Ich bereue nichts von dem, was wir getan haben, falls du das wissen willst."

"Ich schätze, ich habe mich gefragt, wo du in dieser Hinsicht stehst, ja. Wir haben uns sehr in Dinge verstrickt. Seit du gestern gegangen bist, habe ich noch mehr an dich gedacht als sonst. Da die Tage so schnell vergehen, werde ich immer unruhiger. Ich weiß nicht, wie ich mich von dir verabschieden soll."

Felicity sah mich nicht an. "Vielleicht sollten wir uns nicht verabschieden."

"Was meinst du?" Einen Moment lang füllte sich mein Herz mit Hoffnung.

Sie sah immer noch auf Lächerlich hinunter und sagte: "Ich habe viel darüber nachgedacht, und ich denke, vielleicht sollten wir einfach einen Zeitpunkt wählen, an dem wir uns nicht mehr sehen—näher an dem Zeitpunkt, an dem es soweit ist—und den Abschied ganz auslassen. Ich kann mir nicht vorstellen, dir Lebewohl zu sagen, Leo. Ich weiß, dass mein Vorschlag sehr hart klingt, aber ich denke, dass es in gewisser Weise leichter für mich sein könnte..."

"Aber es *muss* doch einen Abschied geben. Wenn wir wissen, dass es das letzte Mal ist, dass wir zusammen sind, wie können wir es vermeiden? Ich kann nicht einfach von dir weggehen und mich nicht verabschieden."

"Vielleicht können wir es nicht ganz vermeiden. Ich will nur keinen *langen* Abschied."

Ich konnte diese Diskussion nicht länger hinauszögern.

"Ich wollte dieses Gespräch heute nicht führen, aber vielleicht ist es besser so." Meine Brust füllte sich mit erwartungsvoller Unruhe. "Wir haben noch nie über die Details gesprochen. Damit meine ich, was passiert, *nachdem* wir uns getrennt haben? Werden wir überhaupt in Kontakt bleiben?"

Felicity schloss die Augen und drückte das Pony enger an sich, während sie mit den Händen über seine Mähne strich. Dann sah sie endlich zu mir auf. "Ich weiß nicht, ob ich das schaffe."

Ich schluckte. "Du kommst nicht damit klar ... mit mir in Kontakt zu bleiben?"

Sie nickte.

"Du schlägst vor, dass wir nie wieder miteinander sprechen?" Ich war schockiert. "Ich weiß nicht, ob ich das tun kann, Felicity. Zumindest muss ich wissen, dass es dir gut geht. Ich kann dich nicht einfach vergessen.”

“Das ist auch für mich schmerzhaft. Ich weiß nicht, was die richtige Antwort ist. Aber ich glaube nicht, dass ich damit umgehen kann, zu hören, dass du weiterziehst, heiratest und eines Tages Kinder bekommst.”

In der ganzen Zeit, in der ich sie kannte, hatte ich nicht ein einziges Mal den Eindruck, dass sie den Kontakt gänzlich abbrechen wollte. Vielleicht war das naiv von mir. Ich wusste, dass wir nicht zusammen *sein* konnten. Aber sie nie wieder zu sehen oder von ihr zu hören? Das schien mir unvorstellbar zu sein. Panik machte sich in mir breit.

“Ist das überhaupt verhandelbar?”

Ein verzweifelter Blick ging über ihr Gesicht. “Leo...”

Meine Priorität musste sein, was das Beste für sie war. Vielleicht war mein Bedürfnis, in Kontakt zu bleiben, egoistisch. Oder vielleicht war es ein Versuch, mich an den letzten Funken Hoffnung zu klammern, dass es nicht das Ende von uns sein würde. Wenn meine Priorität wirklich darin bestand, den größten Schaden durch meinen Abschied zu verhindern, hatte sie vielleicht recht, so schmerzhaft die Vorstellung auch war, sie nie wieder zu sehen oder von ihr zu hören.

“Ich werde tun, was immer du willst, Felicity. Es tut weh, aber ich werde dir nicht vorwerfen, dass du nicht in Kontakt bleiben willst. Es wird die wunderbaren Erinnerungen, die ich an dich habe, in keiner Weise verändern. Ich werde deine Entscheidung respektieren, auch wenn sie im Moment schwer zu akzeptieren ist.”

“Denkst du, das ist es, was ich will?” Sie schüttelte langsam den Kopf, ihre Stimme zitterte. “Es ist nur das, was ich *verkraften* kann, weißt du?”

"Komm her." Als sie zu weinen begann, streckte ich die Hand aus und zog sie in meine Arme.

Ich nahm einen langen, tiefen Atemzug ihres Duftes und spürte, wie sich meine Brust zusammenzog. Ich beschloss, so ehrlich zu ihr zu sein, wie ich es bis zu diesem Moment nicht vorgehabt hatte.

"Heute Morgen habe ich mir den Kopf zerbrochen, wie wir das hinbekommen können."

Sie löste sich von mir und sah mich mit großen Augen an.

"Meine Familie zu verlassen, wäre natürlich schwierig. Alles, wozu ich verpflichtet bin, ist dort. Die Versprechen, die ich meinem Vater gegeben habe, kann ich nur erfüllen, wenn ich dauerhaft in England bin. Aber in den letzten Tagen habe ich mit dem Gedanken gespielt, dich zu bitten, mit mir nach Großbritannien zu kommen."

Felicity schien schockiert, ihre Augen weiteten sich. "Ich bin überrascht, dass du das sagst."

"Dann hast du meine Gefühle für dich unterschätzt."

"Ich hätte nur nie gedacht, dass du das überhaupt in Betracht ziehen würdest."

Trotz aller Ratschläge meiner Großmutter musste ich es wissen. "Würdest du Ja sagen, wenn ich dich bitten würde, das Risiko einzugehen und mit mir zusammen zu sein?"

Sie blinzelte und sah verwirrt aus. "Ich weiß es ehrlich gesagt nicht."

Ihr Zögern sprach Bände. Wenn sie jetzt schon Bedenken hatte, würde der Stress, der uns in England erwartete, nur noch verstärken, dass sie die falsche Entscheidung getroffen hatte. Sie musste sich hundertprozentig sicher sein, und davon war sie weit entfernt.

"Ich habe heute Morgen mit meiner Großmutter darüber gesprochen. Ich vertraue ihr mehr als jedem anderen und wollte ihre ehrliche Meinung hören. Sie hat mir klar gemacht, dass es nicht fair dir gegenüber wäre, dich zu bitten, mit mir nach Hause zu kommen, auch wenn es das ist, was ich will. Dich zu bitten, alles fallen zu lassen und dich an ein Leben zu gewöhnen, das so anders ist, als du es gewohnt bist, wäre nicht in deinem Interesse. Ganz zu schweigen davon, dass die Aasgeier kommen und versuchen würden, dir das Leben schwer zu machen— vielleicht nicht für immer, aber auf jeden Fall am Anfang. Ich weiß nicht, ob ich mir jemals verzeihen könnte, wenn ich dich in der Blüte deines Lebens auf diese Weise durcheinanderbringen würde."

Aber verdammt, wenn du Ja sagen würdest, würde ich alles riskieren.

Felicity nickte. "Wenn du mich fragen würdest … dann wüsste ich, dass ich Ja sagen *würde*. Aber ich glaube nicht, dass deine Großmutter falsch liegt. Ich habe keine Ahnung, worauf ich mich einlassen würde. Ich würde dir auch nicht diesen Stress zumuten wollen, dass du dir Sorgen machen musst, wie die Leute mich behandeln. Und dann ist da noch diese kleine Sache namens Jurastudium, das ich machen will. Ein Umzug nach England würde das für eine Weile zunichte machen. Ich weiß einfach nicht, wie wir das hinkriegen könnten, selbst wenn wir es wollten."

Ich zog sie wieder zu mir und sprach in ihr Ohr. "Wie gehen wir also mit den Wochen um, die uns noch bleiben? Sag mir, was du willst."

Sie drückte sich an meine Schulter und sagte: "Ich möchte dich immer noch jeden Tag sehen. Wir werden es einfach von Moment zu Moment angehen ... bis es keine Momente mehr gibt.”

Ich seufzte. Es gab keinen anderen Weg, damit umzugehen. “Es wird heiß draußen, was?” Ich griff nach ihrer Hand. “Lass uns reingehen.”

Felicity folgte mir ins Haus und blieb kurz stehen, als sie meine Staffelei in der Küche sah. “Oh mein Gott. Das hast du gemacht?”

“Ja. Das mache ich anscheinend immer, wenn ich besonders gestresst bin.” Ich griff nach einer Schüssel, die auf der Arbeitsplatte stand. “Taffy?”

Sie schüttelte den Kopf. “Nein.” Sie ging zur Staffelei hinüber, um sie sich genauer anzusehen. “So wie du deine Malfähigkeiten beschrieben hast, klang es, als wärst du grauenhaft. Das ist wirklich gut, Leo.”

“Nun, nach einer Weile hat man den Dreh raus. Ich werde immer besser darin, seine Bewegungen genau zu kopieren. Aber es ist kein echtes Talent, wenn man die ganze Zeit dem Beispiel eines anderen folgen muss.”

“Da muss ich widersprechen. Ich könnte das nie tun.”

Ihr Feedback gab mir tatsächlich ein gutes Gefühl. Ich hatte schon immer vermutet, dass ich als Künstler nicht so schlecht war, wie Sigmund es mir weismachen wollte. Aber es ist schwer, die eigene Arbeit zu beurteilen.

“Das ist wahrscheinlich mein bestes Bild bisher. Also danke für das Kompliment.”

“Kann ich es haben, wenn du fertig bist?”

Ich lächelte. “Aber natürlich.”

“Ich hänge es in meinem Zimmer auf.”

“Bist du sicher, dass du mit der Erinnerung zurechtkommst?”

Felicity legte ihre Hand auf meine Wange. "Ich werde dich niemals vergessen können, Leo. Ich werde mich immer an diese Zeit erinnern wollen. Ich will dich nur nicht mit jemand anderem zusammen sehen müssen."

Ich fühlte einen Schmerz in meiner Brust, nahm ihre Hand und küsste sie. "Bleibst du den Rest des Nachmittags hier?"

"Ich muss heute Abend arbeiten, aber ich habe noch ein paar Stunden Zeit, bevor ich mich fertig machen muss. Kann ich dir beim Malen zusehen? Du hast offensichtlich noch viel vor dir."

"Wenn du möchtest. Klar."

In der nächsten Stunde saß meine rothaarige Schönheit mit verschränkten Beinen auf dem Boden und sah mir zu, wie ich nach den Anweisungen von Bob Ross über den Laptop malte.

Es war friedlich. Und im Moment war sie hier bei mir. *Was könnte ich mir mehr wünschen?* Wenn ich die Zeit hätte anhalten können, wäre dies vielleicht der Moment gewesen, in dem ich innehielt.

Später an diesem Abend, nachdem Felicity gegangen war und das Bild mitgenommen hatte, fand mich mein Cousin im Wohnzimmer sitzend und mit dem Kopf in den Händen vor.

"Du hast es getan, nicht wahr?", sagte er.

"Was getan?", fragte ich und fühlte mich, als hätte man mir meinen Geist aus dem Körper gerissen.

"Du hast dich in sie verliebt."

Ich drehte mich um und sah ihn an. "Was willst du von mir hören?"

Er holte tief Luft. "Eigentlich tust du mir leid, Cousin. Ich wünschte, wir wären nie an diesem verdammten Ort gelandet."

Ich wusste, dass ich die Zeit, die ich mit ihr verbracht hatte, niemals eintauschen würde, niemals die Erfahrung machen würde, echte Gefühle für jemanden zu haben. Sigmund war noch nie verliebt gewesen, also konnte ich nicht erwarten, dass er es verstehen würde. Man versteht es einfach nicht, bis es einem selbst passiert.

"Hast du es ihr gesagt?", fragte er.

"Was gesagt?"

"Dass du sie liebst?"

"Nein. Es hat keinen Sinn. Es ihr zu sagen, würde die Dinge nur noch komplizierter machen. Wir haben vereinbart, den Rest meiner Zeit hier zu verbringen."

"Damit meinst du wohl, dass ihr euch gegenseitig das Hirn rausvögelt."

Ich würdigte das nicht einer Antwort.

Sigmunds Ton wurde ernst. "Okay, und was ist der Plan, wenn du weg bist?"

"Das ist es. Sie ist der Meinung, dass wir nicht in Kontakt bleiben sollten, wenn wir nicht zusammen sind."

"Wirklich? Überhaupt nicht?"

"Das ist richtig. Sie meint, es wäre zu schmerzhaft."

Er kratzte sich am Kinn. "Das ist eigentlich sehr weise. Wenigstens einer von euch versteht, dass dabei nichts Gutes herauskommen kann." Er seufzte. "Damit das klar ist: Es macht mir keine Freude, dich so niedergeschlagen zu sehen."

"Das ist vielleicht das Netteste, was du den ganzen Sommer über zu mir gesagt hast."

"Ja, nun, ich glaube, ich bin von den restlichen Liebesdämpfen in der Luft vergiftet worden."

Ich rollte mit den Augen und kicherte. "Du bist ein Idiot, weißt du das?"

KAPITEL 16

Felicity

Titel 16: "Never Forget You" von Zara Larsson

Später August

Leo hatte mich nach einem Vormittag, an dem ich den letzten Schliff an Mrs. Barbosas Garagenrenovierung vorgenommen hatte, bei mir zu Hause abgesetzt. Als ich aus der Dusche stieg, dachte ich darüber nach, wie schnell die Zeit verging. Ich musste in einer Woche nach Pennsylvania abreisen, und Leo hatte beschlossen, seinen Flug für ungefähr dieselbe Zeit zu buchen. *Noch eine Woche.*

In den letzten sechs Wochen hatten wir die Dinge Tag für Tag gut gemeistert und uns vor allem darauf konzentriert, die Arbeiten bei Mrs. Barbosa zu Ende zu bringen. Der Raum war nun voll funktionsfähig, und es war so befriedigend, Theo dabei zuzusehen, wie er seine neue Innenschaukel genoss und seine Therapiesitzungen in einer Ecke des Raumes abhielt. Leo und ich hatten in diesem Sommer etwas Gutes getan, um uns vom Unvermeidlichen abzulenken.

Wir verbrachten so viel Zeit wie möglich miteinander, genossen die einfachen Dinge wie Muscheln sammeln und entspannte Nachmittage mit Lächerlich, wenn ich nicht bei Jane's arbeiten musste.

Vor ein paar Wochen hatte ich Leo jedoch gesagt, dass wir nicht mehr intim sein sollten. So sehr es ihn auch schmerzte, stimmte er zu, dass die Fortsetzung unserer sexuellen Beziehung die Dinge am Ende nur noch schwieriger machen würde. Also haben wir den kalten Entzug gemacht, was dadurch erleichtert wurde, dass ich nicht mehr bei ihm übernachtete.

Wir schliefen also nicht mehr miteinander, aber ich hatte oft sexuelle Träume von ihm, die mich nachts aufweckten. Sie waren intensiv und wirkten immer sehr real. In einem dieser Träume wurde mir jedoch klar, dass der Mann, der mit mir schlief, nicht mein Mann war. Er war der zukünftige Ehemann von jemand anderem, die Zukunft von jemand anderem. Ich wachte schweißgebadet auf, gequält von den Gefühlen, die der Traum hervorgerufen hatte.

Aber die Sache ist die. So sehr ich mir auch eingeredet hatte, dass es besser war, mit dem Sex aufzuhören, so konnte ich doch nicht behaupten, dass ich mich dadurch weniger an ihn gebunden fühlte. Man kann zwei Menschen physisch trennen, aber wenn sie nur zusammen sein wollen, stärkt die Anstrengung, sich voneinander fernzuhalten, in gewisser Weise nur die nicht-physische Verbindung. Wenn überhaupt, dann liebte ich ihn mehr, wollte ihn mehr. Die Sehnsucht war stärker, als es Sex je sein könnte.

Als ich mich abtrocknete, riss mich eine Textnachricht aus meinen Gedanken. Ich schaute auf mein Handy.

Leo: Wir müssen reden. Soll ich zu dir kommen?

Das klang nicht gut.

**Felicity: Mrs. Angelini hat einen Freund zu Besuch.
Ich kann zu dir kommen. Ist alles in Ordnung?**

Leo: Ich erkläre es dir, wenn du hier bist.

Mit einem mulmigen Gefühl im Bauch zog ich mich so schnell wie möglich an und fuhr schneller, als ich sollte, zu Leos Haus.

Als er die Tür öffnete, war sein Gesicht feierlich.

Ich trat ein. "Was ist denn los?"

"Meine Mutter hat gerade angerufen. Mein Vater hat sich während seiner letzten Behandlung eine schlimme Infektion zugezogen, und sie macht sich Sorgen, dass ihm etwas zustoßen könnte. Ich muss abreisen, Felicity. Ich habe einen Flug für morgen Abend gebucht, weil das der früheste Flug ist, den ich bekommen konnte. Ich habe keine andere Wahl."

Ich fasste mir an die Brust, als wollte ich verhindern, dass mir das Herz aus der Brust sprang. Er hatte sowieso nur noch eine Woche Zeit, aber das machte die Sache nicht weniger erschütternd.

"Natürlich hast du keine Wahl. Du musst gehen."

"Das macht mich fertig", sagte er. "Wir sollten die letzte gemeinsame Woche genießen. Ich bin in keiner Weise bereit, dich zu verlassen."

"Wo ist Sig?" Ich wusste nicht, was ich sonst sagen sollte.

"Er packt ein paar unserer Sachen zusammen."

“Was kann ich tun, um zu helfen?”

Seine Augen wirkten hohl. “Sag mir, dass das ein Albtraum ist, damit ich daraus aufwachen kann.”

Ich bemühte mich, ruhig zu bleiben, und wusste, dass ich mich zusammenreißen musste. Dieser Weg wäre das Beste für uns beide. “Soll ich Lächerlich mitnehmen?”

Leo hatte in den letzten Monaten vergeblich versucht, einen festen Platz für das Pony zu finden. Es sah nicht gut aus.

“Ich habe heute Morgen von einem Hof gehört, der interessiert zu sein schien. Es handelt sich um einen Ort, der therapeutische Ausritte für Kinder mit besonderen Bedürfnissen anbietet. Ich habe gefragt, ob ich ihn morgen früh vorbeibringen kann, und sie wollten sich bei mir melden. Es klang vielversprechend, aber wenn sie ihn nicht nehmen können, sage ich dir Bescheid.”

“Das ist kein Problem. Ich kann mir etwas einfallen lassen.”

“Das solltest du nicht müssen.” Leo drehte sich zum Fenster und wirkte benommen.

Mit jeder Sekunde, die verging, brach mein Herz ein bisschen mehr. Anstatt diesmal abzuschalten, zog ich ihn an mich. “Leo, es ist okay. Es wird alles wieder gut.”

Er vergrub seinen Kopf an meiner Brust, und wir standen da und hielten uns gegenseitig.

Als Sig den Raum betrat, registrierte ich es kaum. Er sagte nichts, was nicht typisch für ihn war, aber ich war dankbar dafür.

Leo sprach in meinen Nacken. “Ich weiß, dass du keinen langen, schmerzhaften Abschied wolltest, aber ich habe das

Gefühl, dass ich von dir fortgerissen werde, und das ist auch nicht besser."

"Du tust, was du tun musst, Leo. Dein Vater braucht dich. Wir wären sowieso an diesem Punkt angekommen. Es wäre dann auch nicht einfacher gewesen." Ich wich schließlich zurück und zwang mich zu sagen: "Ich denke, es ist das Beste, wenn wir uns jetzt trennen. Nimm dir heute Abend und morgen Zeit, um einen klaren Kopf zu bekommen und deine Angelegenheiten vor deinem Flug zu regeln. Es wäre zu anstrengend, die Sache in die Länge zu ziehen. Damit kann ich nicht umgehen."

"Ich kann nicht." Er schüttelte immer wieder den Kopf. "Ich kann mich nicht von dir verabschieden."

"Das musst du auch nicht." Meine Brust hob und senkte sich. "Ich werde einfach weggehen."

"Gib mir fünf Minuten." Leo schloss seine Augen fest, bevor er sie wieder öffnete. "Gib mir nur fünf Minuten, um dich zu halten."

Ich nickte und ließ mich wieder in seine Arme fallen. Sein Herz schlug gegen meines wie eine tickende Uhr.

Ich weiß nicht, ob es fünf, zehn oder zwanzig Minuten später war, als ich mich zwang, mich von ihm zu lösen. Ich vermutete, dass Leo mich nicht hätte gehen lassen, wenn ich mich nicht als Erste bewegt hätte.

Als ich mir die Tränen aus den Augen wischte, bemerkte ich, dass auch er mit ihnen zu kämpfen schien.

"Gib mir bitte dein Handy", sagte er.

Ich reichte es ihm und sah zu, wie er einige Informationen eingab.

"Ich habe meine E-Mail und meine Adresse an zwei Stellen eingegeben—unter meinem Namen in deinen

Kontakten und in den Notizen. Falls du es dir jemals anders überlegst, ob du mit mir in Kontakt bleiben willst, hast du jetzt alle meine Informationen. Und Felicity, falls du jemals irgendetwas brauchst, wenn du in irgendeiner Weise Hilfe brauchst, oder überhaupt *irgendetwas* benötigst, versprich mir bitte, dass du es mich wissen lässt."

Leo zog mich zu einem letzten langen und schmerzhaften Kuss heran, und ich versuchte, das Ausmaß des Kusses zu verdrängen.

Ich atmete tief durch und ging ein paar Schritte zurück. "Ich werde jetzt gehen, okay? Ich gehe nach hinten, verabschiede mich von Lächerlich und gehe dann nach Hause."

Leo nickte und schloss die Augen, als könnte er es nicht ertragen, mich gehen zu sehen. Das war das Letzte, was ich sah, bevor ich einen Fuß vor den anderen setzte und mich auf den Weg zur Tür machte, mit dem Gefühl, dass mein Herz in Millionen Stücke zerbrochen war.

Am nächsten Tag fühlte ich mich furchtbar. Ich hatte mich die ganze Nacht hin und her gewälzt, und die Schmerzen in meinem Körper waren die physische Manifestation meines Liebeskummers. Das Wissen, dass Leo immer noch auf der anderen Seite der Bucht war und dass er genauso verletzt war wie ich, verfolgte mich.

Ich tat nichts anderes, als in meinem Zimmer zu grübeln und aus dem Fenster auf Leos Haus zu schauen. Ich versuchte, mich mit dem Packen für Pennsylvania zu beschäftigen, aber ich dachte immerzu an ihn.

Mrs. Angelini war nicht zu Hause. Sie ging selten den ganzen Tag weg, aber heute war sie zu einem Freund eine Stunde entfernt in Massachusetts gefahren. Sie hatte mich gefragt, ob es mir lieber wäre, wenn sie absagen würde, um mich von Leos Abreise abzulenken, aber ich versicherte ihr, dass es keinen Unterschied machen würde, und überzeugte sie, ihre ursprünglichen Pläne beizubehalten.

Ich wusste nicht einmal, wann sein Flug ging, nur dass er heute Abend ging. Er hatte mich nicht wegen Lächerlich angerufen, also konnte ich nur annehmen, dass der Bauernhof, den er gefunden hatte, zugestimmt hatte, ihn heute Morgen mitzunehmen; zumindest hoffte ich das. Wenn er mich gebraucht hätte, hätte ich es herausgefunden.

Als es 17 Uhr war, machte ich mich endlich auf den Weg nach unten. Soweit ich wusste, war Leo bereits zum Flughafen gefahren. Er war bereits aus Narragansett verschwunden.

Als es an der Tür läutete, machte mein Herz einen Sprung. Mrs. Angelini sollte erst gegen neun Uhr zurück sein.

Ich spähte durch den Türspion und entdeckte Leo, ein Anblick, der mir den Atem raubte.

Als ich die Tür öffnete, schien er außer Atem zu sein. "Es tut mir so leid, Felicity", murmelte er. "Ich weiß, ich habe versprochen, das nicht zu tun, um unseren Abschied zu verlängern, aber ich habe vergessen, dir etwas zu geben." Er reichte mir den blauen Planer, den er in der ersten Nacht, in der ich ihn eingeladen hatte, mitgenommen hatte. "Ich habe hier hineingeschrieben und wollte ihn dir als Andenken geben. Es tut mir leid, wenn meine Anwesenheit dich verletzt hat. Ich—"

Ich stürzte mich in seine Arme. Der Schmerz, der sich den ganzen Tag über in mir aufgestaut hatte, war unerträglich. Die kurze Verabschiedung, die ich angeordnet hatte, war sinnlos gewesen. Meine Gefühle peitschten auf mich ein—eine Strafe dafür, dass ich jemals versucht hatte, sie aufzuhalten. Die Art und Weise, wie die Dinge gestern endeten, hatte ich nie gewollt; ich hatte nur Angst davor gehabt, das zu erleben, was ich jetzt fühlte.

Er küsste mich mit solcher Wucht, dass ich fast zurückfiel. Hatte ich gestern noch nichts fühlen wollen, so war dies das genaue Gegenteil. Ihn einzuatmen war das Einzige, was auf der Welt zählte, wenn auch nur ein letztes Mal. Es gab keine Worte. Leo hob mich in die Luft, und ich schlang meine Beine um seinen Oberkörper. Unsere Herzen schlugen gegeneinander.

Ich wusste, dass das, was ich in diesem Moment brauchte, schädlich sein würde. Aber wie ein Drogensüchtiger, der kurz davor ist, einen Zug zu nehmen, war es mir einfach egal.

"Ich will dich", hauchte ich in seinen Mund und wusste, dass er auf die Erlaubnis wartete, die Barriere zu überwinden, die ich zuvor errichtet hatte. "Ich will dich."

Er stieß ein tiefes Stöhnen aus, das in meiner Kehle vibrierte.

Innerhalb von Sekunden waren unsere Hosen unten, und er schob sich in mich hinein, während ich mit dem Rücken gegen die Wand in Mrs. Angelinis Foyer gedrückt wurde. Ich zog an seinen Haaren und wippte mit den Hüften, um seinen wilden Bewegungen zu folgen. Es gab nichts Sanftes an der Art, wie er mich fickte, noch an der Art, wie ich jeden Stoß verzweifelt aufnahm. Wir ließen unsere Wut aneinander aus, ein verzweifelter letzter Akt. Es war der intensivste Sex, den ich je hatte, und wahrscheinlich das einzige Ende, das zu der Leidenschaft passte, die wir in diesem Sommer empfunden hatten.

Es dauerte nicht lange. Nach ein paar Minuten begann Leos Körper zu zittern. Ich spürte die Wärme seines Spermas zwischen meinen Beinen, während sich meine eigenen Muskeln um seinen Schwanz zusammenzogen. Er hielt mich weiter fest, während ich mich an ihn lehnte und mich plötzlich schlaff fühlte, zu schwach, um noch einen weiteren Abschied zu ertragen.

"Gott, es tut so weh", flüsterte er.

Er setzte mich langsam ab und richtete seine Hose, während ich das Höschen hochzog.

Und dann surrte sein Telefon.

Ich wischte mir eine Träne aus dem Auge. "Ist das Sig?"

"Ja", flüsterte er und sah verzweifelt aus.

"Um wie viel Uhr geht dein Flug?"

"Neun. Wir hätten schon längst fahren sollen. Er macht mir die Hölle heiß, weil ich noch hier bin."

"Geh", sagte ich und winkte mit der Hand.

Er wischte mir eine Träne von der Wange. "Ich werde dir ewig dankbar sein, dass ich die Regeln gebrochen habe."

"Ich auch, Leo." Ich griff nach seinem Hemd. "Keine Reue, okay?"

Er starrte mich mehrere Sekunden lang an. Er nahm die Halskette, die er trug, die mit dem Ring seines Großvaters, und legte sie mir um den Hals. Ich schaute ehrfürchtig darauf hinunter. Dann zog er mich zu einem letzten festen, aber keuschen Kuss zu sich heran, bevor er wegging.

In der Einfahrt drehte er sich ein letztes Mal um und sagte: "Ich werde nie wieder jemanden wie dich finden."

Dann stieg er in sein Auto. Und er war weg.

Ich wusste, dass es dieses Mal echt war. Ich war den ganzen Tag unruhig gewesen, weil ich irgendwie wusste, dass er zu mir kommen würde, dass er nicht wegbleiben würde. Ich hatte auf ihn gewartet, auch wenn ich es nicht gemerkt hatte. Jetzt, wo ich wusste, dass er wirklich weg war, überkam mich eine seltsame Ruhe. Es gab keinen Druck mehr, ihn anzuflehen, zu bleiben oder etwas Unüberlegtes zu tun.

Es dauerte eine Weile, bis ich den Mut aufbrachte, den Planer zu öffnen, den er mir zurückgegeben hatte. Mrs. Angelini war noch nicht nach Hause gekommen, als ich mir einen Tee machte und mich an den Küchentisch setzte, um zu lesen. Darin befand sich ein Eintrag für jeden Tag, an dem er es in seinem Besitz hatte. Es war unser ganzer Sommer, reduziert auf ein fünf mal acht Zentimeter großes Notizbuch.

26. Juni: *Ich gebe das hier nur zu, weil ich zu feige bin, es dir ins Gesicht zu sagen. Ich war heute verdammt eifersüchtig, als dein Ex mit dir gesprochen hat. Ich beneide ihn aus so vielen Gründen; er hat Dinge mit dir erlebt, die ich nicht erlebt habe. Wie kann es richtig sein, dass ich nicht will, dass ein anderer dich hat, wenn ich nicht bleiben und der Eine sein kann? Das ist nicht fair, also muss ich mich damit abfinden. Aber verdammt, ich hätte ihn am liebsten erwürgt, nur weil er dich ansieht.*

Ich habe weitergelesen.

30. Juni: *Wusstest du, dass eines deiner Augen eine hellere grüne Farbe hat als das andere? Ich finde das faszinierend, fast so faszinierend wie die Sommersprossen, die mich ständig necken und mich anflehen, sie zu zählen. Du bist wunderschön, Felicity.*

Manche Einträge waren nur Beschreibungen dessen, was wir an einem bestimmten Tag getan hatten, wie zum Beispiel bei Mrs. Barbosa arbeiten oder zum Muscheln sammeln gehen. Aber hin und wieder brach mir einer von ihnen das Herz.

7. Juli: *Du bist gerade von unserem gemeinsamen Wochenende nach Hause gekommen, und während ich das schreibe, starre ich lachend auf unser neues Pferd. Ich habe wirklich den Verstand verloren—auf die bestmögliche Art und Weise. Es war ohne Zweifel das beste Wochenende meines Lebens. Ich hatte mir vorgenommen, das Wort mit den fünf Buchstaben nicht auszusprechen, Felicity. Weil es unter unseren Umständen nicht fair ist. Aber ich frage mich, ob du es spüren kannst. Kannst du es in meinen Augen sehen? Kannst du es an meinem Herzschlag spüren? Ich frage mich, ob ich es überhaupt sagen muss, oder ob es nicht schon längst offensichtlich ist.*

Ich wischte mir eine Träne von der Wange und las jeden Eintrag, bis ich beim letzten angelangt war.

21. August: *Du bist gerade zum letzten Mal gegangen, und ich fühle mich leer. Wenn es eine Sache gibt, die du aus unserer gemeinsamen Zeit mitnimmst, dann sei dir gewiss, dass ich diese Erfahrung mit dir niemals vergessen werde. Ich werde dich nie vergessen, Felicity. Aber ich werde von dem Gedanken verfolgt, dass du mich als eine weitere Person betrachten wirst, die dich in diesem Leben im Stich gelassen hat. Wenn ich jetzt einen Wunsch frei hätte (neben der Gesundheit meines Vaters), dann wäre es dieser: Ich* würde mit dir zusammen sein wollen und wissen, dass diese Entscheidung dein Leben nicht ruinieren würde. Ich könnte niemals mit mir selbst im Reinen sein, wenn ich dich in ein Leben hineinziehen würde, das du bereuen würdest.

Vergiss nicht, dass wir, egal wie weit wir voneinander entfernt sind, immer denselben Mond sehen werden. Ich hoffe, dass du nachts, wenn du ihn siehst, an mich denkst. Ich verspreche, dass ich das Gleiche tun werde—den Mond ansehen und an dich denken. Und auch an die Sonne und die Sterne, wenn du möchtest. Ich werde vielleicht gehen, aber du wirst immer in meinem Herzen bleiben. Das mag im Moment kein Trost sein. Aber es ist die Wahrheit.

FÜNF JAHRE SPÄTER

KAPITEL 17

Felicity

Titel 17: "Coming Home" von Skylar Grey

Es hatte sich so viel verändert, und doch war alles beim Alten geblieben.

Als ich in Baileys Wohnung in Providence an meinem Glas Wein nippte, kam es mir vor wie in alten Zeiten, nur dass jetzt ein zweijähriges Kind bei uns war. Meine beste Freundin war schwanger geworden, als ich noch auf der Universität war. Sie und Stewart hatten das nicht geplant, und schließlich hatte sie ihre Karriereambitionen auf Eis gelegt, um mit der kleinen Kayla zu Hause zu bleiben, während Stewart im Forschungslabor der Brown University arbeitete.

"Und, schläfst du heute Nacht im großen Haus?", fragte Bailey, als sie ihre Tochter in den Hochstuhl setzte.

Ich nickte. "Wahrscheinlich. Es wird komisch sein, ohne sie dort zu sein. Aber ich gewöhne mich besser daran."

Ich war von Philadelphia direkt zu Bailey gefahren, weil ich noch nicht bereit war, in das leere Haus von Mrs.

Angelini zu gehen. Während der Fahrt lief "Coming Home" von Skylar Grey im Radio, und ich wurde so emotional, dass ich an einem Rastplatz anhalten musste, um ein paar Taschentücher zu holen. All die Gefühle, vor denen ich mich versteckt hatte, kamen an die Oberfläche.

Aber ich nehme an, das machte Sinn. Es war das erste Mal, dass ich wieder in Rhode Island war, seit meine Pflegemutter vor zwei Jahren plötzlich an einem Herzinfarkt gestorben war—eine Woche, nachdem ich mein Jurastudium abgeschlossen hatte. Ich hatte den Schock noch immer nicht verdaut. Als es passierte, war ich für die Trauerfeier und die Beerdigung aus Pennsylvania zurückgekommen, hatte aber danach nicht viel Zeit in Rhode Island verbringen können. Ich lernte für die Anwaltsprüfung und bewarb mich für Jobs, aber vor allem hatte es keinen Sinn, zu bleiben, wenn Mrs. Angelini weg war.

Seit ihrem Tod hatte ich mir überlegt, was ich vom Leben wollte, und mir wurde klar, dass ich mein Zuhause wirklich vermisste, auch wenn Mrs. Angelini nicht mehr dort war. Ich sehnte mich danach, ihrem Geist nahe zu sein, der die einzige Familie darstellte, die ich je gekannt hatte. Irgendetwas schien mich jetzt nach Rhode Island zurückzurufen, auch wenn ich es nicht ganz verstand. Außerdem hoffte ich, einen Job zu finden, die mich mehr erfüllte als die Stelle als Junior-Assistentin, die ich direkt nach der Universität angenommen hatte.

Vor etwa einem Monat hatte ich gekündigt, mit der Absicht, nach Narragansett zurückzukehren, auch wenn ich noch nichts in Aussicht hatte. Ich musste die Anwaltsprüfung in Rhode Island bestehen, bevor ich eine neue Stelle finden konnte. Die nächste Gelegenheit dazu würde sich in sechs

Monaten bieten, so dass ich in dieser Auszeit die Gelegenheit haben würde, die Situation mit Mrs. Angelinis Haus zu klären und meine Gedanken zu ordnen. Das perfekte Szenario wäre, wenn ich irgendwann einen Job in Providence—relativ nahe bei Narragansett—finden würde, so dass ich in dem Haus wohnen könnte und keine weitere Wohnung mieten müsste. Ich brachte es nicht übers Herz, das Anwesen von Mrs. Angelini zu verkaufen, und hoffte, dass ich aus finanziellen Gründen nie dazu gezwungen sein würde.

"Ist das Haus noch in einem guten Zustand?", fragte Bailey.

Ich nickte. "Ihr Bruder Paul und der Nachbar Hank Rogers haben sich darum gekümmert. Jetzt, wo ich dort wohne, werden sie das nicht mehr so oft tun müssen. Trotzdem werde ich sie vielleicht anrufen und um Hilfe bitten, wenn etwas kaputt geht."

"Du weißt, dass du auch auf uns zählen kannst. Stewart kann immer rüberfahren, wenn du in der Klemme steckst und etwas nicht reparieren kannst."

"Hoffentlich muss ich euch nicht nerven, aber danke."

Sie zögerte. "Nur eine Vorwarnung—Matt kommt angeblich zum Labor Day-Wochenende nach Hause. Stewart wollte ein Barbecue veranstalten, aber ich weiß nicht, was du davon hältst, ihn zu sehen."

Ich seufzte. "Wie auch immer. Ich komme schon klar, wenn er da ist. Ich habe ihn schon ewig nicht mehr gesehen, und es interessiert mich auch nicht."

Seit meinem Abschluss an der juristischen Fakultät hatte ich viele Lektionen gelernt. Eine davon war die Bestätigung von etwas, das ich schon als Kind immer gehört hatte: Wenn dir jemand zeigt, wer er ist, dann glaube ihm beim ersten

Mal. Etwa ein Jahr, nachdem ich nach Pennsylvania gezogen war, gab ich meinem Ex, Matt, eine zweite Chance. Er hatte sich eine Zeit lang um mich bemüht, unter dem Vorwand, dass wir Freunde sein könnten. In der Zeit, in der ich am meisten Liebeskummer hatte, hat er mich sogar unterstützt. Obwohl ich nie zugegeben habe, *wie* verletzt ich war, wusste er, dass ich über Leo hinwegkam.

Sobald Matt sich seinen Weg zurück in mein Umfeld verdient hatte, begannen wir wieder eine Beziehung. Es schien einfacher, ihm zu vertrauen als jemandem, der völlig neu war. Nach Leo hatte ich nicht die mentale Energie, um noch einmal von vorne anzufangen. Gleichzeitig wollte ich aber auch nicht allein sein.

Aber nachdem die Neuigkeit unseres Wiedersehens verblasst war, begann Matt sich anders zu verhalten. Ich hatte den Verdacht, dass er eine Affäre mit seiner Kollegin hatte, aber ich konnte es nicht beweisen. Nach etwa einem Jahr trennte ich mich von ihm—bevor ich wieder verletzt werden konnte. Obwohl ich, wenn ich ehrlich zu mir selbst bin, trotz meiner Zweifel einfach nicht in ihn verliebt war. Ich versuchte, in dieser Zeit nicht an Leo zu denken, aber im Grunde machten es die Gefühle, die ich immer noch für ihn hegte, unmöglich, mich Matt ganz hinzugeben. Vielleicht würde eines Tages jemand auftauchen, der mich so lieben konnte, dass ich Leo vergessen konnte, aber das war mit Sicherheit nicht Matt. Und seither gab es auch keinen anderen mehr.

Angesichts des Schmerzes, den ich empfunden hatte, als Leo mich verließ, dachte ich, dass ich ihn über die Jahre hinweg gut verdrängt hatte. Wie ich es immer getan hatte, wenn ich mit den Schwierigkeiten des Lebens konfrontiert wurde, stürzte ich mich in die Arbeit in der Schule und in meine gescheiterte Beziehung mit Matt. Als ich dann die Anwaltsprüfung bestand und von der Kanzlei eingestellt wurde, in der ich zuvor mein Praktikum absolviert hatte, war die Ablenkung noch größer.

Doch in den letzten sechs Monaten hatte ich begonnen, mich in Pennsylvania einsam zu fühlen. Es reichte mir nicht mehr, mich einem bedeutungslosen Job zu widmen; ich brauchte etwas Erfüllenderes. Sobald ich die Anwaltsprüfung hier in Rhode Island bestanden hatte, wollte ich zu dem zurückkehren, was ich immer gewollt hatte—meinen Abschluss nutzen, um Kindern zu helfen, die so aufgewachsen waren wie ich. Das war mein ultimatives Ziel.

Bailey schenkte mir mehr Wein ein. "Du hast so lange hart gearbeitet. Gleich nach dem Jurastudium hast du Mrs. Angelini verloren, dann die Anwaltsprüfung bestanden und einen Job angenommen. Du hast dir diese Pause verdient."

"Ja, vorausgesetzt, sie dauert nicht zu lange. Du kennst mich doch. Ich brauche immer etwas, auf das ich mich konzentrieren kann, sonst drehe ich durch. Sich um das Haus zu kümmern, wird nicht ausreichen."

"Wie lange kannst du es dir leisten, nicht zu arbeiten?"

"Nun, dank Mrs. Angelini habe ich keine Hypothek. Und sie hat mir genug Geld hinterlassen, um die Immobiliengebühren für mindestens fünf Jahre zu bezahlen."

"Gut. Versuch, diese Zeit zu genießen."

Das war das Problem. Ich wollte nicht *zu viel* freie Zeit haben. Die Erinnerungen hatten mich zwar hierher zurückgebracht, aber ich befürchtete, dass das Ganze nach hinten losgehen könnte. Meine größte Angst war, depressiv zu werden, während ich allein im Haus in Narragansett lebte und mich auf nichts anderes konzentrieren konnte. Ich vermisste nicht nur meine geliebte Pflegemutter, sondern auch die Erinnerungen an Leo würden hier zu Hause am lebendigsten sein. Ich hatte Angst davor, auf die andere Seite der Bucht zu blicken und mit all den Gefühlen fertig zu werden, die *das* hervorrufen würde.

Als hätte das Schicksal meine momentane Unsicherheit bemerkt, ging Bailey zu ihrem Schrank hinüber und kam ausgerechnet mit einer Dose SpaghettiOs zurück. Das schien ein seltsames Zeichen des Universums zu sein. Mir traten die Tränen in die Augen.

"Geht es dir gut?", fragte Bailey, als sie die Dose öffnete und den Inhalt in einen kleinen Topf auf dem Herd stellte.

"Ja. Es ist nur eine Allergie." Ich schniefte.

Es war unheimlich, wieder im Haus zu sein, ohne sie. Das war einer der Gründe, warum ich es so lange gemieden hatte.

Oben angekommen, ging ich direkt in Mrs. Angelinis Zimmer, das genauso aussah, wie ich es in Erinnerung hatte. Ihr langer, wolliger Pullover war noch immer über einen Stuhl in der Ecke geworfen, als ob sie jeden Moment hereinkommen und ihn anziehen könnte. Ich legte mich auf das Bett und kuschelte mich in ihr Kissen, das immer noch einen Hauch ihres Geruchs verströmte. Wie war das nach zwei Jahren überhaupt möglich? Als ich die Schublade ihres Beistelltisches öffnete, fand ich eine halb leere Flasche Fireball.

Lächelnd öffnete ich sie und grüßte an die Decke. "Das ist für dich, Mrs. Angelini." Ich nahm einen langen Schluck, und der zimtige Alkohol brannte in meiner Kehle, als er hinunterlief.

Nach einigen Minuten und ein paar weiteren Schlucken spürte ich, wie er mir zu Kopf stieg. Und er hatte keine entspannende Wirkung. Stattdessen fühlte ich mich emotional. Gedanken an Mrs. Angelini überfluteten meine Sinne. Ich bedauerte so viel, wenn es um sie ging. Ich dachte, ich würde noch viele Jahre haben, um ihr zu zeigen, wie sehr ich sie schätzte, wie sehr ich sie liebte. Erst als sie nicht mehr da war, wurde mir klar, dass sie meine Mutter *war*— zumindest in allen Belangen, die von Bedeutung waren.

Sie wusste nicht, dass ich sie auf diese Weise sah. Ich hatte sie länger in meinem Leben als die Person, die mich geboren hatte, und ich würde sie nicht einmal beim Vornamen nennen. Es hätte sie zweifellos gefreut, dass ich ihr mein Herz geöffnet hatte. Ein Blick in ihr Zimmer bestätigte das nur. Überall hingen Bilder von mir: ich und Matt in der Kleidung für den Abschlussball, meine Highschool- und College-Abschlüsse, Fotos von Mrs. Angelini und mir auf dem Boot mit ihrem Bruder Paul.

Warum merken wir manchmal erst, wie sehr wir jemanden lieben, wenn wir ihn verlieren? Das ist eine der größten Ungerechtigkeiten im Leben, wenn du mich fragst. Ich schloss die Flasche Fireball und stellte sie zurück auf ihren Nachttisch. Ich hätte schluchzend in ihrem Bett einschlafen können, aber ich hob mich von der Matratze und ging in mein Zimmer.

Wenn ich dachte, das würde meinen Herzschmerz lindern, hatte ich mich getäuscht. Das erste, was ich erblickte, war Leos Gemälde, das er an dem Tag gemalt hatte, an dem wir uns eingestehen mussten, dass es für uns im Grunde vorbei war. Ich erinnerte mich an das furchtbar bittersüße Gefühl, als ich ihm an jenem Nachmittag beim Malen zusah, eine Mischung aus Hoffnungslosigkeit und Wertschätzung für den Moment. Und jetzt dachte ich wieder an ihn. Als ob es nicht schon schlimm genug wäre, wegen der SpaghettiOs eines Zweijährigen zu weinen.

Ich ging zu meinem Fenster und blickte über die Bucht auf das Haus, in dem Leo und Sig einst lebten. Der Gedanke an Leos Cousin brachte mich zum Kichern. Er war so ein Schwachkopf—aber ein lustiger.

In dem Haus brannte noch Licht. Ich hatte keine Ahnung, wer jetzt dort wohnte, aber es war leicht, sich vorzustellen, dass Leo und Sig drinnen waren, genauso wie früher—Sig kochte in der Küche, während Leo sich bereit machte, mit dem Boot über die Bucht zu fahren.

Ich schaute zum Mond hinauf, der den Nachthimmel erleuchtete.

"Ich hoffe, dass du nachts, wenn du ihn siehst, an mich denkst."

Es gab in den letzten fünf Jahren kein einziges Mal, dass ich den Mond anschaute, ohne an Leo zu denken. Mein Herz krampfte sich zusammen. Ich musste aufhören. Aber wie bei allem, je mehr ich versuchte, nicht mehr an ihn zu denken, desto schlimmer wurde es.

Er ist jetzt dreiunddreißig.

Er musste geheiratet haben. Ich fragte mich, ob er ein Kind hatte. Ich fragte mich, was passiert war, als er zurückkam, ob sein Vater den Krebs überlebt hatte. Ich fragte mich vieles, auch wenn ich versuchte, mein Gehirn nicht von diesen Fragen überwältigen zu lassen. Aber Leo war immer in meinen Gedanken. *Immer.*

Wieder einmal kamen mir Gedanken des Bedauerns in den Sinn. Ich wünschte nicht nur, ich hätte Mrs. Angelini gesagt, was ich für sie empfand, sondern ich fragte mich auch, was passiert wäre, wenn ich Leo anders geantwortet hätte, als er mich gefragt hatte, ob ich mit ihm nach England gehen würde. Ich erinnerte mich an die Enttäuschung in seinem Gesicht, als ich meine Zweifel und Ängste geäußert hatte. Das war der Moment, der wirklich alle Hoffnung beendete—das war das Ende von uns.

Hatte ich die richtige Entscheidung getroffen? Sicher, ich hatte das "Verantwortungsvolle" getan—meine Ausbildung abgeschlossen, meine Karriere begonnen. Aber was hatte es mir gebracht, meine Pläne zu verwirklichen? Ich hatte noch keinen Job gefunden, der mich glücklich machte. Und ich hatte ganz sicher noch keinen Mann gefunden, der mich so glücklich gemacht hatte, wie ich es in den Wochen mit Leo war.

Wäre es schlimmer gewesen, sich den Blicken halb Englands auszusetzen, als sich den Rest meines Lebens unendlich nach ihm zu sehnen? Wenigstens hätte ich Leo an meiner Seite gehabt. Der Stress wäre vielleicht nur vorübergehend gewesen. Ich hätte mich daran gewöhnen können. Aber das Bedauern, das ich bis zum heutigen Tag in meinem Herzen trug? Das könnte für immer bleiben.

Da war eine kleine Stimme in meinem Hinterkopf, die gelegentlich sagte: *Ruf ihn an.* Aber jedes Mal, wenn sie sich meldete, brachte ich sie zum Schweigen. Ich hatte meine Entscheidung vor fünf Jahren getroffen. Jetzt musste ich mit ihr leben. Während die Trennung von ihm ständige "Was-wäre-wenn"-Überlegungen bedeutete, konnte eine Kontaktaufnahme mit ihm ewigen Herzschmerz bedeuten.

Mein Gefühl sagte mir, dass er inzwischen weitergezogen war, und das zu bestätigen, würde mich ruinieren. Es war besser, es nicht zu wissen. Es war besser, sich vorzustellen, dass wir in seinem Herzen weiterlebten, als festzustellen, dass er mich vergessen hatte.

Ich schüttelte die Gedanken aus meinem Kopf und zwang mich, mich vom Fenster zu entfernen, und erinnerte mich daran, mich darauf zu konzentrieren, warum ich hier war: um Mrs. Angelini zu ehren, während ich einen Weg fand, ein sinnvolles Leben zu führen. Darin lag eine gewisse Ironie. Ich hatte Leo einmal gesagt, dass ich mit einer Familie oder einem Erbe nichts anfangen konnte. Doch jetzt, wo Mrs. Angelini tot war, wollte ich nichts anderes, als sie stolz zu machen, das Haus und ihr Andenken zu bewahren. Wenn das kein Vermächtnis war, wusste ich nicht, was es war.

KAPITEL 18

Felicity

Titel 18: "Please Read the Letter" von Robert Plant und Alison Krauss

Am nächsten Tag klopfte es an der Tür. Es war der Nachbar, Hank Rogers, der in den zwei Jahren seit dem Tod von Mrs. Angelini sehr hilfreich gewesen war.

"Hey, Felicity. Willkommen zu Hause", sagte er, als ich die Tür öffnete. "Alles koscher?" Er wischte seine großen Bauarbeiter-Stiefel an der Matte ab.

"Ja." Ich seufzte. "Ich versuche nur, mich daran zu gewöhnen, wieder hier zu sein. Ich bin froh, dass du vorbeigekommen bist. Ich wollte gerade zu dir rübergehen, um zu sehen, ob es etwas gibt, das ich beachten muss."

Er trat ein, stemmte die Hände in die Hüften und sah sich um. "Nö. Abgesehen davon, dass letzte Woche der Warmwasserboiler ausgetauscht wurde, ist nichts Besonderes passiert. Das weißt du natürlich schon, weil du dafür bezahlt hast, aber es ist alles in Ordnung."

Mrs. Angelini hatte mir eine ordentliche Summe hinterlassen, damit ich mich um solche Dinge kümmern konnte, und so hatte ich mir von Hank die Rechnungen schicken lassen, während er sich in meiner Abwesenheit gnädigerweise um die Abwicklung kümmerte.

"Versuche, dich nicht zu sehr zu stressen," sagte er. "Sie würde wollen, dass du dich ein bisschen entspannst und es genießt, zu Hause zu sein. Das weißt du doch."

"Ja, ich werde es versuchen. Ich hoffe auf einen entspannten Sommer und viel Zeit, um das Haus für die kälteren Monate in Schuss zu bringen."

"So kann man es auch sehen." Er grinste.

"Bist du sicher, dass es nichts gibt, was ich wissen sollte?"

Hank kratzte sich am Kinn. "Oh! Ich habe alle paar Tage nach der Post gesehen und sie reingebracht. Ich lege sie auf einen Stapel drüben auf dem Schreibtisch in der Ecke des Wohnzimmers. Es ist nicht viel, da du die meisten Rechnungen nachgeschickt bekommen hast, aber es gibt ein paar Karten, die Leute geschickt haben, viele, die um die Zeit ihres Todes herum gekommen sind—Beileidskarten und so. Ich habe sie aufgehoben. Und einige Kataloge, die du wahrscheinlich nicht willst. Ich habe alles weggeworfen, was definitiv Werbesendungen waren. Aber es kommen immer noch ab und zu Sachen rein, die an dich und sie adressiert sind. Wenn ich mir nicht sicher bin, was es ist, lege ich es auf den Stapel, weil du mir gesagt hast, dass ich nichts weiterleiten soll, außer Rechnungen oder Steuerbescheide."

Ich nickte. "Ich weiß das zu schätzen. Ich werde alles durchgehen. Nochmals vielen Dank für all deine Hilfe. Ich kann dir das gar nicht zurückzahlen."

"Das ist nicht nötig. Eloise war eine wahre Freundin. Ich würde alles für sie tun." Er lächelte. "Und das gilt auch für dich. Sag mir einfach Bescheid, wenn du etwas brauchst, okay?"

"Das werde ich, Hank."

"Meine Frau möchte, dass du diese Woche zum Abendessen vorbeikommst. Sie wird den Meeresfrüchteauflauf machen, den du so magst."

"Das wäre toll. Ich schreibe ihr eine Nachricht und vereinbare einen Termin." Ich lächelte.

Nachdem er gegangen war, machte ich mir etwas zu essen und aß es draußen auf einem der Gartenstühle. Die Augusthitze war ein bisschen zu viel, also hielt ich es nicht lange aus.

Als ich wieder ins Haus ging, beschloss ich, die Post zu sortieren, die sich bei Hank in den letzten Jahren angesammelt hatte.

Wie er gesagt hatte, waren einige Beileidskarten dabei. Und ich lächelte darüber, wie viele Kataloge von Victoria's Secret dabei waren. Warum Hank die nicht einfach weggeworfen hatte, war mir nicht klar. Vielleicht hatten sie ihm ja gefallen.

Ich hielt bei einem an mich adressierten Umschlag inne. Im Gegensatz zu den Karten, auf denen mein Name stand, sah dieser eher wie ein Brief aus. Als ich den Namen auf dem Absenderetikett erblickte, bekam ich fast einen Herzinfarkt: *Leo Covington.* Ich erstarrte, und der Umschlag glitt mir aus den Händen. Mein Herz schlug wie wild.

Als ich mich bückte, um den Umschlag aufzuheben, sah ich mir die Zeile unter meinem Namen genauer an: *Zu Händen von Eloise Angelini.* Er wusste, dass er mich nur über sie erreichen konnte, denn er hatte meine Adresse nie erhalten.

Oh, mein Gott! Wie lange lag der Brief schon hier?

Ich hatte Angst, ihn zu öffnen. Mein Mittagessen fühlte sich an, als könnte es wieder auftauchen, und der Raum schien zu schwanken.

Meine Hand zitterte, als ich den Brief zur Couch hinübernahm und den Umschlag zittrig öffnete. Das Papier war dick und cremefarben, und die Worte waren mit blauer Tinte geschrieben.

Liebe Felicity,

ich weiß gar nicht, wo ich anfangen soll, aber ich sollte wohl mit: "Wie geht es dir? Es ist lange her, was?" beginnen. Ich hoffe aufrichtig, dass dieser Brief dich glücklich macht. Ich bin sicher, du hast ihn nicht erwartet. Ich kann dir ehrlich sagen, dass ich auch nicht erwartet habe, ihn zu schreiben.

Aber so ist es.

Während ich hier allein in meinem Zimmer sitze, sind unten über hundert Leute, die mich feiern. Und alles, was ich den ganzen Abend tun wollte, war zu fliehen. Die Gedanken an dich sind heute besonders intensiv. Das ist nichts Neues—normalerweise passiert das erst, wenn ich nachts den Kopf auf das Kissen lege und die Augen schließe. In diesem Moment denke ich immer an dich.

Manchmal frage ich mich, ob es nur mir so geht. Ich frage mich, ob du immer noch so oft an mich denkst, wie ich an dich denke. Ich habe mir eingeredet, dass ich mich nicht mehr bei dir melden werde, dass das nach so langer Zeit nichts Gutes bringen kann. Es ist aber nicht das erste Mal, dass ich mein Gelübde gebrochen habe, nicht zu versuchen, dich zu erreichen. Vor etwa einem Monat habe ich versucht, dich anzurufen, aber ich kam nicht zu dir durch.

Ich musste das Lesen für einen Moment unterbrechen. Das schmerzte mein Herz zu tiefst. Vor ein paar Jahren war ich mein altes Handy losgeworden und hatte ein neues Telefon und eine neue Nummer bekommen, die mir meine Anwaltskanzlei gegeben hatte. Ich hatte zwar alle Daten von Leo auf mein neues Handy übertragen, aber wenn er versucht hätte, mich unter der alten Nummer zu erreichen, hätte ich das nicht gemerkt. Als ich meinen Job aufgab, hatte ich die Nummer meines Firmentelefons behalten, aber zu einem persönlichen Tarif gewechselt.

Ich habe weitergelesen.

Ich habe keine andere Möglichkeit, dich zu erreichen, also schreibe ich diesen Brief in der Hoffnung, dass du ihn erhältst. Felicity, die Wahrheit ist, dass ich dich immer noch liebe. Und falls es nicht klar war, dass ich so empfinde, habe ich mich in jenem Sommer tatsächlich in dich verliebt. Auf einer gewissen Ebene wusste ich das, als ich fortgegangen bin. Aber das Ausmaß war mir nicht bewusst, bis wir nicht mehr zusammen waren. Es gibt immer noch Momente, in denen ich mich mehr nach dir sehne als nach der Luft, die ich atme. Das geschieht zu ganz zufälligen Zeiten—ich rieche plötzlich etwas, das mich an dich erinnert. Oder ich sehe einen roten Haarschopf auf den Straßen Londons und denke für eine wahnsinnige Sekunde, dass du deine Meinung geändert hast und zu mir gekommen bist, nur um dann festzustellen, dass es nur eine Illusion war.

Ich bin immer noch in dich verliebt, oder zumindest in die Erinnerung an dich. Was die Gründe angeht, warum wir angeblich nicht zusammen sein konnten—daran hat sich nichts geändert. Mein Leben passt in keiner Weise zu deinem. Ich bin in jeder Hinsicht der Falsche für dich—abgesehen von der Tatsache, dass ich dich liebe. Wenn du das hier noch liest und es nicht aus Frust zu einem Ball zerknüllt hast, fragst du dich wahrscheinlich, warum ich dir das alles erzähle. Warum jetzt... nachdem all diese Zeit vergangen ist?

Nun, es ist so: Ich werde heiraten, Felicity. Mein Vater liegt im Sterben. Er hat in den letzten Jahren hart gekämpft, aber sie können nichts mehr für ihn tun. Sie haben alle Behandlungen eingestellt, und er hat nur noch etwa sechs Monate zu leben, wenn wir Glück haben. Wie es schon immer geplant war, möchte ich ihm den Frieden geben, den er braucht. Er möchte wissen, dass ich mich mit ihm arrangiert habe und dass ich seine Wünsche erfüllen und den Familiennamen und das Unternehmen weiterführen werde.

Ich bin mit einer wunderbaren Frau verlobt—einer Frau, die einen Mann verdient, dessen Herz nur ihr gehört. Ihr Name ist Darcie. Sie war eine meiner Jugendfreundinnen, und wir haben uns vor etwa einem Jahr wiedergetroffen. Sie ist liebenswürdig und wunderschön, und sie kennt dieses Leben in- und auswendig. Darüber hinaus ist sie ein guter Mensch, den ich sehr schätze. Ich glaube nicht, dass ich es bereuen würde, sie zu heiraten. Das Einzige, was ich bedauere, ist, dass sie nicht du ist. Sobald wir verheiratet sind, werde ich mein Gelübde ernst nehmen. Dazu gehört auch, dass ich versuche, diese ungelösten Gefühle zu verarbeiten, bevor ich eine lebenslange Verpflichtung eingehe.

Soweit ich weiß, bist du vielleicht gerade in jemand anderen verliebt. Vielleicht bist du schon weitergezogen.

Ich habe versucht, nach dir zu suchen. Ich habe versucht, Informationen zu finden, aber ich habe nichts gefunden.

Ich habe das Gefühl, dass dieser Brief meine letzte Hoffnung ist, dich zu erreichen. Ich weiß, ich schweife ab. Und zugegeben, ich bin ein bisschen sauer. (Das bedeutet betrunken, erinnerst du dich?) Ein paar Negronis waren die einzige Möglichkeit, diese Verlobungsfeier zu ertragen. Was mich daran erinnert, dass ich wahrscheinlich irgendwann darauf zurückkommen sollte. Also, um zum eigentlichen Thema dieses Briefes zu kommen.

Wenn es irgendeine Möglichkeit gibt, dass du es bereust, von mir getrennt zu sein, so wie ich es bereue, von dir getrennt zu sein, muss ich das wissen. Nimm Kontakt zu mir auf. Ich weiß nicht, was das für uns bedeuten wird, aber ich bin mir ziemlich sicher, dass ich diese Hochzeit nur durchziehen kann, wenn ich weiß, dass es für uns keine Chance gibt, in diesem Leben wieder zusammenzukommen.

Ich muss wissen, ob du noch an mich denkst. Ich muss wissen, ob es eine Chance gibt, dass du mich wiedersehen willst. Wenn du nicht antwortest, werde ich das verstehen. Ich werde die Nachricht laut und deutlich erhalten. Ich weiß nicht, wann du diesen Brief erhältst, aber meine Hochzeit ist für den 16. September geplant.

Ich musste wieder aufhören zu lesen. Mein Herz schlug wie wild. Ich schaute auf das Datum am Anfang des Briefes: *2. Juni 2025. Heilige Scheiße.* Er hatte ihn vor etwas mehr als zwei Monaten geschrieben.

16. September.

Ich rechnete in meinem Kopf. *Oh mein Gott. Das ist in drei Wochen.*

Er war davon ausgegangen, dass Mrs. Angelini hier sein würde, um mir das mitzuteilen—was sie mit Sicherheit getan hätte, sobald sie den Brief erhalten hätte. Aber jetzt dachte er wohl, ich hätte mich entschieden, nicht zu antworten. Ich sah mir den Umschlag an, und obwohl der Datumsstempel verschmiert war, trug er einen Eilpostaufkleber, was bedeutete, dass er wahrscheinlich weniger als eine Woche gebraucht hatte, um hierher zu gelangen. Wahrscheinlich hatte er zwei ganze Monate hier gelegen.

Ich machte mich bereit, den letzten Teil des Briefes zu lesen.

Ich will Darcie nicht verletzen. Ich habe die feste Absicht, die Verpflichtung, die ich eingehen werde, einzuhalten. Aber ich würde mir ein großes Unrecht antun, wenn ich mich nicht wenigstens an dich wenden würde, bevor es zu spät ist.

Wie gesagt, du brauchst nicht zu antworten, wenn dich dieser Brief in irgendeiner Weise verunsichert. Ich kann mir nicht vorstellen, in welcher Lebenssituation du dich gerade befindest und ob es dich belastet, diese Nachricht zu erhalten. Aber Felicity, wenn es irgendeine Chance gibt, dass du mich wiedersehen willst, dass du alle Vorsicht in den Wind schlagen willst, während wir gemeinsam eine Lösung finden, dann muss ich das wissen.

Mit Liebe (für immer),
Leo

Mit dem Brief in der Hand bin ich bestimmt drei Stunden lang auf und ab gegangen.

Ich habe eine Chance, ihn aufzuhalten, bevor er heiratet.

Aber wahrscheinlich hatte er schon angenommen, dass ich nicht antworten würde, und hatte sich mit seinen Plänen abgefunden. Ihn jetzt zu kontaktieren, wäre grausam. Es würde seine Welt auf den Kopf stellen. War das fair? Aber wie könnte ich das nicht? Ich liebte ihn immer noch. Das war meine Chance, es ihm zu sagen— etwas, das ich nie getan hatte. Hatte mich der plötzliche Tod von Mrs. Angelini nicht gelehrt, Dinge nicht ungesagt zu lassen?

Apropos Mrs. Angelini, ich hätte alles—*alles*—gegeben, um jetzt ihren Rat zu bekommen. Sicher, ich hätte Bailey anrufen können, aber ich vertraute nicht immer darauf, dass sie mein Bestes im Sinn hatte. Ich liebte sie, aber sie war viel zu rücksichtslos. Sie würde mir sagen, ich solle in ein Flugzeug steigen und heute Abend hinfliegen.

Ich schaute an die Decke und sprach ein stilles Gebet. Wahrscheinlich hätte ich mit Gott sprechen sollen, aber es war Mrs. Angelini, die ich erreichen wollte.

"Was würdest du mir raten zu tun?", flüsterte ich.

Ich zwang mich zu duschen, weil ich dachte, das fließende Wasser würde mir etwas Klarheit verschaffen. Aber es half nicht.

Als ich mich anzog, wurde ich immer panischer, als wäre mein Leben mit einer Zeitschaltuhr versehen, und das Ticken war ohrenbetäubend.

Ich brauchte etwas im Magen, bevor ich ohnmächtig wurde, und machte mich auf den Weg zum Snack-Schrank. Da war nicht viel drin, aber ich bemerkte eine alte blaue Dose

Butterkekse und fragte mich, ob sie noch gut waren. Wenn ja, würde ich wahrscheinlich die ganze Packung verschlingen.

Als ich die Dose öffnete, waren jedoch keine Kekse drin. Stattdessen fand ich etwas, das ich seit über fünf Jahren nicht mehr zu Gesicht bekommen hatte: Leos Halskette—die mit dem Diamantring, der seinem Großvater gehört hatte. Sie war wahrscheinlich so viel wert wie ein kleines Haus, und ich hatte zu viel Angst gehabt, sie mit nach Pennsylvania zu nehmen. Ich hatte befürchtet, dass etwas damit passieren könnte, und es war zu schmerzhaft gewesen, sie zu betrachten. Ich hatte Mrs. Angelini gebeten, sie an einem sicheren Ort aufzubewahren, und sie hatte mir versichert, dass sie sich darum kümmern würde. Ich wusste, warum sie es in diesen Behälter getan hatte. Wenn jemand das Haus ausrauben würde, wäre dies der letzte Ort, an dem er nach Schmuckstücken suchen würde, die ein Vermögen kosten.

Als ich mir die Kette um den Hals legte, erinnerte ich mich genau daran, wie es sich angefühlt hatte, als Leo sie mir umgehängt hatte. Ich war am Boden zerstört gewesen, weil er abreisen wollte, aber auch verwirrt darüber, warum er mir ein so wichtiges Familienerbstück anvertraut hatte, wenn er es—oder mich—nie wieder sehen würde.

Als es mir klar wurde, lief mir ein Schauer durch den Körper. *Da war es.* Das war das Zeichen, um das ich gebeten hatte. Mrs. Angelini hatte mich zu dem Ort geführt, an dem sie die Halskette aufbewahrte, aber nur ich konnte deuten, was das bedeutete. Ich schloss meine Augen und wusste, dass sie wollte, dass ich meinem Herzen folge und zu ihm gehe. Das wollte ich auch, auch wenn ich Angst hatte.

Ich spielte ein wenig mit der Kette um meinen Hals und

rief Bailey an, um sie über alles zu informieren, was gerade passiert war.

"Hast du ihn schon gegoogelt?", fragte sie.

"Nein. Ich will keine Fotos von ihm mit ihr sehen. Und ich habe es all die Jahre geschafft, ihn nicht zu googeln. Ich werde auch jetzt nicht damit anfangen. Ich wüsste nicht, was ich glauben sollte."

"Okay. Was ist also dein nächster Schritt?"

"Meinst du, ich sollte ihn anrufen?"

"Wie wäre es, wenn du einfach zu ihm gehst?", schlug Bailey vor.

"Ohne Vorwarnung?"

"Vielleicht musst du ihn sehen, um zu wissen, ob du eine verrückte Hochzeit noch verhindern willst. Hast du nicht das Gefühl, dass du bei ihm sein solltest, um zu wissen, ob die Verbindung noch da ist? Wenn du anrufst und ihm alles vermasselst, könnte es zu früh sein. So was muss man persönlich machen. Ich sage, du sollst deinen Arsch ins Flugzeug setzen und losfliegen. Sieh ihm in die Augen, und du wirst in Sekunden wissen, ob es das Richtige ist. Und wenn nicht, dann kannst du dich wenigstens ein letztes Mal verabschieden."

Wenn ich mir erlaubte, zu viel nachzudenken, würde nie etwas geschehen. Und in diesem Fall hatte ich nicht den Luxus der Zeit. Ich musste eine Entscheidung treffen, bevor ich überhaupt anfangen konnte, zu grübeln.

Mein Magen begann sich zu drehen, nicht wegen meiner inneren Debatte, sondern weil ich wusste, dass ich mich entschieden hatte zu gehen.

KAPITEL 19

Felicity

Titel 19: "Long Long Journey" von Enya

Die Fahrt durch die englische Landschaft erschien mir wie ein Traum, malerischer, als ich es mir hätte vorstellen können—Tiere, die am Straßenrand weideten, wunderschöne Steinbauten, sich kilometerweit ausbreitende grüne Felder. Fast während der gesamten Autofahrt lief mir ein Schauer über den Rücken.

Mein Fahrer setzte mich schließlich an der mit Weinreben bewachsenen Hütte ab, in der ich übernachten würde.

Die kleine, alte Frau, die diese Frühstückspension betrieb, begrüßte mich an der Tür. "Willkommen im Bainbridge Inn."

Sie trat zur Seite und ließ mich eintreten. Ich hatte diesen Ort gewählt, weil er nur zwei Kilometer vom Covington-Anwesen in Westfordshire entfernt war.

Als mein Flug landete, war es schon zu spät, um direkt zu Leo zu fahren. Ich würde morgen früh fahren. Ich brauchte Zeit, um mich zu orientieren. Es war ein langer Flug gewesen, und der Erwartungsdruck hatte mich geistig erschöpft. In diesem Zustand wollte ich ihn nicht sehen. Ich brauchte Schlaf, und dann würde ich morgen früh auf Teufel komm raus zu seinem Haus gehen.

"Ich bin Lavinia", sagte die Frau. "Ich stehe dir für die Dauer deines Aufenthaltes zu Diensten."

Sie war klein und zerbrechlich. Sie zu bitten, etwas für mich zu tun, erschien mir falsch.

"Sie haben mir einen sicheren Platz zum Schlafen gegeben, und das ist alles, was ich brauche."

"Ich lebe dafür, meinen Gästen zu dienen." Sie lächelte. "Und ich genieße die Gesellschaft sehr. Ich mache dir einen Tee. Ich würde dir dein Zimmer zeigen, aber die Treppe und ich haben uns in letzter Zeit nicht gut verstanden. Ich versuche, die Anzahl der Wege, die ich zurücklegen muss, zu begrenzen."

Das gab mir ein schlechtes Gefühl. Sie war zu alt für diesen Scheiß.

"Tee klingt gut", sagte ich ihr. "Und mach dir keine Sorgen. Du brauchst mich nicht zu begleiten. Sag mir einfach, wo es ist."

"Die erste Tür auf der linken Seite, sobald du oben angekommen bist."

Das Zimmer im Obergeschoss hatte einen altmodischen Charme. Mit der Blumentapete und dem eisernen Bettgestell sah es aus wie eine lebensgroße Version eines Puppenhauszimmers aus den 1970er Jahren. Das Bett knarrte und war etwas unbequem, aber es musste wohl ausreichen.

Nachdem ich meine Taschen in eine Ecke gestellt hatte, ging ich wieder nach unten.

Lavinia hatte bereits den Tisch in der Küche gedeckt. Das Teewasser begann auf dem Herd zu kochen.

“Hast du Hunger, meine Liebe?”

“Nein, danke. Ich habe am Flughafen etwas gegessen, als ich gelandet bin.”

Sie stellte einen Teller mit Keksen vor mich hin. “Was führt dich nach Westfordshire?”

Sie musste wissen, wer Leo Covington war, also wollte ich auf keinen Fall seinen Namen erwähnen. Ich blieb ganz allgemein.

“Ich bin gekommen, um mich mit einem Mann aus meiner Vergangenheit zu treffen”, sagte ich, während sie mir den Tee einschenkte.

Sie lehnte sich vor. “Nun, das ist vielleicht das Aufregendste, was ich hier seit langem gehört habe.”

Ich nahm einen Schluck und lachte. “Eigentlich ist es eher erschreckend als aufregend.”

“Erzähl mir doch mal die Geschichte.”

Ohne ins Detail zu gehen, erzählte ich ihr von dem Sommer, in dem ich mich in einen gut aussehenden, charmanten britischen Mann aus Westfordshire verliebt hatte, der mich umgehauen hatte. Ich endete mit dem Briefinhalt.

“Es ist so romantisch”, schwärmte sie.

“Das ist es, aber auch beängstigend. Ich wünschte, ich hätte den Brief schon zwei Monate früher bekommen, als er ankam. Jetzt ist er wahrscheinlich davon ausgegangen, dass ich ihn erhalten habe und ihm nicht antworte. Es wird ein ziemlicher Schock sein, mich zu sehen.” Mein Herz sank. “Das könnte nicht gut ausgehen, Lavinia.”

Sie schob den Teller mit den Keksen näher heran. "Hab Hoffnung. Wenn es so sein soll, wird am Ende alles gut werden." Lavinia legte den Kopf schief. "Gibt es einen Grund, warum du ihn nicht zuerst angerufen hast?"

"Ich habe beschlossen, dass es sinnvoller wäre, wenn ich einfach komme. Das scheint mir zu wichtig für einen Telefonanruf. Wenn er mich nicht persönlich sieht, wird er nicht wirklich wissen, ob die Gefühle, die er zu haben *glaubt*, auch wirklich da sind. Ich muss den Blick in seinen Augen sehen, verstehst du?"

"Ich glaube, der arme Kerl könnte einen Herzinfarkt bekommen."

Ich erschauderte. "Ich hoffe nicht."

"Das wäre kein gutes Ende für die Geschichte, nicht wahr?" Sie erhob sich vorsichtig von ihrem Stuhl. "Hätte ich gewusst, worauf du dich einlässt, hätte ich dir etwas viel Stärkeres als Tee angeboten."

Ich kicherte und erinnerte mich an meinen ersten Tee mit Leo und Sig, der sich in Tee-Quila verwandelte.

"Darf ich dir etwas anbieten, das dich vor dem Schlafengehen beruhigt?", fragte sie.

Ich wollte gerade ablehnen, weil es viel zu spät war, um noch etwas zu trinken, aber dann bemerkte ich, was sie in der Hand hielt: eine Flasche Fireball.

Meine Augen weiteten sich. "Du trinkst Fireball?"

"Nun, ich habe ein paar verschiedene Getränke. Aber das ist mein Lieblingsgetränk, ja. Magst du ihn nicht?"

"Nein, das ist es nicht. Es ist... Nun, jemand, der mir sehr wichtig war und der inzwischen verstorben ist—das war ihr Lieblingsgetränk. Ich kann mir nicht helfen, aber ich denke, dass es eine Botschaft von ihr war, dass du ihn rausgenommen hast."

"Siehst du, jetzt *musst* du vor dem Schlafengehen noch einen Drink nehmen." Sie schenkte mir etwas Fireball in ein kleines Glas ein.

"Danke", sagte ich, während ich es hinunterschluckte.

"Bitte sehr." Sie lachte.

Es ging nichts über dieses würzige Brennen. Definitiv nicht mein Lieblingsgetränk, aber es würde für immer etwas Besonderes bleiben, weil Mrs. Angelini es so sehr geliebt hatte.

Ich trug mein Glas zum Waschbecken. "Ich bin wirklich dankbar, dass ich diesen Ort gefunden habe. Es hat die Gemütlichkeit von zu Hause, die ich heute Abend zu schätzen weiß. Ich bin so nervös, und es ist schön zu wissen, dass ich morgen wieder zurückkommen kann, wenn nicht alles zu meinen Gunsten ausgeht."

"Nun, fürs Protokoll, ich habe in absehbarer Zeit keinen anderen Termin. Also, selbst wenn es nicht klappt, hoffe ich, dass du eine Weile bleibst und Westfordshire genießt, genieße die Abwechslung von zu Hause."

Ich lächelte, aber wenn Leo mich wegschicken würde, würde ich schnellstmöglich die Fliege machen.

Am nächsten Morgen waren meine Nerven völlig am Ende. Lavinia machte mir Tee und Eier. Ich zwang alles hinunter, damit ich etwas Energie hatte. Ich hatte einen Fahrdienst angerufen, der mich zu Leos Anwesen bringen sollte, und mein Fahrer würde jeden Moment eintreffen.

Ich hatte ein einfaches schwarzes Kleid gewählt, um entweder mein Herz zu brechen oder die Liebe meines Lebens wiederzufinden. Ich hatte mich auch entschieden, den Ring von Leos Großvater um den Hals zu tragen. Ich hatte ihn nicht mehr abgenommen, seit ich ihn in Mrs. Angelinis Keksdose gefunden hatte.

Als mein Auto vorfuhr, umarmte mich Lavinia, und ich begrüßte meinen Fahrer und stieg ein. Als er die Straße hinunterfuhr, nannte ich ihm die Adresse meines Ziels.

"Haben Sie einen Termin in Covington Manor, Fräulein?", fragte er.

"Ich... besuche einen Freund."

"Das habe ich nicht gefragt. Erwartet man einen Besuch von Ihnen?"

"Nein."

"Sie haben keinen Termin?"

So ein Mist. Ich hatte nicht über die Planung dieser Sache nachgedacht. Es war ja nicht so, dass ich Leo in einem normalen Haus besuchen würde. Es war mir nicht in den Sinn gekommen, dass ich Schwierigkeiten haben könnte, Zugang zu erhalten. "Ähm... ich werde einfach improvisieren."

"Bei allem Respekt, Fräulein, ich möchte nicht in ihre Eskapaden eingeweiht werden, wenn das eine Art Stalker-Situation ist."

Was? Ich schüttelte den Kopf. "Ich verspreche, dass es nichts dergleichen ist."

Er seufzte, fuhr aber weiter. Schließlich kamen wir an dem Ort an, von dem ich annahm, dass es das Covington-Anwesen war. Es gab eine lange Straße, die als Auffahrt diente und an deren Ende sich ein Brunnen befand. Das Backsteingut war von sanften, grünen Hügeln umgeben und sah aus wie aus einem Film—traumhaft.

Je näher er an das Hauptgebäude heranfuhr, desto heftiger schlug mein Herz. Es gab jetzt kein Zurück mehr. Ich wünschte nur, ich hätte früher gemerkt, dass es komplizierter werden würde, als an einer Tür zu klingeln und Leo zu antworten. Ich mochte zwar in Harvard studiert und einen Abschluss in Jura gemacht haben, aber manchmal war ich nicht sehr klug.

Der Fahrer fuhr vor, und ich stieg mit wackeligen Beinen aus dem Wagen. Nachdem ich die Tür geschlossen hatte, fuhr er los. Ich hatte vor, ihn zu bitten, auf mich zu warten, aber er gab mir keine Gelegenheit dazu.

So ein Mist! Er hielt mich wirklich für einen Stalker und wollte nicht mit mir in Verbindung gebracht werden. *Danke für deine Unterstützung, Arschloch.*

Mit rasendem Puls stieg ich die Stufen zu der massiven und verzierten Eingangstür hinauf, die von zwei riesigen Säulen verziert wurde. Ich läutete die Türklingel, die fast wie Kirchenglocken klang.

Wenige Sekunden später öffnete ein Mann in einem schwarzen Anzug. "Wie kann ich Ihnen behilflich sein?"

Die Worte kamen kaum heraus. "Ja. Ich bin hier, um Leo Covington zu sehen."

Seine Augenbrauen hoben sich. "Ich nehme an, er erwartet Sie?"

"Nein, eigentlich nicht. Ich habe keinen Termin. Aber er weiß, wer ich bin und würde wissen wollen, dass ich hier bin."

Seine Augen verengten sich. "Ihr Name?"

Ich räusperte mich. "Felicity Dunleavy."

Er zog ein Gerät aus seiner Tasche, das wie ein Walkie-Talkie aussah, und sprach in das Gerät. Er war so leise, dass ich nicht verstand, was er sagte.

Dann erschien ein viel größerer Mann in der Tür. "Fräulein, wir lassen niemanden in dieses Haus, der nicht einen Termin hat. Wenn er Sie erwartet hätte, hätte er uns Bescheid gesagt. Wir führen eine Liste der Gäste, die jeden Tag erwartet werden, und Sie stehen nicht darauf."

"Ich verstehe. Sie müssen sich an die Sicherheitsmaßnahmen halten. Ich verlange nicht, dass Sie mich hereinlassen, sondern nur, dass Sie ihn wissen lasst, dass ich hier bin."

"Wenn wir ihn jedes Mal belästigen würden, wenn ein Fremder auftaucht und versucht, sich Zutritt zu verschaffen, hätte keiner von uns einen Job", sagte einer der Männer.

Mein Herz begann zu rasen. "Ich bin eine alte Freundin von ihm. Ich garantiere hiermit, dass er Sie nicht feuern wird, wenn Sie ihm sagen, dass ich hier bin."

Die beiden Männer sahen sich an. Auf meiner Stirn bildete sich ein Schweißtropfen. Das war kein Szenario, mit dem ich gerechnet hatte, trotz der vielen Möglichkeiten, die ich mir vorgestellt hatte, als ich vor seiner Tür auftauchte.

"Wenn Sie wirklich eine alte Freundin sind", sagte der kleinere Mann, "sollten Sie in der Lage sein, ihn direkt zu kontaktieren. Er würde Sie dann auf eine Liste von Personen setzen, die dieses Haus betreten dürfen. Bis dahin muss ich Sie bitten, das Gelände zu verlassen."

Das war nicht gut. Ich hatte noch Leos Nummer, und ich nahm an, dass ich ihn anrufen könnte. Aber das schien mir eine zu forsche und informelle Art zu sein, ihm mitzuteilen, dass ich hier war.

Aber es schien, als hätte ich keine andere Wahl. Ich wollte mein Handy aus der Handtasche nehmen, aber nach längerem Suchen stellte ich fest, dass es nicht drin war. Ich war heute Morgen so verwirrt, dass ich es wohl bei Lavinia vergessen hatte.

So ein Mist! Was soll ich jetzt tun? Ich sah zu den Männern auf, die mir den Weg versperrten. "Ich brauche wirklich Ihre Hilfe. Ich bin den ganzen Weg aus den Vereinigten Staaten hierher gekommen. Ich verstehe, dass er nicht weiß, dass ich hier bin, aber ich verspreche Ihnen, dass er nicht böse sein wird, wenn Sie es ihm einfach sagen—"

Die Tür schlug mir ins Gesicht.

Die Stille war ohrenbetäubend.

Ich kann nicht glauben, dass das wirklich passiert. Ich sah mich um und überlegte, ob ich schreien sollte. Irgendwie glaubte ich nicht, dass das hier gut ankommen würde. Aber wie sollte ich sonst zu Leo kommen?

Ohne zu wissen, was ich sonst tun sollte, klingelte ich erneut an der Tür.

Der größere Mann antwortete sofort. "Das Schließen der Tür war Ihr Stichwort, um mit etwas Würde zu gehen. Ich wollte keine Gewalt anwenden müssen, um Sie vom Grundstück zu entfernen. Aber ich fürchte, wenn Sie weiter darauf bestehen, das Haus zu betreten, werde ich keine andere Wahl haben, als Sie vom Grundstück zu entfernen."

Das stieß mir sauer auf. Ich erhob meine Stimme. "Sie werden nichts dergleichen tun. Sie werden keine Hand an mich anlegen. Verstanden?"

"Ich fürchte, Sie werden mir keine andere Wahl lassen."

"Vor der Tür eines anderen zu stehen ist kein Verbrechen. Ich habe mich nicht an Ihnen vorbeigedrängt oder versucht, einzutreten. Wenn Sie mich anfassen, trete ich Ihnen direkt in die Eier!"

Das schien ihn nicht zu schrecken. Im nächsten Moment

tauchten zwei weitere Männer auf, und ich begann, mir Sorgen um meine Sicherheit zu machen. *Was genau haben sie vor zu tun?*

Mein Instinkt sagte mir, ich solle schreien. "Leo! Hilfe!"

Ich hatte keine Ahnung, ob er überhaupt zu Hause war. Aber ich schrie weiter und wiederholte seinen Namen. Würden diese Typen die Polizei rufen? Ich überlegte, ob ich gehen sollte, aber ich hatte kein Telefon, um einen Fahrer zu rufen. Ich würde die zwei Kilometer zurück zu Lavinias Haus laufen müssen.

Und dann, gerade als ich dachte, ich würde den Verstand verlieren, hörte ich seine Stimme.

"Was zum Teufel ist hier los?"

Ich blickte auf. "Leo. Oh mein Gott."

Er hatte mir nicht ins Gesicht geschaut, bis ich seinen Namen sagte. Er wurde weiß, als seine Augen meine trafen. Er blinzelte immer wieder, als wäre er sich nicht sicher, ob ich wirklich vor ihm stand.

"Felicity...", flüsterte er.

"Es tut mir so leid, dass ich eine Szene gemacht habe. Aber sie wollten dir nicht sagen, dass ich hier bin."

Leo starrte mich ungläubig an, während einer der Männer versuchte, es zu erklären.

"Kennen Sie diese Frau? Wir dachten nicht—"

"Bitte lasst uns in Ruhe." Leo streckte seine Hand aus. "Lass uns reingehen."

Der Mann stammelte: "Euer Gnaden, wir wollten nur—"

"Lasst uns in Ruhe!", rief Leo.

Die Luft wurde ruhig. Der Mann nickte, und die anderen Jungs folgten ihm zurück ins Haus. Die Tür schloss sich nicht ganz hinter ihnen, aber wenigstens waren wir jetzt allein.

Leo schien weder glücklich noch verärgert zu sein. Sein Gesichtsausdruck war ein reiner Schock.

"Was machst du denn hier?", fragte er schließlich.

Mir blieb fast das Herz stehen. *Warum fragt er mich das?* Meine Stimme zitterte. "Ich habe deinen Brief bekommen. Zwei Monate zu spät. Es tut mir so leid, dass ich nicht geantwortet habe, aber ich habe ihn erst vor ein paar Tagen auf einem Stapel liegen sehen."

Seine Augenbrauen zogen sich zusammen. "Mein Brief …?"

"Ja." Ich fischte in meiner Handtasche nach dem Umschlag. "Der Brief, den du mir im Juni geschrieben hast. Du sagtest, du würdest im September heiraten—das ist in weniger als drei Wochen. Und du wolltest wissen, ob ich noch etwas für dich empfinde, bevor du diesen Schritt wagst. Ich war so schockiert, als ich den Brief erhielt, aber ehrlich gesagt, Leo, habe ich über die Jahre auch nicht aufgehört, an dich zu denken. Ich wäre schon früher gekommen, wenn ich—"

"Zeig ihn mir, bitte." Er streckte seine Hand aus. " Den Brief."

Verwirrt reichte ich ihn ihm.

Was ist hier los?

Dann überkam mich ein Gefühl des Grauens. In dem Brief stand, dass er getrunken hatte.

Oh nein! Panik drückte auf meine Brust.

"Weißt du nicht mehr, wie du ihn geschrieben hast?", fragte ich mit einem Kloß im Hals.

Er schien ungläubig zu sein, als er auf den Brief starrte. "Natürlich tue ich das."

"Warum tust du so, als wüsstest du es nicht?"

"Felicity…" Er machte ein paar Schritte auf mich zu und reichte mir den Brief zurück. "Sieh dir das Datum an."

Ich schaute hinunter und las. "Da steht 2. Juni 2025."

"Das ist keine Fünf." Er hielt inne. "Es ist eine Drei. Ich habe dir diesen Brief vor über zwei Jahren geschrieben."

Ein paar Sekunden vergingen, während ich verarbeitete, was er sagte. Es fühlte sich an, als ob die ganze Luft aus meinem Körper entwichen wäre. Dann sackte mir das Herz in die Hose. "Wie kann das sein?" Ich sah wieder auf den Brief hinunter, der in meiner zittrigen Hand zitterte. Drei… Fünf… Alles sah im Moment verschwommen aus.

"Ich kann nicht glauben, dass du hier bist", flüsterte er.

Ich räusperte mich. "Warte…also, ähm, wenn das vor zwei Jahren geschrieben wurde, dann…bist du…"

Er beendete meinen Satz. "Verheiratet."

Die Sonne schien in diesem Moment zu verschwinden. Es fühlte sich an, als würde die Welt auf mich zukommen. Ich wollte weglaufen, aber ich konnte mich nicht bewegen. "Oh."

"Warum hast du den Brief erst jetzt gesehen?"

Ich schloss die Augen. "Mrs. Angelini ist vor etwa zwei Jahren an einem Herzinfarkt gestorben. Dieser Brief muss ungefähr zu der Zeit angekommen sein, als sie starb. Er wurde mit einem Haufen Beileidskarten vermischt. Ich habe ihn erst vor kurzem gefunden, als ich die gesamte Post in ihrem Haus durchgesehen habe, und deshalb…" Meine Worte verstummten.

"Oh, Felicity. Es tut mir so leid, das mit Mrs. Angelini zu hören."

"Danke."

"Ich weiß, wie viel sie dir bedeutet hat."

Du hast mir auch sehr viel bedeutet.

Als wir uns gegenüberstanden, begannen leichte Regentropfen zu fallen.

"Du siehst wunderschön aus", sagte er.

Diese Worte waren wie ein Messer in meinem Herzen.

"Du auch. Attraktiv." Ich nickte. "Und gesund."

Gesund? Ich wusste nicht einmal, was ich zu diesem Zeitpunkt sagte.

Er schüttelte immer wieder den Kopf. "Ich weiß nicht, was ich sagen soll. Ich bin im Moment sprachlos. Ich kann kaum atmen, geschweige denn sprechen."

"Das kann ich nachvollziehen."

Er schaute über mich hinweg, als wolle er nach einem Fahrzeug Ausschau halten. "Seit wann bist du hier? Wohnst du hier irgendwo?"

"Letzte Nacht. Ich wohne in einer Frühstückspension zwei Kilometer der Straße entlang."

Ich sah hinüber und bemerkte eine Gruppe von Leuten im Haus, die uns vom Fenster aus anstarrten.

"Wie heißt der Ort?", fragte er.

"The Bainbridge Inn", antwortete ich, den Blick immer noch auf das Fenster gerichtet.

"Wir müssen reden", sagte er. "Ich treffe dich später dort."

"Ich schätze, ich muss nicht fragen, warum du mich nicht einlädst. Ich weiß nicht, ob es noch etwas zu sagen gibt. Ehrlich gesagt, ich sollte einfach zurück in die Staaten gehen, Leo." Meine Augen begannen sich zu füllen.

"Bitte verlasse Westfordshire nicht." Sein Ton war eindringlich. "Zumindest nicht, bis wir die Gelegenheit hatten, unter vier Augen zu reden, in Ordnung?"

In diesem Moment öffnete sich die Tür. Eine attraktive Frau, etwa in meinem Alter, stand in der Tür. Sie trug ein rosa

Kleid, das ihre schmale Taille betonte. Ihr blondes Haar war kerzengerade und bis knapp über die Schultern geschnitten. Anhand ihres verächtlichen Blicks war schnell klar, um wen es sich handelte.

Sie musterte mich von oben bis unten. "Was ist hier los?"

Leo öffnete den Mund, aber ich ließ ihm keine Gelegenheit zu einer Antwort.

"Nichts", sagte ich, richtete meine Haltung auf und täuschte ein Lächeln vor. "Ich bin eine alte Freundin von Leo. Ich habe ihn vor Jahren bei einem Besuch in den USA kennengelernt und dachte, ich komme mal vorbei, um Hallo zu sagen, während ich hier in England bin. Ich hätte angerufen, aber ich habe mein Telefon in meiner Unterkunft vergessen. Außerdem wusste ich dummerweise nicht, dass ich einen Termin brauche. Ich habe einen ziemlichen Krach mit den Sicherheitsleuten gemacht. Leo kam raus, als er den Krach hörte."

Ihr Blick wanderte zwischen uns beiden hin und her. "Verstehe", sagte sie und sah skeptisch aus.

Ich fragte mich, ob sie das Zittern in meiner Stimme spüren konnte, ob sie die bevorstehenden Tränen in meinen Augen sehen konnte. Konnte sie sehen, dass sie den Moment unterbrochen hatte, in dem meine ganze Welt auf den Kopf gestellt wurde? Den Moment, in dem mir das Herz aus der Brust gerissen wurde?

Um Leos willen hoffte ich das nicht. Er hatte die Lage nicht verdient, in die ihn meine Dummheit und meine Unfähigkeit, eine einfache Zahl zu entziffern, gebracht hatte.

Ich kann nicht atmen.

Ich muss von hier verschwinden.

Ich zwang mich, ruhig zu bleiben und sagte: "Leo, es war schön, dich zu sehen. Ich hoffe, du hast einen schönen restlichen Tag."

Als ich mich umdrehte, um wegzugehen, rief er: "Felicity, warte."

Seine Aufforderung war schmerzhaft. Ich weigerte mich, mich umzudrehen und ihn zu beachten, und ging weiter den langen Weg hinunter, bis ich das Covington-Gelände verlassen hatte. Erst als ich um die Ecke zur Hauptstraße bog, erlaubte ich meinen Tränen, zu fallen.

Ich war mir nicht einmal sicher, ob ich wusste, wie ich zu der verdammten Pension zurückkommen sollte. Und es war ja nicht so, dass ich ein Telefon zur Navigation hatte.

In dieser verregneten Landschaft war ich am tiefsten Punkt meines Lebens angelangt.

KAPITEL 20

Felicity

Titel 20: "Someone Like You" von Adele

Hätte ich gewusst, dass ich zwei Kilometer laufen würde, hätte ich Turnschuhe angezogen. Meine flachen Schuhe waren jetzt mit Schlamm bedeckt. Aber das durchnässte schwarze Kleid war perfekt, um alle Hoffnungen auf eine Zukunft mit Leo Covington zu begraben.

Da der Regen in Strömen fiel, schätzte ich, dass ich noch etwa einen Kilometer vor mir hatte. Zum Glück hatte ich angehalten und mit jemandem gesprochen, der mir eine genaue Wegbeschreibung zurück zu Lavinia's gab.

Irgendwann fuhr ein Auto langsam neben mir her.

Na toll.

"Mein Gott, du bist ja völlig fertig", sagte der männliche Fahrer.

Ich beschleunigte mein Tempo und drehte mich zu ihm um. Er hatte einen Bart und trug etwas, das wie eine Baskenmütze aussah.

"Das kommt davon, wenn man im Regen läuft."

“Steig ein.”

Das hatte mir gerade noch gefehlt—in der englischen Landschaft überfallen und zum Sterben zurückgelassen zu werden.

“Es tut mir leid. Ich steige nicht zu fremden Männern ins Auto, schon gar nicht zu solchen mit aggressivem Ton.”

“Rotschopf, steig ins Auto. Du bist völlig durchnässt.”

Ich blieb auf der Stelle stehen. *Rotschopf?*

Aber das konnte nicht sein. Es sah ihm nicht ähnlich.

Ich blinzelte. “Sig?”

“Du willst mir sagen, dass du nicht wusstest, dass ich es war? Ich nahm an, dass du deshalb so zickig warst.”

“Nein, natürlich wusste ich nicht, dass du es bist. Seit wann hast du einen Bart ... und trägst Hüte?”

“Seit wann läufst du in England im Regen herum und siehst aus, als würdest du zu einer Beerdigung gehen? Aber du hattest noch nie einen Sinn für Mode.”

“Woher wusstest du, wo ich bin?”

“Leo hat angerufen. Er sagte, du seist zu Fuß unterwegs und ich solle dafür sorgen, dass du sicher zu dir nach Hause kommst.”

“Ich würde ja fragen, warum er nicht selbst gekommen ist, aber ich bin mir ziemlich sicher, dass er gerade zu Hause ein großes Feuer löschen musste.” Ein leicht verärgertes Lachen entwich mir. “Du musst dich amüsiert haben, als du von all dem erfahren hast.”

“Steig ein, Rotschopf.”

Ich beschloss, auf sein Angebot einzugehen. Drinnen angekommen, schnallte ich mich an. “Danke.”

Er fuhr wortlos los, aber schließlich schnaufte er: “Nein, damit das klar ist, es macht mich verdammt nochmal nicht glücklich zu wissen, dass du verletzt bist. Ich bin vielleicht ein bissiger Bastard, aber ich bin nicht herzlos."

Meine Brust spannte sich an. "Es tut mir leid, dass ich dir das unterstellt habe. Es war ein harter Tag."

Er blickte zu mir herüber. "Vielleicht eine dumme Frage, aber geht es dir gut?"

"Ehrlich gesagt?" Ich seufzte. "Nein."

"Verständlich."

Ich starrte einen Moment lang aus dem Fenster, bevor ich mich wieder den Scheibenwischern zuwandte.

"Hat er ein Kind?"

Sig schüttelte den Kopf. "Nein."

Erleichterung machte sich in mir breit. Nicht, dass das etwas geändert hätte, aber ich musste mich nicht auch noch darum kümmern.

"Hat er dir alles erzählt? Wie ich hier gelandet bin?"

"Ja. Ein ziemlich krasser Fehler, wenn du mich fragst, aber den hätte jeder machen können."

Ich musterte ihn von oben bis unten. "Warum siehst du so anders aus?"

Sein Kiefer straffte sich. "Sagen wir einfach, du bist nicht die Einzige, die eine schwere Zeit durchmacht."

Hmm... "Willst du darüber reden?"

"Nein, will ich absolut nicht."

"Okay."

Nach einigen Minuten des Schweigens hielt er vor dem Lavinia's an.

"Das ist der Ort, richtig?"

"Ja."

Er parkte den Wagen und stieg aus.

"Was machst du da?", fragte ich.

"Ich komme mit dir rein."

"Warum?"

"Weil ich die Anweisung erhalten habe, dass du das Land noch nicht verlassen darfst und ich mich vergewissern soll, dass es dir gut geht. Du hast zugegeben, dass es dir nicht gut geht. Ich habe Leo versichert, dass ich mich um dich kümmern werde."

Ich rollte mit den Augen. "Ich bin nicht allein. Lavinia, die Besitzerin dieses Hauses, ist bei mir. Und warum bist du überhaupt auf Leos Befehl hier?"

"Ich schulde ihm eine ganze Menge."

Hmm...

Als ich zur Tür ging, folgte er mir.

"Kommst du wirklich mit rein?"

Er nickte.

Ich hatte definitiv die britische Version von *The Twilight Zone* betreten.

Lavinia strahlte, als sie die Tür öffnete. "Das muss der reizende Mann sein, von dem du mir erzählt hast!"

"Nein, nein", korrigierte ich schnell. "Das ist Sig. Er hat mich gerade hierher gefahren. Es ist eine lange Geschichte, aber es hat heute überhaupt nicht geklappt." Ich schüttelte den Kopf. "Es hat sich herausgestellt, dass ich das Datum auf dem Brief falsch gelesen habe. Er wurde tatsächlich vor zwei Jahren geschrieben, nicht vor zwei Monaten. Er ist verheiratet, und ich habe mich ziemlich zum Narren gemacht."

"Oh, je." Ihr Mundwinkel senkte sich, als sie mich in eine Umarmung zog. "Das tut mir sehr, sehr leid. Das ist niederschmetternd." Sie sah zu Sig hinüber. "Dein Fahrer bleibt hier?"

"Sig ist eigentlich Leos Cousin. Er... passt auf mich auf."

"Schön, dich kennenzulernen, Lavinia." Sig streckte seine Hand aus.

Sie ergriff sie. "Ich erahne ein sehr hübsches Gesicht hinter diesem grimmigen Äußeren. Du kannst gerne so lange bleiben, wie du willst."

Sig sah sich um. "Wo ist der Alkohol? Rotschopf wird ihn brauchen."

Alkohol? Ich konnte im Moment nichts vertragen, schon gar nicht das.

"Mir geht's gut."

Er ignorierte mich und wandte sich an Lavinia. "Was hast du im Haus?"

"Fireball und Whiskey."

Sig sträubte sich. "Ekelhaft. Ich gehe einkaufen." Er wandte sich der Tür zu. "Lavinia, du musst dafür sorgen, dass sie in meiner Abwesenheit nirgendwo hingeht."

Ich blickte an mir herunter. "Sehe ich aus, als wäre ich in der Lage, das Haus wieder zu verlassen? Ich bräuchte mindestens eine Stunde, um mich frisch zu machen, und noch mehr Zeit, um einen Fluchtwagen zu organisieren. Also ist alles gut. Ich werde nicht weglaufen."

Nachdem Sig einkaufen gegangen war, versuchte Lavinia, mich dazu zu bringen, ihr mehr darüber zu erzählen, was passiert war, aber ich war nicht bereit, es wieder aufzuwärmen. Stattdessen legte ich mich auf ihre Couch, schloss die Augen und versuchte, die pochenden Kopfschmerzen loszuwerden.

Als Sig zurückkam, erhob ich mich vom Sofa. Er hatte zwei Papiertüten dabei. In kürzester Zeit lud er die Zutaten für die Margaritas auf dem Tresen ab, dazu jede Menge Lebensmittel.

"Mir war nicht klar, dass wir eine Party feiern", sagte ich.

"Eine Mitleidsparty."

"Das ist irgendwie lächerlich, weißt du."

Er hielt inne. "Was ist denn die Alternative? In der Ecke zu sitzen und zu weinen? Willst du, dass er herkommt und dich in diesem Zustand vorfindet?"

Sig hatte Recht. Leo hatte gesagt, dass er zu mir kommen würde. Ich war mir nicht sicher, wozu das gut sein sollte, aber es wäre besser, wenn ich nicht völlig fertig wäre. Vielleicht würden mich ein paar Drinks davon abhalten, völlig durchzudrehen.

"Kann ich helfen?", fragte ich.

"Nein. Aber du kannst dir selbst helfen. Du siehst immer noch aus wie ein Sumpfmonster. Geh duschen und zieh deine Trauerkleidung aus."

Ich nickte und weinte mich unter der heißen Dusche aus, woraufhin ich mich ein wenig besser fühlte. Ich zog mir mein Lieblings-T-Shirt und meine Lieblingsjeans an und fühlte mich gleich viel wohler.

Als ich wieder in die Küche kam, schaute Sig von seinem Platz am Herd aus auf mein T-Shirt. "Oh, Hello Kitty. Es ist so schön, dich wiederzusehen."

"Manche Dinge ändern sich nie, Sig." Ich lachte.

"Wie dein furchtbarer Stil."

"Ich bin mir nicht sicher, ob du im Moment über Stil reden willst, Sigmund."

"Touché, Liebes."

Er rührte etwas in einem großen Topf.

Ich lehnte meinen Kopf über den Herd. "Was kochst du da?"

"Tränen der unerwiderten Liebe-Suppe."

Ich gab ihm einen Klaps auf den Arm. "Idiot."

"Du lächelst aber." Er zwinkerte. "Das sollte eigentlich ein Chili con Carne sein." Er deutete auf die andere Seite der Theke. "In dem roten Plastikbecher wartet eine Margarita auf dich."

"Wow. Danke."

Lavinia betrat die Küche, eine Margarita in der Hand. "Die sind wirklich gut. Ich habe noch nie eine getrunken."

Das brachte mich zum Lachen. Sie sah so süß aus, wie sie den großen Becher hielt.

Ein Löffel fiel auf den Boden, und Sigmund bückte sich, um ihn aufzuheben. Die Baskenmütze, die er getragen hatte, rutschte ihm vom Kopf. Ich war schockiert, als ich sah, dass seine dicke Haarmähne verschwunden war und durch einen kurzen, abgeschnittenen Schnitt ersetzt wurde. *Seltsam.* Ich sagte nichts, aber ich fragte mich natürlich, warum er sie abgeschnitten hatte.

In der nächsten Stunde machte Sig Maisbrot im Toaster und stellte eine Reihe von Beilagen für das Chili bereit: Avocadoscheiben, geriebener Käse, saure Sahne und Jalapeños.

Ich half, den Tisch zu decken, während er den Topf hinübertrug und auf einen Untersetzer stellte.

Während wir aßen, sang Lavinia ein Loblied auf Sig. "Ein so gut aussehender Mann, der kochen kann, ist schwer zu finden."

"Willst du damit etwas andeuten, Lavinia?", fragte er.

Sie errötete. Es war verdammt reizend. "Wenn ich vierzig Jahre jünger wäre, vielleicht."

"Alter ist nur eine Zahl." Sig sah zu mir hinüber. "So ähnlich wie 2023 gegen 2025."

Ich ließ meinen Löffel fallen und starrte ihn an.

"Zu früh?" Er grinste.

Dann brach ich erstaunlicherweise in Gelächter aus, bis ich weinte. Ich wusste nicht, ob es Tränen des Glücks oder der Trauer waren, aber es fühlte sich gut an, alles rauszulassen, nach dem Tag, den ich erlebt hatte.

Sig hatte während des Essens oft auf sein Handy geschaut. Ich fragte mich, ob Leo ihm eine Nachricht geschrieben hatte, aber ich traute mich nicht zu fragen.

Er deutete auf meine leere Tasse. "Willst du noch etwas trinken? Du hattest erst einen."

"Nein, lieber nicht."

"Du könntest einen brauchen."

"Warum das?"

"Weil er auf dem Weg hierher ist."

Verdammt. Mein Magen kippte um. "Okay, ja."

"Dachte ich mir."

Sig stand auf und schüttete den letzten Rest der gefrorenen Margarita in meinen Becher.

"Mach dich fertig. Ich kümmere mich um das Aufräumen."

"Bist du sicher?"

"Ich habe sonst nichts zu tun."

"Danke, Sig. Wahrhaftig." Es stellte sich heraus, dass dieses Abendessen genau das war, was ich brauchte, um mich zu beruhigen. Wer hätte gedacht, dass Sigmund Benedictus in einem solchen Moment mein Retter sein würde? Das Leben ist lustig—wenn es nicht unerträglich traurig ist.

Zehn Minuten später läutete es an der Tür. Ich ließ Lavinia aufmachen, denn nach der Szene, die ich vorhin gemacht hatte, wollte ich auf keinen Fall zur Tür eilen. Nie wieder würde ich mich in eine so verletzliche Lage bringen.

Ich hob mich von der Couch, rührte mich aber nicht von der Stelle. Ich hörte einfach nur zu.

"Ich kenne dich", kam Lavinias Stimme von der Tür her. "Oh je. Ihr seid... Euer Gnaden? Was machen Sie in meinem Haus? Habe ich etwas falsch gemacht?"

Ich hatte nicht damit gerechnet, dass sie ausflippen würde.

"Nein, Madam. Es tut mir leid, dass ich Sie erschreckt habe. Ich bin hier, um Felicity zu besuchen. Und bitte, nennen Sie mich Leo."

"Sie sagte, ihre verlorene Liebe hieße Leo, aber das hätte ich mir nie vorstellen können." Sie sah mich einen Moment lang an. "Du bist... oh mein Gott. Du bist es. Sie sind der Mann, der ihr das Herz gebrochen hat."

Seine Augen trafen meine, und plötzlich waren die Margaritas meinen Gefühlen nicht mehr gewachsen. So viel zu diesem Plan. Der Ausdruck des Schmerzes auf seinem Gesicht machte mich traurig, nicht nur für mich, sondern auch für ihn. Ich wusste, es tat Leo weh, dass er mich verletzt hatte. Er hatte es nicht gewollt. Keiner von uns beiden wollte, dass das passiert.

Weil Lavinia immer noch unter Schock stand, hatte sie ihn nicht hereingebeten.

Sig kam ihr zu Hilfe. "Lavinia, vorhin hast du mir von dem Spiel erzählt, das du mir zeigen wolltest. Ich habe den Tisch abgeräumt. Warum holst du nicht die Karten?"

"Oh ... ja." Sie riss sich aus ihrer Verblüffung. "Lass mich sie holen." Sie eilte davon.

Als sie den Raum verlassen hatten, trat Leo ein und kam auf mich zu. Alles in mir war wie elektrisiert. Er sah mich ein paar Sekunden lang an, bevor er die Hand ausstreckte und mich in seine Arme zog. Ich konnte sofort seinen Herzschlag spüren.

Ich hatte nicht erwartet, dass er mich berühren würde—vorher hatte er sich zurückgehalten. In der Wärme seiner Arme ließ ich für einen Moment meinen Schutz fallen und erlaubte mir, den Komfort seiner Umarmung und seinen vertrauten Geruch zu genießen, auch wenn es bittersüß war. Trotzdem wollte ich nicht, dass er mich losließ.

"Es tut mir so leid wegen heute", flüsterte er. "Und es tut mir leid, dass ich so lange gebraucht habe, um hierher zu kommen."

Als er sich zurückzog, fragte ich mich, ob das das letzte Mal gewesen war, dass ich ihn an mir spüren würde.

Er schaute auf meine Brust hinunter. "Sieh dich an, hier in England in deinem Hello-Kitty-Shirt."

"Nun, Sig war so freundlich, mich darauf hinzuweisen, dass ich in meinem durchnässten Outfit von vorhin wie ein Sumpfmonster aussah."

Leo zwang sich zu einem Lächeln. "Du hast erwähnt, dass du kein Telefon hast. Ich habe mich schrecklich gefühlt, als du im Regen weggelaufen bist. Ich bin froh, dass er bei dir war, bis ich hierher kommen konnte."

"Du hast angenommen, ich würde fliehen?"

"Ja, eigentlich schon. Und ich hätte es dir nicht verübelt."

"Du hattest wahrscheinlich recht. Das hätte ich vielleicht." Ich sah zu Boden. "Was ist passiert, nachdem ich dich heute verlassen habe?"

Als er ausatmete, fühlte sich die kurze Berührung seines Atems auf meiner Haut quälend an.

"Ich habe Darcie alles erklärt. Aber als sie dich sah, wusste sie sofort, wer du bist."

Meine Augen weiteten sich, als ich aufschaute. "Das wusste sie? Und wie?"

"Vor Jahren habe ich ihr von dir erzählt. Sie hat einen Blick auf uns geworfen und wusste wer du bist."

"Du hast ihr von mir erzählt?"

"Darcie und ich waren befreundet, als wir jünger waren, lange bevor wir ein Paar wurden. Ihr Vater ist ein Würdenträger und ein Freund meines Vaters. Als sie und ich uns als Erwachsene wiedertrafen, gestand ich ihr, dass ich immer noch in jemanden verliebt war. Das Einzige, was sie bis jetzt nicht wusste, war, dass ich den Brief geschrieben hatte. Aber das habe ich ihr heute erklärt."

"Ich bin überrascht, dass du ihr das gestanden hast."

"Ich habe den Inhalt nicht näher *erläutert*, sondern nur gesagt, dass ich mich vor der Hochzeit an dich gewandt habe, weil die Dinge zwischen uns noch nicht geklärt waren. Ich musste es nicht weiter ausführen. Ich denke, sie hat zwei und zwei zusammengezählt—genug, um zu erkennen, dass mein Verhalten unangemessen war."

"Sie muss verärgert gewesen sein, dass du zu mir gekommen bist."

"Sie war nicht glücklich. Aber ich glaube, sie hat es verstanden."

"Nun, sie ist eine bessere Person als ich es bin. Ich hätte dir den Arsch versohlt, wenn du abgehauen wärst, um dich mit einem Flittchen zu treffen, das vor unserer Tür aufgetaucht ist."

"Darcie ist nicht begeistert, um es vorsichtig auszudrücken, aber ich musste ehrlich sein." Nach einem langen Moment des Schweigens schüttelte er den Kopf. "Es tut mir leid. Ich glaube, ich stehe immer noch unter Schock.

Ich dachte, ich käme hierher und hätte eine Million Dinge zu sagen, aber ich bin ... sprachlos.”

“Das verstehe ich.”

Leo streckte die Hand aus und berührte den Ring, der um meinen Hals hing. Die Berührung seiner Hand auf meiner Brust sandte Schockwellen durch mich.

“Mir ist aufgefallen, dass du ihn vorhin getragen hast.”

Ich ließ meine Finger über den Ring gleiten. “Ich trug ihn, um stark zu sein. Ich dachte, er wäre ein Glücksbringer. Offenbar hatte er den gegenteiligen Effekt.”

“Ja”, flüsterte er.

Ich konnte ihm nicht länger in die Augen sehen, also schlug ich vor, dass wir uns auf die Couch setzen sollten.

Leo setzte sich an das gegenüberliegende Ende. “Ich will alles wissen”, sagte er. “Erzähl mir von den letzten fünf Jahren.”

Ich atmete tief ein und sammelte meine Gedanken. “Nun, nachdem du weg warst, bin ich direkt nach Pennsylvania gefahren. Ich war wirklich niedergeschlagen wegen uns, aber ich habe mich auf die Schule konzentriert und versucht, es zu verdrängen.” Ich hielt inne und sah auf meine Finger hinunter. “Nach etwa einem Jahr fing ich wieder an, mit Matt auszugehen.”

Leo schluckte.

“Um es kurz zu machen, es sollte einfach nicht sein. Es hat nie geklappt. Ich habe es mit ihm beendet. Danach habe ich mich nie wieder auf jemanden eingelassen. Kurz nachdem ich vor zwei Jahren mein Jurastudium abgeschlossen hatte, starb Mrs. Angelini.”

“Was ist passiert?”

“Sie ist im Schlaf gestorben. Sie hatte einen Herzinfarkt.”

Ein Ausdruck der Traurigkeit überzog sein Gesicht. "Du konntest dich nie von ihr verabschieden. Das ist verdammt hart. Das tut mir so leid."

Tränen drohten, als ich nickte. "Danach gibt es nicht mehr viel zu sagen. In der Zeit, seit sie weg ist, habe ich mich in meinen Job gestürzt. Aber letzten Monat habe ich gekündigt, weil der Job nicht erfüllend war. Irgendetwas rief mich zurück nach Rhode Island, auch wenn Mrs. Angelini nicht mehr da war. Ich dachte immer, ich wolle in der großen Stadt leben. Aber in letzter Zeit wollte ich nur noch zurück nach Narragansett. Als ich dort ankam, fand ich deinen Brief, und alles begann einen Sinn zu ergeben—warum ich einen solchen Drang verspürte, zurückzukehren. Zumindest schien es so." Ich schüttelte den Kopf. "Jetzt ergibt überhaupt nichts mehr einen Sinn."

Er sah gequält aus, und seine Hände waren unruhig. Mein Herz krampfte sich zusammen, als ich den goldenen Ring an seinem Finger sah. *Mein Leo ist verheiratet.* Verheiratet. Ich erinnerte mich so lebhaft daran, wie sich diese Hand auf meinem Körper anfühlte. Aber kein Teil von ihm, weder seine herrlichen Hände noch sein Herz gehörten mehr mir.

Ich räusperte mich. "Erzähl mir, wie die letzten fünf Jahre für dich waren. Ich meine, ich weiß natürlich, dass eine wichtige Sache passiert ist."

Leo atmete aus und ließ sich auf dem Sofa nieder. Er starrte vor sich hin. "Als ich nach Hause kam, war mein Vater in besserer Verfassung, als ich erwartet hatte. Er hat sich ziemlich schnell von der Infektion erholt. Das war natürlich eine Erleichterung. Aber abgesehen davon fühlte ich mich ... verloren. Die Reise nach Amerika sollte mir eigentlich helfen, einen klaren Kopf zu bekommen, aber alles, was sie bewirkt hatte, war, dass ich noch mehr irritiert war über all diese Dinge. Ich kämpfte mich durch dieses erste Jahr. Bis ich es nicht mehr aushalten konnte." Er sah auf und begegnete meinen Augen. "Also ging ich und kehrte in die USA zurück."

Adrenalin schoss durch mich hindurch. "Was?"

"Mir wurde klar, dass es ein großer Fehler war, dich gehen zu lassen. Ich habe dich in Drexel gesucht."

"Was?", wiederholte ich. Mir blieb der Mund offen stehen. *Er ist wegen mir zurückgekommen?* "Ich verstehe das nicht, Leo."

"Ich wollte dich anflehen, dass du es dir noch einmal überlegst, ob du mit mir zusammen sein willst, wenn du mit der Schule fertig bist. Aber eigentlich wollte ich dich nur wiedersehen."

"Was ist passiert?"

"Ich wohnte in einem Airbnb in der Nähe des Drexel-Campus. Ich war mir nicht sicher, wie ich dich ansprechen sollte, also beschloss ich, erst in die Stadt zu fahren und mir dann etwas zu überlegen. Aber bevor ich die Chance hatte, dich zu finden, habe ich dich gesehen."

"Warum bist du nicht zu mir gekommen?" Ich konnte kaum noch atmen.

"Weil du bei ihm warst."

Mein Magen sackte zusammen. "Du hast mich mit Matt gesehen..."

"Ja. Er hatte seine Arme um dich gelegt. Und du schienst glücklich zu sein. Ich merkte zu spät, dass du dich weiterentwickelt hattest. Ich fühlte mich zu diesem Zeitpunkt völlig überfordert."

Das hat mir das Herz zerrissen. Egal, wie es mit Matt *ausgesehen* hätte, für Leo hätte ich sofort alles stehen und liegen gelassen. Meine ganze Versöhnung mit Matt war sowieso nur ein vergeblicher Versuch gewesen, über Leo hinwegzukommen.

"Du bist also einfach nach England zurückgereist?", fragte ich und versuchte, meine Tränen zu verdrängen.

Er blickte zu Boden. "Jep."

Meine Augen brannten. "Ich hatte mich noch nicht von dir gelöst, Leo. Ich habe mich *gezwungen*, es zu versuchen."

Leo sah wieder zu mir auf. "Erst danach konnte ich *mich* dazu zwingen, loszulassen—weil ich annahm, dass *du* es getan hast. Wie gut das geklappt hat, kannst du an dem weitschweifigen Brief sehen, den ich dir vor meiner Hochzeit geschickt habe. Selbst das Wissen, dass du mit einem anderen zusammen warst, hat nichts an meinen Gefühlen geändert."

Ich wischte mir über die Augen. "Gott, wir sind ein Chaos."

"Ein Schlamassel mit tadellosem Timing, würde ich sagen." Leo stand auf, ging in die Küche und kam mit einem Taschentuch zurück. Er reichte es mir.

Ich schniefte. "Danke."

Er sah zu, wie ich mir das Gesicht abwischte.

Als ich fertig war, sah ich ihn mit klaren Augen an. "Bist du in Darcie verliebt?"

Natürlich war er das. Er hatte sie geheiratet, um Himmels willen. Aber ich musste hören, wie er es sagte.

Leo blinzelte. "Ja, ich liebe sie. Aber es ist etwas anderes. Ich kann nicht sagen, dass es die gleiche Art von Liebe ist, die ich für dich empfunden habe."

Empfunden. Vergangenheitsform.

"Ich vertraue ihr", fuhr er fort. "Und sie ist mir sehr wichtig. Wir haben gegenseitigen Respekt füreinander. Sie hat von Anfang an etwas Besseres als mich verdient, aber ich war ehrlich zu ihr. Ich habe ihr von dir erzählt. Ihr selbst wurde das Herz von einem Mann gebrochen, den sie liebte, kurz bevor wir wieder zusammenkamen. Unser gemeinsamer Liebeskummer hat uns verbunden, auch wenn es unterschiedliche Situationen waren."

Leo presste seine Fingerspitzen aneinander. "Darcie war nicht du, Felicity, aber sie war jemand, bei dem ich mich wohl fühlte und mit dem ich mich identifizieren konnte. Sie trat zu einer Zeit in mein Leben, als ich Unkompliziertheit und Gesellschaft brauchte. Sie und ich hatten nie die verrückte Chemie wie du und ich. Die Entwicklung meiner Beziehung zu ihr war anders. Es begann mit einer echten Freundschaft und wuchs von da an."

Er hielt inne, als ob er überlegte, wie er das, was er sagen wollte, abmildern könnte.

"Es entwickelte sich zu einer romantischen Beziehung. Sie kannte die Situation mit meinem Vater und verstand, womit ich zu kämpfen hatte. Aufgrund seines damaligen Gesundheitszustands habe ich sie gebeten, mich zu heiraten, bevor einer von uns beiden dazu bereit war. Und sie kannte den Grund—ich wollte, dass mein Vater das bezeugt. Das heißt aber nicht, dass ich sie nicht heiraten wollte. Es gab niemanden, mit dem ich mir das hätte vorstellen können, wenn schon nicht mit dir." Er atmete aus. "Felicity, als du auf meinen Brief nicht geantwortet hast, war ich mir sicher, dass meine Vermutung, du hättest mit Matt weitergemacht, richtig war. Ich habe mich gezwungen, mit meinem Leben weiterzumachen."

"Und jetzt?" Ich versteifte mich. "Wie steht es um deine Ehe?"

"In diesem Moment, wo ich hier bin und mit dir rede? Nicht sehr gut."

"Ich meinte natürlich vor heute…"

"Ich weiß, was du fragst." Er seufzte. "Es war nicht perfekt. Wir hatten unsere Probleme."

"Zum Beispiel?"

"Sie will bald eine Familie gründen."

"Und du nicht?"

"Ich war noch nicht so weit. Das war also ein Streitpunkt."

Ich schüttelte den Kopf. "Tut mir leid, dass ich so viele Fragen stelle. Was in eurer Ehe passiert, geht mich nichts an."

"Du kannst mich alles fragen, Felicity. Das habe ich dir immer gesagt."

"Sie muss mich hassen."

"Sie weiß, dass du nicht respektlos sein wolltest und dass du nicht wusstest, dass ich verheiratet bin."

Verheiratet.

Verheiratet.

Verheiratet.

Das Wort fühlte sich an, als ob es mich ersticken würde.

"Ich glaube, ich sollte wieder abreisen", platzte ich heraus.

"Bleib eine Woche", sagte er sofort.

"Warum?"

"Weil ich noch nicht bereit bin, mich von dir zu verabschieden. Ich habe keinen besseren Grund als das."

"Was—lädst du mich zum Abendessen auf dein Anwesen ein? Ich meine, komm schon, Leo. Welchen Zweck soll mein

Bleiben erfüllen? Ich kann dich gerade kaum ansehen mit diesem Schmerz in meiner Brust."

"Glaubst du, ich will dir wehtun?", rief er, dann senkte er schnell die Stimme. "Darum geht es hier nicht. Ich brauche nur Zeit, um das zu verarbeiten, bevor du gehst." Er hielt inne. "Eine Woche, Felicity."

Er starrte mir in die Augen. Ich musste mich daran erinnern, dass diese Situation für ihn genauso schockierend war wie für mich. Und daran war niemand anders als das Schicksal schuld.

"Wie sollst du mich sehen, wo doch deine Frau weiß, wer ich bin?"

"Ich habe nicht vor, sie zu belügen." Er hielt inne. "Und ich sage Sigmund, dass er hier in der Pension bei dir bleiben soll."

"Warum? Das muss er nicht."

"Ich muss mich vergewissern, dass es dir gut geht, da ich nicht hier bei dir sein kann. Du kennst dich in Westfordshire nicht aus. Und er könnte die Ablenkung auch gebrauchen."

"Was ist eigentlich mit ihm los?"

"Das erkläre ich dir, wenn wir mehr Zeit haben. Das ist kein Gespräch, das man überstürzen sollte."

Das ließ mich verunsichert zurück.

"Es ist schon spät", sagte er und stand auf. "Ich gehe besser zurück, aber wir sehen uns morgen, okay?"

Er ging zur Tür. Er sah so schmerzhaft gut aus, sein goldbraunes Haar war zur Seite geglättet. Mit seinen dreiunddreißig Jahren war Leo sexier denn je. Wenn überhaupt, dann war er körperlich fitter, als ich ihn in Erinnerung hatte. Sein veilchenblauer Pullover schmiegte sich an seine breiten Schultern und seine muskulöse Brust.

"Versuche, heute Nacht etwas zu schlafen", sagte er, bevor er wegging.

Er hat mich nicht umarmt. Es kam mir surreal vor, dem Mann gegenüberzustehen, der mir immer noch so viel bedeutete, und ihn nicht berühren zu können. Das war fast die reinste Folter.

KAPITEL 21

Leo

Titel 21: "Goodbye My Lover" von James Blunt

Der Mond leuchtete hell gegen den dunklen Nachthimmel, als ich auf unser Grundstück fuhr. Angst gemischt mit Schuldgefühlen verfolgten mich, als ich die Haustür öffnete.

Darcie wartete im Foyer auf mich, was wahrscheinlich bedeutete, dass sie vom Fenster aus zugesehen und gewartet hatte, bis ich ankam.

Ich kann es ihr verdammt noch mal nicht verdenken.

Sie hatte die Arme schützend vor der Brust verschränkt. "Das hat ja lange gedauert."

"Es tut mir leid."

"Ich verstehe immer noch nicht, warum sie dich nicht gegoogelt und herausgefunden hat, dass du verheiratet bist."

"Ich verstehe deine Verwirrung." Ich zog meine Jacke aus und hängte sie in den Garderobenschrank neben der Tür.

"Dann erkläre es mir", forderte sie.

"Komm, setz dich einen Moment zu mir."

Sie folgte mir in das angrenzende Wohnzimmer. Wir setzten uns.

"Als meine Beziehung mit ihr endete, hatten wir vereinbart, keinen Kontakt mehr zu halten, wenn wir nicht mehr zusammen sein würden. Sie hat sich wohl entschieden, nicht im Internet nach Informationen über mich zu suchen."

"Und irgendwann wurde ihr klar, dass sie einen Fehler gemacht hatte und dich zurückhaben wollte? Also springt sie einfach in ein Flugzeug, ohne vorher anzurufen? Wer macht denn so was?"

Es gab keinen guten Weg, diese Situation zu erklären. Ich konnte schon sehen, wie sich die Räder in Darcies Kopf drehten. Ich streckte meine Hand aus und legte sie auf ihre. "Ich weiß, dass du verärgert bist."

"Was jetzt?" Sie zog ihre Hand zurück. "Fährt sie nach Hause?"

"Sie bleibt für eine Woche. Sie und ich müssen ein paar Dinge besprechen. Mehr nicht. Ich will nicht, dass sie so schockiert und verletzt in die USA zurückkehrt. Wir müssen das einfach verarbeiten, bevor sie geht."

Sie knirschte mit den Zähnen. "Ich würde dir am liebsten sagen, dass du dich verpissen sollst, Leo. Aber ich bin mir nicht ganz sicher, ob das die richtige Antwort ist. Was auch immer du anscheinend noch für diese Frau empfindest, wird nicht verschwinden, selbst wenn ich diesen Standpunkt vertrete."

"Ich würde es dir nicht verübeln, wenn du mir sagen würdest, dass ich mich verpissen soll, Darcie. Das würde ich wirklich nicht. Es tut mir leid, dass ich dich in diese Situation gebracht habe. Aber du musst darauf vertrauen können, dass ich dich nie betrügen würde, wenn es das ist, worüber du dir Sorgen machst."

Sie stieß einen langen, frustrierten Atemzug aus. "Und wann wirst du sie wiedersehen?"

“Morgen.”

“Mein Gott”, murmelte sie. “Das habe ich wohl davon, dass ich so überstürzt zugestimmt habe, dich zu heiraten. Du hast mir selbst gesagt, als wir zusammenkamen, dass du sie immer noch liebst. Ich hätte es besser wissen müssen.”

“Wenn du dich erinnerst, hattest du Gabriel kaum überwunden, als wir anfingen, uns zu daten.”

Das war jetzt irrelevant, aber ich wollte unbedingt etwas Aufmerksamkeit von mir ablenken.

“Gabriel? Du willst ihn damit reinziehen? Ich habe mich schon lange von ihm gelöst. Gabriel wird nicht Jahre später unangemeldet vor meiner Tür auftauchen. Um Himmels willen, Leo.”

“Du hast Recht. Ich hätte ihn nicht erwähnen sollen.” Ich schaute sie mit flehenden Augen an. “Darcie, ich habe dich nie belogen. Und ich habe nicht vor, jetzt damit anzufangen, klar?”

Sie klopfte mit dem Fuß auf den Boden. “Wann siehst du sie morgen?”

“Wahrscheinlich am Nachmittag. Ich werde nur ein paar Stunden weg sein. Und Sigmund wird bei uns sein, falls du dich dann besser fühlst.”

Sie erhob ihre Stimme. “Nein, das tue ich nicht. Du sagst das so, als ob ich einen Grund hätte, mir Sorgen zu machen, wenn er nicht bei dir *wäre*.”

“So habe ich das nicht gemeint.”

Meine Frau stand auf. “Ich gehe jetzt ins Bett. Ich habe lange genug gewartet.”

“Darcie...”

Sie wirbelte herum. “Bitte lass mich einfach in Ruhe.”

Ich fühlte mich völlig fertig und emotional ausgelaugt und saß eine Weile schweigend und allein da. Ich hatte jedes bisschen ihrer Reaktion verdient.

Nach ein paar Minuten wagte ich mich in die Küche, wo Camila noch wach war und Tee kochte. Während die meisten Mitarbeiter außerhalb des Hauses wohnten, war Camila schon immer eine fest angestellte Mitarbeiterin gewesen.

Vor Jahren, nach meiner Rückreise aus den Staaten, hatte ich Camila anvertraut, dass ich mich in ein amerikanisches Mädchen verliebt hatte. Ich hatte mich ihr zwar nicht so geöffnet wie meiner Großmutter, aber Camila wusste sicherlich mehr über mein Leben als meine Eltern.

"Ich habe mir Sorgen um dich gemacht", sagte sie.

Ich zog einen Stuhl heran und setzte mich. "Das solltest du auch."

"Ich habe versucht, die Aasgeier zu zähmen. Sie haben den ganzen Tag geklatscht. Das Mädchen hat eine ziemliche Szene gemacht. Aber mein Gott, Leo. Ich hätte nie gedacht, dass sie *dasselbe* Mädchen ist, von dem du mir erzählt hast—Felicity."

Ich stützte meinen Kopf auf meine Hände. "Ich bin ein schrecklicher Ehemann, Camila. Wirklich. Ich sollte für mein heutiges Verhalten erschossen werden. Aber ich—"

"Du kannst die Rothaarige nicht nach Hause gehen lassen."

"Nicht so, nein." Ich zog an meinen Haaren. "Und es ist verdammt unfair gegenüber den beiden."

"Leo, ich kenne dich, seit du ein kleiner Junge warst. Ich habe eine Menge beobachtet. Du hast immer versucht, das Richtige zu tun. Für deinen Vater, für deine Mutter, für Felicity, für deine Frau. Selbst wenn wir versuchen, das

Richtige zu tun, vermasseln wir es manchmal. Sei nachsichtig mit dir selbst und gib dein Bestes. Aber erwarte auch nicht, dass deine Frau in dieser Situation viel Geduld hat. Keine vernünftige Frau würde das zulassen."

"Ich verstehe das."

Camila schob mir eine Tasse Tee zu. "Ich will kein Salz in die Wunde streuen, aber deine Mutter hat irgendwie Wind von der Sache bekommen. Anscheinend haben wir einen Maulwurf hier im Haus. Sie hat angerufen, als du weg warst, und ich nehme an, sie wird morgen eine Erklärung von dir verlangen."

Vor Jahren wäre mir das vielleicht wie ein Albtraum vorgekommen. Aber zu diesem Zeitpunkt war ich wie betäubt davon. Nachdem ich heute zwei Menschen verletzt hatte, die mir etwas bedeuteten, erschien mir der Umgang mit Mutter wie ein Kinderspiel.

Ich atmete aus. "Ich werde ihr gegenübertreten, wenn ich es muss."

Am nächsten Morgen beschloss ich, den Stier doch noch bei den Hörnern zu packen und meine Mutter zur Rede zu stellen, bevor sie die Chance hatte, mich anzurufen. Nach dem Tod meines Vaters war meine Mutter in ein separates Haus gezogen, damit Darcie und ich unsere Unabhängigkeit auf dem Hauptgrundstück der Familie genießen konnten. Das Haus meiner Mutter auf der anderen Seite von Westfordshire war fast genauso groß und verfügte über ein eigenes Personal.

"Hallo, Mutter", sagte ich, als ich sie im Garten traf.

Ich konnte an ihrem strengen Gesichtsausdruck erkennen, dass sie vor Wut kochte.

"Was soll das mit der Amerikanerin, die aus dem Nichts auftaucht? Wer ist sie?"

Jetzt gab es keinen Grund mehr, etwas zu verheimlichen. Ich erzählte ihr die ganze Geschichte, ohne etwas zu verschweigen. Die Reaktion meiner Mutter war so, wie ich sie mir immer vorgestellt hatte.

Sie zitterte förmlich. "Du hättest alles aufgegeben, Leo. Ich danke den Göttern, dass sie eingegriffen haben und es dir unmöglich gemacht haben, dein Leben zu ruinieren!"

"Und du fragst dich, warum ich dir in all den Jahren nie etwas erzählt habe ..."

"Dein Vater dreht sich wahrscheinlich gerade in seinem Grab um."

"Das bezweifle ich stark. Soweit er weiß, habe ich ihn gut behandelt." Ich hob eine Augenbraue. "Wie dem auch sei, was ist der Sinn dieses Lebensstils ohne einen kleinen Skandal, um die Dinge von Zeit zu Zeit aufzurütteln, richtig? Wie der Vater, so der Sohn?"

Ich wusste sofort, dass die Anspielung auf die angebliche Untreue meines Vaters unangebracht war. "Es tut mir leid, Mutter. Ich wollte nur darauf hinweisen, dass ich wohl kaum der erste unvollkommene Mensch in dieser Familie bin."

Meine Mutter nahm einen großen Schluck von ihrem Mimosa und schüttete das Glas Sekt hinunter. "Wie willst du dieses Problem angehen? Ist sie noch da?"

"Sie ist kein *Problem*. Sie ist ein *Mensch*. Eine, die nicht wusste, worauf sie sich einlässt. Und ich denke, was ich im Moment tue, geht dich nichts an. Ich bin ab jetzt niemandem außer Darcie eine Erklärung schuldig."

"Warum bist du heute Morgen hergekommen, um mit mir zu reden, wenn du meine Meinung nicht schätzt?"

"Weil ich wusste, dass dein Kopf wahrscheinlich kurz davor war zu explodieren, und ich wollte dich von deinem Elend befreien."

Meine Mutter schrie vor Frustration. "Wenn deine Großmutter nicht schon auf dem Sterbebett läge, würde sie jetzt vielleicht auch dort landen."

Das war fast schon lächerlich.

"Da sieht man mal wieder, wie viel du über Großmutter weißt…"

"Wovon redest du?"

"Großmutter wusste von Anfang an über Felicity Bescheid. Sie war neben Sigmund die einzige Person, die damals von unserer Beziehung wusste. Eigentlich weiß Großmutter mehr über mich als jeder andere."

Das dürfte meiner Mutter die Sprache verschlagen haben.

Als ihr die Kinnlade herunterfiel, nutzte ich den Moment, um zu gehen.

Ein paar Stunden später holte ich Felicity und Sigmund im Bainbridge Inn ab. Sie hatten sich noch nicht umgebracht, das war eine gute Nachricht. Die nette, alte Frau, der die Pension gehörte, stand draußen und winkte uns zu.

Felicity schnallte sich an. "Wohin fahren wir?"

Während sie neben mir auf dem Beifahrersitz saß, nahm mein Cousin hinten Platz.

"Es gibt etwas, das ich dir zeigen möchte", sagte ich.

"Ich bin sicher, dass du das nicht zum ersten Mal zu ihr sagst", stichelte Sigmund.

Ich starrte ihn im Rückspiegel an. "Warum nehme ich dich nochmal mit?"

"Ach, ich weiß nicht … weil deine Frau dir sonst den Arsch aufreißt, wenn du es nicht tust? Weil du denkst, dass ich mich ins Koma saufe, wenn ich alleine bin? Weil du nicht genug von meiner charmanten Persönlichkeit bekommen kannst? Weil du dir selbst nicht zutraust, mit Felicity allein zu sein? Auf diese Frage gibt es mehrere Antworten."

Ich ignorierte ihn und drehte mich zu ihr um. "Wir machen einen Ausflug zu einem meiner Grundstücke, um genau zu sein."

Mein Magen kribbelte vor Aufregung und Nervosität über das, was vor mir lag. Ich versuchte, meinen Blick auf Felicity zu beschränken, denn es war schmerzhaft. Ich wusste, dass ich keine Grenzen überschreiten würde, aber meine unerschütterliche Anziehungskraft auf sie war beunruhigend. Als verheirateter Mann sollte ich mich nicht danach sehnen, eine andere Frau zu küssen. Ich sollte mich nicht so schnell daran erinnern, wie sie schmeckte, und mich danach sehnen, sie wieder zu schmecken. Aber bei Felicity Dunleavy lief nichts so, wie es *sollte*.

Ihre Augen weiteten sich, als wir auf dem Anwesen namens Brighton House ankamen. Die verwitwete Schwester meines Vaters lebte die meiste Zeit des Jahres hier, aber im Moment war sie in Frankreich auf Urlaub. Meine Tante Mildred liebte Tiere und bewirtschaftete einen großen Bauernhof auf dem Anwesen. Ihr Hausverwalter, Nathaniel, war zufällig ein langjähriger Freund von Sigmund. Ich wusste, dass mein Cousin wahrscheinlich nach drinnen gehen würde, um einen Drink mit ihm zu nehmen, und das würde mir etwas Zeit mit Felicity verschaffen.

Tatsächlich kam Nathaniel heraus, um uns zu begrüßen, und Sigmund verschwand drinnen. Ich hatte Felicity als eine Freundin vorgestellt, die ich auf dem Hof herumführen würde. Obwohl Nathaniel verwirrt aussah, war ich mir sicher, dass Sigmund einen Heidenspaß daran haben würde, ihn über die Seifenoper zu informieren, zu der mein Leben geworden war.

"Lass uns eine Tour durch den Bauernhof machen, ja?"

"Das wäre schön." Sie lächelte.

Es war eine Erleichterung, sie wenigstens einen Moment lang glücklich zu sehen.

"Meine Tante ist eine Tierliebhaberin wie du, und das ist ihr Hof. Sie ist gerade in den Ferien, also kümmert sich ihr Personal um die Tiere. Mildred hat ihren Mann verloren, als sie in ihren Dreißigern war. Er starb bei einem Autounfall."

"Oh, das tut mir leid."

"Sie hat nie wieder geheiratet und hatte nie Kinder. Die Tiere sind wie ihre Kinder."

Als wir zur Scheune gingen, stieg die Aufregung in meinen Adern.

Mehrere Ponys versammelten sich hinter einer hölzernen Trennwand.

Als sie zu ihnen hinübersah, strahlte Felicity. "Oh mein Gott. Ist das ein Shetlandpony?"

"Ja." Ich konnte mir ein Lächeln nicht verkneifen.

"Er sieht genauso aus wie Lächerlich."

Ich wölbte die Brauen. "Genau wie er, hm?"

"Ja."

"Sieh genauer hin."

Es gab nichts Besseres als den Ausdruck auf ihrem Gesicht, als sie ihn erkannte.

Sie zeigte ungläubig auf mich. "Das ist er nicht..."

"Doch, das ist *er*, Felicity."

"Was?"

Ich öffnete das Tor, und sie rannte auf ihn zu. Felicity schlang ihre Arme um seinen Hals und umarmte ihn. Ehrlich gesagt gab es nur wenige Dinge im Leben, die mir größere Freude bereitet hatten, als diesen Moment mitzuerleben. Ich konnte das Gefühl gut nachempfinden, wenn man jemanden wiedersieht, von dem man glaubt, dass man ihn in diesem Leben nie wiedersehen würde—denn genau das erlebte ich gerade.

Sie lehnte ihren Kopf an ihn und sagte: "Ich verstehe das nicht. Ich dachte, du hättest einen Hof in Rhode Island gefunden, der ihn aufnimmt? Ich habe dir gesagt, dass du mir Bescheid sagen sollst, wenn du keinen Platz für ihn findest. Du hast nichts gesagt, also nahm ich an, es sei alles geregelt. Wie ist er hier gelandet?"

"Ich wollte dir auf keinen Fall die Verantwortung überlassen. Ich habe den Bauernhof in Rhode Island dazu gebracht, ihn zu behalten, bis ich ihn nach England zurückbringen kann. Aber das war alles, was sie tun wollten, da sie keinen Platz für ihn hatten. Etwa einen Monat später war er dann hier. Und seitdem ist er hier."

Lächerlich wieherte.

Sie begann zu weinen, als sie ihn streichelte. "Ich hatte mir vorgenommen, heute nicht zu weinen."

"Solange ich nicht derjenige bin, der deine Tränen verursacht, ist alles in Ordnung."

"Ich hatte schon überlegt, ihn zu suchen", sagte sie und fuhr mit den Fingern durch seine Mähne.

“Du wusstest ja nicht...”

“Ich kann mir nur vorstellen, was deine Tante gedacht haben muss, als du ihn zu ihr gebracht hast.”

“Sie war begeistert und betrachtete ihn eher als Geschenk und weniger als Last. Meine einzige Bedingung war, dass ich sie bat, seinen Namen zu behalten.”

Felicity sah zu mir auf. “Nun, diese Reise ist wirklich voller Überraschungen.”

Sie verbrachte etwa zwanzig Minuten mit ihrem kostbaren Pony, bevor ich vorschlug, einen Spaziergang zu machen; mir lief die Zeit mit ihr davon, und wir mussten unser Gespräch führen.

“Wir werden noch einmal zurückkommen und mehr Zeit mit ihm verbringen, bevor wir gehen”, sagte ich ihr.

Ich hatte ein spätes Mittagessen an einem Tisch mit Blick auf die Hügel arrangiert.

Als sie den Tisch bemerkte, fragte sie: “Was ist das alles?”

“Nun, ich kann dich doch nicht den ganzen Tag entführen und dir nichts zu essen geben. Keine Sorge, ich habe nichts davon gekocht.”

“Na, Gott sei Dank.” Sie gluckste.

“Keine einzige Dose SpaghettiOs in Sicht.”

Während des Essens kamen wir in ein lockeres und angenehmes Gespräch. Sie erzählte mir mehr über den Job, den sie in der Anwaltskanzlei aufgegeben hatte, und warum sie dort ausgebrannt war. Als sie von dem Leben erzählte, das sie zu führen gedachte, wenn sie nach Hause zurückkehrte, spürte ich, wie ich mich danach sehnte, wieder in diesem ruhigen Haus an der Bucht zu sein.

Nachdem wir gegessen hatten, blickte Felicity in die Ferne, und ich starrte auf ihr Profil, wobei ich mich davon abhielt, die Sommersprossen zu zählen. *Alte Gewohnheiten lassen sich nur schwer ablegen.*

Als sie sich zu mir umdrehte, senkte ich meinen Blick auf den Tisch, um nicht ertappt zu werden.

"Auch wenn die Dinge nicht so gelaufen sind, wie ich es mir erhofft hatte, möchte ich dir sagen, dass ich stolz auf dich bin, Leo. Du tust alles, was du dir vorgenommen hast und was du deinem Vater versprochen hast. Ich bin sicher, er ist auch sehr stolz auf dich."

"Ich danke dir. Ich weiß das zu schätzen. Aber jetzt sag mir, was du *wirklich* fühlst."

"Was meinst du?" Sie blinzelte. "Ich habe jedes Wort so gemeint."

"Ich weiß, dass du das, was du über mich gesagt hast, ernst gemeint hast. Aber ich möchte wissen, was in deinem Kopf vorgeht—über *uns*, über diese Situation—auch wenn es mich verletzt, es zu hören."

"Was ich denke oder fühle, wenn es um uns geht, spielt keine Rolle mehr."

"Für mich ist es wichtig. Ich will es hören, auch wenn es weh tut. Wir müssen es aussprechen."

Felicitys Wangen färbten sich rosa. "Was willst du von mir hören? Willst du hören, dass ich in einen verheirateten Mann verliebt bin? Denn das sieht nicht gerade gut aus." Ihre Augen funkelten. "Willst du wissen, wie ich mich *fühle*? Ich bin … wütend. Ich bin verwirrt. Ich bin frustriert. Ich bin verängstigt. Ich bin eifersüchtig. Ich bin ein Wrack." Sie wischte sich eine Träne aus den Augen. "Gleichzeitig bin ich aber auch so dankbar für diesen Moment, auch wenn er nicht ewig dauern wird. Denn es ist ein Moment mehr mit dir, als ich eigentlich haben sollte."

Mein Herz fühlte sich schwer an. Ihre Worte spiegelten meine eigenen Gefühle wieder. Ich wollte so viel sagen, aber meine Angst, meiner Ehefrau gegenüber respektlos zu sein, lähmte mich. Ich war ein verheirateter Mann, was mir kein Recht gab, mein Herz für eine andere Frau zu öffnen, auch wenn ich ihr so gerne sagen wollte, dass sie nicht allein war.

Gerade als die Worte, die mir auf der Zunge lagen, mich zu ersticken drohten, wechselte sie das Thema.

"Wirst du mir erzählen, was mit Sig passiert ist?"

Ich nickte und atmete aus, um mich aufzurichten. Es gab keinen guten Zeitpunkt, um diese Geschichte zu erzählen, also legte ich einfach los. "Er hat sich verliebt."

KAPITEL 22

Felicity

Titel 22: "Tears Dry On Their Own" von Amy Winehouse

Meine Augen weiteten sich. "Er hat sich verliebt? Wie bitte? Sigmund? Der berühmte Sigmund mit den Marias? *Dieser* Sigmund?"

"Kaum zu glauben, ich weiß." Leo zeigte ein umwerfendes Lächeln, dessen Anblick weh tat.

"Was ist passiert?"

"Er beschloss, wieder in die Staaten zu reisen. Er hat sich online mit einer Frau getroffen und ist für eine Woche nach New York geflogen."

"Und am Ende hat er sich in sie verliebt?"

"Wohl kaum. Diese Frau war nur auf eine gute Zeit aus, genau wie er. Sie hat ihn schnell gelangweilt."

Ich blinzelte. "Und in wen hat er sich dann verliebt?"

Leo ließ sich in seinem Sitz nieder. "Auf dem Heimweg wurde er am Flughafen aufgehalten. Dort fing er an, sich mit einem Mädchen zu streiten, das auf denselben Flug wie er wartete. Sie waren die letzten beiden, die eincheckten. Die

Fluggesellschaft hatte den Flug überbucht und es fehlte ein Platz. Keiner der beiden wollte seinen Platz aufgeben.”

Ich lachte, als er fortfuhr.

“Schließlich kam ein anderer Kerl dazwischen und erklärte sich bereit, ein späteres Flugzeug zu nehmen, so dass keiner von ihnen seinen Flug verschieben musste. Aber Sigmund und Britney zankten sich weiter. Er ärgerte sich über alles, von ihrer Größe bis zu den Birkenstocks an ihren Füßen. Sie war winzig—nur 1,52 cm groß. Also nahm er sie auseinander, zerkaute sie und spuckte sie wieder aus. Du kennst doch Sigmund.”

Ich schüttelte den Kopf. “Oh, ja, das tue ich.”

“Nun, sie hat es ihm noch härter heimgezahlt, wie keine Frau, die er *je* zuvor getroffen hatte. Sie beschimpfte ihn auf jede erdenkliche Weise: Giraffe, Spieler, Schwachkopf...” Er lachte. “Sie war jünger—fünfundzwanzig im Vergleich zu seinen zweiunddreißig. Wie auch immer, der Flug hatte Verspätung. Irgendwie sind sie dann zusammen über den Flughafen geschlendert. Er merkte, dass sie etwas in ihm auslöste, was er noch nie erlebt hatte. Sie sprach ihn auf seinen Mist an und stellte jedes Wort in Frage, das aus seinem Mund kam. Sigmund war so angetan von ihr. Je länger sie zusammen in diesem Flughafen festsaßen, desto mehr fühlte er sich zu ihr hingezogen. Wie er es ausdrückte, war er noch nie in seinem Leben so *scharf* auf eine Frau gewesen. Ironischerweise glaube ich, dass das ausnahmsweise nichts mit dem Aussehen zu tun hatte, obwohl er sie ziemlich attraktiv fand.

Ich war jetzt ganz aufgeregt. “Sind sie am Ende zusammen nach England geflogen?”

Er nickte. "Als sie das Flugzeug betraten, konnten sie die Plätze tauschen, so dass sie nebeneinander sitzen konnten. Sie haben sich den ganzen Flug über unterhalten. Du weißt ja, wie mein Cousin sein kann. Er ist nicht sehr gut darin, seine Unsicherheiten zu offenbaren—immer weicht er Fragen aus, wenn man ihn nach seinem Karriereweg und so weiter fragt. Sie hatte anscheinend einen Weg, seine Taktik zu durchschauen. Sie hat ihn dazu gebracht, mit ihr zu reden."

"Wow." Ich grinste.

"Er hätte es fast ruiniert."

"Wie?"

"In typischer Sigmund-Manier hat er sie herausgefordert, dem Mile-High-Club beizutreten."

"Oh, Sig." Ich gluckste.

"Sie hat ihm gesagt, wo er sich diesen Vorschlag hinstecken kann. Er sagte, in diesem Moment habe er gewusst, dass er nie wieder derselbe sein würde."

"Was geschah nach dem Flug?"

"Bemerkenswerterweise wollte sie ihm trotz der vielen Gespräche, die sie geführt hatten, nicht sagen, warum sie in England war oder wohin sie wollte. Er hatte nur ihren Vornamen—Britney."

"Hm..."

"Als sie gelandet waren, bettelte er um ihre Nummer. Aber sie sagte ihm, wenn er wisse, was gut für ihn sei, sollten sie sich besser verabschieden."

Da tat mir Sig tatsächlich leid. "Ach du meine Güte. Warum? Er muss am Boden zerstört gewesen sein."

"Völlig am Boden zerstört."

"Ich nehme an, das ist noch nicht das Ende der Geschichte."

Leo schüttelte den Kopf. "Er ist ihr am Flughafen gefolgt. Sie konnte ihn nicht loswerden. Und obwohl sie sagte, sie wolle, dass er sie in Ruhe lässt, konnte er in ihren Augen sehen, dass sie das nicht wollte. Er hatte den Verdacht, dass mehr dahinter steckte, etwas, das sie ihm einfach nicht sagen wollte."

"Wie zum Beispiel, dass sie verheiratet war?"

Leo starrte mich an.

"Ich schwöre, das war keine Anspielung auf dich." Ich lachte.

"Das ist ihm tatsächlich in den Sinn gekommen", erklärte Leo mit einem Lächeln. "Jedenfalls hat er ihr auf dem Flughafenvorplatz, wo sie auf ihre Mitfahrgelegenheit wartete, gesagt, dass sie nicht abhauen würde, es sei denn, sie gäbe ihm einen guten Grund dafür. Sie sagte ihm nur, dass es besser wäre, wenn er es nicht wüsste, dass sie *beide* besser dran wären, wenn sie sich an die gemeinsamen Stunden erinnerten und dann getrennte Wege gingen." Er starrte in die Ferne. "Aber Sigmund konnte sie nicht gehen lassen."

"Was hat er getan... ist er in ihr Taxi gestiegen?"

"*Genau* das hat er getan. Sie sagte ihm, dass es ihm leid tun würde. Aber je mehr sie solche Dinge sagte, desto mehr war er entschlossen, bei ihr zu bleiben." Leo kicherte, doch dann wurde seine Miene ernst. "Als sie in ihrem Hotel ankamen, warteten in der Lobby zwei ältere Personen auf sie."

Ich lehnte mich vor. "Wer waren sie?"

"Ihre Eltern. Sie waren aus den Staaten eingeflogen und vor ihr in England angekommen."

Ich war verwirrt. "Warum sind sie nicht zusammen gereist?"

"Sie hatte anscheinend zuerst noch etwas zu Hause zu erledigen. Also haben sie sich in London getroffen."

Ich legte den Kopf schief. "Also ... haben sie Urlaub gemacht?"

"Schön wär's." Leo atmete tief ein und aus. "Britney war gezwungen, Sigmund auf der Stelle alles zu erzählen— dass sie gar nicht in England im Urlaub war. Sie war hierher gereist, um sich einer experimentellen Behandlung zu unterziehen ... gegen ihren Krebs."

Mein Herz sank. "Oh nein."

"Sigmund war fassungslos. Er hatte nicht gewusst, dass sie krank war."

Ich hatte das Gefühl, ich müsste gleich weinen. Leo sah aus, als würde er das Gleiche tun.

"Heilige Scheiße", flüsterte ich.

"Während ihre Eltern dastanden und alles mit ansahen, fragte sie ihn wütend, ob er jetzt glücklich sei—ob er nicht verstehen könne, warum sie es vorgezogen habe, dass er sie in Ruhe lasse. Er sagte ihr, dass er glücklich sei. Er sei noch nie in seinem Leben so glücklich gewesen, und die Tatsache, dass sie krank sei, ändere nichts an seinen Gefühlen."

Oh, mein Herz.

"Sie flehte ihn an, sie zu verlassen, aber er wollte nicht. Bevor ihre Behandlung begann, verschanzten sie sich zusammen in einem Hotelzimmer und machten das Beste aus dieser Zeit. Dann verbrachte er jede Stunde des Tages mit ihr während ihrer Behandlungen in einem Krankenhaus in London. Ihre Eltern waren sehr angetan von ihm und dankbar, dass er ihrer Tochter in einer so schwierigen Zeit Freude bereitet hat."

Angst überkam mich, als Leo tief einatmete.

"Eines Abends", fuhr er fort, "kam Sigmund direkt aus dem Krankenhaus zu mir nach Hause. Er sah erschöpft aus und sagte mir, er habe es endlich verstanden. Als ich fragte, wovon er sprach, sagte er: 'Ich verstehe, was du für Felicity empfunden hast—warum du sie nicht aufgeben wolltest. Wenn man jemanden liebt, kann man das einfach nicht.'" Leo lächelte. "Es war, als ob mein Cousin endlich erwachsen geworden wäre. Aber es war eine verdammte Schande, dass er dabei so viel Schmerz ertragen musste."

Ich verkrampfte mich. "Was ist mit ihr passiert, Leo?"

"Die Behandlungen haben nicht angeschlagen. Sie starb sechs Monate nach ihrer Ankunft in England, und mein Cousin ist seitdem nicht mehr derselbe. Er wird es wahrscheinlich nie wieder sein."

Ich konnte die Tränen nicht mehr zurückhalten. Leo gab mir eine Minute, um mich zu beruhigen.

"Wie soll ich Sig denn heute ansehen?", fragte ich.

"Ich weiß. Ich habe gezögert, dir die Geschichte zu erzählen, aber du hast gefragt."

"War sie seine erste richtige Freundin?"

"Sie war eigentlich seine Frau Er hat sie einen Monat vor ihrem Tod geheiratet."

Das war wie ein Messerstich. "Ich bin am Boden zerstört wegen ihm."

Leo blickte hinaus auf die Hügel. "Auf eine seltsame Art und Weise, so verheerend es für ihn auch war, sie zu verlieren, glaube ich, dass sie ihm das Leben gerettet hat. Er sagt, er würde das Leid immer wieder ertragen, solange er sie nur wiedersehen könnte. Er rasierte sich sogar den Kopf, um es ihr gleichzutun."

Es traf mich. "Deshalb sind seine Haare so kurz."

"Ja."

"Wie lange ist sie schon tot?"

"Es ist erst drei Monate her, Felicity."

Oh, mein Gott. "Wo sind ihre Eltern?"

"Sie sind zurück in die Staaten gegangen, aber ich weiß, dass sie für immer dankbar sind, dass Britney ihre letzten Tage hier bei Sig verbracht hat."

Ich hatte gedacht, Leo zu verlieren, sei herzzerreißend, aber es gab offensichtlich weitaus schlimmere Arten, jemanden zu verlieren. Als ich diese Geschichte hörte, wurde mir klar, wie vergänglich das Leben ist.

Leo stand auf. "Komm mit. Ich glaube, wir brauchen eine Aufmunterung, bevor wir ihn wiedersehen."

Wir gingen zurück zu den Tieren, und ein Bediensteter brachte zwei Pferde heraus. Wir stiegen beide auf eines und ritten gemütlich um das Anwesen.

"Ich denke immer noch über Sig nach", sagte ich, während wir ritten.

"Das habe ich mir schon gedacht—das ist wahrscheinlich das Einzige, was dich von uns ablenken kann, oder?"

Ich seufzte. "Ja."

Nachdem wir einige Minuten schweigend geritten waren, sagte er: "Sprich mit mir, Felicity. Vergiss, was angemessen ist und was nicht. Sag mir, was du in diesem Moment denkst."

Die Pferde wieherten einstimmig.

"Ich denke, dass man erntet, was man im Leben sät. Jedes bisschen Schmerz, das ich im Moment empfinde, ist mein eigenes Werk."

Leo schien verblüfft. Er zog an den Zügeln, um sein Pferd anzuhalten. Also tat ich dasselbe.

"Sag mir, was du meinst", forderte er.

"Leo, wie hätte ich dich gehen lassen können? Du hast mich direkt gefragt, ob ich es in Betracht ziehen würde, hierher zu kommen und mit dir zusammen zu sein, und ich habe das schneller abgelehnt, als du auch nur blinzeln konntest. Ich weiß nicht, was ich mir dabei gedacht habe. Vielleicht hatte ich Angst—Angst davor, wie stark meine Gefühle sind. Und dir damals eine Chance zu geben, hätte bedeutet, zum ersten Mal in meinem Leben jemand anderen an die erste Stelle zu setzen, und das ist verdammt beängstigend, wenn man in dem Glauben aufwächst, dass man immer verletzt wird und sich nie auf jemanden verlassen sollte. Aber die Wahrheit ist, dass *ich* diese Entscheidung getroffen habe. Also ist *das alles*—die Situation, in der wir uns befinden, die Situation, in die ich *dich* jetzt gebracht habe—*meine* Schuld."

Sein Gesicht rötete sich. "Deine Schuld, weil du nicht bereit warst, dich für einen Mann, den du erst seit ein paar Wochen kennst, in eine Welt zu stürzen, über die du nichts weißt? Und vergiss nicht, ich war derjenige, der *dich* verlassen hat, Felicity. Nicht andersherum. Und ich ging erneut fort wie ein Feigling, als ich dich mit Matt in Philadelphia sah, weil ich annahm, du seist glücklich. Ich hätte etwas sagen können. Ich habe mir eingeredet, dass die Reise nur ein vorübergehender Ausrutscher war und —glücklich mit ihm in der großen Stadt, genau wie auf deiner Visionstafel. Du siehst also, ich bin nicht nur einmal, sondern zweimal weggelaufen." Er streckte die Hand aus und berührte meine Wange. "Das ist alles nicht deine Schuld, meine Schöne. Verstehst du das?"

Ich schloss die Augen, genoss seine sanfte Berührung und erlaubte mir, für ein paar Augenblicke den Trost darin zu spüren, ohne Schuldgefühle aufkommen zu lassen. "Es ist, wie es jetzt ist, Leo. Das Schicksal war einfach nicht auf unserer Seite", flüsterte ich.

Danach ritten wir schweigend weiter, bis wir die Pferde zurückbrachten.

Nachdem wir sie in den Stall zurückgebracht hatten, besuchten wir Lächerlich noch einmal, damit ich mich von ihm verabschieden konnte. Es wurde langsam Zeit, dass Leo mich nach Hause fuhr. Ich war mir sicher, dass Darcie die Minuten zählte.

Wir waren fast wieder am Haus angelangt, als Leo stehen blieb und mich ansah.

"Sieh mich an, Felicity."

Ich schaute ihm in die Augen.

"Ich weiß, es hat sich so viel verändert", sagte er. "Aber ich bin es immer noch. Ich bin hier. Du kannst mir alles sagen. Ich möchte, dass du mir sagst, was ich tun soll. Wie kann ich das in Ordnung bringen?"

Ich sagte das Erste, was mir in den Sinn kam, und hörte auf die Warnungen in meinem Bauch und die Stimme in meinem Kopf. "Sag mir, ich soll nach Hause gehen."

Er schüttelte den Kopf. "Das kann ich nicht."

Mein Herz war schwer, nach allem, was ich heute erfahren hatte. "Das Einzige, was noch mehr schmerzt, als sich einmal von dir zu verabschieden, ist, jetzt vor dir zu stehen, all die gleichen Gefühle zu spüren und dich nicht berühren zu können. Und ich wünschte, du würdest mich nicht immer noch so ansehen, wie du es immer getan hast."

Seine Augen wanderten meinen Hals hinunter. Dann schloss er sie abrupt, als wolle er sich selbst bestrafen. Das Blöde war, dass die sexuelle Chemie zwischen uns stärker war als je zuvor. Zwischen uns hatte es schon immer gefunkt, aber jetzt schien es noch tausendmal intensiver zu sein, weil wir nicht in der Lage waren, das Verlangen zu stillen.

Ich brauchte einen Ausweg und schaute auf meine Uhr. "Wie lange hast du ihr gesagt, dass du weg sein würdest?"

"Ein paar Stunden."

"Es ist weit mehr als das. Wir sollten gehen."

Er biss sich auf die Unterlippe. "In Ordnung."

Wir gingen zurück zum Haus, ohne noch etwas zu sagen.

Sig verabschiedete sich von seinem Freund, bevor er zu uns nach draußen ging.

"Ich nehme an, zwischen euch beiden ist alles geklärt, ja?" Sig stichelte. "Habt ihr wenigstens euer Pferd gesehen ... Lächerlich? Ist das sein Name?"

Immer noch verschnupft vom Weinen vorhin, schniefte ich und lachte dann. "Lächerlich."

"Ah, ja. Trotzdem das Dümmste, was mein Cousin je getan hat."

Es fiel mir schwer, Sig auf die gleiche Weise anzusehen, aber ich versuchte, mir nicht anmerken zu lassen, dass Leo mir etwas erzählt hatte. Nach der emotionalen Fahrt des Tages war ich völlig erschöpft.

Als Leo mich nach Hause fuhr, warfen wir uns immer wieder einen Blick zu. Jedes Mal, wenn ich den Drang verspürte, nach ihm zu greifen und ihn zu berühren, zwang ich meinen Blick auf den Ehering an seiner Hand. Es wurde nicht leichter, ihn anzuschauen. Dieser Tag hatte nichts dazu beigetragen, dass ich mit der Sache abschließen konnte.

Ich stieg aus dem Auto aus, bevor Leo sich überhaupt verabschieden konnte. Ich konnte ihn nicht mehr ansehen.

"Sehen wir uns morgen?", rief er.

"Klar", sagte ich, um nicht darüber zu streiten, was seinen Aufenthalt nur verlängern würde. Er wollte mich eine

Woche hier haben, aber ich wusste nicht, wie viel mehr ich ertragen konnte.

Nachdem er weggefahren war, überkam mich Erleichterung. Wenn ich jetzt die Kontrolle verlor, würde er es wenigstens nicht mitbekommen.

Lavinia hatte einen Zettel auf dem Küchentisch hinterlassen, auf dem sie Sig und mir mitteilte, dass eine Nachbarin sie zum Abendessen eingeladen hatte.

Sig fand mich in der Küche und schnappte sich Lavinias Flasche Fireball und zwei Gläser. Er zog einen Stuhl heran und wies auf den mir gegenüberliegenden.

"Setz dich, Rotschopf. Wir werden etwas trinken." Er blickte auf die Flasche hinunter. "Ich bin ein bisschen zu faul, um Margaritas zu machen, also muss das hier erst einmal reichen."

Ich war heute Abend nicht in der Lage, mich gegen einen starken Drink zu wehren.

Nachdem er einen eingeschenkt hatte, schob er das Glas zu mir.

Ich nahm einen langen Schluck und schätzte das Brennen.

Obwohl ich Sig gegenüber nichts über meine Gefühle gesagt hatte, schien er meine Gedanken zu lesen.

"Ich weiß auch nicht, was zum Teufel er tut, Felicity. Ich glaube, er hofft, dass er irgendwie aus diesem Schlamassel herauskommt, aber es gibt keine schnelle Lösung, wenn man mit einer Person verheiratet und in eine andere verliebt ist."

Meine Augen leuchteten auf.

"Ich sage nicht, dass er Darcie nicht liebt, aber er ist ganz sicher noch *in dich verliebt*."

"Das hat er nicht gesagt. Woher willst du das wissen?", fragte ich.

"Weil ich es sehen kann. Ich weiß jetzt, wie es aussieht."

Ich hielt inne und überlegte, ob ich ihm sagen sollte, dass ich von seinem enormen Verlust wusste. Letztendlich konnte ich es nicht verbergen. "Das mit Britney tut mir so leid."

Anstatt etwas zu sagen, öffnete Sig die Flasche und schenkte sich einen weiteren Drink ein. Er stürzte ihn hinunter und knallte sein Glas auf den Tisch. "Danke", sagte er schließlich. "Er hat dir die traurigste Geschichte erzählt, die es je gegeben hat, was?"

Verdammt. Ich spürte, wie sich wieder Tränen in meinen Augen bildeten. Ich wollte *nicht*, dass er mich weinen sah. Aber Tränen hatten ihren eigenen Willen. Ich schniefte. "Es tut mir leid. Ich glaube, ich habe heute mehr geweint als in meinem ganzen Leben."

"Ist schon in Ordnung, Rotschopf." Sig schenkte mir noch einen Drink ein und schob ihn mir zu. "Er hat dir also auch all die verrückten Details erzählt, wie ich sie kennengelernt habe?"

Ich lächelte durch die verbliebenen Tränen hindurch. "Ja."

"Ich wette, er hat vergessen zu erwähnen, wie schön sie ist." Sig griff in seine Tasche nach seinem Handy. Er scrollte durch und drehte den Bildschirm zu mir.

Ich wischte mir über die Augen und lächelte bei dem Anblick der beiden. Britney war wirklich sehr klein, vor allem im Vergleich zu Sig, der 1,82 m groß war. Sie hatte kurzes, blondes Haar, das auch eine Perücke hätte sein können, und die schönsten, zartesten Gesichtszüge. Ihr Lächeln erhellte ihr ganzes Gesicht. Sie erinnerte mich an Tinkerbell. Ich bezweifelte, dass Sig jemals einer schöneren Frau begegnet war. Die Tatsache, dass sie offensichtlich sehr krank war, änderte nichts daran.

Er sah auf das Bild hinunter und lächelte. "Das ist Britney Benedictus."

"Sie ist wunderschön. Und es tut mir so leid."

"Sie war die Liebe meines Lebens. Es spielt keine Rolle, dass wir nur ein paar Monate zusammen hatten. Niemand wird sie je ersetzen können." Er drückte seine Hand auf seine Brust. "Sie wird für immer hier drinnen leben."

Ich schüttelte den Kopf. "Ich konnte nicht verstehen, warum du so anders bist. Jetzt ergibt alles einen Sinn."

"Es macht jetzt Sinn, warum ich eine wandelnde Katastrophe bin..." Er gluckste. "Danke."

"Das habe ich nicht gesagt."

"Ist schon in Ordnung. Es ist die Wahrheit." Er atmete aus und legte sein Handy weg. "Ich komme schon wieder auf die Beine. Weil sie es so gewollt hätte. Also werde ich es auch schaffen. Für sie."

"Das wirst du", versicherte ich ihm.

Es überraschte mich, dass er das Thema nicht unter den Teppich kehrte, sondern weiterredete.

"Die Behandlung, die sie bekam, war experimentell und wurde von der Versicherung nicht übernommen. Ihren Eltern ging das Geld aus. Die Behandlung hat nicht wirklich geholfen, aber der Gedanke, dass es etwas geben *könnte*, das uns Hoffnung gibt, hat sie bei Laune gehalten. Als die Entscheidung anstand, ob wir die Behandlung aus finanziellen Gründen abbrechen oder weiter bezahlen sollten, kam Leo zur Hilfe. Er bezahlte den Rest der Behandlung und die Unterbringung ihrer Eltern. Das werde ich ihm nie vergessen. Und ich werde es ihm nie zurückzahlen können."

"Deshalb arbeitest du umsonst als mein Wachhund." Ich lächelte.

Sig schwenkte sein Glas. "Jetzt verstehe ich endlich, warum mein Cousin nicht über dich hinwegkommt, egal wie oft ich ihn deswegen angeschnauzt habe. So etwas versteht man erst, wenn es einem selbst passiert."

"Dann kannst du auch verstehen, warum es so schwer für mich ist... hier zu sein."

"Du bist ein besserer Mensch als ich, Rotschopf... weil du hier bleibst."

"Ich will es nicht. Ich tue es, weil er mich darum gebeten hat, aber nach dem heutigen Tag glaube ich nicht, dass ich es noch länger aushalten kann." Meine Stimme zitterte. "Ich kann mich nicht noch einmal von ihm verabschieden. Denn ich weiß, dass es dieses Mal für immer sein wird. Vorher gab es immer einen Hoffnungsschimmer, dass wir irgendwie wieder zueinander finden könnten. Aber ich weiß, wenn er mich dieses Mal gehen lässt, dann war's das."

"Was willst du mir damit sagen?"

"Ich will damit sagen, dass ich nach Hause gehen muss. Ich will mich nicht mehr so verletzt fühlen."

Sig stieß einen langen Atemzug aus. "Felicity, wenn du gehen willst, weißt du, dass ich dich nicht aufhalten werde, richtig? Er wird es einfach verstehen müssen. Und das wird er. Denn er liebt dich. Wenn es eine Sache gibt, die ich weiß, dann ist es das. Er weiß, dass du leidest. Er kann nur nicht derjenige sein, der dir sagt, dass du gehen sollst."

Ich wischte mir zum gefühlt hundertsten Mal heute über die Augen. "Fährst du mich zum Flughafen?"

"Du versuchst, mich umzubringen, nicht wahr?"

Ich sah auf den Tisch und schüttelte den Kopf. "Du hast recht. Das wäre zu viel verlangt."

"Rotschopf, das war ein Scherz. Natürlich kann ich dich fahren."

Erleichtert, seine Unterstützung zu haben, nickte ich. "Ich habe mich noch nicht entschieden. Ich muss heute Abend darüber nachdenken."

Der Gedanke ans Weggehen bereitete mir Bauchschmerzen, aber nicht annähernd so sehr wie der Gedanke ans Bleiben. Es war ja nicht so, dass Leo seine Frau für mich verlassen würde. Das würde nicht gut ausgehen, und es gab keinen Grund, es noch länger hinauszuzögern.

Später am Abend lief Sig zum Lebensmittelladen, bevor dieser schloss, und Lavinia war immer noch nicht da, so dass ich heute zum ersten Mal allein war. Nach langem Grübeln war ich mir ziemlich sicher, dass ich mich entschieden hatte, einen Flug für morgen früh zu buchen. Ich hatte gerade meinen Laptop aufgeklappt, um mein Ticket zu buchen, als es an der Tür klingelte.

Ich wusste, dass Lavinia Sig einen Schlüssel gegeben hatte, also konnte es sich nur um Leo handeln. Schmetterlinge schwirrten in meinem Bauch, als ich zur Tür ging. Aber als ich sie öffnete, war es nicht Leo.

Es war Darcie.

KAPITEL 23

Leo

Titel 23: "American Girl" von Tom Petty & The Heartbreakers

Nachdem ich Felicity verabschiedet hatte, konnte ich Darcie noch nicht mit gutem Gewissen gegenübertreten. Ich wurde von zu vielen Gefühlen überflutet, und ich wusste, sobald sie mich ansah, würde sie sie alle sehen können. Ich musste mich beruhigen, bevor ich nach Hause ging. Also rief ich meine Frau an, um ihr mitzuteilen, dass ich Felicity und Sigmund abgesetzt hatte, aber auf dem Heimweg noch meine Großmutter besuchen würde. Großmutter befand sich in einem gehobenen Rehabilitationszentrum, und man hatte uns gesagt, dass sie nicht mehr lange zu leben hatte. Ich besuchte sie oft, und jedes Mal war ihr Zustand anders. Heute betete ich, dass sie genug Energie hatte, um mit mir zu reden, denn das brauchte ich mehr denn je.

Meine Großmutter sah noch halb schlafend aus, als ich ihr Zimmer betrat.

"Hallo, Großmutter."

Sie öffnete die Augen und hielt mir ihre zitternde Hand hin. "Hallo, mein Junge." Ihre Stimme war brüchig.

“Wie geht es dir?”

“Nun, ich hatte schon bessere Tage, aber das hier ist nicht der schlechteste.”

“Gut.” Ich lächelte. “Ich muss mit dir reden, aber ich will dir nicht die Energie rauben.”

“Ich fühle mich durch nichts lebendiger als durch ein Gespräch mit dir, mein Enkel. Ich mag zwar schwach sein, aber meine Ohren sind noch völlig in Ordnung.”

Ich setzte mich zu ihr ans Bett. “Hat meine Mutter dir in den letzten Tagen etwas erzählt?”

“Nein, ich habe nicht mit ihr gesprochen.”

Ich war überrascht, aber vielleicht wusste meine Mutter, dass sie es nicht hätte ansprechen können, ohne sie zu verärgern. In Großmutters aktuellem Zustand wäre das nicht klug gewesen. Ich war stolz auf meine Mutter, dass sie sich im Interesse ihrer Mutter zurückhielt.

“Erinnerst du dich an Felicity?”

Die Augen meiner Großmutter weiteten sich. “Ja, natürlich. Das amerikanische Mädchen. Was ist mit ihr?”

“Sie ist hier.”

Großmutter drückte meine Hand. “Oh je.”

Ich erzählte ihr von den letzten paar Tagen. Großmutter wusste zwar, dass ich nach dem ersten Jahr in die Staaten zurückgegangen war, um Felicity zu finden, aber ich hatte ihr nie von dem Brief erzählt, den ich vor meiner Heirat mit Darcie geschrieben hatte. Ich fing also dort an und endete damit, dass Felicity hier aufgetaucht war.

Meine Großmutter schien so betroffen zu sein, dass ich es fast bereute, es ihr erzählt zu haben. Sie konnte es sich nicht leisten, sich emotional zu sehr aufzuregen.

“Das ist absolut niederschmetternd, Leo. Für alle Beteiligten.”

"Ich weiß. Ich habe das natürlich nicht vorausgesehen."

Großmutter hatte Mühe zu atmen. "Mein Schatz, du weißt, dass ich nicht mehr viel Zeit habe. Deshalb bin ich mit allem, was ich dir sage, besonders vorsichtig, weil ich nie weiß, ob es meine letzten Worte sein werden." Sie versuchte, ihren Körper aufzurichten. "Ich möchte, dass du mir ganz genau zuhörst." Sie starrte mir in die Augen. "Ich habe mich geirrt."

"Wie meinst du das?"

Sie schluckte. "Als du mich vor Jahren gefragt hast, ob ich es für das Beste halte, dass du alle Gedanken an eine Beziehung mit einem Mädchen aufgibst, das du eindeutig liebst, habe ich dich ermutigt, deine Gefühle zum Wohle deines Rufes zu ignorieren. Ich befürchtete, dass du trotz deiner starken Gefühle in die Kritik geraten würdest, was viel schlimmer wäre als ein Leben ohne sie. Was ich damals nicht wusste, und was mir klar geworden ist, je näher ich dem Tod komme, ist, dass in diesem Leben nichts wichtiger ist als die Liebe."

Ich schwieg fassungslos, als sie fortfuhr.

"Du hattest immer Angst, deinen Vater zu verärgern. Aber ich kann dir versichern, wo auch immer er jetzt ist, er sieht die Dinge aus einer anderen Perspektive. Dein Vater gehört nicht mehr zu dieser materiellen Welt, es geht ihm nicht mehr um Geld oder Macht. Er versteht jetzt, dass der universelle Zweck unserer gesamten Existenz die Liebe ist." Ihr Ton wurde eindringlicher. "Mein Rat an dich ist heute nicht mehr derselbe wie damals. Wenn ich zurückgehen könnte, würde ich dir raten, deinem Herzen zu folgen." Sie hielt inne. "Abgesehen davon hast du eine wunderbare Frau geheiratet. Sie hat das nicht verdient. Es ist so oder so nicht fair—sie zu verlassen und im Stich zu lassen oder zu bleiben, obwohl sie nicht dein ganzes Herz hat."

Sie sprach wieder, bevor ich antworten konnte.

"Leo, du musst verstehen, dass deine Entscheidungen nichts daran ändern, was in deinem Herzen ist. Du kannst dich entscheiden, mit Darcie verheiratet zu bleiben, um sie zu beschützen, aber das ändert nichts an der Tatsache, dass du Felicity eindeutig liebst."

"Woher weißt du, dass ich sie noch liebe?", fragte ich. "Das habe ich dir nicht gesagt."

"Das brauchst du nicht, mein Liebling. Du hast denselben Ausdruck von Leidenschaft und Angst in deinen Augen wie damals, als du mir sagtest, du würdest in die USA zurückkehren, um sie zu finden. Derselbe Blick der Traurigkeit wie damals, als du zurückkamst und mir sagtest, dass sie mit einem anderen zusammen ist. Diese Qualen sind im Verborgenen Liebe. Der einzige Unterschied ist, dass du jetzt verheiratet bist und etwas Zeit vergangen ist."

"Die gleichen Komplikationen gibt es auch heute...", sagte ich. "All die Gründe, warum wir damals beschlossen haben, nicht zusammen zu sein."

"Und doch bist du hier und fühlst dasselbe. Was sagt dir das? Ist das etwas, das du kontrollieren kannst, oder eine Lüge, die du dir selbst eingeredet hast?" Sie stieß einen zittrigen Atem aus. "Hör zu, mein Liebling, ich kann dir nicht sagen, was du tun sollst. Ich kann dir nur sagen, was ich beim Übergang in die nächste Phase meiner Reise gelernt habe. Ich habe alles gesagt, was ich dazu sagen kann. Es tut mir nur leid, dass ich damals nicht erkannt habe, dass mein Ratschlag an dich falsch war."

Der Gedanke, dass sie zu diesem Zeitpunkt etwas bedauerte, brachte mich um. "Ich liebe dich, Großmutter. Ich kann dir gar nicht sagen, wie viel es mir bedeutet hat, dich als Gesprächspartner zu haben.”

Sie lächelte. “Ich habe gelogen... Ich habe noch eine Sache zu sagen.”

“Okay, sag es mir.”

“Ich bin stolz auf dich, egal wie du dich entscheidest— ob du deinem Herzen folgst oder dein Gelübde gegenüber deiner wunderschönen Frau einhältst. Es gibt keine falsche Entscheidung. Es kommt darauf an, womit du leben willst. Aber du bist ein guter Mann, Leo. Weitaus gewissenhafter, als es dein Vater je war. Und auch wenn du es nie gesagt hast, weiß ich, dass du mit Schuldgefühlen lebst, weil du auf diese Welt gekommen bist—durch den Tod deines Zwillingsbruders. Aber sei dir gewiss, auch er schaut auf dich herab, so stolz wie ich es bin.”

Die Worte meiner Großmutter wiederholten sich in meinem Kopf auf dem ganzen Heimweg. Wie sollte ich Darcie gegenübertreten, wenn dieser Sturm der Gefühle immer noch in mir brodelte? Die heftigen Gefühle von vorhin waren nicht im Geringsten abgeklungen. Und Großmutter hatte mir nichts gesagt, was ich nicht schon tief in mir wusste. Aber würde ich mein Leben so leben, dass ich diese Gefühle um meiner Ehe willen ignoriere?

Ich betrat das Haus und fühlte mich völlig verunsichert.

Bevor ich nach oben gehen konnte, bemerkte ich, dass ich eine Nachricht von Felicity erhalten hatte. Als ich die Länge der Nachricht betrachtete, sagte mir mein Bauchgefühl sofort, dass es sich um ein Abschiedsschreiben handelte.

Ich konnte ihn nicht schnell genug lesen, denn mein Herz raste.

Felicity: Ich muss nach Hause gehen, Leo. Es tut mir leid, dass ich so gehen muss, aber ich kann nicht noch einen Abschied mit dir ertragen. Die Zeit, die ich heute mit dir verbracht habe, war wirklich magisch. Lächerlich wiederzusehen, mit dir auf diesen wunderschönen Pferden zu reiten, dir in die Augen zu schauen und ein letztes Mal in deine Seele zu blicken. So schmerzlich die letzten Tage auch waren, sie waren auch ein Geschenk, denn es gab eine Zeit, in der ich dachte, ich würde dich nie wieder sehen. Selbst nach allem, was passiert ist, bereue ich es nicht, hierher gekommen zu sein. Ich habe noch keinen einzigen Moment mit dir bereut, nicht einmal die schmerzhaftesten. Aber meine Gefühle für dich erdrücken mich. Jemanden so sehr zu lieben und ihn nicht frei lieben zu können, ist eine Qual. Du bist ein verheirateter Mann. Je länger ich bleibe, desto schlimmer wird es enden.

Während du das liest, bin ich bereits auf dem Weg zum Flughafen. Ich habe einen Flug bekommen, der um Mitternacht startet. Bitte sei nicht böse auf Sig, dass er mich aus den Augen gelassen hat. Er weiß, wie es sich anfühlt, jemanden zu wollen und ihn nicht haben zu können. Wer weiß, wie mein Leben jetzt aussehen würde, wenn ich vor fünf Jahren einfach die Chance genutzt hätte. Du sollst wissen, dass ich dich immer lieben werde.

Ich geriet in Panik. *Sie ist weg.*

Jemandem hinterherzujagen, damit sie in einem fremden Land bleibt, während man einen Ehering trägt, ist nicht gerade fair. Aber das zu wissen, hat meinen Drang, es zu tun, nicht gestoppt. Aber warum? Warum sollte ich sie zwingen zu bleiben, wenn ich ihr in der jetzigen Situation nichts bieten konnte?

Bevor ich nach oben gehen konnte, tauchte Darcie hinter mir auf.

"Die Nachricht, die du gerade liest, ist von ihr, nehme ich an."

Ich drehte mich um und schluckte. "Ja."

"Sie hat mir gesagt, dass sie früher als geplant abreisen wird."

Mein Herzklopfen wurde schlimmer. "Du … hast mit ihr gesprochen?"

"Ich war heute Abend in der Pension, während du deine Großmutter besucht hast."

So ein Mist. "Wirklich?"

"Ja. Ich hatte eine sehr schwierige Zeit, während du heute mit ihr unterwegs warst, und ich hatte das Gefühl, dass sie und ich uns unterhalten müssen."

Ich versuchte, ruhig zu bleiben und fragte: "Worüber habt ihr gesprochen?"

"Mach dir keine Sorgen. Ich bin nicht der Grund, warum sie geht. Als ich ankam, hatte sie das bereits beschlossen. Sie hat es mir gesagt."

"Ja. Sie hat einen Flug für heute Abend gebucht. Sie ist bereits am Flughafen."

Darcie nickte. "Ich musste sie einfach sehen, Leo. Ich wollte ihr in die Augen schauen und sehen, was du siehst, um diese Sache, mit der ich zu kämpfen habe, besser zu verstehen. Ich wollte auch, dass sie weiß, dass ich ihr nicht die Schuld für ihren Fehler gebe. Aber vor allem wollte ich, dass sie weiß, wie sehr ich mich dir und dieser Ehe verpflichtet fühle, wie sehr ich dich liebe, auch wenn unser Verhältnis zu dir einen anderen Weg genommen hat als die meisten anderen. Vielleicht haben wir es am Anfang ein bisschen übertrieben. Aber vor allem im letzten Jahr habe ich erkannt, dass alles so ist, wie es sein soll." Tränen füllten ihre Augen. "Ich liebe dich, Leo. Das tue ich wirklich. Und nichts hat mich in diesem Leben stolzer gemacht, als deine Frau zu sein. Ich habe furchtbare Angst, dich zu verlieren, und das musst du wissen."

Es brach mir das Herz, sie weinen zu sehen, sie so verletzlich zu sehen, obwohl sie Stärke vorgetäuscht hatte. Schuldgefühle und Qualen wühlten in mir, als ich sie in eine Umarmung zog. Darcie war eine großartige Ehefrau gewesen. Sie hatte diese Situation, in die ich sie gebracht hatte, nicht verdient. Aber ich hatte keine Worte, die sie heute Abend trösten würden. Ich konnte nicht lügen und behaupten, dass Felicitys Abreise mich nicht bis ins Mark erschüttert hatte. Also habe ich nichts gesagt. Ich hielt sie einfach weiter fest.

In dieser Nacht schliefen wir voneinander abgewandt im Bett, während meine Gedanken rasten.

Am nächsten Tag machte ich mich auf den Weg zu Sigmunds Haus. Er hatte mir eine Nachricht geschickt, um sich zu vergewissern, dass ich nicht sauer auf ihn war, weil er Felicity zum Flughafen gefahren hatte. Ich hatte ihm gesagt, er solle sich keine Sorgen machen, ich würde verstehen, warum er ihr bei der Abreise aus England geholfen habe.

"Du siehst beschissen aus. Jetzt sind wir Zwillinge", sagte er, als er die Tür öffnete.

"Nur, dass ich mir in den letzten Monaten das Gesicht rasiert habe. Das hast du nicht", schnauzte ich.

"Bist du hier, um mir die Leviten zu lesen? Ich glaube nicht eine Sekunde, dass du nicht wütend bist, weil ich Rotschopf zum Flughafen gebracht habe."

"Ich bin nicht wütend, Sigmund. Ich hasse es nur, dass diese ganze Sache überhaupt passiert ist." Ich griff in meine Tasche und holte ein Stück Toffee heraus.

Er sah zu, wie ich es auspackte. "Nicht schon wieder Toffees. Jetzt *weiß* ich, wie schlimm es ist."

Ich schmunzelte. "Ich habe heute Morgen zufällig jemanden gefunden, der es in der Stadt verkauft hat. Ist das nicht seltsam? Ich hatte es seit Jahren nicht mehr gegessen. Konnte es mir nicht entgehen lassen." Ich steckte es in meinen Mund und kaute.

"Die Toffee-Götter haben anscheinend alles beobachtet." Mein Cousin ging zum Kühlschrank, holte ein Bier heraus und reichte mir auch eins.

Ich schluckte den letzten Rest des Bonbons hinunter, nahm einen langen Schluck Bier und atmete aus. "Ich will Darcie nicht wehtun. Aber ich habe ihr schon wehgetan, nicht wahr? Ich habe sie beide verletzt."

"Ja. So ist das Leben manchmal. Scheiße passiert. Schreckliche Dinge passieren", beendete er flüsternd.

"Ich weiß, das ist nichts im Vergleich zu dem, was du durchgemacht hast, Kumpel."

Er zog sich einen Stuhl heran und starrte an die Decke. "Weißt du, was ich für nur einen weiteren Tag mit ihr geben würde? Eine weitere Stunde?"

Ich ging hinüber und legte meine Hand auf seine Schulter. "Ich weiß."

"Der Grund, warum ich Felicity geholfen habe zu gehen, ist, dass ich ihr Leiden spüren konnte", sagte er. "Ich weiß, wie es sich *anfühlt*, wenn man jemanden so verzweifelt liebt, ihn aber nicht haben kann. Zugegeben, es sind zwei verschiedene Situationen—Äpfel und Birnen, in gewisser Weise. Aber ich *kann* mir jetzt vorstellen, wie es wäre, in ihrer Lage zu sein."

Meine Brust fühlte sich eng an. "Ging es ihr gut?"

"Ja, ich meine, sie war am Flughafen nicht in Tränen aufgelöst oder so. Sie ist stark. Sie versucht nur, sich vor weiterem Schaden zu bewahren."

Ich nickte. "Danke, dass du für sie da warst, als ich es nicht konnte."

"Ich dachte, ich schulde ihr etwas für die vielen Male, als ich ein komplettes Arschloch war."

Ich schmunzelte. "Nun, das ist wahrscheinlich wahr."

Sigmund stand auf und ging hinüber, um etwas aus seiner Jackentasche zu holen.

"Das soll ich dir von ihr geben." Er hielt mir den Ring meines Großvaters an einer Goldkette hin.

Es machte mich fertig, dass sie das Bedürfnis hatte, ihn nach all der Zeit zurückzugeben. Er bedeutete das endgültige Ende unserer Geschichte. Der Diamant funkelte, als ich ihn entgegennahm. "Hat sie gesagt, warum sie ihn zurückgegeben hat?"

"Nein. Aber ich denke, es ist ziemlich offensichtlich, meinst du nicht?"

"Ja." Ich blickte auf das schimmernde Metall hinunter.

Es war lange her, dass ich ihn in meinem Besitz gehabt hatte. Aber ich hatte nie den Tag vergessen, an dem mein Großvater ihn mir geschenkt hatte, als ich sechzehn war, und mich ermutigt hatte, es als Kraftquelle zu nutzen, wenn ich es brauchte. In diesem Sinne war es eine Ironie, dass ich es jetzt zurückbekam, wo ich es wahrscheinlich am meisten brauchte. Vielleicht wusste Felicity das. Oder vielleicht war es einfach ein Abschluss für sie, der letzte Nagel in unserem Sarg.

"Weißt du, worauf du dich bei jemandem wie mir, der alles verloren hat, immer verlassen kannst?", fragte Sigmund.

"Was?"

"Die Wahrheit. Mir ist mittlerweile alles scheißegal."

Ich sah auf. "Sag es mir, Cousin."

"Alles andere ist unwichtig, Leo. Du bist in Felicity verliebt. Du hast Angst, Darcie zu verletzen, aber weißt du was? Das tust du bereits, verdammt. Du hast es schon getan, als du bei der ersten Gelegenheit zu Felicity gerannt bist. Denkst du, Darcie weiß das nicht? Denkst du, sie ist dumm? Aber sie ist bereit, es zu ertragen, weil sie dich liebt." Er schüttelte den Kopf. "Das kannst du nicht zulassen."

Mein ganzes Leben lang hatte ich die freimütigen Ratschläge meines Cousins ertragen müssen. Aber noch nie war er so wichtig gewesen wie in diesem Augenblick. Er hatte die Dinge auf eine Weise ausgedrückt, die ich nicht bedacht hatte—dass Darcie so sehr wollte, dass unsere Ehe funktionierte, dass sie es *in Kauf nahm*, dass ich in jemand anderen verliebt war.

"Das musste ich hören", sagte ich ihm.

"Gut. Dafür bin ich ja da."

Ich rieb mir die Schläfen und sagte: "Ich muss über eine Menge nachdenken."

"Nimm dir Zeit, Leo, aber nicht *zu viel* Zeit. Wenn ich eines weiß, dann, dass Zeit nie garantiert ist."

KAPITEL 24

Felicity

Titel 24: "I Have Nothing" von Whitney Houston

"Ich hoffe, sie ist damit einverstanden", sagte ich und hielt eine von Mrs. Angelinis Keramikhasenfiguren in der Hand.

"Komm schon", sagte Bailey. "Was willst du mit hundert von diesen Dingern machen?"

"Ich weiß. Aber ich habe das Gefühl, sie hätte gewollt, dass ich sie behalte."

"Du kannst nicht alles behalten, Felicity. Sie hätte gewollt, dass du Platz hast, um diesen Ort zu deinem eigenen zu machen. Du behältst ja schon mehr als die Hälfte ihrer Sachen."

Ich hatte beschlossen, einen Flohmarkt zu veranstalten, um Geld für die Erneuerung des Daches von Mrs. Angelinis Haus zu sammeln. Sie hatte mir zwar etwas Geld für solche Zwecke hinterlassen, aber es würde nicht ewig reichen. Die Immobiliengebühren war schon schlimm genug. Und da ich im Moment nicht arbeitete, schien ein Flohmarkt eine vernünftige Idee zu sein. Neben kleineren Gegenständen standen auch einige größere Antiquitäten zum Verkauf.

Sie hielt eines meiner Hello-Kitty-T-Shirts hoch. "Das ist doch deines, oder? Warum willst du es loswerden? Ich dachte, du liebst diese T-Shirts."

Das stimmte, aber das T-Shirt, das sie in der Hand hielt, war das, das ich nach England mitgenommen hatte. Es musste weg. Es war ja nicht so, dass ich nicht noch ein Dutzend andere hatte. Und für den wahrscheinlichen Fall, dass es keine Abnehmer gab, würde ich es spenden.

"Das erinnert mich an Leo, deshalb trenne ich mich davon", sagte ich ihr.

Bailey zögerte. "Hast du von ihm gehört?"

"Nein. Er hat seit diesem einen Mal nicht mehr angerufen."

Nachdem ich vor drei Monaten wieder in den USA gelandet war, hatte Leo mich angerufen, um mir mitzuteilen, dass er volles Verständnis für meine Abreise habe und dass er mir meine Entscheidung nicht übel nehme. Er sagte, meine Ankunft in England habe ihm klar gemacht, dass er in Bezug auf seine Ehe und sein Leben im Allgemeinen noch viel nachdenken müsse. Er hatte gefragt, ob er mich wieder kontaktieren könne. Er sagte, er könne nicht leben, ohne zu wissen, wie es mir ginge, er müsse sich vergewissern, dass es mir gut ginge.

Jetzt hatte ich das Gefühl, dass ich das Schlimmste, was das Leben mir in Bezug auf Leo zu bieten hatte, bereits erlebt hatte. Ich hatte seine *Frau* kennengelernt, um Himmels willen. Ich glaubte nicht, dass ich noch mehr verletzt werden könnte, als ich bereits verletzt worden war. Ich hatte also zugestimmt, dass er sich von Zeit zu Zeit melden konnte.

Aber er hatte sich seit diesem Tag nicht mehr gemeldet, und ich hatte keine Garantie, dass ich jemals wieder von ihm hören würde. Ich tat mein Bestes, um die Geschehnisse des vergangenen Augusts zu vergessen, aber es verging kein Tag, an dem ich nicht an ihn dachte. Ich liebte ihn immer noch genauso sehr wie früher. Eine Liebe, die unterbrochen wurde, ist trotzdem eine Liebe. Ich hoffte nur, dass der Schmerz und die Sehnsucht eines Tages nachlassen würden.

In der Zwischenzeit tat ich das, was ich immer tat: Ich vergrub mein Gesicht in Büchern. Im Februar würde ich die Anwaltsprüfung in Rhode Island ablegen, und das war nur noch ein paar Monate entfernt. Ich musste sichergehen, dass ich sie bestand, damit ich hier einen Job finden und mein Leben ein für alle Mal in den Griff bekommen konnte.

Der Flohmarkt brachte mir etwas mehr als dreitausend Dollar ein, was etwa ein Viertel der Kosten für die Dacherneuerung ausmachte, aber besser als nichts.

Jetzt war es sowieso zu kalt, um mit den Reparaturen zu beginnen. Hoffentlich würde ich einen Weg finden, mehr Geld zu sparen, wenn ich die Dacharbeiten im Frühjahr ansetzte.

Mein Leben war in letzter Zeit ein einsames Leben. Abgesehen von gelegentlichen Besuchen bei Bailey in Providence verbrachte ich meine Tage allein, lernte und brachte langsam das Haus in Ordnung. Meine morgendliche Routine war frühstücken, gefolgt von der Lektüre Jurabüchern und Quizfragen. Dann machte ich eine Mittagspause und trank Kaffee, bevor ich mich nachmittags mit Hausarbeiten beschäftigte. Danach ging ich täglich auf den Markt, um frische Produkte einzukaufen, bevor ich nach Hause zurückkehrte, um etwas für das Abendessen zu kochen, so dass ich am nächsten Tag noch Reste für das Mittagessen hatte. Dann würde ich den Rest des Abends damit verbringen, meine Planer zu sortieren oder etwas fernzusehen. *Das wiederholte sich Tag für Tag..*

Der November war immer eine schöne Zeit an der Bucht. Auch wenn es zu kalt war, um das Wasser zu genießen, war die letzte Herbstlaubsaison in vollem Gange. Die prächtigen orangefarbenen, gelben und roten Blätter an den Bäumen rund um das Grundstück und auf der anderen Seite von Narragansett waren atemberaubend.

In letzter Zeit habe ich mir jeden Tag einen dicken Mantel übergeworfen und mich mit meinem Nachmittagskaffee nach draußen gesetzt. Der Sonnenschein half, die sonst so kühle Luft auszugleichen. Ich nahm mein Fernglas mit nach draußen, um das Laub auf der anderen Seite der Bucht zu bewundern. Die Bäume dort waren sogar noch bunter als die auf dieser Seite. Und natürlich musste ich jedes Mal, wenn mein Blick an Leos altem Haus vorbeiflog, an ihn denken. Das hat sich nie geändert.

Dieser Nachmittag des Blätterbetrachtens war jedoch ganz anders als die anderen. Als ich das Fernglas an meine Augen hielt und die Bäume in der Ferne bewunderte, ließ ich es fast fallen, als ich sah, wie jemand zurückstarrte. Zuerst dachte ich, ich würde halluzinieren.

Das kann nicht sein.

Ich habe Halluzinationen.

Aber dann hielt er sein eigenes Fernglas an die Augen und winkte.

Diesmal rutschte mein Fernglas tatsächlich aus meinem Griff und landete auf dem Gras unter mir. Ich fasse mir mit der Hand an die Brust und versuche, mein klopfendes Herz zu beruhigen.

Ich rannte ins Haus, stellte das Waschbecken an und spritzte mir das Gesicht mit Wasser ab. Ich musste Dinge sehen, die nicht existieren.

Dann läutete mein Telefon. Ich schaute auf das Display und fand eine Textnachricht.

Leo: Wo bist du denn hin? Komm zurück.

Oh, mein Gott.
Was. ist. Passiert?
Mit zittrigen Händen nahm ich das Telefon und tippte.

Felicity: Ich dachte, ich würde halluzinieren.

Leo: Ich bin es, Felicity. Du hast keine Halluzinationen.

Felicity: Das weiß ich jetzt. Ich verstehe nur nicht, was du hier tust.

Leo: Ich habe eine Menge zu erklären, nicht wahr?

Felicity: Äh, ja.

Leo: Kann ich zu dir rüberkommen?

Meine Hände zitterten weiter, während ich tippte.

Felicity: OMG. Was machst du denn hier?

Leo: Es ist besser, wenn ich es dir persönlich erkläre, denkst du nicht?

Anstatt zu antworten, starrte ich einfach auf den Bildschirm. Die Punkte tanzten, während er tippte.

Leo: Ich fasse dein Schweigen als ein Ja auf?

Als ich immer noch nicht antwortete, schickte er eine weitere Nachricht.

Leo: Ist es okay, wenn ich jetzt zu dir komme?

Ich tippte endlich eine Antwort.

Felicity: Entschuldigung. Ja. Ich stehe nur unter Schock.

Leo: Ich komme rüber.

Ich wusste nicht, was ich mit mir anfangen sollte, als ich auf seine Ankunft wartete. Ich schnappte mir einen Lappen und begann den Tisch abzuwischen, um mich von den Gedanken abzulenken. Es gab nicht einmal etwas abzuwischen.

Als es an der Tür läutete, raste mein Puls noch schneller.

Ich setzte einen Fuß vor den anderen und öffnete die Tür, um meine lang vermisste Liebe zu sehen, die mich überwältigte. Mein Herz machte einen Sprung.

Leo trug einen schwarzen Mantel, sein Haar war etwas länger als beim letzten Mal, als ich ihn gesehen hatte, und die Haare an seinem Kinn waren ein bisschen länger geworden. Er roch fantastisch, so wie immer, und ich konnte nicht glauben, dass er leibhaftig vor mir stand. *Warum ist er hier?* Ich wagte es nicht einmal zu hoffen.

"Oh mein Gott, du zitterst ja", sagte er, drückte meine Arme und jagte mir Schauer durch den Körper.

"Leo, was machst du hier?"

Er ließ mich los und schenkte mir ein zögerndes Lächeln. "Überraschung?"

"Ich hätte gerne eine Vorwarnung gehabt."

"Darin waren wir noch nie gut, oder?" Er lächelte in die Stille hinein. "Willst du mich nicht hereinbitten?"

Ich schüttelte den Kopf und trat zur Seite. "Oh. Natürlich."

Seine Augen wanderten über mich. "Du siehst absolut umwerfend aus, Felicity."

Ich sah an mir herunter. Ich trug immer noch meinen klobigen schwarzen Parka und meine Jeans.

"Dann bist du ja leicht zufrieden zu stellen. Aber ich danke dir. Und du..." Ich presste meine Hände auf meinen Bauch. "Ich habe das Gefühl, ich muss mich gleich übergeben."

"Ich bringe dich zum Kotzen." Er seufzte. "Na toll."

"Es tut mir leid. Es ist nichts Persönliches. Es ist nur... ich kann nicht glauben, dass du hier bist. Seit wann bist du hier?"

"Gestern."

"Du warst die ganze Zeit auf der anderen Seite der Bucht?"

"Ja. Es gehört denselben Leuten wie damals, als Sigmund und ich es gemietet haben. Im Sommer vermieten sie das Haus immer noch, aber um diese Jahreszeit steht es normalerweise leer. Also habe ich es gebucht."

"Ich kann nicht glauben, dass du letzte Nacht auf der anderen Seite des Wassers warst, und ich wusste es nicht einmal."

"Ich hatte Jetlag und musste mich erst wieder zurechtfinden, bevor ich dich damit überfalle. Also habe ich bis heute gewartet. Aber dann habe ich das alte Fernglas im Haus gefunden, wollte mal rüberschauen, und da warst du."

"Wie lange bleibst du denn?", fragte ich und zwang mein Herz, sich zu beruhigen.

Er blinzelte einige Male. "Das kommt darauf an."

Das brachte uns nicht weiter. "Leo ... was ist zu Hause passiert? Warum bist du hier?"

Er fuhr sich mit der Hand durch sein Haar. "Ich bin einfach... gegangen, Felicity. Ich bin gegangen. Und ich habe nicht vor, zurückzugehen, solange ich nicht gesetzlich dazu verpflichtet bin."

Wie bitte?

"Was meinst du damit, du bist gegangen?" Ich schaute auf seine Hand. Er trug seinen Ehering nicht. "Was ist mit Darcie?"

"Darcie und ich lassen uns scheiden."

"Oh mein Gott", murmelte ich und schaute kurz auf seine schwarzen Schuhe hinunter, dann wieder zu ihm hoch, wobei meine Augen wahrscheinlich den Schock widerspiegelten, den ich empfand.

Der erste Gedanke, der mir kam, war: *Was habe ich getan?*

“Und bevor du das denkst, Felicity, es ist nicht deine Schuld. Darcie und ich haben uns in die Ehe gestürzt, und es gab schon lange, bevor du vor meiner Tür aufgetaucht bist, Anzeichen dafür.” Er schaute zum Wohnzimmer hinüber. “Können wir uns bitte setzen?”

“Ja, natürlich.”

Wir gingen gemeinsam ins Wohnzimmer. Als wir uns setzten, begann er sofort zu erzählen.

“Nachdem du gegangen warst, musste ich die Augen öffnen und mir genau überlegen, was ich vom Leben wollte. Und manchmal bedeutet das zu erkennen, andere zu verletzen, etwas, das ich seit dem Tag meiner Geburt vermieden habe. Ich wusste, wenn ich mich entschließen würde, verheiratet zu bleiben, würde ich eine Lüge leben.” Er hielt inne. “Ich liebe Darcie. Aber ich bin nicht in sie *verliebt*. Die Tatsache, dass ich nicht in den sauren Apfel beißen konnte, um eine Familie zu gründen, ist sehr aussagekräftig. Tief im Inneren wusste ich, dass mich das für immer an sie binden würde, und das war der Grund, warum ich nie bereit war.”

Eine große Traurigkeit um sie überkam mich. “Wo ist Darcie jetzt?”

“Sie wohnt immer noch in unserem Haus. Wir haben den Scheidungsprozess eingeleitet, aber es dauert eine Weile, bis er abgeschlossen ist. Ich bin rechtlich gesehen noch verheiratet, aber wir sind nicht mehr zusammen.”

“Sie muss am Boden zerstört sein.”

Ein trauriger Ausdruck ging über sein Gesicht, als er nickte. “Sie hat es akzeptiert. Das ist nicht über Nacht passiert. Seit du weg bist, gab es viele hitzige Diskussionen, viele Tränen ... viele schlaflose Nächte, während wir uns über alles klar wurden. Aber sie kann jetzt besser damit umgehen als am Anfang. Mir war klar, dass sie um die Ehe kämpfen würde, aber ich konnte das nicht zulassen. Ich tue das Beste für sie, indem ich sie gehen lasse und ihr die Freiheit gebe, die Art von Liebe zu bekommen, die sie von einem anderen verdient."

Mir schwirrte der Kopf. "Und was ist mit dem Rest... mit deiner Arbeit?"

"Ich habe alles im Chaos hinterlassen, aber ganz ehrlich? Das Geschäft, die Grundstücke, alles wird gut werden. Nichts wird zusammenbrechen. Ich habe Mitarbeiter, die mir bei all dem helfen. Das einzige, was ich nicht kaufen kann, ist Glück."

Ich schüttelte den Kopf. "Deine Mutter muss ausgerastet sein."

Er zuckte zusammen. "Sie ist nicht glücklich. Aber das ist ihr Problem. Ich lasse mich davon nicht beeinflussen." Leo runzelte die Stirn. "Nan ist ein paar Wochen, nachdem du gegangen bist, gestorben."

Oh nein. "Das tut mir sehr leid. Ich weiß, wie nahe du ihr gestanden bist."

"Am Ende gab sie mir einige lebensverändernde Ratschläge mit auf den Weg. Ich werde ihr für immer zu Dank verpflichtet sein, weil sie mir geholfen hat, das Licht zu sehen. Und Sigmund auch."

Er hielt inne und beugte sich dann vor, wobei er fast verzweifelt wirkte. "Bist du mit jemandem zusammen, Felicity?"

Es war erst ein paar Monate her, dass ich England verlassen hatte. Der Gedanke, dass ich in dieser Zeit, in der ich unfähig war, mich auf etwas anderes als Leo zu konzentrieren, jemanden kennengelernt hatte, war lächerlich.

"Nein."

Er atmete aus. "Ich weiß, du stehst unter Schock, weil ich hier bin. Und ich weiß, dass ich vorsichtig sein muss. Ich kann nicht erwarten, einfach in dein Leben zu springen, nach allem, was ich dir angetan habe. Ich habe selbst eine Menge durchgemacht. Und ich will wirklich nur..." Er sah mir in die Augen, seine Stimme war angespannt. "Ich brauche jetzt einfach eine verdammte Umarmung."

Auf keinen Fall wollte ich diesem Mann die Umarmung verweigern, die er so dringend brauchte—und die auch ich brauchte. Ich setzte mich neben ihn und schlang meine Arme um ihn. Er zog mich an seine Brust und hielt mich fest. Die ganze Angst in mir verflog, als ich mit seinem Körper verschmolz. Unsere Herzen klopften gegeneinander. Dies war der surrealste Moment meines Lebens.

Als er sich zurückzog, sah er mir wieder in die Augen. "Wir sind schon viel länger getrennt, als wir je zusammen waren, und doch bin ich nicht mehr derselbe, seit ich dich getroffen habe. Es ist mir egal, wie wir das hinbekommen ... ich will nur, dass wir es versuchen."

"Wo sollen wir anfangen?"

"Wie wäre es mit einem Abendessen?"

"Nur wenn du es nicht machst."

Sein Gesicht erhellte sich. "Ich habe dich so verdammt vermisst."

Leo zog mich wieder in seine Arme und hielt mich noch fester als zuvor. Dies fühlte sich anders an als jedes andere Mal. Bis jetzt hatte ich die Anspannung nicht bemerkt, die jede Umarmung in der Vergangenheit getrübt hatte. Ich hatte immer Angst, auszuatmen. Ich hatte immer geglaubt, ich würde ihn verlieren. Aber dieses Mal war ich nicht angespannt. Ich ließ zu, dass ich mich in seinen Armen sicher fühlte, ohne mir Gedanken über die Zukunft zu machen—zum ersten Mal überhaupt.

Kurze Zeit später fuhr Leo zurück auf die andere Seite der Bucht, um mir etwas Zeit zu geben, mich vor dem Abendessen zu sammeln. Wir vereinbarten, dass ich an diesem Abend gegen acht Uhr vorbeikommen würde. Als ich allein im Haus war, durchströmte mich das Adrenalin, obwohl ich mich eigentlich beruhigen sollte. Ich hatte das Gefühl, mitten in einem Traum zu sein.

Technisch gesehen war er immer noch verheiratet. Ich wünschte, ich wüsste besser, was er heute Abend vorhatte, aber das würde ich wohl noch früh genug herausfinden.

Als es Abend wurde, fuhr ich selbst zu Leos Wohnung. Ein Déjà-vu-Gefühl überkam mich in dem Moment, als ich vor dem Haus anhielt. Alles an diesem Moment sah genauso aus und fühlte sich genauso an wie vor fünf Jahren, abgesehen von der Tatsache, dass ich jetzt einen kleinen Geländewagen fuhr und nicht mehr meinen alten Fiat.

Ich hatte Bammel, als ich mich der Tür näherte. Noch bevor ich klingeln konnte, öffnete er die Tür.

Leo trug einen eng anliegenden schwarzen Pullover, der aussah, als sei er auf seine breite Brust gemalt worden. Er hatte sich Parfüm aufgetragen, und sein Haar war noch feucht von der Dusche. Ich bin mir sicher, dass es zum Teil daran lag, wie sehr ich ihn vermisst hatte, aber er hat noch nie so gut ausgesehen.

"Komm herein, meine Schöne."

Leo nahm mir den Mantel ab und hängte ihn in den Schrank. Ich trug ein braunes Pulloverkleid, das meine Kurven zur Geltung brachte.

Er lächelte, als er mich ansah. "Du trägst ein Kleid."

"Du sagst das, als ob es ein Schock wäre." Ich klimperte mit den Wimpern.

"Nun, ich kann an einer Hand abzählen, wie oft ich dich in einem Kleid gesehen habe, und das hier wäre Nummer drei. Das erste war das rote an dem Abend, als wir Muscheln gegessen haben—der Abend, an dem du mich am Boden zerstört hast, als du mir gesagt hast, dass wir uns nicht mehr sehen sollten. Dann war da noch das schwarze Kleid, das du getragen hast, als du in England aufgetaucht bist. Ich nehme an, das war der Tag, an dem ich *dich* am Boden zerstört habe."

"Ich sollte wohl keine Kleider tragen, oder? Sie bringen Unglück."

Er ließ seine schönen Zähne aufblitzen. "Komm. Ich habe eine Überraschung."

Ich folgte ihm in die Küche. Auf dem Tresen hatte er ein Festmahl aus Meeresfrüchten angerichtet. Es gab einen Turm aus Krabbencocktail, Austern und Hummer.

"Hast du einen Fischhändler überfallen?"

"Ich weiß, dass du Meeresfrüchte liebst. Aber ich war mir nicht sicher, worauf du Lust hast, also habe ich mehrere Sachen bestellt."

"Das ist deine Methode. Das erinnert mich an das eine Mal, als du zu Dunkin' Donuts gegangen bist und mit jedem Gebäck der Welt zurückkamst."

"Siehst du?", sagte er. "Ich bin nicht der Einzige, der sich an die Details erinnert, als wir zusammen waren."

"Das meiste hat sich in mein Gedächtnis eingebrannt."

"Ja", sagte er. "Ich habe darum gekämpft, alles festzuhalten, weil ich nicht wollte, dass irgendeine dieser Erinnerungen verschwindet."

Mein Blick richtete sich wieder auf das Essen. "Das kommt mir so unwirklich vor, Leo. Ich denke ständig, dass ich aufwachen werde und du wieder weg bist."

"Für mich fühlt es sich auch surreal an, aber auf eine gute Art. Ich fühle mich zum ersten Mal in meinem Leben frei. Und auf Wolke sieben. Aber ich zögere noch immer, etwas zu tun, was dich verletzen könnte, oder anzunehmen, dass du bereit bist, so einfach mit mir neu anzufangen, nach allem, was in England passiert ist."

"Es ist merkwürdig, dass du das Wort *Neuanfang* verwendest. Aus irgendeinem Grund fühlt es sich so an—wie ein erstes Date", sagte ich.

"In gewisser Weise *ist* es ein Neuanfang."

"Du hast viel aufgegeben, um hier zu sein."

"Dass ich jetzt hier auftauche, ist alles andere als ein Traum. Das weiß ich. Das ist das wahre Leben, ein bisschen anders als der turbulente Sommer, den wir einmal hatten. Aber weißt du, ich habe lieber das hier als das damals. Denn damals hatte ich immer die Befürchtung, dass ich dich verlassen muss. Und das ist nun vorbei. Ich habe meine Unabhängigkeit, und ich bin entschlossen, meine Wahrheit zu leben und mich durch nichts und niemanden davon abbringen zu lassen, was ich im Leben will. Trotz all des Geldes und der Macht, die ich zu Hause habe, gab es von dem Moment an, als ich dich traf, Felicity, nichts, was ich mehr wollte, als dein Freund zu sein. Und daran hat sich nie etwas geändert." Leo griff nach mir. "Weißt du, was sich auch nie geändert hat?" Er nahm meine Hand und legte sie auf seine Brust. "Die Art, wie mein Herz für dich schlägt."

Ich lächelte. "Wenn das kein Beweis für deine Gefühle ist, dann weiß ich nicht, was es ist."

Leo hob meine Hand zu seinem Mund und küsste sie. So eine einfache Sache, und doch fühlte ich mich ganz heiß.

Er ließ mich los. "Lass uns essen, solange das Essen noch frisch ist, ja?"

Nachdem wir unser Essen aufgetischt hatten, brachten wir das Geschirr ins Esszimmer, und Leo schenkte den Wein ein. Wir schwelgten ein wenig in Erinnerungen, und Leo erzählte mir von Sig. Er sagte, dass sich sein Cousin im Frühjahr für ein MBA-Programm einschreiben würde. Langfristig sei geplant, dass er für Leo arbeite und einige der Aufgaben des Covington-Anwesens übernehme.

"Das wird so gut für ihn sein. So hat er wenigstens etwas, worauf er sich konzentrieren kann."

Leos Telefon klingelte ein paar Sekunden später.

Er blickte darauf hinunter. "Wenn man vom Teufel spricht..."

"Sig?" Ich lachte.

"Ja."

"Was hat er gesagt?"

Er rollte mit den Augen. "Ich bin mir nicht sicher, ob du das wissen willst."

"Oje. Zeig es mir."

Leo drehte das Telefon widerwillig um.

Sigmund: Bist du schon fertig mit dem Tauchen im Roten Meer?

Meine Wangen flammten auf, als ich seufzte. "Ist es seltsam, dass es mich glücklich macht, wenn er sich wie sein altes Ich verhält?"

"Es kommt schon ein bisschen mehr zum Vorschein. Ich bin stolz auf ihn, dass er sich aufgerappelt hat und wieder zur Uni geht."

Ich nickte. Das waren wirklich gute Nachrichten.

Ich aß noch ein paar Bissen von dem köstlichen Abendessen. "Also ... du sagtest, Darcie wohnt noch im Haus. Wo hast du dann gewohnt?"

Er nahm einen Schluck Wein und nickte, als wolle er sich auf die Tatsache vorbereiten, dass ich dorthin gehen würde.

"Den letzten Monat habe ich bei Sigmund gelebt. Es gab andere Häuser, in die ich hätte ziehen können, aber ich habe mich entschieden, bei meinem Cousin zu wohnen."

"Bekommt Darcie das Haus bei der Scheidung?"

"Ich schenke es ihr, obwohl ich in unserem Ehevertrag nicht dazu verpflichtet bin. Meine Mutter denkt, ich sei verrückt. Alle kritisieren mich dafür. Aber das ist mir scheißegal. Ich habe sie verlassen. Sie hat es nicht verdient, ihr Haus zu verlieren. Soll sie es doch haben. Das ist das Mindeste, was ich für sie tun kann."

"Dafür respektiere ich dich."

Ein ernster Blick ging über sein Gesicht. "Tust du das? Mich respektieren?"

"Warum solltest du das bezweifeln?"

"Ich habe mich oft gefragt, ob die Tatsache, dass ich Darcie verlassen habe, Einfluss darauf hat, wie du mich als Mann siehst. Vielleicht würdest du mich mehr respektieren, wenn ich mich an meine Verpflichtung gehalten hätte. Oder vielleicht würdest du denken, wenn ich jemanden heiraten und verlassen könnte, würde ich eines Tages dasselbe mit dir tun."

Ich schüttelte den Kopf. "So sehe ich das ganz und gar nicht, Leo."

Erleichterung erwärmte seine Gesichtszüge. "Gut."

Der Wein durchströmte mich, während ich in seine azurblauen Augen blickte und mir immer mehr wünschte, er würde über den Tisch greifen und mich küssen.

"Möchtest du ein Dessert?", fragte er und legte seine Stoffserviette auf den Tisch.

So gut das Essen auch war, mein Magen war voll von Schmetterlingen. Ich konnte an nichts anderes denken als daran, was heute Abend zwischen uns passieren könnte oder auch nicht.

Ich lächelte. "Nein. Eigentlich bin ich ziemlich satt."

Nachdem wir unsere Teller in die Küche gebracht hatten, schaltete Leo den elektrischen Kamin im Wohnzimmer ein, und wir setzten uns zusammen auf dieselbe Couch, auf der wir in der allerersten Nacht, die ich in diesem Haus geschlafen hatte, eingeschlafen waren.

Wir begannen ein gemütliches Gespräch. "Hier zu sitzen erinnert mich an die Nacht, in der wir wach geblieben sind und uns unterhalten haben, nur um am Morgen von Sig geweckt zu werden", sagte ich.

Leo stützte seinen Arm auf die Rückenlehne des Sofas. "Ich erinnere mich sehr gut an diese Nacht. Du hast mich gebeten, dich quasi aufs Land nach England zu bringen, weißt du noch? Du konntest ja nicht ahnen, dass dein tatsächlicher Besuch dort nicht ganz so perfekt sein würde wie in deiner Fantasie."

"Trotz allem fand ich es genauso atemberaubend, wie ich es mir vorgestellt hatte. Und da wir jetzt hier zusammensitzen, würde ich sagen, es war keine vergeudete Reise."

Leo starrte mir in die Augen, berührte mich aber weiterhin nicht. Ich hatte das Gefühl, dass er überwältigt war und vielleicht noch unter Jetlag stand. Das Richtige war, ihm seinen Freiraum zu lassen und zu mir nach Hause zu gehen—obwohl ich gar nicht gehen wollte.

"Ich könnte die ganze Nacht mit dir reden und in Erinnerungen schwelgen", sagte ich. "Aber es ist schon spät, und ich denke, ich sollte zurückgehen. Du hast eine lange Reise hinter dir und bist sicher noch müde." Ich hüpfte von der Couch und versuchte, mir einzureden, dass ich das auch wollte.

Plötzlich stand er auf. "Bist du sicher?"

"Wir können morgen früh bei mir frühstücken."

Leos Brust hob und senkte sich, während er mich zur Haustür führte.

Als ich an der Tür stand, beugte ich mich vor und drückte ihm einen zarten Kuss auf die Wange. "Süße Träume."

Noch während mein Körper auf die Berührung reagierte, drehte ich mich schnell zu meinem Auto um. Leo muss mich für verrückt gehalten haben, weil ich so abrupt aus dem Haus gestürmt bin.

Er stand vor dem Haus und sah verständlicherweise verwirrt aus. Gerade als ich die Autotür öffnete, bemerkte ich, dass ich meinen Mantel vergessen hatte. Bevor ich auch nur überlegen konnte, ob ich zurückgehen und ihn holen sollte, hielt Leo seinen Zeigefinger hoch und stürmte wieder hinein.

Ein paar Sekunden später kam er zu meinem Auto gelaufen.

"Du hast deinen Mantel vergessen", sagte er, etwas außer Atem.

Ich griff nach ihm, aber er ließ ihn nicht los.

Unsere Blicke trafen sich, als er die Jacke schließlich losließ. "Warum lässt du auf einmal alles stehen und liegen?"

Ich tastete nach einer Antwort. "Ich ... wollte nicht, dass du dich unwohl fühlst, wenn du annimmst, dass ich hier übernachte."

"Warum in aller Welt sollte mir das unangenehm sein?"

"Ich weiß nicht, wozu du bereit bist. Deine Wunden sind noch frisch vom Ende deiner Ehe. Ich wollte dir nichts unterstellen und dich nicht verängstigen."

"Mich verängstigen?"

"Weil es mir schwer fällt, zu verbergen, wie sehr ich dich will. Ich habe das Gefühl, es steht mir ins Gesicht geschrieben."

Er atmete lange aus und streichelte mein Kinn. "Oh, mein schönes Mädchen. Das Einzige, was mir Angst macht, ist, dass ich so verzweifelt mit dir schlafen will. Aber ich habe gezögert, dich zu küssen oder dich auch nur zu berühren, weil ich Angst hatte, zu weit zu gehen. Es scheint, dass wir beide die gleiche Angst hatten. Ich bin noch nicht offiziell geschieden... du könntest also denken, dass das unangemessen ist. Ich dachte auch, dass ich dein Vertrauen erst wieder aufbauen müsste." Sein Atem war in der kalten Luft zu spüren. "Ich will dich nicht nur. Ich brauche dich."

Erleichterung und Verlangen überfluteten mich. "Denkst du, ich vertraue dir nicht? Du hast deine ganze Welt hinter dir gelassen, um für mich hierher zu kommen."

"Mach keinen Fehler..." Seine Augen bohrten sich in meine. "Meine ganze Welt bist du, Felicity. Ohne dich habe ich nichts."

Ich schloss meine Augen. "Mir geht es genauso. Und fürs Protokoll, eine juristische Formalität bedeutet nichts, wenn man bedenkt, was du alles aufgegeben hast, um mit mir zusammen zu sein.”

“Kommunikation, verstehst du?” Er lächelte. “Wir sollten es mal versuchen.”

Ich zuckte mit den Schultern und kicherte. “Wir können es doch besser als früher?”

“Komm doch wieder rein”, sagte er und nahm meine Hand.

Als ich ihm zurück in das einladende, warme Haus folgte, wusste ich irgendwie, dass es lange dauern würde, bis wir wieder eine Nacht getrennt voneinander verbringen würden.

Als sich die Tür hinter uns schloss, schlang Leo seine Hände um mein Gesicht und küsste mich minutenlang, wobei er meinen ganzen Körper in Wallung brachte.

Als er endlich losließ, fuhr er mit dem Daumen über meine Unterlippe. “Dieser Mund ... wie ich ihn vermisst habe.” Er ließ seine Hände über mein Haar gleiten. “Dieses schöne Haar. Wie sehr ich es vermisst habe, mit meinen Händen darüber zu streichen.” Seine Lippen umschlossen wieder meine, während er sprach. “Diese schöne Frau, dich so lange zu vermissen war verdammt unerträglich.” Er atmete aus. “Darf ich dich jetzt bitte in mein Zimmer bringen.”

Ich nickte, und er hob mich hoch. Wir küssten uns den ganzen Weg die Treppe hinauf und unterbrachen uns nur so lange, bis er mich sanft auf das Bett legte. Stück für Stück zogen wir uns gegenseitig aus. Ich staunte darüber, wie verdammt gut sein straffer Körper immer noch aussah, dieselbe bronzene, gemeißelte Perfektion. Obwohl ich ihn so dringend wollte, zwang ich mich, langsamer zu werden und jede Sekunde zu genießen.

Er wiederholte meine Gedanken, als sein nackter Körper über meinem schwebte. "Ich werde versuchen, dich zu schonen, aber ich bin mir nicht sicher, ob ich das kann. Ich habe das Gefühl, als hätte ich mein ganzes verdammtes Leben darauf gewartet, dich wieder zu haben."

Ich wollte diesen unglaublichen Moment nicht unterbrechen, aber ich musste es tun. "Es gibt etwas, das ich dir sagen muss."

Seine Augen verengten sich. "Na gut."

"Ich nehme die Pille nicht mehr. Also, wir brauchen etwas."

Leo erstarrte. "Ah." Er kratzte sich am Kinn. "Es tut mir leid. Ich war nicht ganz klar im Kopf und bin nicht vorbereitet." Er fluchte leise vor sich hin. "Ich hätte nie gedacht, dass wir hier landen würden."

"Ich habe auch nichts zu Hause."

Er sackte über mir zusammen, seine Stimme vibrierte in meinem Nacken. "Ich sehne mich so sehr nach dir. Ich würde alles tun, um heute Nacht in dir zu sein—in ein Haus einbrechen, einen Laden ausrauben, wenn er so spät nicht mehr geöffnet hat, meinen linken Arm opfern ... Großvaters Halskette vielleicht. Was auch immer es kostet, ich werde mit Kondomen zurückkommen."

Er hüpfte auf, sein schöner, harter Schwanz wippte auf und ab. Dann drehte er sich um, um die Schublade des Beistelltisches zu öffnen und mir einen herrlichen Blick auf seinen muskulösen Hintern zu gewähren.

Leo drehte sich zu mir um, seine Augen weit aufgerissen. "Das wirst du nie glauben."

"Was?"

"Willst du mich verarschen?" Er lachte in seine Hand. "Sigmunds gigantische Schachtel Kondome von BJ's ist immer noch hier! Ich habe nur aus Verzweiflung in dieser Schublade nachgesehen. Ich hätte nie erwartet, etwas zu finden."

Ich setzte mich auf. "Oh mein Gott."

Er öffnete sie. "Sie ist halb leer, also haben sich die Leute offensichtlich über die Jahre hinweg daran bedient. Aber es sind noch welche übrig."

"Wer hätte gedacht, dass es fünf Jahre dauern würde, bis die Schachtel leer ist. Was ist das Verfallsdatum?"

Leo prüfte die Seite der Schachtel. "Letzten Sommer. Ich schätze, die Jungs haben fünf Jahre lang durchgehalten, so wie wir."

Ich lachte. "Wow."

"Sie sind wahrscheinlich in Ordnung, nur ein paar Monate über dem Haltbarkeitsdatum. Ich bin bereit, das Risiko einzugehen, wenn du es auch bist."

"Das bin ich."

Er nahm eines von dem Streifen und warf es auf das Bett, während er die Schachtel auf den Tisch warf. "Ich würde mir sogar Frischhaltefolie über den Schwanz ziehen, wenn ich müsste."

"Dazu wird es zum Glück nicht kommen." Ich war feucht und bereit und es war mir egal, was er sich überzog, solange er nur in mir war.

Leo riss die Kondompackung auf und streifte es über seinen steinharten Schaft. Ich beobachtete, wie er die Spitze zusammendrückte und sich selbst streichelte, langsam und grob, während er auf mich herabschaute. Das, kombiniert mit dem Blick der Begierde in seinen Augen, war so verdammt sexy.

"Ich habe diese schöne Muschi so sehr vermisst."

Das war das Letzte, was er sagte, bevor er sich herabließ, meine Beine weit spreizte und in mich eindrang, wobei er die Augen schloss, bis er ganz in mir war. Wir stießen beide unverständliche Laute der Lust aus.

Was langsam begann, wurde bald zu einem hektischen und verzweifelten Wettlauf, uns gegenseitig zu verzehren. Wir hatten schon in vielen verschiedenen Stellungen Sex gehabt, aber diese—mit Leos ganzem Gewicht auf mir, der mich festhielt, während er mich so hart fickte, wie er konnte—war meine absolute Lieblingsstellung. Es gab keine Worte dafür, wie es sich anfühlte, den Mann, den ich liebte, wieder in mir zu haben.

"Verdammt, das ist noch besser, als ich es in Erinnerung hatte", stöhnte er. "Sag mir, wenn ich zu hart bin."

Als das Bett wackelte, grub ich mich mit meinen Nägeln in seinen Rücken und hielt mich an ihm fest, als ginge es um mein Leben. Ich war noch lange nicht so weit, dass es vorbei war, aber als seine Eier gegen meinen Hintern klatschten, spürte ich, dass ich viel schneller zum Orgasmus kam, als ich erwartet hatte.

Er schaute mir in die Augen, um sich zu vergewissern, dass ich tatsächlich kurz davor war, zu kommen. "Ja?"

Ich atmete aus, "Ja."

"Ich kann es verdammt noch mal fühlen", sagte er, seine Augen rollten zurück, als er zu kommen begann und mich noch härter stieß.

Die Hitze seiner Ladung durch das Kondom war die Kirsche auf dem Sahnehäubchen, während meine Muskeln um ihn herum pulsierten. Keiner konnte mich jemals so zum Höhepunkt bringen wie Leo.

Wir keuchten übereinander, keiner von uns wollte loslassen. Nach einigen Minuten stand Leo auf, um das Kondom zu entsorgen, bevor er ins Bett zurückkehrte.

Wir standen uns gegenüber, während er seine Finger mit meinen verschränkte. "Ich will nicht nur nicht, dass du mich heute Nacht nicht verlässt, ich will auch nie wieder eine Nacht ohne dich verbringen, wenn ich es verhindern kann."

"Das lässt sich einrichten."

"Ich muss dir etwas sagen", sagte er und sein Blick wurde ernst.

Meine Augen weiteten sich, aber ich schaffte es, zu nicken.

"Ich liebe dich, Felicity Dunleavy. Auch wenn ich es dir geschrieben und auf so viele Umwege gesagt habe, habe ich es dir nie ins Gesicht gesagt. Und das tut mir so unendlich leid. Ich verspreche, es wieder gut zu machen."

Ich schmolz in seine Arme. "Stell nur sicher, dass das Kochen nicht in diesen Plan involviert ist."

Seine Schultern bebten, als er lachte. "Das wird es nicht."

"Ich liebe dich auch, Leo. So sehr." Ich legte meine Hand auf die Seite seines Gesichts. "Dich zu verlieren hat so wehgetan. Aber dich wiederzusehen, war es allemal wert."

"Hör mir zu..." Er drückte seine Stirn an meine. "Du hast mich nie wirklich verloren, nicht einen einzigen, qualvollen Moment lang."

KAPITEL 25

Leo

Die letzten Monate hier auf Narragansett mit Felicity waren das annähernd normalste Leben, das ich je hatte.

Nach einer Woche im Mietshaus zog ich bei ihr ein. Wir verbrachten jede freie Minute des Tages zusammen und holten die verlorene Zeit nach, abgesehen von den Stunden, die sie zum Lernen brauchte. Wenn sie zu arbeiten hatte, gab es für mich viel zu tun: Reparaturen im Haus und die Pflege des riesigen Grundstücks, das jetzt—mitten im Winter—fast jeden zweiten Tag vom Schnee befreit werden musste.

Ich blieb mit meinen Angestellten in England in Kontakt, um sicherzustellen, dass unsere Häuser alles hatten, was sie brauchten. Es war wirklich erstaunlich, was ich alles aus der Ferne erledigen konnte. Die einzige größere Schwierigkeit war, dass meine Mutter immer noch nicht mit mir sprach. Ich wusste, dass sie irgendwann wieder zu sich kommen würde, also machte ich mir keine Sorgen. Wenn sie es aus irgendeinem Grund nicht tun würde, wäre es ihr Pech.

Glücklicherweise war mein Anwalt zu Hause in der Lage, den Prozess der Scheidung zu beschleunigen, der gerade abgeschlossen worden war. Es beschleunigte den Prozess, wenn ich Darcies finanziellen Forderungen nicht widersprach. Ich habe nie geglaubt, dass sie mich wegen meines Reichtums oder eines Titels geheiratet hatte, aber Darcie war der Meinung, dass sie für den Schmerz, den ich ihr zugefügt hatte, etwas Substanzielles verdiente. Ich habe ihr nicht widersprochen. Das Resultat war, dass sie und ich so gut dastanden, wie es wahrscheinlich nie der Fall sein würde. Obwohl sie mir wahrscheinlich nie verzeihen würde, hatte sie sich mit dem Ende unserer Beziehung abgefunden. Sie schien sich auf die Zukunft und einen Neuanfang zu freuen. Ich hatte sogar gehört, dass sie einen neuen Freund hat. Ich hoffte nur, dass sie vorsichtig war. Es würde nicht an Männern mangeln, die aus ihrem neu erworbenen Erbe Kapital schlagen wollten.

Obwohl meine Tage in Narragansett bisher ein Paradies waren, lauerte im Hinterkopf immer die Tatsache, dass ich irgendwann nach England zurückkehren musste, zumindest für eine gewisse Zeit. Ich konnte nicht ewig wegbleiben. Aber die Vorstellung davon, wie das sein würde, war noch unklar. Felicity und ich hatten uns noch nicht wirklich über die Planung unserer Zukunft Gedanken gemacht. Das war ein Gespräch, das ich schon viel zu lange vor mir hergeschoben hatte.

Eines Nachmittags, nachdem sie vom Einkaufen zurückgekommen war, konnte ich es nicht mehr zurückhalten.

Ich fand sie in der Küche. "Wir müssen reden, Liebes."

Felicity suchte mein Gesicht ab. "Ich weiß nicht, ob mir dein Ton gefällt. Ist alles in Ordnung?"

"Ja, natürlich. Ich möchte nur über unsere Pläne für die kommenden Monate sprechen. Jeden Tag wollte ich nicht über den morgigen Tag hinausschauen, aber ich denke, die Zeit ist gekommen, dass wir darüber reden müssen."

Sie stellte ihre Sachen in den Schrank. "Ich bin froh, dass du es ansprichst. Ich wollte den Dingen auch keinen Abbruch tun, denn wir hatten so eine schöne Zeit."

"Du weißt, dass ich dich immer vor dem Druck des öffentlichen Lebens schützen wollte. Das Drama um meine Scheidung mit Darcie hat sich zwar etwas gelegt, aber sobald ich in Westfordshire mit einer anderen Frau im Arm auftauche, wird es die Runde machen. Es war ein Wunder, dass niemand etwas an die Klatschpresse weitergegeben hat, als du dort warst. Wir sind einer Katastrophe entgangen."

"Hast du das Gefühl, dass es an der Zeit ist, nach England zurückzukehren?"

"Noch nicht ganz. Ich bin definitiv noch nicht bereit. Und wenn ich es tue, dann nur teilweise. Aber wenn du mit mir zurückkommst, was ich hoffe, wird es wie ein Sprung ins kalte Wasser sein, zumindest für eine Weile. Ist das okay für dich?"

Sie nahm einen tiefen Atemzug. "Ich bin einmal vor dir weggelaufen, weil ich Angst hatte, was die Leute denken würden. Ich werde es nicht noch einmal tun." Felicity nahm meine beiden Hände in ihre. "Getrennt sein ist keine Option. Ich werde durch dieses Feuer gehen. Zur Hölle, ich werde mit erhobenem Mittelfinger hindurch tanzen. Ich werde alles tun, was ich tun muss, denn ich werde nicht zulassen, dass uns das noch einmal passiert."

Es gab nichts Erregenderes, als eine Frau sagen zu hören, dass sie für dich durchs Feuer gehen würde.

Ich küsste sie so fest. "Danke, meine Schöne. Ich werde nicht zulassen, dass du deine Träume für mich aufgibst. Ich werde hin und her reisen, wenn es sein muss. Ich erwarte nicht, dass du die ganze Zeit dort lebst. Aber in einer idealen Welt würden wir beide Zeit an beiden Orten—Narragansett und Westfordshire—verbringen, auch wenn es nicht sofort ist."

"Meine Ziele im Leben sind nicht mehr die gleichen wie früher", sagte sie. "Ich werde weiterhin als Anwältin arbeiten. Aber nur unter meinen eigenen Bedingungen, denn ich werde keinen Job annehmen, bei dem ich für längere Zeit von dir getrennt leben muss. Das habe ich schon hinter mir. Die Karriere ist wichtig für mich, aber nicht so wichtig wie die Familie." Sie hielt inne. "Du bist meine Familie, Leo."

Es gab nichts, was ich jemals mehr sein wollte. Wochenlang hatte ich mich vor diesem Gespräch gefürchtet, befürchtet, dass sie sich von meiner Mutter oder der Aussicht, mit mir nach Großbritannien zurückzukehren, bedroht fühlen könnte. Aber ich hätte es besser wissen müssen. Ich hätte wissen müssen, dass mein Mädchen unerschütterlich ist. Das war etwas, das ich immer an ihr geliebt hatte.

Eine Woche später kam Felicity nach Hause und fand mich an einem scheinbar problematischen Ort vor—in der Küche.

"Was ist hier los, Leo?"

"Mach dir keine Sorgen", sagte ich, während ich eine Zitrone schnitt. "Aber ich koche gerade."

Sie lachte. "Ist die Hölle zugefroren?"

"Ich bin fest entschlossen, es zu lernen, damit du nicht jede Mahlzeit zubereiten musst. Du hast in letzter Zeit so viel gelernt wie noch nie, und da die Anwaltsprüfung bevorsteht, möchte ich dir etwas von der Last abnehmen. Wir haben jeden zweiten Abend Essen bestellt."

Felicity schien immer noch skeptisch zu sein, als sie auf den Laptop auf dem Tresen blickte. "Okay, also erzähl mir, was du hier machst."

"Weißt du noch, wie ich mir immer diese Bob-Ross-Maltutorials angesehen habe?"

"Ja..."

"Also, das ist meine neue Freundin Micheline auf YouTube. Sie bringt mir bei, wie man Muscheln dünstet, ohne sie zu überkochen. Heute Abend gibt es Nudeln mit Venusmuscheln in einer Zitronenbuttersoße. Ich dachte mir, Wasser kochen und Muscheln dämpfen klingt einfach genug."

"Hast du Sig gesagt, dass du für mich kochst?"

"Ja. Er hat vorgeschlagen, dass du einen Notruf absetzen sollst."

Sie gluckste. "Nun, ich weiß nicht, was ich jetzt mit mir anfangen soll. Ich hatte mich schon darauf eingestellt, die nächste Stunde mit dem Kochen zu verbringen."

Ich legte mein Messer weg. "Ich habe eine Idee. Warum nimmst du nicht stattdessen ein Bad, Liebes?"

"Das klingt nach einem tollen Plan."

"Komm, ich zeige dir das Bad."

Sie kniff die Augen misstrauisch zusammen, als wir die Treppe hinaufgingen.

Als wir ankamen, klappte ihr der Mund auf. "Was hast du getan?"

"Heute ist der dritte Monat seit dem Tag, an dem ich zu dir zurückgekehrt bin."

"Wirklich? Das wusste ich gar nicht."

"Ja. Ich habe es mir gemerkt."

Sie betrachtete die gelben Blumen und Kerzen, die im Badezimmer verstreut waren, genauer. "Sind das …"

"Spanner-Narzissen. Ja. Genau wie meine Schönheit."

Sie hielt sich den Mund zu. "Ich kann nicht glauben, dass du …"

"Ich dachte, sie wären passender als Rosen."

Felicity nahm eine in die Hand und roch an ihr. "Das ist unglaublich."

"Du hast in letzter Zeit so verdammt hart gearbeitet. Ich möchte nur, dass du einen schönen Abend hast. Entspann dich, und ich rufe dich, wenn das Essen fertig ist."

"Danke, Leo."

Der Ausdruck der Freude auf ihrem Gesicht machte mich so glücklich.

Unten angekommen, machte ich mich an die Arbeit und folgte der Videoanleitung. Zuerst musste ich die Muscheln einweichen, um den Sand und das Salzwasser aus ihren Schalen zu entfernen. Dann habe ich die Butter geschmolzen und den Knoblauch und die Kräuter hineingeworfen, bevor ich Wein und Zitronensaft dazugegeben habe. Nachdem alles eingekocht war, habe ich die Muscheln und die restliche Butter dazugegeben. Ich deckte den Topf ab und ließ die Muscheln in der duftenden Sauce dünsten. Nachdem ich die Zeitschaltuhr eingeschaltet hatte, machte ich mich an die Arbeit und bereitete eine spezielle Beilage für Felicity vor. Ich sagte ihr, sie solle nicht herunterkommen, bevor ich ihr eine Textnachricht geschickt hätte.

Als alles fertig war, stellte ich die Pfanne mit den Venusmuscheln auf den Tisch, zusammen mit einem Teller mit al dente gekochten Linguini. Zumindest hoffte ich, dass sie nicht zerkocht waren. Als ich mein Werk betrachtete, fragte ich mich, ob vielleicht doch die Hölle zufrieren würde, denn ich dachte, ich hätte es geschafft, dieses Abendessen nicht zu versauen. Wie sich herausstellte, hatte ich nur eine Schritt-für-Schritt-Anleitung gebraucht.

Als ich sie schließlich nach unten rief, kam Felicity in einem ihrer typischen Hello-Kitty-Shirts und Leggings herunter und sah bezaubernd aus. Ihr langes, rotes Haar war feucht, und vorne auf ihrem Shirt waren ein paar nasse Flecken, die mir einen Blick auf ihre Brustwarzen durch den Stoff erlaubten.

Sie schnupperte die Luft. "Ich konnte den Knoblauch bis oben riechen. Alles riecht so gut."

"Ich bin froh, dass du so denkst. Das ist mein Abendessen", stichelte ich. "Ich habe dir deinen eigenen Teller mit etwas anderem gemacht." Ich deutete auf ihren Platz. "Setz dich."

Als sie verwirrt blinzelte, schlug mein Herz schneller. Ich hob den Metalldeckel von dem speziellen Teller, den ich vorbereitet hatte, und stellte ihn vor sie hin.

Sie brach in Gelächter aus. Während ich ein Festmahl aus Venusmuscheln und Linguini angeblich nur für mich gekocht hatte, enthielt Felicitys Teller SpaghettiOs mit einer einzigen Muschel in der Mitte. Natürlich war sie mit Basilikum garniert.

"Oh, danke. Das ist also meins?"

"Ich dachte, das würde dir besser schmecken, oder?"

"Na ja, vielleicht, wenn du das Abendessen anbrennen lassen hättest. Aber das wäre wirklich nicht nötig gewesen."

"Okay, ich werde dich verschonen. Du musst die SpaghettiOs nicht essen. Aber probier doch mal die Muscheln oben drauf. Lass mich wissen, was du davon hältst."

Felicity öffnete die Muschelschale, und ich wartete auf den Moment der Erkenntnis. In dem Moment, in dem sie die Augen aufriss, fiel der gelbe Diamantring mit zwei Karat, den ich in die Muschelschale gesteckt hatte, in die Mitte der SpaghettiOs.

Ihr Mund blieb offen stehen, als sie auf den Teller starrte. Das war mein Stichwort, um zu ihrer Seite des Tisches zu kommen und auf die Knie zu fallen. Ich griff nach dem Ring und wischte erst einmal die Soße von ihm ab.

Und los ging's. "Felicity, du hast mir gesagt, dass du für mich durchs Feuer gehen würdest. Ich möchte, dass du weißt, dass es nichts gibt, was ich nicht auch für dich tun würde. Ich liebe dich mehr als alles andere auf dieser Welt. Ich dachte immer, ich wurde geboren, um meinen Familiennamen weiterzuführen. Aber das war ich nicht. Ich weiß jetzt, dass ich geboren wurde, um dein Ehemann zu sein. Und der einzige Erbe, den ich je haben will, ist der, den du mir schenkst. Du bist die einzige Frau, mit der ich diese Erfahrung teilen möchte. Du hast mir einmal gesagt, dass jeder, der dir je etwas bedeutet hat, dich verlassen hat. Diese Zeiten sind vorbei. Du wirst mich immer für dich haben. Ich möchte den Rest meines Lebens mit dir verbringen." Ich blinzelte. "Wie auch immer, was ich meine, ist, dass ich nichts anderes brauche als dich."

Ich wischte ihr eine Träne aus dem Auge. "Felicity Dunleavy, du bist die Liebe meines Lebens. Willst du mir die Ehre erweisen, meine Frau zu werden?"

Die Augen meiner wunderschönen Rothaarigen waren immer noch mit Tränen gefüllt, als sie nickte, scheinbar unfähig zu sprechen. Sie schlang ihre Arme um mich und ich drückte sie fest an mich.

Ihre Stimme zitterte, als sie sich zurückzog, um mir in die Augen zu sehen. "Ja, natürlich werde ich deine Frau sein! Ich liebe dich so sehr, Leo."

Ich steckte ihr den Ring an den Finger und hob sie von ihrem Sitz hoch in meine Arme.

Nach endlosen Küssen und vielen Tränen setzten wir uns endlich wieder hin. Die Muscheln waren inzwischen ein wenig kalt, aber das machte nichts. Nichts war wichtig, außer der Tatsache, dass ich diese Frau liebte und sie rechtlich für immer mir gehören würde.

Mitten in unserem feierlichen Abendessen klingelte mein Telefon. Ich wollte nicht rangehen, aber ich sah, dass es Sigmund war.

Ich stellte ihn sofort auf den Freisprecher.

Bevor ich etwas sagen konnte, ertönte seine Stimme. "Also... was ist passiert?"

"Sie hat ja gesagt!", verkündete ich mit einem breiten Grinsen.

"Hi, Sig!" Felicity lächelte von Ohr zu Ohr.

"Das ist brillant", sagte er. "Aber ich meinte damit, ob sie deine Kochkünste überlebt hat oder nicht."

Darüber haben wir alle herzlich gelacht.

Nach dem Essen hatte ich noch eine Überraschung für mein Mädchen.

"Zieh deinen Mantel an, wir gehen hinten raus."

"Wirklich? Es ist so kalt."

"Mach dir keine Sorgen. Dafür habe ich gesorgt."

Ich hatte ein paar Jungs aus der Gegend angeheuert, die in unserem Garten Heizstrahler und eine Feuerstelle aufstellten, während wir zu Abend aßen.

Nachdem wir unsere schwarzen Parka-Mäntel angezogen hatten, traten wir nach draußen.

Sie bemerkte sofort die Flammen. "Wann hast du das alles gemacht?"

"Ich hatte etwas Hilfe."

Auf einem Tisch neben den beiden Gartenstühlen standen eine Flasche Fireball und zwei kleine Gläser.

"Zu Ehren von Mrs. Angelini werden wir heute Abend draußen einen Fireball genießen. Ich weiß, dass sie gern hier gewesen wäre und mit uns gefeiert hätte."

Felicitys Augen glitzerten vor Tränen. "Ich hätte nicht gedacht, dass ich heute Abend noch einmal weinen würde, aber du hast es geschafft, mich dazu zu bringen."

Ich zog sie zu einem Kuss heran. Nachdem ich jedem von uns ein Glas Fireball eingeschenkt hatte, grüßten wir Mrs. Angelini in den Himmel, stießen mit unseren Gläsern an und tranken den Schnaps in einem Zug aus.

Durch das Feuer hindurch zeigte ich auf das Haus auf der anderen Seite der Bucht. "Ich bin viel lieber auf dieser Seite des Wassers mit dir. Aber ich werde dir für dieses Haus immer dankbar sein. Hätte ich es nicht ausgesucht, hätten wir uns nie gefunden."

Sie zuckte zusammen, als die ersten Feuerwerkskörper in die Nachtluft stiegen.

"Du steckst ja voller Überraschungen heute Abend!"

"Ich dachte, das wäre ein passender Abschluss für unseren Abend", erklärte ich. "Ein Feuerwerk ist genau das, was ich gefühlt habe, als ich dich zum ersten Mal gesehen habe."

"Das ist unglaublich", sagte sie und blickte staunend in den Himmel. Felicity rückte mit ihrem Stuhl näher an meinen heran und lehnte ihren Kopf an meine Brust, während wir uns den Rest des Spektakels ansahen.

Das Einzige, was vielleicht nicht ganz so perfekt war, war, dass die Heizungen einfach nicht funktionierten. Draußen war es verdammt kühl.

Als das Feuerwerk endlich zu Ende war, machte Felicity sich auf meinem Sitz bequem und bedeckte mein Gesicht mit Küssen. Als ihre Lippen auf meinen landeten, konnte ich noch den Zimt des Fireballs auf ihrer Zunge schmecken.

Ihre Zähne klapperten, als sie sagte: "Diese Nacht war ein Traum. Ich danke dir so sehr für alles. Aber..."

"Aber?"

"Können wir jetzt rein gehen und Sex haben?" Sie lachte. "Ich friere mir den Arsch ab!"

EPILOG

Leo

Letzer Titel: "All You Need Is Love" von The Beatles

VIER JAHRE SPÄTER
Westfordshire, England

"Mach es wie Papa." Ich tauchte meinen Pinsel in die gelbe Farbe und zeigte ihm, wie man die Sonne malt.

Es war ein wunderschöner, sonniger Tag auf dem Lande, und ich hatte zwei Staffeleien im hinteren Teil unseres Anwesens aufgestellt und beschlossen, unserer Dreijährigen heute eine Malstunde zu geben.

Leider folgte Eloise nicht meinem Beispiel, sondern tauchte ihre ganze Hand in die Farbe, bevor sie sie auf das Papier klatschte.

"Das ist erstaunlich, Liebling." Ich lachte.

Sie kicherte und fletschte ihre entzückenden Milchzähne, während ihre roten Locken im Wind wehten.

"Ich frage mich, wann Mama zurückkommt. Bestimmt bald", sagte ich, während ich meine Sonne mit mehr gelber Farbe ausfüllte.

Sigmund tauchte aus dem Nichts auf und unterbrach unsere Malstunde. Ich hatte ihn zu einem Geburtstagskuchen eingeladen.

Er lächelte über das Durcheinander, das meine Tochter anrichtete. "Fräulein Eloise, dein Maltalent ist genauso großartig wie das deines Vaters."

Sigmund hob sie hoch und schien sich nicht darum zu kümmern, dass sie sein Hemd mit Farbe bekleckerte—ein weiterer Beweis dafür, wie sehr er sich im Laufe der Jahre verändert hatte.

Er schloss die Augen, als sie ihm etwas davon ins Gesicht tupfte. "Du bist bezaubernd, Eloise. Weißt du das?"

"Wie durch ein Wunder sieht sie nicht wie Ed Sheeran aus, oder?" Ich stichelte.

"Nein. Sie sieht aus wie du, nur mit ein paar Sommersprossen und Rotschopfs Haaren. Ihr beide habt euch ineinander verschmolzen. Glückwunsch."

Ich schmunzelte. "Wie läuft es mit dem Bettencourt-Projekt?"

"Wir machen am Mittwoch den ersten Spatenstich."

"Gut", sagte ich und legte den Pinsel weg.

Nachdem Sigmund vor zwei Jahren seinen MBA gemacht hatte, verwaltete er jetzt einen Großteil meiner Immobilien, was mir mehr Zeit für meine Familie verschaffte.

"Hast du am Wochenende schon etwas vor?", fragte ich ihn.

Er gab Eloise einen letzten Kuss auf die Wange, bevor er sie auf dem Rasen absetzte. "Nein. Warum?"

Ich zögerte. "Du weißt doch, dass Felicity einen Teilzeitjob als Dozentin für amerikanisches Recht an der Universität hat?"

Seine Augenbrauen zogen sich misstrauisch zusammen. "Ja …"

"Sie sagte, eine ihrer Kolleginnen sei sehr attraktiv und Single mit einer netten Persönlichkeit. Sie will sie hierher zum Essen einladen."

Er starrte mich an. "Nein."

"Okay, aber hör mir zu—"

"Nein."

"Na gut. Ich wollte es zumindest versuchen." Ich seufzte. "Und ich werde es weiter versuchen."

"Oh, ich weiß, das wirst du."

Sigmund hatte im Laufe der Jahre, seit er Britney verloren hatte, ein paar bedeutungslose One-Night-Stands gehabt. Aber er hatte sich noch nie mit jemandem verabredet oder jemanden getroffen, zu dem er eine Beziehung aufbauen konnte. Alles musste zu seiner Zeit passieren, nahm ich an.

Er wollte das Thema schnell abhaken und zeigte in die Ferne, wo Felicity auf einem der Pferde von ihrem morgendlichen Ausritt zurückkehrte. "Rotschopf scheint das Landleben zu genießen."

Es war kaum zu glauben, dass wir bereits seit einem Jahr dauerhaft in England lebten.

Unsere Tochter, Eloise Leonora Covington, war heute vor drei Jahren geboren worden. Wir waren an ihrem zweiten Geburtstag nach Brighton House gezogen.

Nicht lange nachdem Felicity und ich uns vor vier Jahren verlobt hatten, erfuhr sie, dass sie schwanger war. Glücklicherweise war das kurz nachdem sie die Prüfung bestanden hatte. Sie hatte auf eine neue Verhütungsmethode umgestellt, und wir waren nicht vorsichtig genug gewesen. Aber ehrlich gesagt, war das die beste Nachricht, die ich bekommen konnte. Wir heirateten kurz darauf bei einer kleinen Zeremonie an der Bucht von Narragansett. Sigmund flog in die USA, um mein Trauzeuge zu sein, und Felicity hatte ihre beste Freundin Bailey an ihrer Seite. Danach feierten wir mit einem Muschelessen in der Bucht und einem Feuerwerk. Es war perfekt—alles hat sich zum Guten gewendet.

Ich beschloss, die Situation bei der lokalen Presse in Westfordshire selbst in die Hand zu nehmen, und schloss einen Vertrag mit einer Zeitung ab, um ein Foto von unserer Hochzeit in Rhode Island abzudrucken und damit bekannt zu geben, dass ich wieder geheiratet hatte. Ich spendete das gesamte Geld aus diesem Artikel an Mrs. Barbosa und ihre Pflegekinder. Nachdem die Geschichte in Druck gegangen war, machte ich mir nicht die Mühe, die Situation online zu verfolgen. Es interessierte mich nicht mehr, was jemand über mich sagte oder dachte. Meine Mutter hatte zu diesem Zeitpunkt immer noch nicht mit mir gesprochen, also sah sie die Fotos in der Zeitung zusammen mit allen anderen. Die einzige Person, die ich mit einer Vorwarnung informiert hatte, war Darcie. Sie verdiente das und war dankbar für die Vorwarnung.

Kurz nachdem Felicity und ich geheiratet hatten, nahm sie einen Teilzeitjob als Rechtsberaterin für das Ministerium für menschliche Dienstleistungen in Rhode Island an. Endlich tat sie das, was sie schon immer tun wollte: sich für Kinder einsetzen. Sie arbeitete dort weiter, bis wir umzogen, und sie schwor sich, diese Arbeit fortzusetzen, sobald wir uns im Vereinigten Königreich niedergelassen hätten.

Das erste Mal, dass ich von meiner Mutter hörte, war kurz nach der Geburt von Eloise. Sie fragte mich, ob ich bereit wäre, mit Felicity und dem Baby auf einen Besuch zurückzukommen. Das taten wir dann auch, als unsere Tochter sechs Monate alt wurde.

Meine Mutter tat, was sie konnte. Sie war herzlich zu Felicity und versuchte, so zu tun, als wären wir uns nie entfremdet gewesen, um am Leben ihrer Enkelin teilzuhaben. Eloise war der Wendepunkt im Leben. Auch heute noch ist die Beziehung zu meiner Mutter nicht perfekt, aber sie ist besser als je zuvor.

Als wir letztes Jahr hierher zogen, beschloss Felicity, das Haus in Narragansett zu behalten und vermietete es nun an eine Familie. Wir wussten, dass wir uns für einen Ort entscheiden mussten, als Eloise ins Schulalter kam, und wir waren uns einig, dass England am sinnvollsten war. Der Zeitpunkt war günstig, denn Tante Mildred hatte beschlossen, etwa zur gleichen Zeit nach Frankreich zu ziehen und ihr schönes Bauernhaus leer stehen zu lassen. Ich kaufte es ihr ab. Umgeben von Tieren, zu denen auch Felicitys geliebtes Shetlandpony, Lächerlich, gehörte, war Brighton House das perfekte permanente Zuhause für uns.

Felicity schien hier wirklich glücklich zu sein, denn sie wollte sich nie von dem Anwesen entfernen, abgesehen von ihrem Job als Lehrerin oder ihrer ehrenamtlichen Arbeit in einer Londoner Pflegefamilie.

Nach ihrem morgendlichen Ausritt über das Gelände stieg meine Frau von dem schwarzen Hengst ab. "Deine Mutter wird bald hier sein. Sie kommt, um Eloises Geburtstagskuchen zu holen."

"Schnell, versteck die Farbe, Eloise! Wir wollen doch nicht, dass deine Großmutter einen Herzinfarkt bekommt", scherzte Sigmund.

"Sie ist zum Glück schon etwas lockerer geworden", sagte ich.

Felicity ging ins Haus, um zu duschen, und ich machte Eloise für die kleine Familiengeburtstagsfeier zurecht. Wir hatten für diese Woche eine Kinderparty geplant.

Da meine Frau nie ein großes Personal wollte, hatten wir eine Teilzeit-Haushälterin, Mary, die gerade Luftballons im Essbereich aufhängte.

Es war schon beinahe Mittag, als Sigmund es sich mit einem Bier im Wohnzimmer gemütlich machte und das Fußballspiel verfolgte. Es klingelte an der Tür, und ich ging hin, um sie zu öffnen, während Eloise auf dem Boden neben Sigmunds Füßen spielte.

Meine Mutter stand in der Tür und hielt einen riesigen, verpackten Karton in der Hand.

"Hallo, Mutter." Ich küsste sie auf beide Wangen.

"Hallo, mein Schatz. Zeig mir das Geburtstagskind."

Nachdem Mutter zu Eloise und Sigmund ins Wohnzimmer gegangen war, bemerkte ich meinen wunderschönen Engel, der die Treppe hinunterkam. Felicity sah himmlisch aus in einem einfachen weißen Kleid mit betonter Taille. Sie und ich hatten auf der Party eine Ankündigung zu machen. Ja, sie war wieder schwanger, und das war ein Teil der Ankündigung, aber der andere Teil machte mich gleichermaßen nervös und aufgeregt.

Ich nahm sie zur Seite. "Du siehst zurzeit so schön aus."

"Tue ich das?"

"Vertrau mir", sagte ich, während ich ihr einen sanften Kuss auf die Lippen drückte. "Ich schwöre, du bist noch sexier, wenn du schwanger bist."

Felicity errötete. Die Tatsache, dass ich immer noch diese Wirkung auf sie hatte, erfreute mich ungemein.

Sie ging ins Wohnzimmer und begrüßte meine Mutter mit einem förmlichen Kuss auf jede Wange.

Meine Mutter stand meiner Ex-Frau immer noch ziemlich nahe, und ich wusste, dass sich Felicity dabei etwas unwohl fühlte—nicht weil sie etwas gegen Darcie hatte, sondern weil die Beziehung meiner Mutter zu meiner Ex stärker war als zu ihr. Nach den Regeln des Adelsstandes durften sowohl Darcie als auch Felicity den Titel Herzogin von Westfordshire tragen, obwohl Felicity sich immer noch nicht daran gewöhnen konnte. Sie lächelte unbeholfen und zog eine Grimasse, wenn jemand sie "Euer Gnaden" nannte. Aber sie nahm es auf jeden Fall *mit Anmut* hin.

Was Darcie betrifft, so hatte sie sich vor kurzem wieder mit ihrem früheren Liebhaber Gabriel Davies zusammengetan, der inzwischen selbst geschieden war. Er gestand, dass er es immer bereut hatte, mit ihr Schluss gemacht zu haben, und dass er eine zweite Chance wollte. Angesichts der Tatsache, dass sie noch immer Gefühle für ihn hegte, als wir uns das erste Mal trafen, könnte man sagen, dass alles so kam, wie es kommen musste.

Nach dem Mittagessen gingen wir alle in den Speisesaal und versammelten uns um Eloise, als sie die Kerzen auf ihrer Hello-Kitty-Torte ausblies. (Ihre Mutter hatte einen kleinen Einfluss auf diese Auswahl) Meine Tochter kreischte vor Freude und klatschte mit uns, als wir ihr applaudierten. Sie liebte Aufmerksamkeit. In dieser Hinsicht war sie ganz anders als ihre Mutter.

Nachdem der Kuchen gegessen war, schaute ich Felicity an, und sie nickte, um mir grünes Licht zu geben.

Ich räusperte mich und sagte: "Also, es gibt Neuigkeiten." Ich nahm ihre Hand.

Meine Mutter stellte ihre Teetasse ab. "Oh?"

Ich atmete tief ein. "Wir bekommen noch ein Baby."

Mutters Mund verzog sich, und ich wusste, was sie dachte: *Bitte, Gott, lass es einen Jungen sein.*

Bevor sie sich zu große Hoffnungen machen konnte, verkündete ich: "Und es wird ein Mädchen."

Ich hielt inne, um meiner Mutter einen Moment Zeit zu geben. Meine ganze Existenz hatte sich so lange darum gedreht, einen männlichen Erben zu zeugen, der den Namen Covington weiterführen sollte. Ich hatte mich mit der Tatsache abgefunden, dass es vielleicht nie dazu kommen würde. Es war mir egal, obwohl ich wusste, dass es meinem Vater wichtig war. Ich versuchte, mich an den Rat zu halten, den Großmutter mir gegeben hatte—dass mein Vater, wo auch immer er jetzt war, die Dinge aus einer anderen Perspektive sah und verstand, was wirklich wichtig war. Den Familiennamen um der Eitelkeit willen weiterzuführen, war schließlich nicht der Sinn des Lebens.

"Ihr wisst es schon?", fragte meine Mutter.

"Ja", sagte Felicity. "Wir haben einen Ultraschall gemacht. Ich bin eigentlich im vierten Monat, aber wir wollten warten, bis wir sicher sind, dass alles in Ordnung ist, bevor wir es bekannt geben."

Sigmund kam auf unsere Seite des Tisches und umarmte uns beide. "Herzlichen Glückwunsch, Leute."

Als er zu seinem Platz zurückkehrte, warfen Felicity und ich uns wieder einen Blick zu.

"Ich werde es ihm sagen", flüsterte sie. "Wir haben darüber nachgedacht, sie Britney zu nennen." Sie hielt inne. "Wenn das für dich in Ordnung ist, Sig. Wir wollen dich nicht verärgern. Wir wollen sie nur ehren, wenn es dir Freude und nicht Traurigkeit bringen würde."

Mein Cousin saß sprachlos da. Dann begannen seine Augen zu glänzen. Er stand von seinem Stuhl auf. "Entschuldigt mich einen Moment."

Das einzige Mal, dass ich ihn weinen gesehen hatte, war direkt nach dem Tod seiner Frau Aber ich vermutete, dass er genau das jetzt im Badezimmer tat.

Felicity sah ein wenig panisch aus. Und ehrlich gesagt, fragte ich mich, ob wir einen Fehler gemacht hatten.

Selbst meine eiskalte Mutter sah aus, als ob sie gleich weinen würde.

Ich wusste, dass die Zeit seine Wunden nicht wirklich geheilt hatte. Ich fragte mich, ob er sein Herz in diesem Leben noch jemandem schenken könnte. Vielleicht spielte das keine Rolle. Vielleicht gibt es nur eine große Liebe. Ich wusste, wenn Felicity etwas zustoßen würde, könnte ich niemals einen anderen Menschen auf dieselbe Weise lieben, und niemand würde sie jemals ersetzen. Warum sollte es bei Sigmund anders sein?

Das erinnerte mich an etwas, das ich Felicity einmal gesagt hatte, als wir uns zum ersten Mal trafen: *"Eine Verbindung zwischen zwei Menschen ist nicht weniger wertvoll, wenn sie durch Umstände unterbrochen wird."* Vielleicht waren Sigmund und Britney das beste Beispiel dafür.

Mein Cousin tauchte schließlich auf, und obwohl seine Augen ein wenig rot waren, war keine Träne zu sehen.

Er lächelte. "Danke, dass ihr eure Tochter nach ihr benennen wollt. Es gibt nichts auf der Welt, was mich glücklicher machen würde."

Felicity legte ihre Hand auf seinen Arm. "Bist du sicher?"

"Absolut. Ich kann es kaum erwarten, es ihren Eltern zu sagen." Er grinste. "Und wenn die Ärzte sich geirrt haben und es sich herausstellt, dass du einen Jungen bekommst, erwarte ich, dass du ihn Sigmund nennst."

Alle brachen in Gelächter aus.

Wenn der Name Covington mit mir endete, dann war es eben so. Ich würde als glücklicher Mann sterben, umgeben von meinen schönen, rothaarigen Engeln. Vielleicht würden sich meine Töchter aber auch gegen die Vormundschaften wehren und sich weigern, ihre Namen zu ändern, um doch Covingtons zu bleiben.

In den letzten neun Jahren, seit Felicity Dunleavy zum ersten Mal zum Tee vorbeikam, hatte sich so viel verändert. Mein Leben war anders verlaufen, als ich es mir je vorgestellt hatte, und das war auch verdammt gut so. Sicher, ich hatte Fehler gemacht. Menschen waren verletzt worden, auch ich. Aber inmitten von Herzschmerz, Trennungsschmerz und Traurigkeit hatte ich aus erster Hand gelernt, was Großmutter mir vor ihrem Tod über die Liebe gesagt hatte.

Der Sinn des Lebens besteht darin, mit ganzem Herzen und ganzer Seele zu lieben. Egal, wann das Ende meiner Tage kommen würde, ich würde sagen können, dass ich genau das getan hatte. Meine Töchter würden wissen, dass ihr Vater sie geliebt hat. Und *das* würde mein Vermächtnis sein.

WEITERE BÜCHER VON PENELOPE WARD

Anti-Boyfriend

Hate You, Love You

Our Second Chance

Off Limits - Wenn ich von dir träume

Hot Crush: Mit dir gibt es keine Regeln

Stepbrother Dearest

Neighbor Dearest

Sleepless in Manhattan

Hate Notes

The Story of a Love Song

Can't Stop the Feeling

Rebel Soul: Rush 1

Rebel Heart: Rush 2

One More Chance

One More Promise

One More Kiss

One More Time

Park Avenue Player

British Player

Sweet Player

Perfect Player

www.penelopewardauthor.com

www.ingramcontent.com/pod-product-compliance
Lightning Source LLC
Chambersburg PA
CBHW030704190726
48286CB00001B/165